魅丽文化 桃夭工作室

回档1988

2

爱看天 著

廣東旅游出版社
GUANGDONG TRAVEL & TOURISM PRESS
悦读书·悦旅行·悦享人生
中国·广州

图书在版编目（CIP）数据

回档 1988. 2/ 爱看天著. — 广州 : 广东旅游出版社，2020. 9
ISBN 978-7-5570-2279-2

Ⅰ. ①回… Ⅱ. ①爱… Ⅲ. ①长篇小说一中国一当代 Ⅳ. ① I247. 5

中国版本图书馆 CIP 数据核字（2020）第 131520 号

出　版　人：刘志松
总　策　划：邹立勋
责 任 编 辑：梅哲坤

广东旅游出版社出版发行
（广东省广州市荔湾区沙面北街 71 号首、二层）
邮编：510130
邮购电话：020-87347732
湖南凌宇纸品有限公司印刷
（湖南省长沙县黄花镇工业园凌宇纸品 电话：0731-86300881）
880 毫米 ×1230 毫米　32 开
10. 5 印张　326 千字
2020 年 9 月第 1 版第 1 次印刷
定价：39. 80 元

目录

CONTENTS

第一章
探亲

米阳和白洛川在家中隔离的这一个月里，发生了很多事。

电视上滚动播放着抗击“非典”的新闻，骆江璟看着新闻报道，心里一阵后怕。

白洛川和米阳的一个月禁足期限早就到了，但外面的情况依然严峻，家里人不敢让他们出去，请了魏贤老师来给他们辅导功课。

米阳两边跑太麻烦，还是住在白家与白洛川一起上课，只在周末回自己家，和平时在学校念书的时候一样。

白家现在也全是消毒水的气味，吴阿姨拿着消毒喷雾不时地喷洒着，特别小心。

毫不夸张地说，现在光咳嗽一声，周围的人都要吓得躲得远远的。

之前一个女同学不知道从哪里要到了米阳的手机号码，打了电话过来问他数学问题，问完了也不肯挂断，支支吾吾地还想跟他说话，却又说不出两句有用的。白洛川在一旁听得脸都黑了，抓着米阳的手靠近自己一点儿，大声咳嗽了两声。对方立刻像兔子一样迅速说了“再见”就挂断了，生怕病毒会顺着电话传过来一样。

米阳：“……”

白洛川冷笑道：“看到了吧？这就是人性。”

米阳别的没看出来，就看出他任性了。

白洛川还在那儿教育他：“你别听那些女孩说漂亮话，关键时候没用。

那次在京城的时候，我把你发给我的短信内容跟他们说了，回酒店拿行李的时候，老师顺口问了一句需不需要人照顾你。你是不知道，那一圈人吓得直往后躲，别说男同学、女同学了，就连酒店的人脸色也变了。这个打电话的更夸张，只咳嗽一声隔着电话都跑了……”他看着米阳，总结道，“现在知道谁对你好了吗？说。”

米阳还是第一次听他说起这些，心里有点感动，立刻道：“你最好了。”

白少爷的心里舒坦了一点，又道：“他们都靠不住，知道吗？就只有我了，这叫患难见真情你懂不懂？！”

米阳点头道：“懂了。”他把手机搁在一旁的桌上，认真地问道，“我不打电话了，我去帮你把昨天那个模型拼好吧？”

白洛川道：“不拼了，那个没意思，我让人买了新的游戏机来，我们一起玩。”

司机很快就送了两大袋东西到房间里，这次送来的不止游戏机和书，还有零食和饮料。

白洛川翻了一下，拿出两个看起来不是很高级的纸盒，上面花花绿绿的，倒是印了“游戏机”三个字，估计是临时从商店里随便抓的一个，巴掌大，屏幕不大，下面只有三个按钮，打开就瞧见一只电子鸡顶着蛋壳钻了出来，张大嘴巴要吃的。

白洛川随便按了几下，一脸的不可思议：“这是什么鬼东西？！这也叫游戏机？”

米阳凑过去看了一眼，倒是见怪不怪，淡定地道：“电子宠物，小雪也有一个。”

白洛川按了两下，心里特别不爽：“我这辈子都没见过这样的游戏机。”

米阳乐了，笑道：“见过啊，小雪把她那个红色的宠物蛋给我玩，上次你不是在我家见到过吗？”

白洛川道：“就是她不要的那个？”

米阳看了他一眼，道：“是她最喜欢的那个。”

白洛川嗤之以鼻。

米阳指点白洛川道：“按这里，还可以给它取名字，点这个给它喂吃的。点这个是散步，点这个是把它的便便铲走。”

白洛川震惊了："这玩意儿还需要铲屎吗？"

米阳道："是啊，电子宠物都是这样玩的，养成嘛。"米雪之前养了很久电子宠物，小姑娘还拿来跟哥哥特意炫耀过，所以米阳对它比较熟悉。

白洛川给它随意喂了点吃的，看着它一啄一啄地在盆里吃东西，一副一言难尽的样子道："它最后能养成什么样？长出翅膀吗？"

米阳道："就是普通的鸡，还挺可爱的。"

白洛川按了几下，并不觉得哪里好玩，臭着一张脸扔到一旁。米阳捡起来，给那只刚出壳的电子鸡取了一个名字叫"美美"。白洛川看见了，皱眉道："为什么叫这个名字？"如果他没记错的话，刚才打电话的那个女同学的名字里好像就有一个"美"字。

米阳倒是没他想的那么多，淡声道："它是女孩，这边还显示性别了，你看。"

白洛川不肯让米阳取那个名字，自己拿过来删除后又打字，刚写了一个"雪"字，米阳就咳了一声，他就改成"雪球"了。

米阳看了他一眼，他还义正词严地道："你看它多白啊，就应该叫这个名字。"

大概是因为给电子宠物取了名字就比较有责任感，抑或是因为米阳时不时投过来的视线，白少爷认认真真地养了三个月电子鸡，等到"非典"的新闻在电视上不再出现，那只电子宠物也满级，留下一枚蛋后飞走了。

白洛川愤怒了："这是什么鬼游戏机？这不等于清零重玩吗？！垃圾游戏，活该倒闭啊！"

二〇〇三年春天，充斥着消毒水、体温计、白醋、口罩、板蓝根等东西，人们在一片慌乱中度过。

对被父母保护起来的孩子来说，那是一个安静的春天。除了空荡荡的街道和消毒水的气味，还有电视里正在播放的《情深深雨蒙蒙》，随身听里永远放着周杰伦的歌，男孩们还会一起玩电脑游戏。

部分地区的中考降低了难度，英语考试取消了听力，数学题难度降低，物理化分数比重调低，有的学校还取消了体育考试……米阳他们学校保留了数学、语文、英语的全部题目，只调低了物理和化学的分数，比起往届来，考试难度也降低了不少。

他和白洛川这几个月有魏贤悉心教导，成绩稳定，没有什么意外地拿了高分。白洛川拿了全校第一，米阳是第五名。

白少爷为此不高兴了好几天，后面那几名有市级优秀生的加分，如果没有的话，他的分数就和米阳的分数差不多，他们俩的名字就能挨在一起了。

米阳大部分是因为兴趣才参加的比赛，拿奖也是为了减免学费和拿奖学金，这些都是校内奖励，跟分数的关系不大。不过他拿了这个名次自己倒是挺满意的，他从来没考得这么好。以前在山海镇上他对读书比较随意，后来高中去了市里，拼了三年考上一所重点大学就挺满意了，哪比得了现在，一步步地规划未来，感觉特别踏实。

米阳反过来劝他："我觉得挺好的，第五名也不错，比我之前的估分要高。"

白洛川皱眉道："第二名加太多分了，去掉之后你还比他高零点五分。"

米阳收拾了书包，把一些不要的书带回去，对他道："没事，下次再努力呗。"

白洛川看他一眼，道："这些破书你还要它干吗？周通他们都扔了。"

米阳道："哦，我带回去给小雪，我妈说以后或许可以给小雪看看，多留一套教材也好。"

白洛川道："过几年肯定改版，你就别带回去了。这么多书太沉，她要看什么回头我买一套给她。"

米阳的书被扣下，只能随手拿了数学书和语文书，对他道："那我就带这两本回去吧，一本不带小雪又要哭了。"

白洛川"啧"了一声道："真麻烦，行吧。"

最后一个暑假，学校照旧发了几本暑假作业。周通他们领了作业后，又来找白洛川，主要是问他暑期的安排，有没有想去什么地方玩，他们几个打算出国参加夏令营。

白洛川摇头道："不去了，回山里。"

周通佩服道："还是白少觉悟高，修身养性。"他看了一眼旁边，问道，"米阳，你也去吧？"

米阳点点头，道："对。"

白洛川每年寒暑假都回山海镇，白老爷子退休了，定居在那边颐养天年。

他父母工作都很忙，每年寒暑假他就去那边陪陪老人，权当替他们尽孝了。

米阳跟他一起回去，他家的情况差不多，爷爷和姥姥都住那儿。每年回去的时候，米鸿除了手把手地教他修书，还会把自己会的一些杂七杂八的小绝活一起教给孙子。米鸿这两年性格越发古怪，但他对孙子还是很好的。

说起山海镇，米阳还是挺怀念的，那儿毕竟是他长大的地方。除了边城，也就是山海镇最让他熟悉了，他每次回去都特别放松。

这次暑假，也是骆江璟派人送他们回去的。

这次的车比之前的要大一些，方便多带一些东西。白洛川自己的行李就装了好几个箱子，他这会儿一直看着米阳那边，眉头都皱了起来，忍了半天才终于压低声音道："你带她干吗啊？"

米阳怀里抱着一个小女孩，路上颠簸，小女孩睡得很香，乖乖地倚在哥哥怀里。

米阳低头看看她，又低声道："嘘，别吵醒她，刚睡着。"

白洛川道："后面空间大，你把她放后面去睡。"

米阳道："不行，会滚下来。"

白洛川不耐烦地道："她这么大，太沉了！"

米阳道："不沉，还行……"

两个人小声地争辩了一会儿，怀里的小女孩动了一下，俩人都噤了声。白洛川瞧着小女孩团在米阳怀里又呼呼地睡了，抿着嘴唇半天没吭声。

因为路途比较远，中午他们停在一处临海小城吃饭。

这边的特色美食是海鲜，没有菜单，当天捕捞上来什么就放在门口透明的水缸里让大家自己挑选。简单说一下想怎么烹饪，老板就给客人做，吃的就是一个鲜味。

白洛川和米阳去点菜，白少爷挑的都是自己没见过的，就为吃个新鲜感。但米阳跟他完全相反，牵着妹妹的手商量着点家常吃的一些菜色，以稳妥为准。

白洛川用手肘碰了碰米阳，问他："再来两个甜点吧？给你妹妹吃。"

米阳笑着看他，白少爷一点儿也不脸红，他就点点头道："好，小雪听见了吗？快谢谢白哥哥。"

他低头说得自然，白洛川却动了一下耳朵，忽然看向米阳，眼睛亮了一下。

米雪没有爸妈在身边，还是有些胆怯，一直抱着米阳的腿躲在后面，听见后只小声说了一句话。

白洛川立刻道："声音太小了，听不到，你再教她一遍啊！"

米阳就蹲下，抱着小姑娘道："小雪，要有礼貌，说谢谢白哥哥。"

米雪小声说了一遍，白洛川不嫌弃小丫头了，忽然跟发现了新世界一样。打从吃饭开始到再上路，他都对小丫头照顾有加，路边瞧见什么新鲜玩意儿，不管是便宜的还是贵的，都硬买来塞到小丫头怀里，然后理所当然地要求米阳再教她感谢自己一遍。

次数一多，米阳就觉察出来了，抬头看着白洛川不吭声。

兄妹俩都保持沉默，白洛川忍不住摸了一下鼻尖，咳嗽道："我就是看着挺有意思，随便买一点，给你妹妹拿着玩吧。"

米雪一路上已经学会了道谢，对白洛川没有之前那么大的警惕性，开口道："谢谢白哥哥。"然后她抬头看着米阳，等着自家哥哥点头才敢去碰玩具。

米阳轻轻地点头，小丫头就抱过了那个红色小皮球自己玩，还看着后面。白洛川给她买了太多玩具，都放在后排的座位上，花花绿绿的，还是很吸引小孩的。

米阳摸摸她的小脑袋，道："去吧，小心一点，不要摔下来。"

小姑娘点点头，乖巧地自己去后座上玩了。

白洛川坐在一旁假装看窗外，"嘿嘿"笑了一声。

米阳塞了一边耳机给他，道："别闹她了，听歌吧。"

周杰伦的歌来回听了几遍，他们就到了山海镇。

米雪下车的时候，已经可以熟练地喊白洛川"哥哥"了。这次她说得特别积极，尤其是最后一句"再见"，声音又脆又甜。

白洛川随意跟她摆了摆手，转头看向米阳道："我过两天来看你。"

米阳点点头，牵着妹妹的小手走了。

米阳先带着小姑娘去看了爷爷米鸿。米鸿这几年一直住在小院里很少出来，他在房前开了一小块菜地，除非必要，一般不会离开这个小院。他大概也算好了孩子们暑假要来，提前准备了一些水果和糕点，厨房里的小灶上还炖着一锅冰糖雪梨，给他们降暑吃的。

米雪有点认生，她只来过山海镇几次，之前回来都是程青带着她，这还是她第一次跟着哥哥一起回来，冷不丁瞧见不苟言笑的爷爷，小姑娘直往米阳的身后躲。

米鸿也不介意，给他们盛了冰糖雪梨汤，又拿了点心给他们吃，瞧着没有留他们吃晚饭的意思。

米雪只喝了半碗汤就甜甜地喊爷爷了。小孩好哄，分享一点食物让她感觉到善意，她就愿意敞开心扉去信赖他人。

米鸿的嘴角动了一下，摆出笑的样子。

从爷爷家出来，再去姥姥家，程老太太那边准备的东西可就丰富多了。她提前几天就给程青打电话，光干果零食就摆满了客厅的茶几。瞧见米阳他们进来，她先是抱抱外孙，又低头亲亲外孙女，疼爱得不得了。

三姨程如从外面走进来，笑道："阳阳回来了？快去房间里瞧瞧，三姨给你和小雪准备了新衣服。你姥姥非说我买大了，我跟她说你今年一准长高，你去换上给老太太看看。"

米阳每年回来，几个姨都会给他准备不少东西。大概因为他是这个家里第一个出生的小孩，几个姨疼他已经习惯了，对他的关注就比妹妹多一些。这次也是，他们住的卧室床上放着两三套新衣服。米雪的是两身小连衣裙，而他的正式得多，衬衫、裤子还有外套，连薄毛衣开衫也有一件。

程如道："上回你不是说想去山上钓鱼吗？我跟你姨夫说好了，让他找人陪你去。山里冷，得穿厚一点儿。"她看着米阳把外套穿上，眼睛都亮了，推着他出来给程老太太看，"您瞧瞧，我说什么来着？这不正好嘛。阳阳长高了呢！"

程老太太认真地看了一会儿，笑着点点头："是高了，高了好，阳阳长大了。"

程如又去给米雪换上小裙子，大概是对家人天然的血脉亲近，没过一会儿米雪就开口喊人了，声音特别清脆。程老太太给她奶糖吃的时候，小丫头抓着糖笑得眼睛都弯了，却只吃了一块，剩下的那块偷偷塞到哥哥的衣兜里去。

程老太太瞧见他们兄妹俩感情好，坐在那儿也笑了。

晚上吃饭的时候，程如更是大显身手。她是四姐妹中最泼辣的一个，但个子最娇小。米阳去给她打下手，程如不让他待在厨房里。米阳笑道：“三姨，让我偷偷师，回头学会了做给我妈吃。她一直夸你是咱家做饭最好吃的，简直是大厨水准呀。”

程如得意地道：“那是。不过要说做得好吃，那还是你姥姥的手艺好。回头让老太太教你几道拿手菜，将来肯定用得上。你不知道，现在男人不会做饭都娶不到媳妇啦！”

米阳被她说得脸红，道：“三姨，我还早呢。”

程如道：“提前准备，咱们可别输在起跑线上。”

米阳还是第一次听说这样的起跑线，都听乐了，一边跟她聊家常，一边帮忙做饭。做到最后一道菜的时候程如让他试着掌勺，见米阳做得有模有样，连声夸他有天赋。

晚上准备的饭菜很多，程老太太特意盛出一份排骨莲藕汤放在一旁，对米阳道：“晚上给你爷爷拿过去，我记得以前这道菜还是他教我做的。”

米阳答应了一声，忽然想起爷爷家里摆放着的那把三弦琴，依旧摆在当初那个位置，擦拭得也干净。米阳想，或许米鸿现在不爱吃莲藕排骨汤了，因为喜欢吃的那个人已经不在了，他就连一日三餐也失去了味道。

晚饭过后，米阳去送了一趟汤。果然米鸿脸上的表情淡淡的，只是让他放下，并没有动筷子的意思。

米阳想留下陪他说一会儿话，米鸿却道：“我今天累了，你先回去吧，明天上午再来。”

米阳站起身来，想了想又道：“爷爷，我带了两套工具来，有些是买的，有些是我自己打磨的，明天也拿过来给您看看，顺手的话您留一套？”

米鸿道：“行。”

老人这两年看着明显苍老了，虽然脊背挺得笔直，但脸上的皱纹增多了，也越发不爱说话了。

米阳和妹妹住在姥姥家，程老太太早给他们收拾出了一间卧室，里面放了一大一小两张木床。米雪白天的时候还好，到了晚上还是有点儿认生，抱着自己的布娃娃去了米阳身边，小声道：“哥哥，我想妈妈了。”

米阳就翻过身来轻轻拍着小姑娘的后背哄她：“没事，姥姥是妈妈的妈妈，也跟你亲。”

米雪“哦”了一声，拿手指头去抠米阳睡衣的扣子，玩了一会儿就慢慢睡着了。

虽然刚开始怕生，但等几个姨家的表姐表弟表妹也放了暑假过来，米雪就又高兴起来。除了三姨程如家的是一个表弟，另外几个都是表姐——程春家的是一对刚上初中的双胞胎女儿，程歌家的是一个和米雪差不多大的小女孩，米雪跟她们一起玩得特别开心，没一会儿就凑到一处翻花绳去了。

三姨家的表弟年纪也小，最近有点儿假性近视，程如就给他配了一副眼镜先戴着想矫正一下。米阳一看到他戴眼镜的样子，就想起以后这个表弟的模样来，差不多类型的框架眼镜他从小戴到大，书生气十足。

孩子一多，程老太太这里就跟开了幼儿园似的，特别热闹。

米阳看米雪已经适应了姥姥家的生活，就放心地去了爷爷那边。他有时候晚上还会住下，想多陪陪米鸿。

米鸿对他的到来不置可否，米阳留下，他会准备住的地方，更多的时候他会教米阳修书，顺带着指点他分辨书籍。米鸿手里还有几本老书，手上也有几分本事，给米阳讲解的时候，顺手能在纸上画出一些书上没有的东西。

米鸿道：“我父亲当年是鉴别金银券的，后来兵荒马乱，金银券不好使了，他又去当铺行做了十几年。见到的东西多了，他的眼睛、手上也有准头，我画给你看的这些，你瞧仔细了，一般看准了这几处就不会错。”

米阳点头道：“嗯。”

米鸿又道：“别的东西太贵，我只碰过几次金器，但古籍版本的鉴定，我还是说得准的。早些年书肆兴旺的时候，琉璃厂、福隆寺周围开了几十家书肆，古书买卖也像押宝，看好一部书，押中了，也能赚上一小笔。”

米阳心中一动，问道：“爷爷，您之前去过京城？”

米鸿看他一眼，语气平淡地道：“听讲。”

他这是并不打算提起往事了，米阳认真地听着。米鸿是手艺人，也是个小商人，讲得杂而精，多余的话半句也不说。他教给米阳的这些与其说是技艺，不如说是他这大半生颠沛流离所学到的维生的手段。

老人见米阳学得认真，嘴上没说什么，等米阳临走的时候给他摘了两颗树上刚挂果不久的石榴，并对他道：“这是今年春天新栽下的石榴树，观赏用的小石榴，不能吃，你拿着玩吧。”

米阳笑出声道：“哎！”

米鸿送他出了小院，又对他道：“下午不用来了，去山上弄两块竹片，明天我教你画栏。”

米阳答应了一声，有些迫不及待。

他中午回去给了米雪一个小石榴，红皮的小果子很可爱，小姑娘开心得不得了，瞧着米阳兜里还有一个，缠着他撒娇还想要。

米阳捏了她的鼻尖一下，笑道：“这个不能给你，要给别人。”

小姑娘咬着手指问道：“哥哥要给谁呀？”

米阳道：“给你的白哥哥。”

小姑娘想了一会儿，点点头道：“好，除了我，哥哥跟他最好了。”

米阳忍不住笑了，这话太耳熟，白少爷也说过一模一样的话，只是说话时的神情不同。小丫头这边是悻悻地妥协，白少爷那边是趾高气扬地批准。

米阳下午去了后面的小山坡，路有点难走，他就没带妹妹，自己一个人去了。这里的气候偏湿润，也有一些竹子，但并没有南方的长得那么高大粗壮，细细弱弱地立在那里，根根青翠。

米阳挑了一会儿，选中一棵，正准备动手的时候，就听见旁边有人说话。

“城里来的少爷吧？瞧着像。”

“干吗呢这是？你们看……哎，说你呢，你就是那个城里来的小少爷吧？”

米阳刚开始完全没觉得对方是在叫自己，后来被扔了一小块竹片在脚下，他才抬起头来，愣了一会儿道：“你叫我？”

对面站着年龄跟他相仿的三四个男孩，暑假刚开始就到处跑，晒得比他要黑许多。十来岁刚刚有些少年人的样子，也带着这个年纪的骄纵，几人抬了抬下巴道：“对啊，就说你呢！”

米阳认出这几个人来了，他们是当年和他一起玩的小伙伴啊！不对，他现在的发小只有白洛川一个。严格意义上来说，他和这些小伙伴还真没什么交集。虽然他每年寒暑假都会来山海镇，但大半时间用来跟米鸿学习了，剩下那小半时间被白少爷霸占得死死的，没空去结交新朋友。

米阳还在想，对面那几个男孩打量了他一番，站在最前面的那个忽然哼出声道："出门还戴帽子啊，真娇气！哎，你们城里人没见过竹子吗？大下午的顶着太阳来看？"

米阳觉得头疼，当年白洛川来的时候，他的这帮小伙伴好像就是这么排斥白少爷的。他万万没想到还有轮到自己的一天。

对面几个男孩对他有些好奇，更多的是排斥，站在不远处一直看着。米阳还是很想和以前的小伙伴搞好关系的，努力找话题融入他们，慢慢跟他们也能聊上几句了。

就在山海镇上的小伙伴们慢慢向米阳靠拢，并问他在找什么样的竹子打算帮忙的时候，就听到一阵自行车急刹的声响，声音有些大。米阳抬头去看，就瞧见白洛川骑着一辆崭新的山地车停在山坡下，仰起头眯着眼睛看他，响了几下铃后喊道："哎，你跟他们有什么好说的？下来走了！"

对面那几个人看向米阳的眼神立刻变得不善，甚至再瞧他都跟看"叛徒""卧底"似的。

为首的那个嘲讽道："快下去吧，你们城里来的少爷不经晒，小心回去脸上脱皮疼得哭啊！"

"连几根破竹子都看半天，不知道选哪个，你还上山玩哪？！"

"就是，回你们城里去吧，看不起谁啊？！"

米阳被山海镇上"贫穷"的小伙伴嘲讽得不知所措。

白洛川已经上来了，他骑的那辆山地车挺专业的，喷了一层很酷的漆，是现在的男孩子最喜欢的那种，一上来就吸引了不少人的目光。刚才他们已经划清了界限，那几个男孩没多待，很快就都跑了。

白洛川上来的时候只听到最后一两句话，还冲米阳挑眉问道："怎么，没交上朋友？"

米阳："……"

这都是你该承受的你知道吗？！

白少爷显然不知道这些，还在那儿得意地道："算了，不用理那些人。你上来，我带你去爷爷那边，有好东西给你看。"

米阳闷声道："什么东西啊？"

白洛川道："特别带劲的小宝贝，你去就知道了。"

米阳看了看他那辆山地车，不知道怎么上去。

白洛川道："踩着后面就行，然后你抱着我。"

米阳试了一下道："这样行吗？不会踩坏吧……"

白洛川道："抱紧了啊！"说着他就加速冲了下去。米阳吓了一跳，只能弯腰抱紧了对方。白少爷在前面笑出声，骑得更快了。

到了白家老宅，米阳跟他进去以后，一眼就瞧见了那个"带劲的小宝贝"。

那是一匹黑色的小马，毛色油亮，额前一小撮白毛，一双黑亮的眼睛特别漂亮。听见有人来，它两只尖尖的小耳朵还机灵地抖了抖。

院子里挺宽敞的，放了一捆草给小马吃。它瞧见有人来了，站在那里张望，耳朵直直地竖着，打了个响鼻。等白洛川和米阳再靠近一点儿，它就用前蹄使劲地刨土，紧张起来。

米阳隔着一段距离去看它，越看越喜欢。白洛川从旁边拿了一根胡萝卜给他道："先喂点吃的，一会儿它就跟你亲了。"

米阳没喂过马，试着往前递了递，小马有点警惕，并没有吃。

白洛川道："奇怪啊，上午的时候我就是这么喂的……你看，它吃了。"

白洛川喂的，小马就低头吃了，只是那双大大的眼睛还在看着米阳那边，吃东西的时候都透着好奇。米阳被它那身黑缎子似的皮毛诱惑得无法自拔，趁着白洛川靠近的时候，终于忍不住伸出小手也摸了一把，惊奇道："真滑！"

白老从后面拄着拐棍走过来，笑呵呵地道："怎么样，漂亮吧？"

米阳跟老爷子问好，点头道："白爷爷，这匹小马是从哪里来的？太漂亮了！"

白老爷子道："前段时间老区那边的军马场裁减，最后剩下的这几匹马也要卖了，我就托人买回来一匹。"他走近，伸手抚摸了一下小马的脑袋，眼里透着怀念之色道，"当初我参军那会儿还有骑兵团呢，每年我最盼望的事情就是新马入营，跟过节似的，一大早就去营地门口守着，为了提前看它们一眼。后来骑兵团没了，养马场也一个接一个裁减了……"

小马跟白老很亲，没有胡萝卜吃也拿脑袋在他的掌心蹭了蹭。毕竟是三岁大的幼马，对人的防备心还不重，也是最容易和人建立感情的时候。

白老被它蹭了一下，笑起来："好好好，不说那些老皇历了，瞧瞧，它都不乐意了。"

小马还在蹭白老的手掌，打了个响鼻，满怀期待地看着他。

白洛川道："爷爷，你兜里是不是装糖块了？"

白老立刻否认："瞎说，哪有？！"

白洛川警惕地道："那它怎么跟你这么好啊？"

白老哼道："那是爷爷驭马有术，我像你这么大的时候，早在军营里摸爬滚打了。别的不说，我当骑兵团团长的时候，手底下有一千多匹好马，挑着使唤，一个个都这么亲我！"

白洛川不信，上前摸了一把老人的衣兜。白老拿拐棍赶他："去去去，没大没小！"

白洛川道："您还说没有？我都摸着了，好几块呢！"

爷孙俩当面争宠，一个手里拿着胡萝卜一脸不服，另一个兜里揣着糖块梗着脖子死活不认。小马比他们的嗅觉灵敏得多，年纪小也忍耐不住，很快就弯下头轻轻去咬白老的衣角，隔着他的衣服口袋讨糖吃。

白洛川冷笑："您还说没有？"

白老拄着拐棍站直了身体，勉强道："我这是给阳阳拿的，刚才忘了嘛，现在就给他。阳阳你过来，爷爷教你怎么喂小马！"

米阳憋着笑走过去，白老一本正经地从兜里掏出几块水果糖给他，又教他把糖纸剥开，把那几块糖平摊着放在掌心让小马去吃。白老握着他的手举高一点儿，道："对，就这么慢慢靠近，多喂几次它就跟你熟了。小东西的记性好着呢，谁对它好，它知道。"

小马靠近用舌头卷了那两块水果糖吃了，终于肯让米阳摸脑袋了。

米阳不小心碰到它的耳朵，它立刻警惕地抖了抖，又退后一步。

白洛川凑过来对他道："耳朵不行，先摸头，慢慢来。"

白老陪着他们看了一会儿，他年纪大了，身上有些乏，叮嘱他们不要喂多了就先回去休息了。

白洛川陪着米阳跟小马建立感情，顺便给米阳讲这匹马的故事。

“当初爷爷在骑兵团的时候骑的就是这样一匹黑马，当时整个骑兵团都轰动了，说是从来没见过这么好的马。其他马撒开了跑也追不上它，一个马厩里吃草的都让着它，没一匹马敢跟它抢。全团的人把它当宝贝似的供着它，后来你猜怎么着？”白洛川摸着小马的脑袋，冲米阳眨眨眼道，“它跑了。”

米阳大吃一惊道：“跑了？跑哪儿去了？”

白洛川道：“从骑兵团到牧区近一千公里，它领着另外两匹马只花大半个月就回去了。两个战士每个人两匹马一路追了二十七天，到了养马场之后，那匹黑马还在那儿吃草料呢！牧工被它感动得不行，都不想把它给骑兵团了，后来师部又派车过去连人带马运回来，当时还上了内刊，夸这匹马特别有灵性，可出名了。”

米阳听得津津有味，追问道：“后来呢？”

白洛川道：“后来啊，它就跟爷爷了呗，退役之后也一直养着。爷爷每年都往那边捎钱，以前还捎一点儿副食券，就是因为知道它爱吃糖。这是第三四代了吧。”他摸了摸小马的脑袋，眼神温和，“这是最后一匹了。”

米阳看着他，觉得他身上有种矛盾冲突感。这个人脾气大，但面对小动物的时候总是天真无害的，一对着其他人就立刻又武装起来。米阳想着之前在山上遇到的那些小伙伴，忍不住道：“你刚才瞧见那些小孩的时候，好像……没现在心情这么好？”

白洛川皱了一下眉头道：“他们叫得烦人，懒得搭理。”

米阳愣了一下，道：“他们给你取外号了？”

白少爷不愿多谈这个，又拿了根胡萝卜逗着小马喂，跟动物在一起的时候更舒心。

米阳想了一下道：“或许他们不是故意的……”

白洛川打断他道：“你还没见过马厩吧，我带你过去看看。”他牵着小马，带米阳过去。马蹄声“嘚嘚”，小马非常温顺地跟着他走。大概是因为米阳刚才给了它糖块，它扭头看了看米阳，好像在奇怪他为什么不跟上来。

米阳叹了一口气，抬步跟了上去。

白老让人在后院给小马搭了一个马厩，大概是考虑到它以后会长大许多，马厩建造得非常宽敞，木墙上爬满了常春藤，侧边还挂了一块小牌子，上面写着：乌乐。

米阳好奇地拿着那块小木牌看了看，问道："这是它的名字吗？"

白洛川道："对。"

米阳道："好像是蒙古语，翻译过来是什么意思？"

白洛川把小马牵进去安置好，摸了摸它的脑袋，看了看它那双黑而亮的眼睛，笑着道："云朵，好听吧？你不知道它跑起来有多帅气，比天上的云都要快。等明天天气好了，我带你一起去看。"

第二章
丝瓜藤

米阳隔天去向米鸿请了假，专门去看小马。

白洛川带着他找了一块平坦的场地，那边临时用木栏围起来一块，让乌乐撒丫子跑了一会儿。小黑马三岁正是活泼好动的年纪，围着场地跑了几圈，又溜达着找过来。白洛川摸了摸它道：“我试试，等学会了再带你一起。”

米阳让开一点儿，点头道：“骑慢点，小心些啊！”

白洛川在旁边大人的帮助下，试着骑到乌乐的背上，在指导下有模有样地骑了一圈。然后那个驯马的大人松开手，让他自己来了。

白老有些时候对这个唯一的孙子非常溺爱，恨不得捧在手心里要什么给什么，但有些时候对他特别严厉，像是小时候的训练，米阳做不来，但白洛川一定要做到，还要做到令白老满意为止。又像是现在，包括驯马师在内，都没有因为他还是个少年就对他放松要求，甚至比对一般人更严格。

米阳站在围栏的一边看着白洛川骑马，白少爷身姿矫健，胯下的小黑马肌肉也漂亮，迈开腿跑动的时候带着风呼啸而过，脖颈上还未完全长长的鬃毛飘动着，看起来漂亮极了。

米阳看了一会儿，忽然想到，白洛川从未让身边的人失望过，他把一切都做得很好。

白洛川跑过来的时候目不斜视，但只看侧脸也能瞧出少年人的俊美，眉眼幽深，鼻梁挺拔。这个人带着如利剑一般勇往直前的气质，势如破竹，锐不可当。

米阳看着他的侧脸，不知怎么想起了骆江璟。

骆江璟是一个美丽的女人，即便发怒也是赏心悦目的，只是勾勾嘴角就让人的心颤抖，低下头，不敢多看她一眼。他刚才瞧见白洛川的时候，觉得他和骆江璟十分相似。白洛川也有一张漂亮的脸，只是多了几分少年的气息。笑起来的时候像骆江璟，发怒的时候更像骆江璟。

骆江璟像雪峰下流淌的暗河，冰冷、未知，暗藏汹涌。白洛川则像是一团火，年轻肆意，又带着天真的贪婪，从未受过挫折，舒展开爪牙，是栖息在自己领土上的天之骄子。

白洛川骑着小马过来，额头上带着薄汗，眼睛里满是快活的笑意，轻轻勒了一下缰绳，坐在马上看他："我刚才骑得怎么样？"

米阳仰头看着他，太阳晒得他眼睛眯起来。

白洛川看着他，又喊了他一声："米阳？"

米阳笑道："特别棒。"

白洛川又高兴起来，从小黑马上利落地下来，想让米阳也上去试试。米阳犹豫了一下，还是摇头拒绝了。

白洛川看着他道："怎么了？"

米阳："我还是慢慢来，先给它喂几天吃的吧。"

白洛川劝了几次，米阳还是笑着拒绝，他就耸耸肩道："那好吧，你在这儿看着啊，我骑给你看。瞧，乌乐特别温顺，不会把人丢下来。"

他骑着小黑马围着米阳绕了两圈，已经控制得很灵活了。他一边骑马一边对米阳道："乌乐的爸爸当初在牧区的时候还救过一个人呢。"

米阳道："怎么回事？"

白洛川道："有一回草场迁徙，路上下了大雪，牧工骑着它走在前头遇上了野狼，它一脚就把那匹狼的脊骨踹碎了。虽然人和马都跑了出来，却跟大部队隔开了一段距离，天黑又下着大雪，差点找不到回牧区的路。那个牧工有经验，伏在马背上，抱着它的脖子让它自己跑。老马识途，第二天，天蒙蒙亮的时候，他们就回到牧区了。"

小黑马打了一个响鼻，白洛川伸手安抚了它一下，道："这都是爷爷告诉我的，他说如果骑马迷路了，不要强行控制马，你只要听它的，它一定会安全地将你带回原处。”他说完翻身下来，碰了米阳的肩膀一下，笑道：“你说，它是不是个特别带劲的小宝贝？”

米阳笑出声，点点头。

两个人和小马玩了一天，回来的时候身上都沾了草料和尘土。白洛川刚进房间就脱衣服，受不了地道：“怎么这么臭……”

米阳没带换洗的衣服，只能先拿了白洛川的一套凑合。米阳听见白洛川说的话乐了，道：“你下午的时候可不是这么说的，你还说乌乐是个小宝贝呢。”

等米阳洗好了，白洛川才进去痛痛快快地洗了一个澡，热水淋在皮肤上的时候舒服得他都想哼歌了。

白老这边很少有人来，晚上他特意留米阳一起吃饭，又兴致勃勃地道：“阳阳，洛川说你最近在学修书？这个不错，爷爷这边也有一些书，都是家里以前留下来的，等会儿找给你，你拿回去看看能不能修。”

老人都这么说了，米阳就留了下来，但跟着去看了以后才明白白老口中“一些”的概念。

哪是一些书啊，根本就是一书房的书。

老宅里的书房保存完好，榫卯结构，没有一颗铁钉。

白老推开书房的雕花木门，带着两个小孩进去。这个书房极为高大宽敞，里面有不少老物件，一排排高大的书柜上还能看到以前贴了封条的样子，撕下来的时候匆忙，不少书上还带着残缺的白色的纸。

白老爷子道：“这是一百多年前建的，我接手之后没再打理过，这些东西放着也是糟蹋了。阳阳你看看还能救回多少就救多少吧。”

米阳看着这一书房的书，根本挪不动脚步。

他原本想说晚上回家去，这会儿话到了嘴边变成了一个“好”字。连白洛川问他要不要住下的时候，他也回了一个“好”字。

米阳没贪多，先看了一遍，挑了两本情况略微轻一些的准备带回去。

白洛川半路打劫，对他道：“你晚上肯定又要偷着修书，放在我这儿吧，书房钥匙也在我这儿，明天一早你来跟我要。”

米阳的目光落在他手里拿着的钥匙上，点点头道：“行吧。”

白洛川把枕头并排放好的时候还在轻声抱怨：“爷爷也不多请几个人打

扫一下，这边太大了，客房没两天就落灰，你刚洗干净又去睡那边？不成。”

米阳穿着睡衣躺在那儿，摸了摸枕头，睡衣的袖子有点长，盖住了半根手指，看起来整个人都小了一圈。

白洛川瞧见心里还挺美的，觉得自己这个哥哥当得不错。

白洛川出去跑了一天，运动量充足，没一会儿就睡了。

第二天一大早，白洛川拿着钥匙去开了书房的门，找了昨天挑出来的那几本书给米阳。大概是嫌书放得太久了，他用一个干净的盒子装好了才让米阳去拿，还一再叮嘱他：“你修的时候小心点，这书可有些年头了，戴上眼镜吧，别弄到眼里。”

米阳点头答应下来，带着书回了米鸿那边。

米鸿对这两本古书很感兴趣，摸着封面道：“清代的医书，品相还不错。”他用手指敲了敲，忽然问道，“是谁让你修的？”

米阳道：“是白洛川的爷爷，他有一间好大的书房，让我拿来练手。”

米鸿淡漠地道：“说是练手，修好了的话钱可要另算。”

米阳愣了一下，道：“还跟他家要钱吗？”

米鸿看他一眼，有些不满地道：“你怎么一直帮着白家？你还不如姓白算了。”

米阳的脸一阵发热。

米鸿道：“手艺人靠手艺吃饭，即便是学徒，也从不做白工。我们这一行虽然没有什么祖师爷，但规矩就是规矩，你一个小孩脸皮薄开不了口也正常，那就我去问吧。”

米鸿放下书去堂屋打电话，米阳连忙跟上去，看到米鸿已经在拨号。

米阳小声道：“爷爷……”

米鸿打去白家的电话被接通，只听白老的声音传来：“哎，老米，你这个老家伙怎么今天想起给我打电话了？”声音听着熟稔，白老带着笑意打趣。

米鸿道：“我孙子去你家修书，活计拿到家里，他一个小孩什么都不懂，我瞧见了自然要问清楚雇主的要求。”

白老笑呵呵地道：“什么要求不要求的，我那一堆破书放在那儿也是发霉，没什么用处，就拿给小孩们玩吧。前两年你帮我修了老宅的门窗，我还没谢你呢。”

米鸿道：“这不合规矩。”

米鸿跟对方询问得清楚，说起话来又像是书肆里的那个修书先生，声音淡漠但具体情况都讲得很清楚，是个生意人的模样。白老却是大大咧咧的，估计只听了一会儿就厌烦了，随意地道：“行行行，听得我的耳朵都疼了，你要多少钱？”

米鸿看了一眼旁边站着的孙子，回他道：“不要钱，每修五本就给我们一本吧？您放心，我们不拆成套的，行里有规矩，就捡几本单本的收。”

白老爷子道：“行，就这么办吧！”

米鸿挂断电话，教育小孩道：“以后遇到什么事都提前说开了，虽然瞧着有些生分，但比起以后的麻烦要好处理得多。”

米阳点点头道：“跟谁都这样吗？”

米鸿勾了勾嘴角，难得跟他开了句玩笑：“不，跟自己媳妇不用分你我。”

米阳还在那儿点头，米鸿看他一眼道：“谈小女朋友了？”

米阳连连摇头：“没有！没有！”米阳脸上发烫，把视线挪开，努力岔开话题道，“爷爷，您……您还去给白家修过门窗啊？”

米鸿道：“对，白家老宅前两年翻修过一次，弄了一些好木材又信不过别家的手艺，就找到我这里来，我就给帮着修了一下。我给镇上不少人家帮过忙，白家是个好雇主，钱给得挺大方。”

米鸿毫不介意地讲了出来，不觉得低人一头。

米阳也只是想换个话题，立刻道：“对，我还瞧见收拾庭院的了，好像就是雇了镇上的人。”

下午的时候，米阳埋头修书，米鸿教得认真，祖孙俩话虽然不多，但感情更好了。

米阳晚上踏着月光回姥姥家去，夜里的山海镇一片寂静，踩在石子路上会发出细微的声响。米阳一边踢着一块小石子慢慢往前走，一边想着心事。他快到程老太太家了，忽然听到外面小院有窸窸窣窣的声响，隐约还有说话的声音。

米阳警惕地道：“谁？谁在那儿？！”

那边安静了一下，立刻又发出一阵声响，像是要跑。

米阳拿着手电筒开了最强光。他一路上原本没用这个，遇到小贼了想起震慑作用，又大声道："我瞧见你了啊，哎！还跑，说你呢……"他本来想大声喊人来，这边离家近，喊一嗓子左邻右舍就都能出来帮忙，但当手电筒的强光照过去，他自己先收了声。

被照得直捂眼睛的人是一个跟米阳年龄相仿的男孩，十四五岁，拿胳膊挡着脸，小声喊道："别……别！别喊，自己人！"

米阳被他气乐了，把手电筒的光线调低了一挡，却没挪下来，仍照着那个男孩的脸，凑近了道："别挡了，我知道你是谁。"

那个男孩臊得慌，把手放下来挠了挠脸，不好意思看他，左顾右盼地道："那什么，我就是晚上吃多了，来溜达溜达……就，到处看看。"

米阳道："就溜达到我家小菜园来了？"

男孩咳了一声。

米阳道："王兵，说说吧，大晚上的干吗来了？"

王兵抓耳挠腮说不出来，米阳就用手电筒的光在他全身扫了一遍，光线很快便落在他那鼓鼓囊囊的裤口袋上，王兵立刻捂着口袋不吭声了。

米阳想笑，这事儿他再清楚不过了。眼前这个王兵就是他之前去山坡上挑竹子的时候领头说他的那个男孩，也是当年他的发小之一。王兵人不坏，就是特别讲义气，总爱扎堆跟人玩，还爱替人出头。王兵想当老大，就要做出一点老大应该做的"大事"来。这年头少年会偷偷在家里一起看香港电影，王兵家有 DVD 机，放暑假大人又不在，他们便凑在一起看电影。米阳记得自己以前也跟他们一起看过，好像是古惑仔一类的电影，片名记不清楚了。

他只记得王兵当时还吹牛，瞧见电影里的大哥抽烟，非说自己也学会抽烟了。

一帮半大的孩子，毛都没长齐，纷纷起哄让王兵抽给他们看。

镇子就这么大，王兵哪敢自己去买烟，他要是去买烟，卖烟的六婆能在十分钟内告诉半个镇子的人王家小子学坏喽，会抽烟了。

但牛已经吹出去了，能怎么办呢？王兵也不知道从哪儿听来一条小道消息，说是干枯的老丝瓜藤卷起来当烟抽，味道跟香烟特别像，劲儿更足。

他那个暑假没少祸害镇上有小菜园的人家，拔了人家好些丝瓜藤。米阳姥姥家这块小菜园留着做种的老丝瓜被他拔了不少——米阳记得当时他还求自己给他拔丝瓜藤来着，伏低做小，求米阳千万别告诉别人他抽的是“假烟”。

米阳憋着笑，故意绷着脸道：“说说吧，偷什么了？”

王兵的脸通红，吭哧半天才道：“就……就一点菜，我回头跟程奶奶说一声还不成吗？”

米阳点头道：“那行，走吧，现在就进去跟我姥姥说。”

王兵一把拽住米阳的胳膊，小声地求他：“别别，米阳，当我求你。这件事真不好说，但我跟你保证，不值钱，就一小把那什么。”

米阳惊讶地道：“你知道我的名字啊？”

王兵：“……”

米阳道：“我以为你还管我叫‘城里来的少爷’呢。”

王兵抹了一把脸，憋屈地道：“我错了，我跟你道歉还不成吗？”

米阳收了手电筒，道：“行吧，那我就当没看见。”

王兵愣了一下，还以为米阳要故意折腾他，已经想好了接下来求人的说辞。冷不丁听米阳说不管了，他反而有点儿诧异。

米阳看着他，奇怪地道：“还不走？”

王兵立刻道：“走，这就走！”他冲着那边的菜地又低声喊了一句：“哎，赵海生！走了！”

那边立刻滚出一个人来，比王兵胖一些，圆滚滚的特别结实，立刻应了一声跟着逃走了。

米阳看他们一眼，心道：这还是团伙作案啊！

偷个丝瓜，阵仗可真大。

米阳回了姥姥家，一进门就听到一阵笑声。家里小孩多，程老太太被哄得也跟着高兴起来，这几天笑个不停。

米雪扎了漂亮的小辫子，正举着自己的翻花绳给老太太看。她瞧见自己哥哥进来，立刻跑了过来，举高了手给米阳看：“哥哥，瞧，我会弄到第七个啦！”

小女孩都喜欢玩翻花绳，米雪人小，每次都只能勉强跟上。她今天翻了一个类似纵横“井”字的蜘蛛网一样的花绳，比之前进步很多了。

米阳弯腰看了，认真地夸她：“厉害啊，都会这么复杂的了。”

米雪又给哥哥展示了今天新得的礼物，把小脑袋凑过来给米阳看：“哥哥你看，表姐给我的新发卡，可好看啦！”她头上别了一个金属材质的小蝴蝶发卡，翅膀是用五彩的小珠子串成的，走路的时候蝴蝶的翅膀还会晃动，把小姑娘美得不行。

米阳也夸了她两句，小姑娘又问他：“我可以把哥哥给我的小石榴送给表姐吗？姐姐送了我发卡，我也想送她东西。”

米阳道：“可以啊，怎么想起送小石榴了？”

小姑娘仰着头道：“姐姐说她们画素描要用啊！”

米阳道：“那你送吧，回头哥哥再给你找一个小石榴。”

小姑娘眨着眼睛问他：“哥哥桌上还有一个，那个，白哥哥还要吗？”

米阳想起还没把石榴给白洛川拿过去，最近忙忘了，倒是小丫头一直眼馋。他捏了小丫头的鼻尖一下，笑她：“小机灵鬼，那个不行。”

米雪吐了吐舌头，又牵着米阳的手去了卧室。他们房间的小桌上放着一个小布口袋，小姑娘一边打开给他看，一边说道：“姥姥今天带我们去摘枣啦，我和几个姐姐挎着小篮子去摘的，摘了好多，这些是给哥哥留的。”

米阳过去看了看，是第一季冬枣，个头比较小，但特别甜。他瞧着那扎扎实实的一小袋，惊讶道：“摘了这么多？”

小姑娘道：“对呀，去王奶奶家的枣园里摘的。王奶奶还夸我有礼貌，让我下次带哥哥一起过去玩。”她从抽屉里拿了一个盒子出来，又踮起脚尖捧了几把布袋里的冬枣，分成两小堆，多一些的推给米阳，“这是哥哥的！”她指着另外一小半认真地道，“这是哥哥要留给白哥哥的。”

米阳笑出声，点点头收下了。

他内心已不是小朋友，没有办法放肆享受这段青春——他比少年人沉稳，却也喜欢少年人的炙热和真诚。

他想了一夜，天蒙蒙亮才睡下。

米阳第二天起来，难得在有小枕头的情况下还没睡好。刚吃过早饭，白洛川就打来电话问他要不要来白家老宅。米阳推拒道："不了吧，我有点事。"

白洛川道："什么事？麻烦吗？我去帮你。"

米阳道："不用，就是帮我姥姥在家干点活。你忙你的去吧，等我有空了就过去。"

白洛川答应了一声，然后挂了。

米阳心里有事，想再冷静一下。正巧程老太太从前面小院子里摘了一些蔬菜和瓜果要拿出去送给别人，米阳接了过来，道："姥姥，我去吧。"

程老太太笑道："也行，这不昨天带着小雪他们几个孩子去摘了你王奶奶家的冬枣嘛，今天你给她送点菜过去，就是街口的王兵家，你认识吧？"

米阳点点头道："认识。"

山海镇不大，邻里关系一直都很好，小镇既安静又安全，程老太太特别放心地让他去了。

米阳走在清晨雾气还未完全退散的街上，看着熟悉的一草一木，心里略微放松了一些。他以前就是在山海镇长大的，大学毕业后有一段时间想回来继续过这样平淡的小日子，找一个温和的人，两个人不吵不闹、有滋有味地过一辈子。

可他这么想的时候，总会有个身影霸道地跑出来，挥之不去。

米阳走了一会儿，忽然闻到一股呛鼻的味道，像是什么烧着了，带着一股煳味。

他四处看了一下，瞧见一帮半大小子偷偷摸摸地躲在一处避风的墙角，围着也不知道在干什么。没一会儿，一股白烟又冒出来，立刻引来"哇"的一片羡慕声。

王兵躲在墙角正在显摆自己会抽烟，他昨天用白纸卷了几支"香烟"，猛一看还挺像的，可点上以后就不是那个味道了。

老丝瓜藤点上以后，比香烟可要呛多了，一口气闷进去，又苦又涩，王兵的眼泪都快要呛出来。但当着一帮小弟的面，他哪肯示弱？还在那儿为了逞能夸张地往肚子里咽。博得满堂彩的同时，他一张脸都憋红了。

米阳隔这么远都觉得呛得慌，真有点佩服王兵。

王兵正躲在墙角一边享受羡慕的目光，一边准备咬牙再来一口的时候，忽然听到墙那边传来一声怒吼："小兔崽子学能耐了，要造反啊你？！"

连米阳都被这一声吓了一跳，抬头去看，就看到一个高大壮实的妇女从矮院墙那儿直接翻了过来，蒲扇大的手一抓就是两三个小崽子，把他们推到墙角那边去。那几个人缩成了鹌鹑，哆哆嗦嗦，一个都不敢跑。

还有人试着喊人："王王王……"

那个女人怒气冲冲，戳着他的脑门道："小王八蛋不学好，敢抽烟！"

另一个都快哭了："没没，不敢，王大娘！"

女人冷笑道："叫王母娘娘都不好使，今儿谁都跑不了，一会儿排队给我回家去，让你们的老子娘好好管。念书怎么不见你们这么积极，学坏倒是都知道扎堆了啊！"她扭头又看着自己儿子，怒道，"王兵！你给我转过来！说的就是你，别的不争第一了，学这些东西你倒是快啊？！"

王兵打从刚才起见了他妈就跟耗子见了猫一样，两条腿发软，一口"烟"吸进去愣是没敢吐出来，这会儿憋得满脸通红，感觉五脏六腑都要烧起来。他本就难受得不行，被点了名又害怕地哆嗦了一下，没撑住咳了起来。这一咳呛到气管里，太阳穴上都暴了青筋，简直是涕泗横流。

王兵他妈估计是真生气了，夺过儿子手里那半支"烟"，伸手就去揪他的耳朵。王兵当着这么多人的面不肯说出真相，梗着脖子闭着眼就想硬扛。

米阳提着篮子走过去道："阿姨。"

王兵他妈还没被人这么叫过，一时间没听出来是喊自己，待到米阳喊她第二声的时候，她才回过神来道："什么事？"

米阳举了举篮子，满满一篮蔬菜和瓜果，都带着露珠。每一样都是程老太太精心挑选出来最漂亮的，特别讨人喜欢。米阳穿得干净又斯文，笑起来也是一副讨人喜欢的样子："阿姨，这是我姥姥让我送来的，说是谢谢王奶奶昨天让我们去摘冬枣。您家里的冬枣特别甜，比外面卖的好吃多啦。"

王兵他妈的神情缓和了许多，伸手不打笑脸人，尤其是人家还是来道谢的，也回了个笑脸道："米阳是吧？甭客气，我以前跟你妈关系特别好。青儿都喊我姐的，你就当是自己家，什么时候想吃了就自己去摘，姨家里有一片冬枣林呢，管够。"

她对着米阳笑，但手底下没松劲，还拎着家里小崽子的耳朵。

米阳看了一眼，道："阿姨，还有王兵的事，其实不是这样的。"

王兵他妈皱眉道："我亲手抓到的还能有假？"

米阳指了指她手里那半支"烟"道："这个其实是我昨天给他的。"

王兵他妈惊呆了，他好歹是镇上来的小客人，听说学习特别好，拿了好些奖，斯斯文文地站在那儿。她完全没办法像对付家里皮猴子一样去动手，只眨了眨眼重复道："啊？你……你给的啊？"

米阳点点头道："您让他们走吧，我跟您解释。"他说着就冲缩在墙角的那几个人使眼色，那里面有机灵的，立刻就猫着腰蹿出去了。另外几个有样学样，也跟着跑了。

王兵他妈懒得去抓，只抓住自己的儿子，还在看米阳，眉头已经皱了起来。

米阳等人都跑了，把她手里的那支"烟"要过来，边掰开来给她看边道："喏，您看，这里面不是烟丝，是老丝瓜藤……王兵其实没抽烟，您管得严，他肯定不敢的。但他跟别人吹牛说自己会抽烟了，无奈之下昨天晚上去我姥姥家的菜地里摘了好些丝瓜藤。您要是不信，可以让他带您去看看，家里保准还剩下不少。"

王兵他妈用看傻子的眼神看向自己的儿子："你抽丝瓜藤？"

"嗯。"王兵脸都红了，抽这个和抽香烟不一样，毕竟是假烟，但是也特别丢人就是了。

王兵他妈还是不轻不重地教训了他两下子，唬他道："学也不行，以后不许再玩这个，这不是小孩该会的！"

王兵也觉得自己特别傻，赶紧点了点头。

王兵他妈知道自己儿子什么样，无非是又吹牛了，教训完了就让他回家把剩下的老丝瓜藤都翻出来，严肃地道："给你程奶奶都送回去！"

后面拎着菜篮子进来的米阳："……"

米阳觉得他姥姥好像也用不到这些丝瓜藤。

米阳给王家送完东西，篮子里又被王兵他妈放了一个小西瓜，王兵他妈还对他道："黄瓤西瓜呢，拿回去，你家孩子多，吃个新鲜。"

米阳谢过她，从王家出来，后面跟着提着小半口袋丝瓜藤的王兵。

米阳过了拐弯处，见王兵还跟着自己，笑道："干吗？还真给我姥姥送回去吗？别傻了，你拿去玩吧，别让你妈再瞧见就行。”

王兵眨眨眼道：“啊？”

米阳乐得不行，对他道：“这件事就你、我和王阿姨知道，她比你还要面子呢，肯定不会说的。我也不会告诉别人，我向你保证。”

王兵的脸上立刻如拨云见日般放晴，眼睛亮亮地道：“你真不说出去？”

米阳在嘴上做了一个拉拉链的手势道：“一个字都不说。”

王兵彻底松了一口气，腰杆挺直了，过去跟米阳勾肩搭背一副好兄弟的样子道：“可真吓死我了，刚才你怎么这么机智啊？哎，米阳我跟你说，以后我一准儿护着你。你在山海镇报我的名字，就没人敢动你。”

米阳道：“行吧。”

王兵不在意米阳就这么平静地接受了，拍着胸口还一副心有余悸的样子道：“刚才我还以为我这辈子都毁了。”

米阳：“那你这辈子也太短了。”

王兵道：“这要是传到其他人的耳朵里，我以后还要不要在学校混了？我跟你说，人活一口气，树活一张皮，面子特别重要。”他挠了挠脸，有点不好意思道，“我这也是想耍帅嘛。”

米阳看他一眼道：“抽烟可不怎么帅。”

王兵不服，冷哼道：“那你是没见过帅的！”

米阳想反驳，但脑海里有个画面一闪而过。那是一张在夜色下烟雾里半明半暗的俊脸，就连皱起来时的眉峰都是帅气的。他张了张嘴，把到了嘴边反驳的话收了回去。如果是少爷的话，确实是赏心悦目的。

王兵还在那儿嘚瑟，米阳看不惯，道：“等以后再抽吧，现在抽烟女孩也不喜欢啊！”

王兵立刻脸红道：“谁……谁抽给女的看了啊！”

米阳简直不能再了解他，他装成熟是为了吸引班花。当初他追了班花好些年，好不容易人家姑娘点头答应了，结果上大学他们异地恋，苦哈哈地坚持了七年，姑娘研究生毕业之后跟他结婚，也算是功德圆满。王兵在婚礼上特别没出息地哭了一场，说两人再也不分开了。

米阳给他当伴郎，也挺感动的。

但现在看着十几岁的王兵，米阳觉得人家姑娘一开始没答应也正常，因为这个人从头到脚都冒着傻气啊！

米阳这边感慨什么，王兵全然不知，不过丝毫不妨碍他把米阳划入自己的小圈子范围之内。米阳保住了他的面子，就是他最铁的哥们儿了。

王兵带着米阳去认识了一圈小伙伴，听说米阳要去爷爷家学修书，没多留他一起玩。中午的时候，王兵带着这帮小子送来了七八根竹子，有长有短、有粗有细。大概是不知道米阳要什么样的，他们连竹叶都没敢摘掉，囫囵个地送了过来。也亏了这帮傻小子力气大，他们隔着院墙把竹子扔过来后，又一哄而散跑远了。

米阳听见响声出来的时候，正好瞧见王兵隔着院墙看他，冲着他“嘿嘿”乐了一声，然后跳下去跑远了。

米鸿也出来看了一眼，院子里乱七八糟地放了一地竹子，他开口问道：“你认识的小朋友送来的？”

米阳道：“对，上回我去找竹子来着，他们瞧见了。”

米鸿带着他整理了一下，拿刀砍了一小节竹子道：“他们挑的还不错，这个正好，今天给你做两样小工具，把画栏给学了。”

米阳笑道：“哎。”

第三章
赶会

王兵这帮小子像是一夜之间就接纳了米阳，交到第一个朋友之后，顿时都跟他热络起来。平日里程老太太的人缘就不错，加上米阳又是一副好学生的样子，这帮人发现只要他们说去找米阳玩，家里的大人都会松口放他们出去。

米阳身边的朋友多起来，以王兵为首的这帮人带着他重新认识了一遍山海镇。这些倒是和米阳记忆里的画面都能重叠，米阳也感觉更熟悉了。

王兵这天带着米阳去"赶会"，"会"类似庙会，又有点不同。每个月中都会有一场"会"，在离这里不远的一条街上，热闹的时候连着的三五条街满满的全是人。王兵骑了自行车，带着米阳一起过去，路上还兴冲冲地道："这次的规模比之前的都要大，小广场上还有杂耍表演。哎，你玩过套圈没有？我请你啊，我妈给了我五块钱呢！"

米阳出门的时候程老太太也给了他零花钱，听见王兵这么说，就道："看看吧，我听赵海生说有卖旧书的？"

王兵道："有啊，你要那些干吗？又破又旧。"

米阳道："我喜欢书。"

王兵笑道："你还真喜欢啊？我当你是应付大人呢。成，等到了之后我带你去找找，咱们人多，保管一会儿就能帮你找到。"

"赶会"的人多，沿街的铺子都开了，有些人还铺了垫子把东西摆在石板街道上叫卖，特别热闹。

米阳跟着王兵他们一路走一路看，觉得回到了小时候。虽然一看卖的东西就知道是廉价的小商品，可是离开了这里，就没有那个热闹的味了。

王兵一路四处张望，没有把心思放在这些小物件上，找了好几个地方后，忽然眼睛一亮道："来了！"

米阳挨得他近，听见了，便道："谁来了？"

王兵拨弄头发，随便抓了两把就倚在一旁的石狮子上抖着腿等，尽量装出一副无所谓的样子。如果不是那双眼睛太亮，估计会装得更像。

没一会儿，对面来了几个女孩。走在最前面的两个女孩手挽着手，都是十来岁的样子。左边那个梳了马尾辫，唇红齿白，特别漂亮。右边那个要秀气一些，梳了两条麻花辫，看起来温婉可人。

王兵激动得不行，拿胳膊撞了米阳一下，还盯着人家女孩看，对米阳轻声道："瞧见没有，那个梳麻花辫的女孩怎么样？够漂亮吧？"

米阳脸有点儿僵，他的视线落在左边那个女孩身上好半天都没挪开。那个高个子梳着马尾辫的女孩，如果他没记错的话，是他们学校当时的校花——他最后一次见她，是在白洛川的"订婚"宴上。

那几个女孩一路逛着走过来，女生走路都习惯手挽着手，最前面那两个漂亮女生关系亲密，看着就很要好，有说有笑。

王兵小声道："那个女孩叫姜媛，是我的同桌，也是我们班的学习委员，班花呢！"他美滋滋地跟米阳说着，随后警惕地看了米阳一眼，并叮嘱道，"先说好了，你可不能跟我抢啊！"

米阳点头道："不会。"

他还在看那些女孩，王兵顺着他的目光看了一眼，道："瞧上姜媛旁边那个扎马尾辫的了？没用，她叫杨柳青，成绩好，全校第一，人长得也漂亮，傲着呢。"

正说着，几个女孩就走到他们这边了。等她们走近以后，王兵先开口："哎，姜媛媛！"

梳麻花辫的女孩脸皮薄，对他道："别瞎叫。"

王兵自从听到她的小名后就总爱这么叫她，显得两个人之间特别亲密，他带着一点儿小心思，觉得这样喊叠字的小名很甜。

旁边几个女孩凑过来小声说话，笑闹了一阵。姜媛气得追着打了她们两下，红着脸道："瞎说什么呀，我才不和他好呢！"

王兵只听到最后几个字，问道："什么？谁好？"

姜媛道："谁都好，就你不好。"

王兵的脸皮厚，已经毫不在意地挤了过去。他和姜媛她们挨着走，一边护着她们一边问道："哎，你今天来买什么呀？我瞧见那边有新出的歌曲磁带，你上次不是说想听歌吗？我带你去吧。"

姜媛道："嗯，有任贤齐的吗？我最喜欢他了。"

王兵道："我也觉得任贤齐还行，我还学了一首他的歌呢，我唱给你听啊！我要你陪着我，看着那海龟水中游……"

"难听，不许你唱小齐的歌！"

"慢慢地爬在沙滩上，数着浪花一朵朵……"

姜媛对这个同桌还不错，米阳在一旁听，她问王兵作业写了多少、试卷做完了没有。

王兵一提起学习就头大，可这会儿居然认真地听了，也不用他妈拧着他的耳朵去学，甚至给姜媛背了一段英文作文。

米阳叹为观止，爱情的力量果然是伟大的。

另外几个女孩见米阳一路跟着她们，又是新面孔，对他很好奇。杨柳青走在姜媛身边，她们俩本来是手挽着手走的，王兵一过去，她就被挤到另一边去挨着姜媛了，倒是和米阳并肩走在了一处。

她有点好奇地看了米阳一眼，问他："你也是我们学校的学生吗？转学生？"

米阳摇头道："不是，我姥姥家在这边，我是来这儿过暑假的。"

杨柳青点点头，又小声地跟他聊了几句，互相介绍了一下。她见米阳一直看着自己，忍不住道："你是不是也觉得我的名字特奇怪？"

米阳道："嗯？"

杨柳青叹了口气道："真不是故意取得那么诗情画意的，是因为我爸在'津市杨柳青木板年画'那儿上班，又刚好姓杨，就给我取了这么一个名字。"

她还和以前一样爽朗，一样"接地气"，米阳听得都笑了。

他和杨柳青当年第一次见面说的话也是这么几句，不过他们当时是同学，关系更好。杨姑娘是翻着白眼跟他说的，一个字不差，全程“吐槽”她爸，说这个名字跟她的性格完全不符。她的性格和脾气多年来一点儿都没变，带着一股机灵劲，同时风风火火泼辣得很。

米阳记得她高中去了市里读书，成绩依旧很好，只是犯了一个小姑娘最容易犯的错误——她喜欢上一个男孩，给他写了一封含蓄的情书，末尾没有署名，只画了一颗爱心。她是亲手把情书交给喜欢的男孩的，郑重其事地把自己第一份小小的爱恋一并交了出去。但那个男生不是什么好人，把信拿出来炫耀，从男生宿舍一路传到了老师的手里。学校开大会时点名批评早恋，校长把那封信当着全校师生的面读了一遍，然后用嘲讽的语气说道：“麻烦这位‘爱心’同学到教导处来领一个处分，学校的脸面让你丢尽了！”

杨柳青坐在教室里，一张漂亮的脸上血色尽失，她也觉得自己脸丢尽了。

男生害怕被处分，在宿舍写了检讨，想把责任推个一干二净。

米阳看不下去，拦着男生，站出来说情书是他写的。

不过事实真相不重要了，学校无非是想要立规矩。

米阳替她认了错。

杨柳青不能退学，她家条件其实不好，她和父亲两个人一起生活，她心高气傲，这样一件事完全可以把一个十几岁的小姑娘压得抬不起头来，光是舆论就会让她无法继续留在学校。

米阳家里表妹多，也一直被长辈教导要爱护女孩。他觉得所有女孩都要被尊重，于是站出来帮了她一把。

结果是他被记了一次过，写了一份五千字的检讨。教导主任问他那个女孩的名字，米阳自是不肯说。教导主任又问他谈了多久，他也只挠了挠下巴，含糊道：“一个礼拜吧。”

虽然他没说，但不少人知道和杨柳青有关，这个“谈了一个礼拜”的小男朋友自然是不能和她继续在同一个班了。米阳被调去了另外一个班，也是在那个班里，他遇到了白洛川。

白少爷那会儿刚转学过来，只在山海镇上读了一年多的高中，他留在这里是因为白老身体不好，特意过来陪伴老人的。

米阳一转到那个班，就被白洛川盯上了。

想到这里，米阳看着杨柳青的神色复杂起来。他对这个聪明漂亮的女孩是有一些好感的，但仅限于同学之情。米阳“背锅”当了她短短一个礼拜的“男朋友”，她倒是在高中毕业的时候半开玩笑说，等以后她三十岁还没有结婚，就和米阳凑合着过。

米阳当时只是笑笑，那几年流行过一阵这样的“忧伤文学”，说这种话的小姑娘特别多，他压根儿就没放在心上。

他毕业之后回到鲁市，杨柳青有一次回家探亲，他们俩还遇上过。两个人简单地喝了一杯咖啡，聊了几句近况就各自走了。

他们再见的时候，就是在白洛川的那场“订婚”宴会上。

米阳心里有点儿不是滋味。

杨柳青跟他说话的时候，米阳也没了回答的兴趣，只含糊点头应了几声就对王兵道：“我看这里没什么书，我就先回去了。”

王兵听不出来他想走的意思，还拽着他道：“一起呗，人多力量大，我们一起帮你找啊！”

王兵这么说着，又跟姜媛聊天去了，还眉飞色舞地学唱粤语歌。他正处于变声期，完全是公鸭嗓，逗得几个女孩直笑。

这个年纪的男孩干出傻兮兮的事，就是为了吸引女孩的注意。

赵海生看完杂耍，买了点东西后挤过来，瞧见王兵在那儿跟小丑一样献殷勤，闷声闷气道：“穷……穷嘚瑟。”

米阳：“嗯？”

赵海生有点儿结巴，努力说道：“这是看……看上人家班花了，想追……追……追不上。”他总结道，“什么傻事都干得出来，像耍猴。”

赵海生跟米阳走在后面，最后带着点同情地感慨道：“还不如直……直说。”

米阳看着王兵一会儿笑，一会儿又竖起眉毛恼怒的样子，心里像是有什么闪过，但是太快了，他没抓住。

就在这个时候，前面主街上传来汽车喇叭的声音。很短，只是在提醒对方，混着一阵阵汽车发动机的闷声震动，光听动静就能想象那辆车被困在街上无法移动的窘迫样。

王兵道：“哪个傻……”他被姜媛看了一眼，小心地改口道，“傻乎乎的人今天把车开过来了。这边堵得厉害，主街是宽敞，但人也多，没半个小时开不走。”

米阳抬头去看，就瞧见一辆熟悉的黑色奔驰车慢腾腾地乌龟一样挪动。他隔得老远都能想象白少爷那张皱起眉头的脸，白少爷一准憋不住快要发火了。

米阳想过去，但看看前面满眼好奇的杨柳青，又顿住了脚步。

米阳忽然想起一个问题——白洛川喜欢的人是她吧？

后来白少可是和她订了婚的。

米阳顿住脚步，站在那儿没动了。

他不走了，旁边的赵海生差点儿撞到他，“哎哟”叫了一声后问道：“这……这是怎么了？”

王兵听见了，也转头搭着米阳的肩膀跟他一副哥俩好的样子。估计是和姜媛搭上话，他的心情也好了，笑嘻嘻地道：“哎，你看什么呢？好半天没动了，让我也瞧瞧。”

米阳低头看着旁边木桌上放着的一排泥人，随口道：“就瞧着这个挺有意思的。”他随手拿了一个，在那儿细细地看，不打算再走了。

王兵也凑近一点儿道：“我看看，好像是不错啊！你说女孩喜欢这种东西吗？这只小兔子怎么样？头顶上还有一朵花呢……”

他话还没说完，手里那只兔子就被人拿走了。白洛川站在一旁道：“我买了。”

王兵一句话就要骂出来，但看了一眼不远处的女孩，忍住了，翻着白眼道：“桌上那么多，你非买我手里这只？”

白洛川从兜里掏出皮夹，抽了两张大钞道：“这些我都要了。”

米阳下意识就要按住旁边的人，但王兵按捺不住，梗着脖子骂道：“有钱了不起啊？！”

白洛川抬头看他，不咸不淡地道：“还成。”

老板倒是乐得做生意，把东西收拾好装到一个大纸盒里，还送了他一个特别结实的袋子方便提着。白洛川提着那个袋子跟在米阳身边，但凡米阳停下碰了什么，他就冷着脸买下来。这让米阳之后都不敢在小摊位上多停留，可是他一走，白少爷就黑着脸跟上去。

白洛川不开口，米阳也不敢说话。

两个人跟锯了嘴的葫芦似的闷着，尤其是白少爷的脸色不好，周围那几个男生女生都不敢随意问话，一时间气氛有些冷了。

白洛川一路跟着他们，也不知是街上人多还是他走路快，没两步就把米阳身边的人挤开，自己和米阳并肩走着。他甚至借着躲开人流的时机揽着米阳的肩膀一起快走了两步，不着痕迹地就把米阳带近到自己身边，跟旁边那些少年隔开了。

这下王兵有些不乐意了，追上两步道：“你什么意思啊？”

白洛川拽着米阳的手腕，沉声道：“别理他。”

王兵气笑了，道：“我跟你说话呢！”

白洛川道：“我跟你没什么好聊的。”他看米阳把脚步放慢，立刻抓紧米阳的手腕威胁道，“你几天没找我玩了你自己想想？”

米阳有点心虚：“有点儿忙。”

白洛川嗤笑了一声，不客气地道：“我喊你几次，每次你都说忙，我还当你是有正事要做。我这次去了你姥姥家才知道，原来你是忙着跟人出来逛街。”

王兵不服：“跟我们出来逛街怎么就不算正事了？米阳，你自己说，你想不想跟我们一起玩？”

米阳有点儿犹豫，白洛川压低声音，带着怒火道：“你乖一点儿，别惹我生气。”

王兵在一旁冷嘲热讽：“是，大少爷一上来就压人，是一贯的手段吗？”

米阳试探道：“你们俩之前见过？”

白洛川言简意赅，连看都懒得看王兵一眼：“他们人品不好。”

“你才人品不好！”王兵直接炸了，“你说谁呢？有种出去比画比画，谁不来谁是孙子！”

白洛川冷笑道：“上次你们挨了揍还没长记性是吧？”

这俩人一见面就吵架，谁也不让谁，眼瞅着就要打起来。

米阳挡在中间，皱着眉道："到底是怎么一回事啊？"

白洛川不肯说，执意让他先跟自己走。

米阳看王兵被他几句话羞辱得脸皮涨红，有点同情，犹豫道："我等一会儿再走吧。"

白洛川气得够呛，脸都黑了。

王兵觉得米阳给他找回了面子，舒了一口气。他发现只要沾惹到米阳，那个凡事不落下风的白少爷就很容易气急败坏。他立刻伸了手搭在米阳的肩膀上道："对呀，我们是好兄弟，就准你和米阳是朋友吗？真要论起来，我家还和程奶奶家沾点儿亲呢，你算啥？"

白洛川撇着嘴看着米阳："真不走？"

米阳道："我下午去找你吧。"

白洛川头也不回地走了。

米阳看着他的背影，心里有点儿难受。王兵还起哄似的吹口哨，刚吹一声就被米阳拿手肘戳了一下肚子，都吹岔气了。米阳皱着眉道："你差不多够了啊！"

王兵哼着歌道："你是不知道，他以前高高在上的样子简直就是……"他抬头看了一眼女孩们在另一边挑选小饰品，这才压低声音道，"简直就是十个杨柳青。不，十个校花加起来也没他这么傲，特别烦人！"

米阳觉得有些不对劲，问王兵："你们之前怎么了？"

王兵道："还能怎么了？他大少爷看不起人，欺负我们这些土包子呗！"

米阳摇头道："不可能，他不是这种人，一定是有缘由的。"

王兵不耐烦道："哪有那么多缘由啊？反正我去的时候他就已经在欺负人了。过去说上两句，他还诬赖我们偷东西，反正态度特别差。我们能偷他的东西？闹呢，山海镇上多少年都没出过小偷，谁不认识谁啊？！"王兵的脸色也不怎么好看。

米阳皱眉，觉得这只是王兵的一面之词，他还是更信任白洛川。但白洛川从未对他说起过这些，他有些拿不准，犹豫了一下后立刻道："我先走了，你们逛吧。"

王兵瞧见女孩们也往路口去了，立刻道："我跟你一起，送你回家。"

米阳从人群中穿过，大步走着，越想越觉得事情蹊跷。

他和王兵一起从人群里出来，刚走到路口就看到了白洛川的那辆车。

米阳犹豫了一下，过去敲了敲车窗。白少爷降下车窗，抬头看着他，瞧得出怒气未消。

白洛川语气生硬地道："你今天跟我回去，明天去市里。爷爷去看一个书画展，带我们一起过去。"

米阳心软了一下，白少爷还记得他喜欢书法这件事。他的眼神也柔和了不少，小声道："我一会儿过去，得先去跟姥姥说一声……"

王兵凑过来，大大咧咧道："米阳，程奶奶不是说了嘛，让我们带你去山里玩。你不是想去钓鱼吗？我带你啊，择日不如撞日，就明天吧！"

白洛川的眼神发冷，嘴角那点刚刚扬起来的弧度又收了回去："你要跟他们去玩？"

米阳头疼得厉害，刚想解释两句，就看到白洛川从车里拿出一个盒子，从里面取了一台新手机出来，塞到他的手里道："给，上次中考成绩咱们不是都进了全校前五吗？这是奖励。"

米阳愣了一下，道："不用了，我的手机还能用。"

白洛川道："你那台手机程姨都用了好几年，再说手机里一个游戏都没有，这台手机可以玩滑雪，还能上网，你拿着。"

米阳没接，推拒道："这我可不能收。"

白洛川的手伸出去的时间长了，人也变得不耐烦起来，把手机塞到他的手里道："就一台破手机，你拿着就是了，跟我倔什么啊？！"

米阳刚才的那点儿心软在这台手机面前被撞得七零八碎，他闭了闭眼睛，努力让语气平稳一些："真的不用了，真的，我有手机。"

白洛川不听他解释，还催他上车。米阳上前两步，隔着车窗把手机扔到座位上。白洛川气得要推开车门出去，但后面的车门上了锁，气得他使劲儿捶了两下，对着司机道："把门打开！"

趁着司机开车门锁的工夫，米阳已经走了，连头也没回，根本就没看他。

白洛川揉了一下眉心，憋着一肚子火气没下车去追，冷声对司机道："走，回老宅。"

司机应了一声，战战兢兢地开车走了。

白洛川觉得他对米阳远超自己的底线，一再地宽容。

他坐在车上，耳朵里塞着耳机闷不吭声，眉头皱了一会儿。那台被扔进来的手机一直在座椅上搁着，他连碰都没碰一下。

下车以后，白少爷走了两步，又折返掏出自己兜里那台一模一样的手机，取了卡出来，跟新手机扔在一起，然后对司机道："我不要了，你把它们扔了。"

说完他转身走了。

司机站在那儿愣了一下，又扭头去看那两台手机，都是最新款，市价要两三千块钱。他犹豫了一下，拿盒子把那两台手机装好，和其他在街上买的几大袋零零碎碎的小玩意儿一起送了进去。

另一边，米阳还是坐王兵的自行车跟着他们一起回去了。

王兵大概是看到米阳拒绝了白洛川那份昂贵的礼物，对他竖起大拇指，一再表示他们这个小集体接纳了他。

王兵道："当初我们跟这个大少爷合不来，这个人简直就是从门缝里看人，都把人看扁了！我们还跟他打了一架。你是不知道这个大少爷的嘴皮子有多厉害，死人都能让他气活了。不就是看我们穷吗？还撒谎，非说我们偷了东西，故意欺负我们……"

米阳立刻在他身后否定道："不可能。"

王兵道："有什么不可能的啊？他欺负的人就是赵海生的表弟。赵海生多老实啊！他表弟你没见过吧，跟他一般老实憨厚，不可能偷人家的东西！"

米阳道："你带上那个人，我们当面对质。"

王兵觉得有些为难："这不太好吧，那可是我兄弟的弟弟……"

米阳严肃地道："你不去我就告诉别人你抽假烟。"

王兵恼怒道："你之前不是说谁也不告诉的吗？！"

米阳也怒了："你也没跟我说你们和他打架了啊！"

王兵更气了，自行车都骑不稳当，磕磕绊绊地向前道："那是打架吗？我们好几个人都被他打得差点折了胳膊，你不知道那个姓白的有多阴险，踢我几脚阴的也就算了，挥拳头的时候专打我的脸。我回了家还得说是从山上摔下来的，脸砸石头上了！"他愤愤不平，至今还带着怨气，"打得我半个月没敢出门，脸都肿了！”

米阳眯着眼道：“你们几个人一起打他一个？”

王兵也有点儿不好意思，梗着脖子道：“刚开始是一对一啊，是他自己说的，让我们一起来。”

米阳冷笑：“于是你们就一起上了？”

王兵道：“没，轮着的。”

车轮战啊……

王兵警惕道：“你是不是在心里骂我？”

米阳揉揉眉心，过了好一会儿才吐出一口气道：“反正你们把人叫出来，我把白洛川也叫出来，大家当面把话说清楚。他不是那种人，我不是说你们偷东西了，但总要有个交代。你们想这样被人冤枉一辈子？”

王兵虽然不太乐意，却只能勉强道：“行吧。”

米阳在路上跟王兵约好了时间，又一再叮嘱对方。王兵虽然不太乐意，但点头答应了的事都肯办到。尽管这样，米阳心里还是不踏实，想着今天的事。虽然白少爷送东西的方式让人心里不痛快，但是一片好心。他气过一阵之后，又有点儿心软了。

这么多年白洛川身边只有他一个，有好吃的、好玩的都会先给他留一份。这台手机和他桌上的那个小石榴，说到底其实是一样的。

这么一想，他心里最后那一点小火苗也彻底熄灭了。

米阳到家之后跟程老太太说了一声，又去跟米鸿请了假，说明天和后天不过来学手艺了。

米鸿道：“是要去白家吧？我多给你几天假，也和朋友们一起玩玩。”他拿了一支竹笛给米阳，语气温和地道，“以前白家那小子还老来找你，这两年瞧着好多了，都不怎么来打扰你学东西。他在这儿没什么认识的人，你拿着这个过去给他玩吧。”

米阳接过竹笛，摩挲了一下，答应了。

米鸿又道：“你那支竹笛还在打磨，等下次找到好的材料，再给你们做更好的。”

米阳道：“哎，谢谢爷爷！”

米阳带着那支竹笛，骑上自行车去了白家老宅，二十几分钟的路程他出了一身薄汗。到了之后一问，他才知道白洛川不在。

打扫庭院的一个阿姨道：“他刚和白老爷子去市里了，听着是有事要做，估摸着要明天才回来呢！”

米阳有点儿失望，却没办法，只能道：“那麻烦您告诉白洛川一声，我过两天再来找他。”

那个阿姨笑着答应了，看他推着自行车要走，又问：“你也是镇上的小孩吧？”

米阳点头道：“对，您有什么事吗？”

阿姨把竹扫把放在一旁，让米阳等她一会儿。去了没一会儿她又提着一小袋东西过来，笑道：“你知道赵海生家吗？就是特别高、特别壮的那个，跟你年纪差不多……或者王兵家？他家就在街头的拐角那儿，对面是一个挂着灯笼的小商店。”

米阳点点头道：“我知道王兵家。”

那个阿姨又道：“那能不能麻烦你帮我把这个捎给王兵，让王兵帮我给赵海生？”她说着打开那个袋子，里面放着的是两袋大白兔奶糖。她拆开一袋，不管米阳是否阻拦，先往他口袋里塞了一把奶糖，笑道，“你可能没见过我，我是赵海生的小姨，今年刚搬回镇上，好不容易找了份工作，不方便常回家去，挺想孩子的……我家小孩叫符旗生，你知道他不？”

米阳只留了一块奶糖，把其余的都放回袋子里，摇了摇头：“我也是放暑假回我姥姥家住一段时间，就认识王兵他们几个。”

阿姨叹了口气，又笑道：“唉，我家那个孩子比较内向。”

米阳对这个热情的阿姨印象挺好的，把袋子挂在车把上，跟她道别后就回镇上去了。

一路上他边骑车边想，符旗生这个名字太陌生了，一点印象都没有。

记忆越来越淡薄了，他能记住的很少，偶尔一些事件会在梦里浮现。

米阳叹了一口气，看着眼前熟悉的小路，倒是眼前的一切更为真实鲜活。

有些事记不清楚，有些事却记得清楚。

米阳不知怎么的想起来给白洛川送份子钱时的事。那时最耀眼的是那个站在他身边穿一身白色礼服的姑娘，哪怕在梦里，一眼扫过去也忘不掉……

米阳心里酸得厉害，一时间说不清是什么滋味。

等到了镇上，米阳把那袋糖送到了王兵那边。正巧几个男生在玩军棋，左边那几个米阳认识，右边是赵海生和一个瞧着面生的男孩。男孩估摸着也是十四五岁的样子，只是黑瘦许多，站在一旁不主动说棋，习惯性地抿着嘴唇，看着挺沉默的。

米阳过去把东西放下道："赵海生你也在啊，那正好，我刚去了白家老宅那边，遇见你姨了，她让我把这些捎过来给你表弟。"

赵海生接过来后直接给了旁边那个黑瘦的男孩，笑呵呵地道："谢……谢谢啊！"

米阳笑了一下，视线落在那个男孩身上，道："这就是你表弟吧？符旗生，我正好有点儿事想……"一个"问"字还没说出口，就瞧见那边的王兵把棋子丢下，喊了一声："旗生，你先替一下啊！"

他说着就把米阳扶出去，在米阳耳边小声地求道："米阳，哥，你是我哥行吧，先别问啊，我还没跟海生提这件事儿呢！"

米阳眯着眼睛看他，王兵讨饶道："再给我一点时间，好歹让我跟他们说一声啊！"

米阳伸出一根手指道："就一天，你今天要是不说，明天上午我就自己来跟他说。"

王兵道："行。"

米阳又道："刚才为什么不能说啊？打架的不就是你们这几个人吗？"

王兵撇嘴道："旗生他妈不是在白家干活吗？你好歹顾及一下人家的自尊心，你心里就那个大少爷……"

米阳甩开他的胳膊，不满地道："你们还一直对他有偏见呢！再说了，工作不分高低贵贱，我刚给符旗生糖的时候他没什么反应，我看就是你们自己想太多了。"

王兵举手投降："行行行，是我想多了，行了吧？"

米阳道："就一天啊，明天一早我就来找你。"

王兵道："知道啦。"

米阳这才从王兵家出来，临走的时候忍不住又看了一眼符旗生。对这个男孩他真的一点印象都没有了，他忍不住皱起眉头认真地想了一会儿，依旧想不起什么来。对王兵和赵海生他们的事，他多少能记起一些，唯独对这个人，他没有丝毫印象，这个人像是凭空跳出来的。

米阳想了一阵没什么头绪，只能先回自己家去了。

第四章
小镇生活

晚上的时候，程老太太做了最拿手的板栗炖鸡，铁锅架在那儿用木柴烧出来的味道特别足，炖了个把钟头才出锅。板栗冒着油光，鸡肉炖得酥烂，筷子一碰就骨肉分离，咬在嘴里特别香。程家人多，但这一大锅的也够吃了，盛出来扎扎实实两小盆。程老太太给孩子们挑的都是肉多的，但小姑娘们更喜欢吃里面香甜软糯的板栗。

人多了吃饭也香，米雪多吃了小半碗米饭。小姑娘最喜欢用汤汁拌饭吃，米阳瞧见了，小声地叮嘱她多嚼几次才可以咽下去。米雪端着小碗慢慢地吃完那些饭，还自己夹了青菜吃，比在家吃饭的时候听话多了。

晚上镇上没有什么娱乐活动，米阳就陪着程老太太坐在树下看月亮。程家院子里有一棵老榆树，长得高高大大的，枝叶茂盛，祖孙俩就坐在那儿一边摇着蒲扇一边聊天。程老太太虽没念过什么书，但知道不少神话故事。米阳坐在小板凳上，一边想自己的心事，一边跟她搭两句话。

说上几句，米阳就掏出手机来看一下。他下午的时候就给白少爷发了信息，那边没回。他刚才又发了一条，等到现在那边也没回，估计不会回了。

程老太太笑道："在等朋友的电话？"

米阳道："没，跟白洛川发信息玩呢。"

程老太太道："洛川呀，今天还来了家里呢，特别有礼貌。他问你去哪儿了，我跟他说你去了街上，他还认真地问我要不要去，说有车可以接送我。哎哟，我这老胳膊老腿的是去不成啦，也不放心你几个妹妹在家。阳阳，我瞧着洛川不错，可真是个好孩子。”

米阳摸了摸鼻尖道：“他呀，还行吧。”每回在长辈面前白洛川都特别讲究，私底下跟他相处的时候可不是这个样子。

正聊着，米阳的手机响了，一接起来他就听到了程老太太不停地夸赞的那个“好孩子”的声音：“你在哪儿？”

米阳道：“在我姥姥家呢，你看到短信啦？”

白洛川道：“等我五分钟，我马上到。”

米阳：“啊？”

米阳赶忙起来往小院的门口跑，程老太太吓了一跳，道：“阳阳，这是怎么了？”

米阳道：“没事，您在这儿歇一会儿，我去看看……白洛川来了！”

他的心跳得飞快，觉得在院门这儿等不行，想了想又拿上手电筒走了出去。从这边拐两个弯就能到大马路上，那边比较宽敞，一般白少爷来都走那边。

米阳刚到没一会儿，就听见一阵汽车鸣笛声，白家的汽车很快就出现在视野中。

车上的人也瞧见了等在路边的米阳，很快停靠过来。白洛川提着一个纸袋下车，低声跟司机说了两句，司机就先走了。

白洛川走过来，看着米阳，绷着脸，没先开口说话。

米阳上下打量他，笑道：“少爷去哪儿了？穿得可真漂亮。”

白洛川难得穿了一身正装，看起来像是参加宴会的小少爷。他的头发也精心打理过了，这会儿他把外套拿在手里，只穿了白衬衫和黑色西裤，提着那个纸袋，站在米阳面前看了一会儿才道：“去看书画展，爷爷的老朋友来了，发了邀请函来请他去一趟。”

米阳道：“白爷爷也回来了吗？”

白洛川道：“没有，他留下参加宴会了。”他站了一会儿，又道，“我看到你发的短信了。”

剩下的话不用问也知道，白少爷在宴会开始时就偷溜出来，跑回山海镇来找他。

米阳的嘴角上扬了一下，再看他的时候，眼睛里带了一点亮闪闪的光，眼角忍不住弯起来："那今天晚上还回去吗？"

白洛川的脸还绷着，口气生硬地道："司机走了。"

米阳打开手电筒，照亮了路带他回去，笑道："那留下来吧，住一晚再回去好不好？"

白洛川"嗯"了一声，没多说话，但跟在他的身边走着。

米阳一边带他回家，一边小声地跟他说话："你上午来的时候，还跟我姥姥说让她也去吗？这是'挟天子以令诸侯'你知道吗？"

白洛川道："我这是有备无患，谁让你总是不听话。"

米阳道："白天的事啊，"他停下脚步，转头看着他道，"我跟你道个歉吧？"

白洛川愣了一下，心里没什么放松的感觉，反而更紧张。米阳是很听话，但从来没有听话到这个份儿上，他的小乖还是很有自己的主张的，冷不丁的一句道歉完全出乎他的意料。

米阳没管他，揉了一下鼻尖道："我知道你给我手机是好意，我不是故意要那样对你的。那是好几千块钱的东西，我真的不能要。现在咱们还都是学生，还都在用家里的钱，一下子用这么贵重的东西……"

白洛川打断他道："那如果是我自己赚钱买的，你要吗？"

米阳愣了一下，道："你赚钱买的？你上哪儿赚钱啊？"

白洛川又问他一遍："你要不要？"

米阳想了好一会儿才点头道："行吧，如果是你自己赚钱买的，我就拿着，等以后我赚了钱也买好的给你。"

白洛川勾了一下嘴角，但很快又挑眉道："下次跟你说清楚了，你不要，我可就真扔了。"

米阳道："你这脾气得改改，一生气就什么都往外扔，小时候扔被子挨训忘了吧？"他回头拿手指戳了白洛川的腰一下，"你在北京的时候还答应我要改来着，你改了吗？"

白洛川握住他的手腕道："这次是你先扔的。"

米阳跟他一路小声吵着回去，等到了程老太太住的那个小院，基本上俩人已经恢复得差不多了。白洛川瞧着懒洋洋的，嘴上没饶了他，不冷不热地回一两句嘴特别气人。

等进了小院见到程老太太，白洛川换了一副三好少年的样子，走过去跟老太太问好。他见了长辈总是拘谨且有礼，不管是程老太太还是米鸿跟他说话，他都从不厌烦，站在那儿耐心地听着。

程老太太这次没说什么，笑呵呵地让他们坐下，自己起身道："你们坐啊，我去那边瞧瞧。丫头们出去玩有好一会儿啦，我去问问怎么还没回来。"说着她摇着蒲扇慢悠悠地出去了。

树下摆了一把单边扶手的竹贵妃椅，宽大得像是一张小床。白洛川自己坐下，也拽着米阳挨着自己坐下，两个人并肩坐在那儿赏月。

小镇上的夏天暑气淡了许多，尤其是到了晚上，庭院里是纳凉的好去处。

米阳想问他和王兵他们是怎么有的过节，但白少爷不肯说，米阳也不强求，就和他坐在那张竹贵妃椅上，透过树枝去看星星。

米阳现学现卖，把程老太太教他的那几个星座指给他看："瞧见没有，那个勺子一样的就是北斗七星，最亮的那个是玉衡，靠中间的……不是那个，我带你认一遍啊！"米阳把手举起来，在星空中慢慢划过，勾出勺子的形状，轻声道，"这样，头柄指南，天下皆夏。"

白洛川又问他："那玉衡又是哪一颗？"

米阳就握着他的手找方向，向上挪了一点，手指搭在他的手背上点了点道："喏，在这儿呢。"

天气很好，天空是深蓝色的，还能看到云彩游走。

白洛川坐在那儿仰头看着，除了夜空，还有他们头顶上的那棵大树。树荫散落下来形成一方被笼罩的阴影，像是一座孤岛。

白洛川忽然有点儿喜欢上了这里，树荫下划了一片区域，里面是他们，外面是马路、房屋和其他所有尘世的喧嚣。

米阳问他："怎么了？"

白洛川看他一眼道："没什么，你这两天都干什么去了？"

米阳道："跟平时一样呗，去爷爷那边学东西，他年纪大了，我不放心他一个人吃饭，就做好饭和他一起吃了再回来。然后啊，我姥姥一定要再喂我一顿，老太太觉得我在外面吃不饱，受委屈了，我不吃她心疼得眼泪都要掉下来。我能怎么办？我只能吃啊！这几天真是，撑得我都快要走不动路了……”

白洛川笑出声，挨得他近了一点：“刚才我就想问了，你妹妹呢？”

米阳道：“出去啦。”

白洛川道：“哦，我说怎么这么安静，她干吗去了？”

米阳道：“和我姨家的其他几个小孩一块去抓知了……哦，就是金蝉，今天晚上估计都不会睡了。昨天姥姥给她们讲三十六计，这不听到‘金蝉脱壳’，他们都说要观察一夜呢。”

白洛川问他：“你怎么没去？”

米阳抬头瞧他一眼，就看到他挑了嘴角在笑，一看就知道他是故意问的。

白洛川嘴角的笑意还未散去，小声道：“你才不去，你怕虫子，娇气包。”

米阳试图反抗：“我不是。”

白洛川道：“以前养几只蚕宝宝你都不敢去碰。”

米阳：“哎，我也放过桑叶的好吧……”

白洛川：“第一次你还被吓哭了。”

米阳恼羞成怒：“你够了啊！”

白洛川躺在竹榻上闷笑了一阵，忽然道：“爷爷那边的院子里也有一棵树，说是椿树。”他轻声念了两句庄子的诗，带着点放松的惬意，“上古有大椿者，以八千岁为春，八千岁为秋……树的时间比我们长多了。”

风吹过树叶，哗哗作响，外面的行人很少，只听得到偶尔的几声蝉鸣。

白洛川忽然道：“小乖，我们不吵架了好不好？”

米阳道：“嗯。”

白洛川也弯着眼睛笑了，散了几绺碎发落在额前，看着更有几分少年人的活泼模样。一张俊脸不笑的时候就能引得人不住地瞧他，笑起来更是如沐春风，让人视线都要移不开了。

那些抓金蝉的小孩回来了，听着越来越靠近的叽叽喳喳的声音，白洛川忽然拉着米阳起来，两人一起跑去了米阳的卧室，还把灯关了。

程家小院类似于四合院，米阳住的是侧边单独的一间房，把门窗一关，里面就漆黑一片。米阳在黑暗中摸索了几下，小心翼翼地问他：“你干吗？”

白洛川道：“嘘，别说话。”他不放心似的，还去找米阳的嘴，拿手轻轻地捂着。

一会儿后有人进来了，是小姑娘，带着几分兴奋地道："抓了这么多呢，我要拿给大表哥看看！"

米雪的声音特别清楚，还十分清脆："不行，不能给我哥哥看！"

其他小孩问道："为什么呀？"

米雪道："它太丑啦，我哥哥不喜欢丑的。"

小姑娘们在外面叽叽喳喳地说话，在大人的催促声中提着东西一起去了堂屋。

白洛川在房间里压低了声音道："再等一会儿。"

米阳不知道他要等什么，但白少爷难得心情好，米阳也乐意哄着他，就和他一起摸黑在房间里等了一会儿。

没过多久，米雪的声音又传来，小姑娘"噔噔噔"地跑过来，推了一下房门道："咦……怎么关上门啦？哥哥、哥哥你睡了吗？"

叫了一会儿，黑漆漆的小房间里一直没人应声，小姑娘就自己走了。

米阳的嘴还被白洛川捂着，等妹妹走了，米阳拽下他的手低声道："捂什么？我又不喊，你什么时候把门给反锁了？"

白洛川冷哼了一声，没理他。

米阳想想又觉得好笑，白洛川反锁门的本事，打从米雪一岁多会走路就开始有，稳准狠，例无虚发，一招制敌。

房间里很黑，米阳不小心踢到他的小腿。

白洛川哼道："我这两天晚上腿老抽筋，你还踢我。"

米阳羡慕道："这是要长高啊，真好。"

白洛川道："你就不能说句好听的？"

米阳想了一会儿，有点儿不好意思地道："其实，我下午去找你来着。我也不想吵架，就想给你道个歉。"

白洛川的心一下就软了，顺着他的话道："我下午去给你拿了本字帖，想着你要是明天不来找我，我再给你送过来……就在我刚才提着的那个纸袋子里。"

米阳有些惊讶："啊，你怎么不早跟我说？"

白洛川挑着眉：“早？你一早就跟着那些人去街上闲逛呢！我数了一下，大概十个人吧，可真够热闹的。女孩有四五个吧？你还跟旁边那个女孩说话，你们很熟吗？”

米阳觉得这个问题应该问他，疑惑地道：“那个女孩是挺漂亮的，对吧？”

白洛川压低声音，带着怒气道：“怎么，你不好好学习，还想早恋？”

米阳连忙道：“没有啊，我就是随便问问。”

白洛川弹了他的脑门一下，不乐意地道：“那你也长点记性，我不是不让你交朋友，你和周通那些人来往我从来就不拦着。但女孩就算了，早恋可不成，还有王兵他们也不行，他们有问题。”

米阳还要问，白洛川就打了个哈欠岔开话题道：“我困了，今天陪了爷爷他们好久，又半夜跑回来，真的特别累。”

米阳一肚子问号，但白少爷已经闭上眼表示进入睡眠状态，他只好憋着不问。

第二天白洛川起得很早，米阳醒的时候，他已经出去跑了一圈回来了。

米阳睡得迷迷糊糊的，瞧见他打了个哈欠道：“怎么醒得这么早啊，没睡好吗？”

白洛川道：“睡得挺好的，就是起来活动一下，外面的空气不错。我还买了豆浆和油条回来，要不要起来吃一点？”

米阳点点头，起来洗漱好了跟他一起吃早饭。

程家今天早上特别安静，那些小家伙昨天晚上又是抓金蝉又是观察的，兴奋得一晚上都没怎么睡，现在一个个睡得像小猪一样香甜。程老太太没叫她们，只自己起来煮好了粥，简单地吃过后就去侍弄小菜园了。

白洛川把油条放在盘子里端出来，瞧见后问道：“姥姥不跟咱们一起吃？”

米阳盛了两碗粥，坐在那儿道：“她已经吃过了。她每天早上都要看看前面的小菜园，估计要好一会儿才会回来，咱们自己吃就行。”

他夹了一根油条，两股拆开分给白洛川一半，这么多年分着吃早已经习惯了，动作比想象中更快。白少爷接过来的时候也丝毫不觉得有哪里不妥。油条是刚出锅的，外皮金黄酥脆，内里绵软，嚼起来非常筋道。米阳拿它撕碎了泡粥一起吃，程老太太煮的是瘦肉粥，撒点胡椒粉和小葱花，热腾腾、咸津津的一碗，滋味别提多好了。

一小碗吃下去，人就醒过来了，也精神起来。

白洛川也跟着吃了一碗，坐在那儿跟他说话："过两天没什么事了，我就带你去山里吧。"

米阳道："怎么突然想进山了？"

白洛川道："你不是想去钓鱼吗？我已经问过了，山里有条小溪水挺清亮的，一般钓鱼都去那里。有一条路还挺平坦的，顺便带乌乐去跑一跑。它这两天在家也待腻了，正好出去遛一下。"

米阳点点头道："行，看看天气，天气好的话我们就去。"

夏天多雨，这边虽然不会阴雨绵绵，但天气就像当地人的脾气，来得快去得也快，狂风暴雨也就一阵儿，让人有些措手不及。

白洛川道："嗯，昨天还预报下雨呢，也没下。"

两个人一边吃一边小声地聊着，白洛川没在这边多逗留，过一会儿司机就来接他回去。

米阳送他到院门口，又叫住他，折回拿了一个小石榴和一小袋冬枣给他，道："之前老是忘了给你拿过去。给，爷爷那边的石榴树上就结了这两个好的，上回摘了回来，这是给你留的。"

白洛川把小石榴揣进衣兜里，道："另一个呢？"

米阳觉得这话太耳熟了，笑道："你怎么也问这个？那个给小雪了，她还老惦记着你手里这个呢。快拿走吧，再晚两天我也留不住。"

白洛川道："她不敢。"

欺负小孩欺负得理直气壮，白少爷拿上东西走了，给米阳留下一个纸袋，里面装的是一本字帖。

米阳翻看了一会儿字帖，米雪她们就醒了，跟在后面一起出来的还有他的小表弟。小表弟才八岁大，这会儿就戴着一副框架眼镜，看起来呆头呆脑的，不时地用手轻轻扶一下鼻梁上要滑下来的镜框，看到米阳的时候喊了一声"表哥"。

米雪凑到哥哥身边跟他撒娇，米阳就陪着小姑娘玩了一会儿。米雪抱着他问："哥哥今天还出去吗？"

米阳点点头道："对。"

米雪就跑去房间里拿了一把伞给他，又认真地叮嘱他："姥姥说今天要下雨，昨天晚上蜻蜓飞得可低了，菜园里还有蜗牛爬出来。哥哥拿上伞，淋了雨要生病的。"

米阳摸摸她的小脑袋，笑道："好。"

米阳看了一会儿字帖后去找王兵了。

王兵没想到他会来得这么早，正坐在那儿捧着一本英语课本大着舌头朗读。冷不丁被米阳瞧见还有点儿不好意思，红着脸道："我……我就是随便看看。"

米阳道："读得挺好的。"

王兵松了一口气。

米阳又道："跟姜媛的发音挺像，学得不错。"

王兵被他闹了个大红脸，放下书道："哎，说点别的成吗？"

米阳点点头，问他："你跟赵海生他们说了没有？"

王兵道："说好了，你等我一会儿，我拿点儿东西跟着你一起去找他们兄弟俩。"

米阳在一旁等着，王兵拿了一身校服叠好了放在袋子里。这校服瞧着是穿过的，有点儿旧，但洗得很干净，也没有什么破洞。

米阳在一旁问道："你带校服干什么？"

王兵一边收拾一边道："给海生他表弟，就是那个符旗生。你是不知道，他挺可怜的。他爸一直生病，药罐子似的躺在床上，全靠他和他妈养活。他四岁起就踮着脚做饭给他爸吃，再大一点儿就去捡瓶子、卖报纸。有一回我瞧见他的手腕上还绑了一根绳子，绑着一块不知道从哪儿捡来的磁铁，一路走一路在地上吸，一天也弄不到几块铁片……你别瞧他闷不吭声的，其实人特好，特别孝顺。你说他什么他都不吭声，但如果你说他妈一个字，他绝对能跟你拼命。"

米阳认真听了，问道："他们家以前不是住镇上的吧？我听说是搬过来的。"

王兵又顺手塞了几本自己用不完的作业本进去，道："对啊，以前在旁边的镇上，这不他爸去年冬天没熬过去走了，旗生和他妈就搬过来投奔娘家人了。要我说，他爸走了也算是放了他们母子俩一条生路，他现在还壮实了一点儿，之前可真是瘦得只剩一把骨头。”

他收拾好东西，提着那个袋子对米阳道：“行了，咱们过去吧。”

米阳看着他那袋衣物，想了一会儿道：“我也有几件穿旧了的校服……”

王兵乐了，道：“得了，少爷，你那是沪市的校服，跟咱们这儿的可不一样。再说旗生转学到我们学校了，我给他的这几件他刚好能穿。你的心意我替旗生领了，你就甭操这份心了。”

米阳点点头，没再强求。

王兵领着他到了赵海生家里的时候，那表兄弟俩正在闷头写暑假作业。

赵家条件一般，房间不多，符旗生来了之后在表哥赵海生的卧室放了一张小床，哥俩床铺中间还放了张小书桌，凑合着挤在一起用，倒是看起来感情很好，赵海生对这个表弟特别照顾，桌上他用的文具符旗生也都有一份，符旗生把它们整整齐齐摆在那儿，看得出特别爱惜。

赵海生正愁眉苦脸地做数学题，咬得笔帽都要秃了，看到王兵进来松了一口气，道：“太……太好了，你来，数学题我实……实在不会做，咱们俩换换，我……我来做英语题吧？”

王兵道：“那不成，我都跟姜媛媛说好了，昨儿还打电话问她阅读理解题呢，我不换，你自己接着磨吧。”他把那袋衣服放在床上，又道，“旗生，这是我去年穿小了的校服，我妈已经洗过了，你别嫌啊，拿去穿吧。”

符旗生有些拘谨，嘴唇动了一下不知道说什么，倒是赵海生大大咧咧道：“行啊，放那儿吧，我那身旗……旗生穿太大，你的，正好。”

米阳扫了一眼就知道这和过去的习惯一样，一人写一门作业，完了集中凑在一起抄一遍。他以前都是负责语文，还要帮着编几十篇周记，光上山钓鱼就要换着法子写七八次。

王兵问他：“米阳，你们不写暑假作业吗？”

米阳道：“我是毕业生，也有一点儿作业吧，但是不多，已经写完了。”

王兵这才想起来旁边这位是一位跳级的好学生，人家已经初中毕业了，回头就去读高中，放假时间也比他们长。那点儿作业他压根儿就没放在心上，答题的速度比他们连蒙带猜的快多了。

米阳还在旁边等着，王兵就看了一眼赵海生。赵海生明白过来，合上书道："咱们去……去外面说，我写这个写得头疼。"

赵海生喊上他表弟，四个人一起去了外面，没敢在家里，生怕家里大人听见，特意走远了一点到了街口一棵大树下面，那里正好有几张石凳，他们坐在那儿说了一会儿话。

米阳看了看符旗生，问道："你和白洛川到底怎么回事？"

符旗生沉默寡言，一双眼睛黑黢黢的，看着地面半晌才道："我没偷东西。"

米阳道："那他为什么冤枉你？"

这话说得有点主观了，王兵皱起眉头来，轻轻推了米阳一下道："哎，你别老站在姓白的那边啊，什么叫'那他为什么冤枉你'，我还想问问他为啥动手打人呢！"

赵海生拦在中间，说了句公道话："人……人家熟，正常！咱不也帮着旗……旗生？"

王兵抿了抿嘴，不吭声了。

符旗生坐在那儿没吭声，沉默得像是一块石头，不管别人问什么都没反应。

米阳无奈，白少爷不说话，这位也闷不吭声，两人不明不白地打了一场架，都觉得自己没错，却都不肯站出来解释。

问了半天没问出什么有用的来，米阳只能放弃了，起身准备回去。

赵海生也带着表弟回去了，王兵起身小声道："旗生特别老实，别人打到他脸上也不吭声，被惹急了才动手。我看一准是你家那位少爷先惹了他。"

米阳摇头道："白洛川不是那样的人。"

王兵还在嘀咕，走了两步见米阳没跟上来，回头问道："哎，看什么呢？走吧！"

米阳看向符旗生离开的方向，心里还是有些疑惑，他对这个人真的没有什么印象。

王兵不满道："我看你就是觉得旗生撒谎了，心都偏到白家老宅去了！"

米阳道："没偏到那种程度吧。"

王兵愤恨地道："果然偏心！听听，自己都认了！"

米阳笑了一声，没理他。

王兵也就是嘴上嘟囔两句，下午的时候，又带着那帮小伙伴来找米阳，问他："哎，你去不去山里钓鱼？旗生以前学校的同学要来，咱们都商量好了，先过去探探路，等他们来了就带他们去玩。"

米阳看了一下天色，才两点多就瞧着有些积雨云了，天色暗了一些。他道："瞧着要下雨，你们也别去了吧，山上路滑，不安全。"

王兵他们几个人笑了，道："没事，你来得少不知道，这天下不了雨。别的不说，去山上玩我们比你有经验！"

程老太太听见动静过来看了一眼，瞧着几个孩子骑着自行车又扛着鱼竿，就道："哟，去山里钓鱼呀，今天可不成，要下雨啦。你们几个回家去，淋了雨小心感冒……"

王兵最怕老太太念叨，他家里人平时念得就够狠了，他立刻掉转了车头道："哎，程奶奶，我们这就回家去！"

程老太太满意道："对啦，回家避避雨，要爱惜身体啊！"

几个人骑着自行车一哄而散，喊着"回家避雨喽"，瞧着是向街口那边去的，但过不过马路去山里，就说不准了。

程老太太拍拍米阳的肩膀道："阳阳咱们不去啊，等几天让你姨夫带你去山里玩。你跟他们这帮皮小子不一样，养在城里没被风吹过，淋雨一准要生病。你今天穿得少，去加件衣服，可千万不能感冒了。"

米阳扶着老人一起进了房间，道："嗯，我不去，我陪您下棋。"

米雪找了一副跳棋出来，这几天正玩得起劲。小姑娘们爱整洁，跳棋珠子一颗颗被擦拭得像是透明的糖果球，每天都被按颜色分类摆好再收起来，这会儿拿出来就能玩。

米阳陪着程老太太下了一局棋的工夫，窗外就变天了，乌云滚滚地压过来。程老太太眼神不好，米阳去把客厅的灯打开，老太太还戴了老花镜，特别认真地继续下那盘棋，她快赢了呢！

米阳兜里揣着几颗自己家的棋子，一边不露声色地帮老太太，一边抬头瞧外面，有点儿担心王兵他们几个。

还好只是瞧着阵仗大，天阴了一会儿又慢慢转晴了。太阳好像更大了，晒得人坐在窗边也跟着热起来。米阳脱了外套，眯着眼看了一眼外面，小声道："运气还挺好。"

程老太太听见了，还以为他说自己刚赢的这局棋，立刻反驳道："什么运气好呀，姥姥当年下棋特别厉害，你姥爷还在的时候呀，回回都输给我呢！"

米阳笑了道："是是是，您最厉害了，咱们再来一盘？"

程老太太满意了，道："那行吧，输了不许哭鼻子，昨儿小雪还哭了一回呢！"

米阳惊讶道："她还哭啦？"

程老太太笑道："可不是。一边哭一边不许我们告诉你，她这好面子的劲儿，跟你妈小时候可不像。你妈都是憋足了劲儿非赢回来不可，一滴眼泪都不掉，我瞧着是像你们老米家的！"

米阳揉揉鼻尖，笑出一边的酒窝。

一连几天瞧着外面天气都不太好，王兵他们去探了好几回路。虽然都没碰到下暴雨的时候，但有一次他们回家还是晚了点，紧赶慢赶地被淋湿了头发，衣服上落了雨滴，回家被大人们骂了一顿，大人们不许他们再出去了。

王兵郁闷得够呛，他们每次去的时候都没下雨，但天气变来变去总一副要下大暴雨的样子。符旗生那边的同学总是拖时间，几次下来他也烦了。

看着符旗生沉默寡言的样子，他又咬牙道："旗生啊，别担心，回头哥一定帮你把面子挣回来！咱们这儿快要评旅游景区了，什么都比你以前住的那个镇上好。你就放心吧，你同学来了一定都羡慕你！"

赵海生笑道："我弟，我……我管，你就甭操心了。"

虽然话是这么说，但天公不作美，慢慢又下起雨来。

一连数日雨下得还挺大，雨珠砸在地上噼啪作响，一砸一个坑，行人撑着伞走上一小段路都觉得伞骨发沉。路上的行人没有多停留的，都急匆匆地回家避雨去了。

程老太太家里几个小孩也出不去，闷在家里好几天，都趴在窗边眼巴巴地看着外面。米雪胆小，不敢靠近窗户，躲在米阳怀里捂着耳朵偷偷看外面，小声道："哥哥我怕。"

米阳抱着她，帮她捂着耳朵道："不怕，哥哥在这儿。"

小姑娘的胆子大了点儿，歪头去看，半黑不黑的天上正好一道闪电亮起，吓得她又缩回米阳怀里去了。

米阳低头亲了亲她的发顶，道："没事、没事，雨停了就好了。"

小姑娘怯生生地小声问："什么时候停呀？"

米阳看了一眼外面，也拿不准，迟疑道："快了吧。"

一般夏季总是要下上几场暴雨，山海镇上的人都已经习惯了。大人们闲在家里的时候会讨论几句。大雨连下了几天之后，终于放晴了。

太阳又挂在空中，雨水还未完全被晒干，但路上那些小水洼被晒得发烫，又恢复了炎夏的景象。

白洛川打了电话来，对米阳道："这两天我就先不过去了，家里请了师傅来给乌乐重新钉马掌，它太不听话了，上次那个师傅都没能钉成……"

他这么说着的时候，白老爷子不服气的声音传过来了："它才三岁呢，多小啊，得哄着来！"

白洛川没避开米阳，跟白老争辩了几句，道："它上次用的那副铁掌都磨成什么样了？您就是一直惯着它，人家别的小马九个月就能钉掌，怎么它就这么难办啊？再说了，它蹄子那角质层那么厚，一点都不疼，跟穿双鞋似的，能有多费劲儿？！"

白老爷子道："穿鞋不费劲儿啦？你小时候让你穿鞋才难办，你还往火车外面扔鞋呢你忘啦？"

白洛川："您老提我干吗呀？"

米阳隔着电话都能听出那边有多热闹，乐得不行，对他道："你先陪着乌乐吧，等两天我也去看看它。"

白洛川那边听着在上台阶，像是去了房间里，周边安静了不少。白少爷哼道："你就只来看看它？"

米阳道："也去看看白爷爷。"

白洛川道："我呢？不看我了？"

米阳笑了："也看你。"

白洛川笑了一声，道："那我等着你。"

第五章
遇险

放晴了几日，符旗生以前学校的同学们终于确定下周末要来这边玩了。

但王兵他们这帮人前段时间老往山里跑，玩的时间太长，家里人都不让出去了，留在家里写作业。王兵还想偷偷摸摸翻墙出来跟他们一起去，被赵海生劝住，道："你……你别来了，在家待着吧，回头让王……王大娘瞧见又要打你个屁滚尿流！"

王兵道："哪有那么严重？！就出去玩一会儿。"

赵海生还是不让，笑呵呵地道："我认识路，咱们都去踩点多……多少次了！放心吧，你回头帮我把……把数学作业写完就成。"

王兵骂了他一句，但对方已经把写了一半的数学作业扔进来，再拽着表弟跑远了。

王兵没办法，只能留在家里闷头写作业。

那边的赵海生虽然有点结巴，但长得人高马大，才上初中就跟个成年人似的，眼瞅着就要长到一米八的个子，老远看着跟小铁塔似的。符旗生以前的同学虽然听出他说话有些结巴，但没一个人敢取笑他，反而对他挺尊敬的。

符旗生的同学来了七个，四个男孩和三个女孩，其中两个女孩带着画板，瞧着是来写生的。在路上画板就被几个男生抢着背上，她们的车筐里只放了渔网一类的小东西。等到那个车筐里放着鱼饵的男同学靠近的时候，女孩们笑着尖叫了几声，然后飞快地骑了两步躲开："讨厌，别拿虫子靠近我们！"

那个男生估计是头一回这样被女孩说，脸都涨红了道：“不是，这里面不全是虫。哎，符旗生，你……你准备的，你说说呗！”他仗着家里条件好，常压符旗生一头，要不然不会一再任性地要来这里，还让符旗生陪着。但山海镇他不熟，也不知道符旗生还有这么一个身强力壮的表哥，一时间有些讪讪的。

符旗生没吭声，倒是旁边的赵海生开了口：“是……是鱼，切成段了，别怕。”

几个女孩这才放松了许多。

赵海生在前面带路，叫表弟也过来。等人靠近了以后，他小声道：“旗生，别怕，哥……哥罩着你，让他们瞧瞧你有多少本事，挺直腰杆。”

符旗生听他的，挺直了背卖力地蹬自行车，惹得一旁的赵海生哈哈大笑起来。

这次他们来还是赵海生替表弟应承下来的，他多少知道一点儿符旗生在学校被欺负的事，但没到动手的地步，顶多就是在言语上冷嘲热讽几句。赵海生怕表弟在这帮人面前直不起腰来，有意提前准备了几天，带着他们来山里玩一趟，给表弟挣几分颜面回来。

到了山脚下，后面的路就不好走了。赵海生招呼他们把自行车停到一旁靠着树，然后拿上东西徒步进山。

邻镇来的那几个学生有点儿犹豫，尤其是拿着鱼饵的那个。他的车是新买的变速自行车，要六百多块钱呢！想了想，他还是用链子车锁把车锁在了树上，讪笑道：“那个……以防万一嘛。”

赵海生道：“我们山海镇从来就没……没丢过东西。”

那个人摸了摸鼻尖，笑笑没回话。

另外几个人有跟着一起锁上车子的，也有随便放下就跟着进山的，叽叽喳喳，特别热闹。

赵海生走在前面给他们当向导。他们从小就在山里玩，对这一片很熟悉。为了给这几个人找更漂亮的地方，他们深入了几分。果然没一会儿，就听见身后那几个人“哇”了一声，还有人懊恼道：“应该带上相机的！”

“现在回去拿也晚了，用眼睛多看看好啦！”

“我还带了画板呢，一会儿找个好看的地方画一会儿。这里可太美了，溪边肯定更漂亮！”

赵海生看表弟沉默地走在自己身旁，低声问他：“怎……怎么不高兴？”

符旗生犹豫道：“哥，其实我不想来。”

赵海生拿蒲扇似的大手拍了他的肩膀一下，把他瘦小的身子差点儿拍歪了。赵海生大大咧咧地道：“来，怎么不来？这儿以后就是你的家，你当主人的就要……要招待！”

符旗生抿了抿嘴道：“嗯。”

一行人到了小溪边。之前下了几天雨，这里的水比之前多了些，但依旧清澈见底，连里面游动的几尾小银鱼都看得很清楚。那几个跟来的人又发出一阵欢呼，有的已经坐下拿出零食招呼大家吃，还有两个女生摆好了画板，正在取景。

赵海生只教了一个人甩钩钓鱼，另外一个人也想学，他指了指表弟道：“旗……旗生会，你问他去。”

那个人当真捧着鱼竿过去了。符旗生先是愣了一下，紧接着低声跟他说起来。赵海生在一旁看着，满意地笑了。

他们这帮人在山里钓鱼，不觉得时间过得很快。

米阳留在山海镇的家中，听程老太太和几个长辈在那儿闲话聊天，说的内容天南海北的，米阳也听到了一点儿关于房子的事。

一位长辈道：“哎，我家儿子考到京城读书，瞧着不打算回来了。前段时间他说在看房子，挺偏的地方都要三千多块钱一平方米啊！可真是，十平方米就得小四万，够在咱们这儿买一套房了呢！”

程老太太道：“儿孙自有儿孙福，你退了休也忙点自己的事，热热闹闹地过咱们自己的日子多好。孩子们大啦，就让他们去打拼吧。”

另一位也感慨：“您这说得轻松，家里四个女儿一个比一个优秀，我听说您家里老二又要分房了？”

程老太太笑道：“是，前段时间说是单位分房啦。”

几个老人在那儿说着话，米阳觉得光线暗了一点，抬头看了一眼窗外。

天又开始阴了，瞧着像要下雨。

米阳的心里不太安稳，总觉得有什么事要发生。

他的记忆已经很模糊了，更多的是一种隐隐不安的感觉。他起身站在窗前往外看，外面天光大亮，但风声渐渐大了起来，树叶哗哗作响。

程老太太和老朋友还在说话，几个人从京城聊回了山海镇，交谈的只言片语传过来——

“市里的批文快下了，我听说是要在咱们这儿建旅游景区呢！”

“那挺好的哇，以后来的人多了，咱们这儿还能办个农家乐什么的，多份儿进项，也热闹。”

米阳站在那儿浑身发冷，在他的记忆里，山海镇根本就没有建成旅游景区，因为发生了一起事故。

他想起来了，就是在这样的一个暑假，雨下不完似的断断续续。周末的时候难得放晴，但他因为之前淋雨生病了，被程老太太送去医院输液了。

他在医院住了半个月，回来之后才知道镇上出了大事。

就在天放晴的那天，一帮学生跑去山里玩，天气突变下起了大雨，导致溪水暴涨，夹着泥土、石块、树枝冲下来。半大的孩子被卷在水里，立刻没了身影。搜救队找了整整一个晚上，第二天才陆续找到早已失去呼吸的孩子们。

那一年淹死了七八个孩子，逃出来的只有一个人。

被水冲走的是外乡人，活下来的唯一的那个人是赵海生。

山海镇上的孩子们不知为何那一天都被家里人劝住了，只有赵海生带着他们去了山里。他死里逃生，之后转学走了，赵家人都没有继续留在这里。

米阳的脸色发白。

难怪……难怪他会对这个人这么陌生，不记得和他有过交集……

因为符旗生是已死之人。

米阳一下站起身，腿像不是自己的一样，磕磕碰碰地摸到电话，颤抖着手去拨电话号码。打通了王兵家的电话后，他紧张得上下牙齿都碰到了一起，哑声道：“王兵，赵海生呢？他那个表弟在哪里？符旗生在哪里？”

王兵道：“进山了啊，难得今儿天气好，海生给他们当向导一起去溪边钓鱼了。最近可能是下雨多的关系吧，溪水涨了好深一节，鱼也跟着多起来，就是多了些冲下来的石块挺烦人的……”

米阳闭了闭眼睛，一字一句用力道：“你在家等我，哪里都别去，我马上就到。”

他挂断电话，起身去房间里拿了背包，在院子里找了一捆结实的绳子放进去，又拿了手电筒、打火机、一点儿吃的，以及桌上米雪用来当玩具的一个塑料口哨。米阳一边往背包里放东西，一边慢慢冷静下来。他手上的速度未降，很快就收拾好了。

程老太太见到他突然的动作，吓了一跳道：“阳阳，怎么了？你这是要去哪儿啊？”

米阳看了一眼天空，乌云还没散尽，但天上挂着太阳，并未引起人们的注意和猜测，这样的天气任谁都不觉得会下暴雨。他也记不清当时报纸上那一个小小的版面具体写了些什么，只记得画了一张防汛图，分析了可能的逃生路线。当时的遗憾，现在却变成了一线希望。

米阳不知道确切的时间，却明白事情的严重性。他不能预知溪水会在什么时候暴涨，只能尽可能地编一个理由把事情说得严重一些：“姥姥，刚才王兵打电话来说山里的溪水涨了好多，还有石块冲下来。今天赵海生带着一些小孩去那边玩了，一直联系不上，太危险了。您跟镇上的大人们说说，让他们进山去找找吧！”

程老太太吓了一跳，答应之后就去打电话。刚拿起话筒，她就瞧见米阳转身背着包走出去。她忙搁下话筒，追出去问道：“阳阳！你这是要去哪儿啊？”

米阳骑上自行车道：“我去找王兵！”

程老太太只能尽量去喊人，可是并不一定能叫来人。毕竟山海镇几十年从来没有遇到过这样的事，并且如今太阳正高高地挂在半空中，没有哪个大人肯轻信。

米阳已经做好了心理准备，但等他到了王兵家，说出这个理由后，大人们嬉皮笑脸的态度还是让他心里发冷。

王兵的一个叔叔正在喝小酒，听到后指了指外面的太阳，哈哈笑道：“我瞧你们是读书读傻了，这么大的太阳能出什么事？”

王兵有些犹豫地道：“可溪水确实涨了一些。”

那个叔叔道：“不碍事，晒上几天就好了。我在这儿一辈子都没遇到过大事，这点雨不算啥。”他看了看侄子，又故意逗他，“哦，我知道了，你想出去玩，找借口呢！想都别想啊，你爸妈说了，写完作业才能出去。”

米阳不跟他废话，道：“你认识路吧？带我过去！”

王兵略微犹豫了一下，道：“好！”

他们骑上车就走，等到了山林边，瞧见那里绑着的几辆自行车后，王兵有些犹豫：“米阳，我看他们的车都还在这儿呢，天气也没那么夸张，是不是你想多了？”

米阳沉声道：“如果遇到暴雨呢？连着几天大雨，山上的土都松了，再冲下来就不止是小石块，人都要被冲走。”

树林里信号不好，米阳进去后拿出手机给白洛川打了个电话，尽量用平稳的语气跟他说了自己在山里。白洛川那边有清脆的马蹄声，问他：“你进山了？都有谁跟着？最近天气不稳定，山里太危险了。”

米阳道：“我和王兵在一起，赵海生他们一群人大概有……”

天忽然黑下来，大中午的开始有了乌云，一层层地叠压下来，遮天蔽日。

王兵感觉自己的脸上落了一滴雨，颤抖着声音道：“九个，他们有九个人。”

米阳拿着手机道：“赵海生他们有九个人，去了溪边。王兵说靠近东南方，有个小山崖，溪水下游是河道，被冲下去非常危险。你跟白爷爷说一下，先报警，再尽可能地去通知镇上的人注意溪边和下游……”

白洛川那边说了什么，王兵没有听到，只听见米阳应了一声“好”。他有些慌张，等米阳挂断电话，从背包里拿出绳子给他捆在腰上的时候，他才反应过来。

米阳给绳子打了一个结，把他和自己捆在一起，道：“你别怕，水流方向、河道位置我在地图上看过，水不会冲到这边来。如果遇到水，我站在前面，你从后面弯腰抱住我的腰，我们就都不会倒，然后尽量找一些粗的树爬上去，你听到了吗？”

王兵平静了一点，点头道：“知道。”

米阳抬头看着他，道：“我不会让你有事的，一定能带你出来。”

王兵看着他，觉得他像大人一样稳妥，让人信赖。他的喉结滚动了一下，用力点了点头。

·

溪水边。

赵海生坐在一旁，摸了自己的脸一下，是从天上落下了一滴雨水。他抬头去看，天色暗了不少，但在树林里并没有感觉到太大的风。他微微皱眉，心里有些警觉。等再感觉几滴雨落到脸上的时候，他立刻起身，对着那边喊道："走……走了！下雨了，得回家。"

那边几个人已经挖了一个坑当土灶，正准备点火烤刚钓上来的几条鱼。那个骑变速自行车的男生格外积极，因为拿着鱼饵，多用点鱼饵钓上来的鱼果然就多了。他刚赢得了众人关注的目光，夸口说让大家尝尝烤鱼，这会儿自然不乐意走。于是他并没有起身，而是继续生火，回道："干吗走啊？这才玩多大一会儿，我看雨也没下啊，烤完了鱼再走呗！"

赵海生道："已经下……下了！"

符旗生倒是听他的话，立刻收拾了东西，但另外那几个不听话，还围在火堆旁边哄笑成一团，也不知道在笑什么。

赵海生两步走过去，生气地道："跟你们说了走……走！"

那个烤鱼的男生不服气，故意在那儿学他结巴道："知……知……知道了！"

一群人又哄笑起来。

符旗生的脸色变了一下，上前推了那个人一把，再踢了一脚土，把他们生的火和串在树枝上的烤鱼一起埋了，道："我哥说了，让你们走！"

那些人不乐意了，跟他们推搡起来。几个女生胆小，躲开一点儿。也有人劝了两声，带着一点儿不满道："好啦好啦，不要打了，走就是了，真扫兴！我还以为能在这里画完呢！"

"就是，下雨而已，在树林里听雨声多美呀。我瞧着那边的岩石就能避雨，不知道你们急什么，现在出去一准要被淋成落汤鸡！"

另一个比较文静的女孩一直没开口，但她的视线频频投向溪水的方向，神色紧张地道："哎，你们看，水是不是涨高了一些……还……还变黄啦？"

符旗生被他们推倒在地上，他离溪边近，扭头看了一眼，脸色微微变了。

不远处一股混浊而急促的水流正迅速冲过来，天色渐暗，看不清楚里面还有什么，但能清楚看到漂浮在里面的一截木头，这股水流和他身边清澈的溪水截然不同，水位明显高了很多！

赵海生也看了一眼，声音沙哑地喊道："水……发大水了，跑啊！"

那个烤鱼的男生也不蹲在那儿了，站起身来六神无主地张望一下，下意识就要去河边拿自己的东西："我的鱼竿……"他还没过去，就被赵海生扇了一个耳光，捂着脸差点儿倒在地上。

赵海生的眼睛都红了，骂道："你……你……还要不要命了？！"

大雨开始往下落，雨滴起初缓慢，紧跟着就大颗大颗重重地砸下来，暴风骤雨不停。

闪电划过天空，米阳和王兵裹着带来的雨衣缓慢地前行。

往日幽静的林中潺潺的水声也变了，像是动物的咆哮声，离得很远就能听到水流哗哗作响。溪面比往日宽了两三米，之前简易的木板小桥此刻完全看不见了，不知道是被冲毁了还是被水淹没，只看到滚滚水流席卷而下。

王兵在前面带路，米阳跟着他一路走过去。米阳没有让他走太近，两个人站在安全的位置观察了一下。之前不过漫过小腿膝盖的水沿着河道哗哗流淌而过，水是混浊的。

溪水不会漫延太宽，河道有限，但从上往下冲击的力量很大。

那些人并没有在这里。

王兵想了一下，立刻道："他们肯定去上游了，那边我们之前去踩过点！"

米阳道："别靠太近，慢慢过去。"

王兵点点头，跟他一起向前走着。

山里原先的河道干涸，现在水势看着汹涌，可并没有脱离河道原先的范围。米阳看了一眼，略微放心了，这和他记忆里的一样。

当年出事以后，学校专门训练学生在洪水中逃生，当时分析的就是这次的事。只要上游没有突发泄洪、水势骤然增大的情况，洪水不会脱离安全范围，人只要迅速离开河道范围，往上游或是高处走等待救援就可以保证生命安全。

但那次出事的时候并没有成年人在，唯一懂得这些的只有在当地长大的赵海生，他带着的是一群半大孩子。

悲剧的发生，跟这个有很大的关系。

处于这个年纪的半大孩子，并不是完全服从于同龄人的。

王兵的脚被绊了一下，米阳扶住他道："小心。"

王兵声音哆嗦着问道："你说，他们不会有事吧？上面会不会有大石头滚下来啊？"

米阳摇摇头道："如果有石头滚下来，就不是这样的水势了。"那恐怕会是整个山坡滚落，发出轰鸣声，地动山摇，不可能像现在这么安静。比起山体滑坡、巨石滚落，现在的情况还算是轻微的，只要人听话不乱跑，就不会有事，巨石滚落恐怕山下半个镇都要被压在里面。

米阳抬头看了一眼黑魆魆的山，大山沉默巍然，让人忍不住心生敬畏。

王兵道："现在就怕他们避雨到处乱跑，不过有海生在，他知道这些，应该不会有事……"他安慰自己似的这样说着，抹了一把脸上的雨水。

米阳沉声道："但愿如此。"

暴雨如注，山里的天色暗下来，连路都看不清。米阳从背包里拿出手电筒打开照明，沿着岸边安全的地方往上游走。

王兵认识路，这次走了没一会儿就看到了人。和他们预想的不一样，人还在，却在岸边不远处起了争执，其间夹杂着女孩的哭声和男孩们的争论声，像是要打起来。

米阳看到人还在，心里的一块大石落了地。他和王兵迅速跑过去，拿手电筒晃了他们两下，大声喊道："赵海生——"

赵海生人高马大，人又壮实，即便瘸着一条腿，在人群里也特别好认。他丢开拽着的一个男生的衣领，抹了一把脸上的雨水道："在这儿！"他的声音嘶哑，离近了看一身的水，头发都湿透了，腿上的裤子破了一个大洞，不知道被什么蹭得血肉模糊，一瘸一拐地朝米阳他们走了两步。

王兵跑得快些，看到他后吓了一跳，忙道："怎么了这是？出什么事了？你掉水里去了？"

赵海生的眼睛也是赤红的，他几乎咬着牙齿说："他们抢着拿东西，我……我说让他们跑，不跑……那个傻瓜掉水里，我把人捞上来，旗生就没了！"

王兵的脸色变了，走过去道：“符旗生呢？！他人是怎么没的？！”

岸边上那几个外乡人，其中有两个似乎摔了一跤，身上的衣服挂了泥。还有一个跟赵海生一样蹭伤了，这会儿正被同伴搀扶着，估计是掉水里被捞上来捡了一条命的。受伤的那俩人颤抖得厉害，扶着他的几个同伴也不敢吭声。一个蹭伤了脸的女生哭喊道：“是苒苒，苒苒去拿画板，我没拽住她一起摔了一跤……符旗生跳到水里救我们……他把我拽了上来，抓住苒苒的时候就被冲走了……”

那个女生“哇”的一声哭起来，又冷又怕，摔坐在地上。

米阳脱下雨衣给了赵海生，他身上的伤太过骇人，多少能保护一点儿。他再抬头数了一遍人数，包括赵海生在内一共有七个人，符旗生和那个叫苒苒的女孩被水冲走了，其余人都还在。

一个男生开口道：“你们来得正好，我刚才就说要走，现在情况太危险了。我就说嘛，大家不如先下山去，再报警求援。赵海生一直问符旗生……水这么急，我们也不知道人被冲到哪儿去了啊！”

另一个也道：“就是，应该先保证剩下的人的安全啊！”

赵海生红着眼睛骂道：“我……我……我弟为了救你们这帮浑蛋没……没了！要走你们自己走，我要去找旗生！”

他说着扭头就走，王兵的怒火也上来了，骂了一句拔腿就跟上赵海生。

那几个学生看他们还要去下游，其中一个声音颤抖着喊道：“要去你自己去，我是不去了！我要回家，要下山！”他抬腿就要往反方向走，又问身边的人，“你们走不走？傻了啊，真要跟着去送死啊？！”

他这么说完，另外几个原本有些迟疑的人抬脚跟了上去，六个人互相搀扶着就要走。

米阳看着他们，忽然明白过来，难怪当年人们不是在同一地点发现他们的。

溪水下游发现的，是符旗生和那个叫苒苒的女孩。另外一处河道打捞数日之后才逐渐找到的，就是这六个人——山里暴雨的时候黑得看不清路，刚才那个领路的人走的路方向是错的。那边有一处断崖，下面连着“之”字形河道，这里的水流如此湍急，那边河道更宽，只怕水会更大，也会更快把人冲走。

米阳喊道："王兵！你留下！"

王兵停下脚步，看着米阳道："我要去找旗生，他们这帮浑蛋没事了，旗生可怎么办啊？！"

米阳从背包里拿出一块叠起来的防水塑料布，又给了他一支小的手电筒和一枚哨子，道："你拿着这些，带着他们往高处走，找个安全点的地方，然后待在原地不要动。手电筒光线三长三短不间断地闪光，同时吹这个口哨……我和赵海生去找人。"

王兵愣了一下后道："不行，太危险了，你带他们！"

米阳摇头道："我没有你对这里熟，你带他们去安全的地方。"他把手按在王兵的肩上，用力死死地按住道，"现在不是意气用事的时候，我们撑到救援来就够了，知道吗？"

王兵拿了东西，咬牙道："好吧！"

米阳快步去追赵海生，王兵扭头走回来，看到那帮人捡了两根树枝撑着正和无头苍蝇一样向前乱走，立刻喊道："都给我站住！还要不要命了？！"

那帮学生愣了一下，看着王兵走过来夺走他们手里的树枝，恶狠狠地道："都跟在我后面，这次跟好了，丢了可没人再去救你们！"他嘴上这么说着，但看到那两个狼狈的女孩的时候，还是脱下了自己身上的雨衣给她们。他胡乱裹上那块塑料布，没管刚才几个嚷嚷着要走的男生，闷声喊道："跟好了，前面是断崖，你们再乱走，摔死了不管！"

赵海生的腿受了伤，走得慢。米阳追上他的时候，他摔了一跤正努力爬起来。米阳连忙上前去扶他起来，撑着他的手臂架在自己的肩上道："撑住了，我跟你一起去找。"

"我的错，都是我的错。"赵海生声音颤抖着哭喊道，"旗生说他不……不想来！是我……是我让他来的啊！"

米阳还是第一次见他哭，那么高大的一个人哭得脸都扭曲了。他抓着自己受伤的腿，像嫌它没力气一样往前走着，手指上都有血滴下来。

米阳扶着他一路走，沉声道："省省力气，先别哭，等真找不到人了再哭。"他喘了一声，咬牙道，"还有机会，已经救了几个……总还有机会的。"

"我跟我姥姥说过了，也已经打了电话让白洛川报警，救援队应该就在路上了。”

“我们去了那边最重要的是确定位置，旗生刚被冲走，下游肯定会有人拦截。”

“我们也在往那边赶，总有机会的。”

“赵海生，你弟弟会不会游泳？他的水性怎么样？”

大概是身边的人足够冷静，赵海生的情绪慢慢平复下来。他抹了一把脸上的泪水和雨水，道：“会，旗生力气大，你别看他个……个子小，力气跟我一般大。”

米阳立刻道：“我和王兵刚才过来的时候是沿着水走的，并没有看到他，我猜旗生肯定是半路抓住了什么，被挡在别处了。”

赵海生停下脚步道：“在……在北边！那边有干了的小河道，现在有水，肯定冲……冲那边去了！”

赵海生是在这里长大的，打小不知道来了山上多少次，这次是情急之下一时未能想起来。米阳跟他分析了一下，他恢复理智之后立刻就瘸着腿往北边去。米阳快步跟上他，心里是沉甸甸的。那六个人应该是不会死了，可是符旗生和那个女生会不会死，他不敢保证。

赵海生的猜测没错，他们找到了符旗生和那个女孩。

另外一边的河道平日是干涸的，现在水不断冲下来，已经涨到了胸腹的位置。水流如果是平静的，并不会有危险，但此刻水流夹杂着泥沙从上游汹涌而下，人根本站不住脚。万幸的是有一棵枯树横在了那里，符旗生和那个女生被钩住了。

那个女生带着的画板撑在他们前面，已经破了一个洞，看样子是替他们挡了一下石块之类的东西。

赵海生要下去救人，却被米阳拦住。米阳把绳子捆在岸边一棵结实粗壮的大树上，再把自己捆住，留出一部分打了一个绳结。

米阳道：“一会儿你抓住我，我去。”

赵海生不肯，米阳又道：“你在岸上，力气比我大，我用绳子套住他们……水太急了，下不去太远。”他把背包放在地上，摸了一下，果然在侧面的小袋子里摸到一个硬邦邦的东西。米雪有个习惯，自己有什么，都会偷偷往他的包里也塞一份。这里面有一枚粉色的塑料口哨，再便宜不过的那种，却是此刻最能救命的东西。

米阳把手电筒调亮放在一旁保持闪光的状态，又试着吹了一下口哨，声音非常响亮，甚至隐约听到了一声回应，不知道是王兵他们还是救援人员。米阳把口哨递给赵海生道："你抓紧绳子，在岸边使劲吹口哨，报对方位就是现在最重要的事。"

赵海生点点头，叼着口哨后拽住绳子。他的力气大，只试了一下就把米阳拖拽回来，然后一点一点地放了绳子出去让米阳踩到水中。

口哨一声声地吹着，刺耳的哨声三长三短，不停歇地响在山林里。被困在水中的人像是被鼓舞，有力气再撑一会儿了。

但他们第一次并没有成功，米阳量力而为，不敢下到太深的水中。绳子扔不过去，被水一冲就卷走了。第二次他看到一个被冲下来的塑料小水桶，似乎是他们拿来钓鱼装水的，他把它绑在绳子上扔过去，困在水中的人抓住了。

第一次救回来的是那个女生，她的力气小，却也抱住了那个小桶，被米阳和赵海生连拖带拽地弄了上来。

等他们想用同样的方法去救符旗生的时候，横在那儿的枯树忽然被冲断了。在赵海生的怒吼声中，符旗生和那段枯枝再次一同被卷走。

米阳在水里也受到波及，整个人跌倒呛了水，被拽上来的时候还被石块割伤了腿。

远处的灯不停地闪烁，先是有一点光亮，紧跟着亮成一片，由远及近，混着人声一同到来。

米阳躺在岸边，狼狈地呛咳着，一颗心彻底踏实下来。

救援队来了。

救援人员动作迅速，用对讲机联络，很快就行动起来。

赵海生要跟过去，被大人们按住，他披上厚衣服被送到后面紧急处理伤口。

米阳也被赶来的救援人员抱着送了过去。米阳呛了水，人还是清醒的，只是水呛进气管里后，口鼻处和喉管都火辣辣地痛，说不出话来。他听到有人喊了自己的名字，眼睛眯起来去看，却只看到晃来晃去的手电筒，旁边有人在说话："在岸边发现的，呛水了……"

很快就有人凑过来，遮住了所有的光线，俯身对上了他的嘴。那人一只手捏着他的脸颊让他张开嘴，然后使劲吸了一口，紧跟着吐掉口中的河水，又低头吸了两口。待清理干净之后，那人又伸手捏住他的鼻子，再次贴上来做人工呼吸。

米阳躺在那儿，只闻到熟悉的气息，被迫张开嘴接受人工呼吸的时候完全没有反应过来。对方的动作非常迅速，一点都不拖泥带水。围拢上来的炙热气息和干净气味是他再熟悉不过的，耳边急切的声音也是他所熟悉的："米阳？米阳你试试用嘴呼气。"

米阳跟着他做了一次，想要张开嘴说"可以了"，却只发出一点微弱含糊的声音，就又被他捏紧鼻孔，俯身贴紧唇吹了一大口气。他每隔几秒就反复一次，直到米阳的呼吸和他的呼吸融合，他才放松一点。

米阳哑声道："可以了。"

白洛川松开他，但解开了他领口的纽扣，手指放在他的气管和颈部轻轻按压，皱着眉头小声地喊他的名字，问他好点儿没有。

米阳平躺在那儿，已经缓解了很多，点点头道："我没事。"

救援队来的人多，除了前面呼喊着营救的，后勤人员也抬了担架。白洛川还从家中带了随行的医生，医生的年纪有些大，腿脚不便，此刻正在山下等着。

白洛川解开自己身上的雨衣，把米阳也裹了进去，抱紧后道："冷不冷？"

米阳摇摇头，刚才是有点冷，但现在整个人都被包裹住，暖烘烘的，就不觉得冷了。

白洛川又道："我先带你下山，他们会找到人的。"

米阳点点头道："好。"

白洛川把雨衣脱下来给他穿上，自己则蹲下道："上来，我背你。"

米阳略微犹豫了一下，道："算了，我可以自己走，或者……"

白洛川蹲在那儿没动，身子被雨打湿了，重复道："上来。"

米阳就趴到他的背上，努力用那件宽大的雨衣遮挡住他们两个人。旁边救援队的一个人看到了，道："怎么样？可以走吗？后面有担架！"

旁边跟他一同上来的警卫走过来道："我来背吧，咱们还有一匹马，让马驮下去会快一些……"

忽然，不远处有人的对讲机响了，很快便传来呼喊的声音："找到了！那个男孩找到了……人还活着，要担架，快……快送下山去抢救！！"

白洛川在一旁听得十分清楚，立刻对警卫道："我跟救援队走，你带着马去那边。乌乐还小，穿过树林不难，比担架要快许多，先救人！"

警卫立刻应了，牵着马跟救援队一同过去了。

白洛川又对一旁救援队的工作人员道："他只是呛了水，现在人醒着，我带他下去就行，把担架留给更需要的人吧。"他又把米阳往上托了托，道，"麻烦您找两个人给我们带路。"

对方立刻道："好，你们跟我来，正好王队那边也找到了几个学生，先送你们一起下山！"

白洛川点头应下，跟着他一起过去。

米阳趴在他的背上，耳边只听到雨水落在雨衣上发出的噼啪声，还有白洛川的呼吸声，沉稳又有力。白少爷的后背很暖，即使他浑身湿透了也能一点一点暖回来。他抱紧一点儿，忽然有点累了，慢慢地闭上眼睛。

也不知道在白洛川的背上颠簸了多久，米阳迷迷糊糊听到他在说话，好像是跟谁在陈述什么，声音沉重："呛水了，可能会引起肺部感染，还是拍片看看，再留院仔细检查……对，先测一下，我怕他会对药物过敏……"

米阳听了两句，每个字都听得十分清楚，却反应不过来。他感觉手背冰凉，紧接着有微微的刺痛，再有一股冰凉的液体慢慢注入，这让他的意识开始不那么清醒，慢慢又睡了过去。

第六章
世间你最好

米阳做了一个并不好的梦。

梦里地动山摇，房屋垮塌之后，压在身上的那份重量都逼真得像是亲身经历过一样。

他凝视过的那座山滚落了巨石下来，雪上加霜地压在已经塌了的房屋残骸上，堵住了唯一的生路。

白洛川手臂撑在他的头部两侧，那是一个保护的姿势。

白洛川在保护他。

他想起来了，白洛川订婚的那一晚，不是他在头晕，是墙壁真的在晃动。他们被落下的墙壁砸倒，困在狭小的空隙里苟延残喘。白洛川护着他，始终撑在他胸前用自己的身体护着……

米阳的鼻尖发酸，但在梦里无论如何也哭不出来。他像是浮在那一层微薄的记忆上，无法撼动曾经的过去。

白洛川不知撑了多久，声音都哑了。以前那么光鲜亮丽的一个人此刻只剩下狼狈，眼睛还是同以往一样盯着他不放。他用砂纸摩擦过一样的嘶哑声音说道：“米阳，撑住。撑一会儿就有人来了。”

米阳艰难地点点头，声音沙哑地道：“好。”

白洛川听着他说话就笑了，眼睛里像是盈满了星光，即便是在黑暗中也能看到那份坚韧。他道：“其实今天晚上不是订婚，是我找来的人，那些都是骗你的……我跟那个姑娘都有些难处，合作演戏给别人看的。”

白洛川的呼吸变慢，但心情很好。他喘息道："等我出去了，我得好好找一个，找最喜欢的人才结婚……"

"嗯。"

"嗯？"

米阳哑声道："等出去之后，你一定能找到。"

白洛川低笑了一声："难得你还能安慰我一句，我都以为听错了。"

米阳认真地道："你坚持一会儿，别睡，我们一定能出去。"

这次那个人等了很久也没回应，只有轻微的呼吸声。

米阳道："白洛川，你真要结婚是不是要先领证？去哪儿领？那还要摆酒席，请多少人来合适？你醒醒，别睡了……我上回去见骆阿姨的时候，她还说让我好好教育一下你，你让我撑住，自己也得撑住啊！"

米阳说了很多，很仔细地问他，一直问到鼻尖泛酸："白洛川你醒醒，你陪陪我好不好？"

白洛川又清醒了。

他把头埋在米阳的肩上，气息十分微弱。

米阳哽咽着喊他的名字。

白洛川忽然有了一点儿精神，小声道："我有点冷。"

米阳想动，但手脚没有任何知觉。他的眼眶发涩，泪水顺着眼角滑落下来。

白洛川闭着眼睛小声道："你刚才说了我那么多好的地方，可别忘了。"

米阳修书的时候做了无数遍反复枯燥的修复工作，他有足够的耐心，一遍又一遍在白洛川的耳边重复："我会记得你，记得所有的事……"

白洛川笑了一下，声音渐渐弱下去："只记得好的，我做的那些傻事都忘了吧。

"不过我这脾气估计改不了，你要是再见到我，一定陪在我的身边，多教教我。我就听你一个人的话，我想变好一点。

"你记得见了我要对我笑一笑，这样我就能认出你。"

米阳动了动嘴，发出一点声音："好。"

白洛川没了力气，米阳也渐渐没了力气，浑身发冷，意识涣散。

他和身前的人保持相拥的姿势，闭上眼睛。

他想：这个人不是骗我的。

那些拙劣的、暴躁的脾气混着一颗笨拙的心，却从未有逗弄的意思，自始至终都是那个真实而浓烈的白洛川。是他错过了白洛川这个好朋友。如果还有机会再来一次——我愿意再遇到你。

这世间，最好的你。

梦境扭曲，如同被融化的镜面，很快又变换成其他场景。

这些都是他熟悉的，已经分不清是现实还是记忆。

也许都是他们自己经历过的。

米阳被包裹在一个军绿色的婴儿襁褓里，被年轻的父母抱着轻声哄。他们笑呵呵地拿了小拨浪鼓哄着他玩，外面是不停落下的大雪。

没一会儿，年轻的白政委夫妇也走了进来。白夫人烫着时髦的鬈发，怀里抱着一个精致漂亮的婴儿，婴儿戴着一顶小熊帽子，动了动鼻尖。他从睡梦中醒来，睁开水汪汪的大眼睛，好奇地落在了米阳的身上。

小婴儿米阳抬了抬小手，冲他笑了一下。

那个漂亮的小婴儿也立刻“咯咯”地笑出声，露出仅有的两颗米粒大的小白牙。

米阳的脸被温热湿润的毛巾擦拭，对方的动作很轻，但他还是醒了。他动了动睫毛，一睁开眼睛就看到了正小心给自己擦脸的人。那人看上去原本还有点儿心疼，看到他醒来，立刻挑起眉毛，怒声道：“你知不知道你昨天晚上又发烧了？医生说如果你再不醒，可能就要转成肺炎，你可真是……一点儿都不听话！”那人把毛巾扔在一旁，居高临下道：“我让你在岸边吹哨子等着我来，谁让你下水了啊？！现在知道怕了吧？你烧了一晚上光说胡话，吓得一直哭。”

米阳睁大眼睛看着他，这样的反应反而让白洛川吓了一跳，他下意识按铃：“小乖，你怎么了？我这就让医生来，没事没事，你要是不舒服就跟医生说，什么病都治得好的，你别怕。”

米阳抬了抬手腕，哑声道：“白洛川。”

白洛川立刻坐到床边，托着他的手起来一点儿，包裹着道：“别动，晚上动得太厉害还鼓针了，是不是疼？”

米阳看着他道：“我找了你好久啊！”

白洛川伸出手指给他擦拭了一下眼角，放缓了声音道：“怎么又哭了？没事了啊，昨天是我来晚了，是我不好，下次我把你放在我身边，去哪儿咱们都一起，好不好？”

米阳点点头，但眼泪止不住。

白洛川有些慌了手脚，笨拙地给他擦拭，看着他红着眼圈的样子心疼得不得了，连声问道：“怎么了？到底哪里疼？”

米阳摇摇头，看着他，舍不得移开眼睛，哽咽道：“我做了一个梦。”

白洛川愣了一下，道：“什么？”

米阳道：“我梦到了一个英雄。”

白洛川顺口道：“梦到我了？”

米阳看着他，特别认真地点点头。

白洛川一下子涨红了脸，却不肯退开，看着米阳，还在逞强：“什么意思？你就在梦里把我当英雄？我昨天救了你呢，你现在崇拜哥还来得及。”

原本只是随口的一句话，没想到躺在病床上脸色苍白、红着眼睛的小孩认真地回答了。

“白洛川是英雄。

“是我特别崇拜的人。

“我最感激你了，我要一辈子对你好，报答你。”

白洛川的嘴角扬起来一点，又努力压下去。他把米阳的手放回被子里，咳了一声道：“你在这里等我一会儿，我去叫医生来。这次你听话一点儿，好不好？”

米阳点点头，乖得不得了，软声道：“好。”

医生来的时候，身边还跟着程家的人，连米鸿这样常年不肯外出的人也跟着一起过来了，把米阳住的这个小单间病房塞得满满的。白洛川扶着程老太太的手站在离医生最近的地方，老人紧张地看医生给外孙诊治，小声地对他说“别怕”。

医生看了一会儿，道：“没事，可能是惊吓引起的发热，已经不碍事了。

不过为了稳妥起见，再观察一天吧，情况好的话明天就能出院。”

程老太太松了一口气，伸手碰了碰米阳的小脸，勉强笑道：“我就说我家阳阳肯定没事。你想吃什么啊？姥姥去给你做。”

程如也道：“咱家离这里近着呢，三姨开车来的，一会儿就能给你送来。”

医生看完后又开了一张单子，让米阳再吃一些消炎药。

程如对老太太道：“妈，您在这儿和阳阳说话，我去拿药，再送阳阳去护士站，阳阳一会儿还要挂水呢。”

老太太答应了一声，心疼地看着外孙。

白洛川跟着医生出去了，米阳的血管比较细，打普通的针老是鼓针，他想问问有没有儿童用的那种细一些的针或者软针。

米鸿看了孙子一会儿，见他身边有人照顾，便默不作声地出去了。

过了一会儿他回到病房，留了一些钱给米阳，并叮嘱道：“我已经去把住院费交了，你什么都不用担心，养好了身体再出来。这段时间也不用来瞧我，在你姥姥那儿养好身体再学手艺也不迟。”

老人大概是长时间没跟人交流，语气有些生硬，唯独在跟米阳说话的时候才缓和一些。但他不是个多话的人，说完话放下钱就走了。

程老太太也没推辞，瞧着旁边小柜子上的钱笑出声，摸了摸米阳的头发道：“你爷爷疼你呢。”

米阳也笑了一下，点头道：“嗯，我知道，您对我也好。”

程老太太点点他的鼻尖，心疼得跟什么似的道：“我昨天吓坏了，你一直不醒，你要是真出了意外，我可怎么跟你妈交代哟！”

米阳道：“姥姥，您跟我妈说了？”

程老太太道：“昨儿晚上我想说来着，怕她着急连夜过来。这不，你三姨说等今天早上医生看过了再打电话，医生也一直安慰我们呢，说你就是累了……刚才，我们才跟你妈说了一声，她就急得够呛，说过两天就来！”

老太太一边说着，一边念叨让米阳选几样菜。米阳想了一会儿道：“姥姥，我想吃白粥，再要一点带辣味的小咸菜。”

程老太太道：“小乖，白粥行，医生说你现在不能吃太刺激的东西，姥姥给你做点酱菜好不好？甜的那种。”

米阳道："好。"

程老太太得了他的准信，也高兴起来，想着等程如回来就跟她的车一起回去做饭。

白洛川没走，留在病房里陪着他，道："刚才我看到爷爷去交住院费，我昨天就交过了，他又交这么多根本用不上。我问了医生，医生说你今天晚上就能回去，到时候我帮你退了吧。"

米阳点点头，白洛川说什么他都说"好"，又乖又信赖他。

白洛川拿了苹果坐在一旁给米阳削皮，米阳跟等着喂食的雏鸟一样眼睛一直随着他转。他去哪儿，病床上小孩的视线就跟到哪里。

白洛川切下一块苹果，喂到米阳的嘴里，米阳就慢慢嚼着吃了，再喂还吃。一直喂了大半个苹果，白洛川伸手去摸米阳小肚子，他老实得没半点反抗，乖得不像话。

白洛川坐在床边若有所思地看着他，抬手弹了他的脑门一下，道："现在知道害怕了？"

米阳道："知道了。"

白洛川的心已经软了一半，但还是硬着声音道："下次还敢不敢了？简直胡闹，我让你在岸边吹哨，你居然敢下水，那水位都比你高！"

病床上的人轻轻摇了摇头，小声地道："不敢了。"

白洛川捏着他的下巴盯着他看。米阳大概是刚睡醒，头发还有些乱，努力想着正确的答案补了一句："没有下次了，真的。"

白洛川略微满意了一点儿，放开他道："我去给你拿杯水过来。"

米阳现在看不到他就有点心慌，坐起身道："不要，我不想喝水。"

白洛川道："那你要什么？"

米阳捏着被角道："你陪我一会儿吧。"

白洛川笑出声道："你就这么怕我走？我不走，在这儿陪你，陪你一个白天。等晚上医生说没事了，我就带你回家……回我家好不好？爷爷那边有医生，我实在是不放心，咱们再观察两天，嗯？"

米阳挨着他，想了一会儿道："要跟姥姥说一声。"

白洛川笑道："好，我去跟姥姥说。"

米阳趴在他的肩上闭了闭眼，脑海里的还是梦里那些惊心动魄的场面。心跳得太快，他整个人反而显得有些迟钝，白洛川跟他说话他要过上好一会儿才能想明白，然后慢慢回应白洛川。

白洛川看他醒过来后便没什么精神，便握着他的手，小声地跟他说话：“你知道吗？那个被你和赵海生拽上来的女孩没事了，符旗生也被救回来了。”

米阳微微动了一下，道：“都平安了吗？他们也在这家医院？”

白洛川道：“对，已经脱离危险了。那个女孩的胳膊骨折了两处，符旗生伤势比较重，不过昨天也抢救回来了。他的求生欲很强，家里人都陪着他，一定会没事的。”大概是为了安抚米阳，他难得多说了一些话，“我让爷爷给赵阿姨多放了几天假，让她好好照顾符旗生，你放心吧。”

米阳想了一会儿才明白过来，白洛川说的是上次他在白家老宅遇到的那个打扫庭院的阿姨，也就是符旗生的妈妈。当时那个阿姨还请他帮忙带大白兔奶糖去镇上呢。

米阳点点头道：“好。”

白洛川轻轻地在他的后背拍抚着，跟他说话：“市里这次特别重视这件事，特意安排了人来看你们，要给你以及赵海生、符旗生他们颁锦旗，应该还有奖金什么的吧，反正到时候给你，你就拿着。市里要建旅游景区的事已经定了，想评‘5A’吧，如果这次真出了事，就什么影子都没了。说起来你们还真是帮了大忙。”

米阳愣了一下：“旅游景区……吗？”

白洛川知道的消息多，道：“对，听说镇上那片也要重新规划建设，可能都要拆迁吧，过几天就会有人来量房子的面积了。”

米阳抓着他衣服的手紧了紧，喉结也滚动了一下。他又想起梦里的那场事故，想起滚落的巨石……白家老宅离山脚近，首当其冲被巨石覆盖，整个山海镇估计也都毁了。

他虽然清醒过来，但还未从惊吓中恢复过来，一时间很多事情想不周全，但惊恐的感觉犹在。

白洛川的话，让他在恐惧里生出一线希望，并一点一点扩大。犹如破开乌云的光，一丝一缕很快就照亮了地面，驱散了阴霾。

米阳愣怔地道："整个镇都要拆迁吗？搬到别的地方去？"

白洛川道："我听爷爷说市里是这么打算的。因为我家老宅的占地面积太大，加上后面还有两座小山，那边就先来跟爷爷谈了谈。"

米阳坐起身，认真地问道："白爷爷想搬吗？"

白洛川道："爷爷倒是觉得没什么，他年纪虽然大了，但不在意这些。不过不知道镇上有没有人反对，毕竟每次拆迁的事都挺难办的。"

米阳松了一口气，如果由白家带头，事情就不那么难办了。

如果建了景区，就会有专人维护，可以切断悲剧的源头。而镇子拆迁，又可以避开一切不幸……想到这里，米阳心里的一块重石放下，眼里又恢复了光彩。他这会儿觉得饿了，摸了一下肚子道："白洛川，我饿了。"

白少爷伸手摸了一下他的肚子，道："是该饿了，从昨天中午到现在只吃了半个苹果，你想吃什么？"

米阳道："想吃鸡腿！"

白洛川点点头出去了，过了一会儿拿了一碗粥和一碟糕饼回来。这会儿米阳还只能吃点清淡的病号饭，他就没有给米阳买鸡腿。即使这样，米阳也吃得很香。

白洛川看着他大口吃饭的样子，不满地道："你吃东西的样子倒是看着挺正常的，怎么这么没心没肺，刚才还吓成那样，现在又全好了？"

米阳咽下嘴里的糕饼，笑道："我就是觉得，做好事还是有好报的，心里挺高兴的。"

白洛川冷笑道："什么好报，一面破锦旗吗？"

米阳抿着嘴直乐，弯着眼睛笑道："你信不信因果？"

白洛川看了他一会儿，叹了口气道："信，你信我能不信吗？以后陪你做善人、行善事，行了吧？我也不盼别的，就盼着你别生病，也别再出什么事。"

米阳点点头，又笑了。

过了一会儿，有人在外面敲门。白洛川起身去开了门，瞧见外面站着两个半大的男孩。一个男孩扶着另一个男孩，他受伤的腿上打了绷带，这会儿卷起了病号服的裤腿，拄着拐杖撑着人的肩膀顽强地蹦过来。瞧见白洛川和米阳的时候，他的眼睛亮了一下，咧嘴笑道："我……我来看看……你们！

醒了就好！”

米阳认出他，招手让他们进来坐：“王兵，你怎么把赵海生扶过来了？快过来坐下吧，别再伤着。”

白洛川把椅子让给他们坐，自己挨着米阳坐在床边，轻声哄他吃完剩下的那半块糕饼。

米阳就着他的手咬了一口，嚼着吃了，看见坐在对面椅子上闷不吭声的两个人，有些奇怪地道：“怎么了？你们过来是有什么事吗？”

赵海生嘴不利索，但一张脸上满是感激之色，不用说话都能看得出真诚。王兵见着白洛川有些不好意思，他之前对白洛川有点儿偏见，但人家不计前嫌，用尽一切方法帮助他们，还救了符旗生一命。他心里特别不是滋味，先开口道：“我们是来说声谢谢的。真的，米阳，这次多亏了你和白洛川。要没你们，别说是旗生，就是海生也不一定保得住，真的特别……特别谢谢你们！”

赵海生比他直接得多，坐在那儿道：“我和我弟的命就……就是你们捡回来的，有事说一声，我们俩绝对没二话。”

米阳笑了一声，没往心里去。倒是旁边的白洛川抬头看了他一眼，重新审视了一遍这个人，若有所思地沉默了一会儿。

米阳又问道：“旗生呢？我听说他脱离危险了，现在人醒了吗？”

王兵道：“醒了，比你醒得还早一点儿。今天早上六点多他就睁眼了，先喊饿。哎，你不知道旗生这小身板吧，看着弱不禁风的，但力气大着呢，也能吃，只要睁眼能吃东西就没事了，他平时比三个我吃得都多，呵呵！”

赵海生笑道：“我弟命……命硬。”

赵海生坐了一会儿，又道：“之前打架的事，我们不……不对，我问过旗生了，等过两天他好了，亲口跟你道歉。”

米阳听到他说这个，糕饼都不吃了就要追问，还是白洛川掰了一小块塞到他嘴里，道：“我也有不对的地方，回头大家坐下聊一聊也就过去了。跟昨天的事比，什么都是小事。”

赵海生咧嘴憨厚地道：“听你的。”

等他们走了，米阳回头看了一眼白洛川，问道：“你一直没跟我说，到底是怎么回事啊？”

白洛川把手里小半块糕饼都喂完，才道："也没什么，就是有一次你去姥姥家住了，我听到外面有动静，过去看了一下，瞧见一楼房间的玻璃破了，符旗生站在外面，慌慌张张的……我当时以为他偷了东西，就跟他起了争执。后来有一次在外面遇到他和王兵他们，他们人多，我们没说两句就打了起来。"

米阳有点惊讶："他偷什么了？"

白洛川皱了一下眉头，道："怪就怪在这儿，家里什么东西都没丢，就玻璃破了。"

米阳道："难怪我怎么问你都不肯说。"

白洛川点头道："对，我之前骂他是小贼，但家里没丢什么，事后再遇到我就没说过他了。他这人骨头很硬，嘴巴也够严实，梗着脖子站在那儿一句话也不解释。现在想想，应该是我误会他了吧。"想了一会儿，他又笑道，"这两兄弟倒是都挺有意思的，赵海生看着憨厚，却带着一点精明；符旗生看着文文弱弱的，但一根筋得厉害，力气大脾气又犟，不过他们都挺有血性的。"

米阳对赵海生的印象一直非常好，点头道："他们是挺好的，等符旗生的身体好了，我陪你过去找他把话问清楚，把误会解开就没事了。"

白洛川道："好，听你的。"

他学着赵海生说了一句话，但语气不像赵海生那般沉稳，带着笑意说出来跟哄小孩一样，宠得没边了。

程老太太一天跑了两趟医院，送了不少吃的来。米阳吃不了那么多，白洛川替他吃了大半，还是剩下好多。米阳心疼她，不肯让她再折腾。程老太太一直陪着他，等到晚上亲耳听到医生说"可以出院"之后才松了一口气。

白洛川跟老人商量了一下，因为白家有家庭医生，程老太太也信任他们，听见白洛川说要带米阳过去住几天，立马就答应了。她对白洛川道："你能帮我照顾小乖，我可太感激你们啦。等我做了吃的就让人送去，你和小乖一起吃，可别嫌我老太婆烦啊！"

白洛川笑道："怎么会呢？我也想吃您做的菜了。"

程老太太笑呵呵地道："那没问题，我给小乖做的时候也给你做上一份。"

真送米阳上了白家的车，程老太太又有些不舍得了。还是白洛川一再保证每天给她打电话报平安，老太太才让他们一起走了。

米阳只是轻微呛水，恢复很快，但符旗生身上多处受伤，光外伤就有不少处，肋骨断了三根，这会儿只能躺在医院里静养。

符旗生的妈妈抹着眼泪照顾他，看到自己的孩子浑身绑着绷带的样子就心疼。尤其是昨天，医生差点儿让他们紧急转院，后来还是白家的家庭医生来了跟着一起会诊，确定了抢救方案，他的身体才好转。

听医生说他有一根肋骨差点插到肺里去，离死也就一步远了，真是生生拽回来一条命。

符旗生年轻，身体虽然受了伤，但还是强打起精神来安慰他妈：“我没事，躺躺就好了，妈……”

符妈妈走过去，靠近了他让他少说话。刚靠近，她就听到符旗生小声说：“妈，你带我回家吧，我不想住在医院里，要花很多钱。”

符妈妈的眼泪都下来了，对他道：“什么钱不钱的，我儿子的命都快没了，我还要钱干什么啊？旗生你听妈妈的话，在医院好好养着，等病好了咱们再走。”

符旗生看着她，过了一会儿才道：“可你要上班……”

符妈妈道：“没事，白家特意给我放了一段时间的假，说是让我多照顾你几天，等你好了我再回去也不迟。”她给符旗生掖了掖被角，又絮絮念叨，“他们家人真的挺好的，还提前给了我半年的工资。妈现在有钱，你安心养病，只要人在，就什么都有。”

符旗生缓声道：“他们家……对你好吗？”

符妈妈笑道：“好啊，他们家算是我遇到的最好的雇主了。”

她喂符旗生喝了一点水，给他润了润嘴巴，然后坐在旁边陪着他。

符旗生一直很沉默，偶尔疼的时候也只是额头上冒出细密的汗珠，不轻易开口喊一声疼。符妈妈心疼他，但都是儿子反过来宽慰她，几句话说得她眼泪直往下掉。她很辛苦，先前丈夫病得厉害，常年卧床不起，儿子刚开始懂事就知道帮她干活。娘儿俩一直都是这样扶持着熬过来的，别人家的小孩过生日都有好吃的，她家穷，就算有一口好的，旗生也会掰开硬喂到她的嘴中。只有她先吃了，他才肯去吃……

她已经没了丈夫，旗生就是她最后的盼头。如果儿子再没了，她真不知道该如何活下去。

符旗生醒来的当天下午，就有人送了一束花和果篮过来。来的人是一个女孩，她身边还跟着自己的父母。女孩的胳膊也打上石膏固定了起来，脸上有点擦伤，抹了药水已经结痂了。

符旗生并没有认出她来，躺在床上只看了她一眼，没有吭声。

女孩站在那儿动了动唇，然后给他鞠了一躬，声音颤抖着道："谢谢……谢谢你，我叫许苒，是你救的那个人。我真的……真的不知道该说什么好，都是我的错，是我连累了你……"女孩说着就哭了起来，却又怕打扰到病人休息，咬着唇情绪激动到肩膀抖动，含混不清地在那儿又是跟他道谢，又是说对不起。

她的母亲在旁边扶住了她，她的父母都是知识分子的模样，扶了扶鼻梁上的眼镜，瞧得出眼圈也是红的。她的母亲开口缓声道："我和我的爱人都非常感谢符旗生同学，真的，没有他，恐怕我的女儿就回不来了。我们愿意承担符同学所有的医疗费用，请你们务必答应，这是我们的一份心意。"

符旗生和妈妈显然没有想到他们会说这样的话，愣了一下后，符旗生的妈妈站起来结结巴巴不知道说什么才好。他们老实本分，即便拼命去救人了，也从未想过要对方回报。

许家人一再坚持，正好赵家的人也来了，赵家的人就带着符旗生的妈妈和许家的人一起出去商量，只留了赵海生在病房里陪着醒来的表弟。

符旗生看着门口，好半天没有移开视线。

赵海生也抬头看了一眼，对他道："别看，这是他们应……应该的。"赵海生伸手给他盖好被子，冷着脸道，"我弟一条命，他们拿钱来赔，算便宜他们了。"

他低头看了看符旗生被绷带包扎的十根手指，那天符旗生和那个女孩根本就不是被那棵枯树钩住的，而是符旗生用手死死地抓住了那一线生机。符旗生的水性不算好，但好在有一身蛮力，手指都抠进枯木里去。他被救起来的时候十根手指的指甲都裂了，鲜红的肉在水里泡得不成样子。

赵海生的脸色很难看，符旗生却看着他咧嘴笑了一下。

赵海生道：“你……你笑什么啊？！”

符旗生瓮声瓮气地道：“哥，我就知道你肯定会来救我。”

赵海生想骂他，但嘴皮子不够利索，越生气就越是说不出话来。表弟伤成这个鬼样子也打不得，他只能黑着脸道：“滚！这次要不是米阳在，你就等死吧！谁也捞不上来，差一点儿就死了，还笑……”

符旗生挨了一顿骂，但一点儿没有懊恼。阳光落在他的身上，他只觉得浑身发暖，重回人间。

符旗生道：“哥，不会了，我一定会爱惜这条命的。”

赵海生这才住嘴，喘着粗气看他，红着眼道：“你要是死了，我怎么跟姨交代？她非……非跟你一起去了不可。”

符旗生沉默了一下，道：“我保证，一定好好活着。”

赵海生道：“下次……想想你妈。”

符旗生道：“哎。”

那些一起被送来的学生此刻也在医院里。有的等着家长来接，身上有伤的被安排去做检查。除了符旗生和那个叫许苒的女孩，其余人都只是有些皮外伤，受了惊吓，没有大问题。

许苒父母担心女儿，让她留在医院多住了一天观察情况。另外几个人虽然在山里的时候嚷嚷着要回家，但瞧见许苒留在医院，也都住院观察了一天。还有一个男生说自己头晕，打了一点葡萄糖。

等到下午的时候，确定没什么事了，他们就要出院。

救援队和医院的人拦住了他们，原因只有一个，让他们把钱交了再走。

那些家长以为只要送一面锦旗就可以了，万万没想到还要给钱，一时间都傻了眼。只有许苒和另外两家人认真询问该交多少钱。一个男生的家长听到救援队报出的上千元数目，顿时睁大了眼睛道：“怎么可能？怎么这么多？”

另外一个家长也犹豫了一下，道：“是啊，公民遇险获救是一项基本人权，你们这样带有盈利性质，是不是有些不负责任啊？”

“搜救费用是可以随便开的吗？为什么要这么多？孩子不过是在山上迷了路走不下来……”

救援队的王队长是一个肤色黝黑的汉子，皱眉看着周围的几个家长，一半人要交钱，另一半人还在叽叽歪歪说个不停。他冷笑一声道：“迷路？你看看他们身上，昨天是在哪儿被救上来的？让他们自己说情况危不危险！前面就是断崖，要不是有个当地的孩子去拦住他们，恐怕他们都摔下去死了！”

这个“死”字太重，那些家长立刻都噤了声。

王队长道：“我们是义务救援，没有收取任何费用，让你们交的这笔钱是当时调动车辆进山砍了一些树，清理道路障碍，给林业部门的罚款。”

问清这笔钱的缘由后，家长们无话可说，都只能认了。

这个时候，旁边医院的人也站了出来，道：“那麻烦你们把医院的费用也结一下。”

有一个男生是打了葡萄糖的，他父亲拿了几十块钱出来准备去交，但是被那个医院的人叫住，道：“不够。”

那个家长愣了一下，道：“还有什么其他费用吗？”

医院的人道：“有，我从头跟您算啊！你们的孩子昨天晚上是坐救护车来的，救护车按往返全程公里数来计算收费，每公里两元，外加随车出诊费十元，费用为一人两百元……哦对了，还有几个同学用了担架，这个也是需要额外收费的。”

家长脸色不好地道：“我也坐过救护车，从来没遇到过这么贵的。我要找你们领导，问问是什么车！”

医院的人道：“不用了，我就是领导。他们坐的是心肺复苏的急救车，当时情况危急，我们是按第一时间抢救生命为原则进行安排的，还是专门为你们调来的急救车。”他当着孩子的面原本不想说重话，但还是忍不住道，“你们生下他们就要教育，要负责，不然别怪社会教你们如何做一个公民！”

许苒的父亲向医生和救援队的人道歉，率先表示要去交款，又低声问道：“昨天孩子还做了检查，我想补交这部分的钱，请问是一起交吗？”

医院的人脸色缓和了一些道：“对，是一起交，我去开单子给你。”

许苒是除了符旗生以外伤得最重的一个，费用也是最多的。旁边有家长觉得这和自己没什么关系，还在算这两笔钱。医生转身对他们道：“你们也一起来，昨天下午孩子送来的时候，你们也坚持给孩子做了检查吧？”

那些家长哑口无言，有些不好意思，但有一两个还在表示不满。

只不过这次他们的不满是冲着许家去的。许苒一直保持沉默，跟这些同学和家长没有一点儿眼神交流。她永远记得自己掉下去的那一瞬间，其他人都缩回去避如蛇蝎的眼神。

因为符旗生和赵海生也是私自上山的，也需要承担这一部分的费用，许苒的父亲主动给他们两个人把钱交了。他还问到了昨天那个赶来救了许苒的男孩，提出替人家把救护车的钱一起出了。他们家捡回了女儿的命，对此非常珍惜。

对方道："米阳是吧？不用，他的钱已经交过了，人也已经出院了。"

许苒的父亲又问："那他的家在哪里？我们想亲自去登门道谢。"

对方道："这个我也不太清楚，不过送他来的是白家的人，你去山海镇打听一下就知道了。"

许苒的父母带着女儿出院后真的去打听了一下，白家老宅非常好找，整个镇上说起白家也只有那一户。不过许苒一家找过去的时候没有见到人，只有平时照顾白老爷子的一个家庭医生出面，冷淡地道："米阳那孩子还在养病，需要静养，你们就不用特意过来了，他心领了。"

许家父母这才作罢。

第七章
万千宠爱

米阳对此一无所知，因为他在白家特别忙。

白老爷子是看着他和白洛川一起长大的，好不容易瞧着他们快出落成少年模样，却突然差点丢了一个。白老爷子心惊肉跳，恨不得把所有补品都拿出来让厨师做了喂到米阳嘴里去。

另外一边，程老太太是同样的心情，三天两头让程如开车给米阳送炖的汤汤水水，还每天都做一些米阳爱吃的小菜和点心，一天三顿都不带重样的。米鸿虽然没有这么做，但隔了几日之后，也送了一个锦缎包裹的小盒子去白家。里面装着的是一株老山参，也不知道他是从哪里淘回来的，连照顾白老爷子的那个医生也啧啧称奇，说是好些年没见过这么好、这么完整的参了。

白老爷子想了想，道："把这参切片让阳阳吃了吧。"

医生笑道："那可不成，他们年纪小，火气旺着呢，不能这么补。我跟厨房说说，炖鸡汤的时候加一点儿就成了。"

白老爷子道："好，你看着办吧。"

然后米阳每天吃的饭里多了一道鸡汤。

撇去浮油，炖到肉烂骨酥的鸡统统不要，只一碗清澈的鸡汤。熬了数个小时，一大锅浓缩成这么两三小碗的量，只供他一个人喝。厨师的水平特别高，加了药材也闻不出什么异味来。高汤鲜美，烫口的时候喝下去，从胃里开始暖起来，片刻工夫整个人就都暖洋洋的了。

米阳喝了爷爷送来的鸡肉参汤，吃了姥姥送来的点心，又在白家一众人关切的目光下一日三顿地吃着饭，多吃一口周围的人都恨不得给他鼓掌。

米阳扶着餐桌站起来，眼睛有点发直，道："不行了，真吃不下了……"

白洛川也放下筷子，道："那就不吃了。"

米阳扶着桌子走了两步，还没离开餐厅，就听见白洛川对厨房那边道："把那碗鸡汤端出来。"白少爷转头看着米阳吃到生无可恋的脸，忽然笑了，安抚道："就一小碗，喝了就让你回房间去，做什么都行，好不好？"

米阳觉得这万千宠爱太沉重了，他的肚子不争气，可又能怎么办呢？

一连喂了几天，米阳的气色红润，比以前好上许多。

白洛川一直小心地照顾着，看他完全没事了，才带着他在老宅里走动一下。老宅占地广，三进三出的宅子，后院修了一座戏台，荒废久了，已变成纳凉的地方，也没什么人打理。戏台旁边不远处就是马厩，小黑马乌乐住了好大一处地方，白老爷子特别爱它，吃住都是最好的。

这次小黑马还立了功，帮着救了人。当时符旗生情况危急，乌乐被卸了马鞍，背上放上简易的救生架，等下山以后才发现它背上蹭破了一小块皮。在路上它只甩甩尾巴，温顺服从，没有发一点儿脾气。

现在这处伤已经擦了药治好了，但是白洛川心疼它，依旧不让它背上落鞍，让它多养上几日。

白洛川牵了乌乐出来，乌乐立刻就开心地打了个响鼻。马蹄声清脆地响起，它连放在那里掰碎的大块燕麦饼都不要了，黑亮的大眼睛里满是喜悦，还以为白洛川要带它出去玩呢！

白洛川摸摸它的鼻梁，让米阳也过来跟它亲近一下。米阳兜里揣着糖块，剥了糖纸放在掌心喂给它吃。

三岁大的黑马小胸脯挺得直直的，肌肉结实漂亮，顺着黑缎子一样光滑的皮毛露出来。虽然它年纪小，但已经有了骄傲的姿态。它低头吃了米阳掌心的那块糖后，就歪头蹭了米阳一下，睁着漂亮的大眼睛看着外面，瞧着它还是想出去。

米阳被它逗得笑起来，摸了它一下道："只能在家里走走，伤还没好呢。"

白洛川道："你再跟自己说一遍。"

米阳：“……”

白洛川道：“你们俩情况差不多，都得老老实实关几天。”

被喂胖的小马和小孩一齐抬头看他，两双无辜的圆眼睛眨了两下。乌乐眼里满是委屈之色，米阳眼里满含歉意。白洛川瞧着他们真是可怜又可恨，依旧没松口放开禁令。

乌乐比米阳要乖一点儿，但米阳的嘴巴要甜一些。他们一起陪着白少爷在院子里走了两圈，回到马厩的时候，少爷心里的火气已经降下来许多，只剩下一点点还未完全熄灭的小火苗，口气也比刚才要好上许多：“等明天看看，医生再给你检查一次，要是全好了我就带你回你姥姥那边去。”

米阳高兴地抬头看着他道：“你也住下吧，好不好？”

白洛川嘴角的那点笑意差点没藏住，故意慢吞吞地问他：“你怎么回事？这几天太黏我了，我离开一步都不行吗？”

米阳有点不好意思，就听见少爷大声叹了一口气，道：“行吧，我再陪你两天，除了我谁会对你这么好？”

米阳见他看着自己，立刻道：“你最好了。”

白少爷更满意了，告诉他道：“对，我对你最好。”

这个“最好”很快就受到了长辈们的爱心冲击，米阳一直听话懂事，这么多年简直就是“别人家孩子”的典范，冷不丁出了这么大的事，打电话来问候的这几天就没停过。

除了他爸妈和程老太太，米阳家里的三个姨每天也都要准时打电话来关心他。

“不是，您着急也没用呀。我现在回不去，要再观察一段时间。放心吧，我真没事。姥姥不是都跟您说了吗？”米阳坐在那儿耐心地跟程青说话，程青在沪市，她越来越着急。

程青道：“说了，那你再等几天吧。你爸马上就要到了，要不是他拦着，我昨儿就到了。”

米阳道：“真没什么事，我姥姥说的您都不信？我就呛了口水，没事了。”

程青又叮嘱了他几句，米阳笑道：“好，我知道，您忙您的，过段时间我们就回家了。”

刚挂断程青的电话，几个姨的电话又打了过来，跟约好了时间排号拨过来似的，一个接一个。

米阳去了阳台那儿接电话，原样的话再说了一遍。

二姨程春嫁了当年追她的那个工程师，现在一家人在省城生活得不错，姨夫升了职后还分到了两套大房子。小姨程歌在市里当老师，嫁的也是油田系统的。她们的丈夫，一个是工程师，一个是从事一线实践的，工作都和钻井平台研发有关。

她们两个人来不了，但没少给米阳寄东西过来，东西全都留在山海镇做生意的老三程如的家中，让程如再给米阳捎过来。程如这两年和丈夫一起做生意，办了一家实木家具工厂。因为之前的“非典”，生意淡了许多，正好闲出大把时间来回跑，探望的事就全落在她的身上了。

米阳听她说生意冷清，问道：“是没有客户来吗？”

程如道：“可不是？以前往南方运好些呢，生意好的时候半年都歇不了一两天。现在都不敢跑啦，会展也都不敢办了，没人哪做得成生意。”

米阳试着道：“那从网上找找呢？”

程如道：“什么网上？网上还能做生意吗？”

米阳笑道：“能呀，三姨，我给你推荐一家吧，我瞧着你都给表弟买了电脑，光他一个小孩用多浪费啊，工具应该大家一起用！”他走回去打开白洛川的那台笔记本电脑，上网看了一下，道，“找到了，您回去搜一下‘阿里巴巴’，这个网站里有一个‘诚信通’业务，刚开办的，特别好，交一点钱就可以让他们帮忙找新商家了。”

程如做生意多年，胆子大，接受新鲜事物的能力强，听见了后点头道：“行啊，我一会儿就去找找。阳阳，你今天想吃什么？”

米阳现在一听见吃就不行了，立刻道：“不了不了，我刚吃饱，您也帮我跟姥姥说一声，我明后天就回去看她，不用送吃的来了，我真的吃不下了。对了，刚才听我妈说，我爸也要回来了。”

他把话题努力转到米泽海身上，岔开说了好一会儿，程如那边才“扑哧”一声笑了，道：“知道了，小机灵鬼，今天三姨就不过去了，你好好养着吧。”

米阳这边刚松了一口气，就瞧见白洛川走了进来。

复古时光的柔软记忆

非卖品

欢迎来到
山海镇

你酒窝出来了

——枕头和我掉进河里，你救哪个？
——求你住口吧！

白少：
1000个千纸鹤，
一个都不能少！

回档
1988

小乖：
我好困……
Good Night

米阳下意识地先看他手里有没有碗。

白洛川道：“想喝汤了？我去给你拿……”

米阳立刻过去拽住他的衣角，求他道：“不不，我一点都不想喝。”

白洛川作势还要走，问他：“那你一定想吃点心，今天有荷花酥，你等着啊！”

米阳伸手抱着他的胳膊往回拖，道：“不要，你别走，坐这儿陪陪我呗。”

白少爷心里高兴但面上不显，假装是被硬拽回去的，看够了米阳不肯让自己离开一步的样子，这才道：“没有鸡汤，我刚才躲在楼下偷偷替你喝了。”

米阳松了一口气，白洛川就凑过来，掀起他的衣摆摸了一下他的肚子，感觉比平时要软，满意地道：“胖了一点儿，挺好。”他瞧见米[illegible]着手机的样子，笑道，“三姨又要来了？”

米阳道：“今天劝住了，她不过来了。”

白洛川点头道：“家里什么都有，你想吃什么跟我说[illegible]

电话铃声又响了两声，米阳吓了一跳，低头去看自[illegible]旁边的白洛川拿出一部跟米阳手中一样的手机接起来[illegible]

这次出的事不算小，除了米阳的家人，沪市那[illegible]璟也被惊动了，抽出时间特意询问他们的情况。

知道米阳养好了身体，彻底平安无事后，骆江璟[illegible]

白洛川看了米阳一眼，道：“好。”

手机交出去了，他人也凑了过来，一起听着。

骆江璟在那边叹了一口气道：“小乖，你胆子太大了，人没事就好，[illegible]次不可以做这样的事了。你自己还是个孩子呢，要是出了岔子可怎么办？我看，就该让洛川看着你，你在那边待得性子都野啦，该被管管，在家里关上几天才好。”

骆江璟是看着这两个孩子一起长大的，她对白洛川付出了很多心血，甚至牺牲了自己最好的几年时间来专心抚养儿子。儿子身边永远都有这么一个乖巧的小朋友，爱屋及乌，她心里也一直牵挂着米阳。

米阳住院的时候她没敢多说什么，但现在身体好了，骆江璟就小小地“教训”了几句，依旧是心疼的成分居多。

等骆江璟那边挂断电话，白洛川道：“瞧，我也是这么想的。”

米阳坐在那儿好一会儿，愣愣的，也不知道在想什么。白洛川把手放在他的眼前晃了晃，道：“生气了？我以后陪你出去玩，别担心。”

米阳笑了一下，道：“不是这个。”

白洛川道：“那是什么？”

米阳看了电话一眼，摇了摇头道：“没，我觉得骆姨说得对，我在家里反省几天吧。”骆江璟对他很好，她一直以为他可以帮着劝住白洛川不要“胡闹”。但是现在，他要变成和白洛川一起“胡闹”的同谋了。

米阳心里有点儿愧疚，却只是想了一下，又开始思考以后如何解决问题了。

白洛川凑过来捏了他的脸一下，道：“没事，你就只听我的，别怕我妈。”

米阳被他捏着脸说话都含混不清，小声道：“好。”

他们两个人的手机并排放在一起，两部新手机，一样的款式，连上面挂着的吊坠绳都一样。

米阳的手机在山里泡了水，已经不能用了，白洛川取了卡换在新的手机里。这次米阳没有推辞，白洛川给他，他就收着，他心里的那份隔阂已经淡化不见，只剩下亲昵。

白洛川摆弄了一下桌上的手机，瞧着同样的东西，心里挺高兴的。不过他大概还是想着之前米阳反抗的样子，坐在那儿解释道：“我没有看不起的意思，你之前那部手机是程姨用旧了的，开学就得用新的啊，看，咱们俩还是一样的。”

米阳顺着他的手指看过去，弯着眼睛道：“好。”

见米阳这么乖，白少爷反倒有点儿不好意思。他摸了一下鼻尖，带着点不满小声道：“程姨老给你用旧的东西，我就不信等米雪长大也给她旧的手机用。你们家是怎么回事，重女轻男啊？”

米阳笑道：“你别这样说，真没有，家里也要给我买新手机来着，是我自己没要。我就是觉得手机我不常用，随便有一个就行了。”

白洛川把胳膊搭在他的肩上，皱着眉道：“我就是心里不痛快。”

米阳道：“怎么了？”

白洛川道：“我不喜欢你妹妹。”

米阳道："嗯。"

白洛川道："程姨对你都没有以前好了，以前她什么好东西都给你留着，现在对半分不算，还老要你让着小的，凭什么……"

米阳听乐了，安抚道："我比她大啊！"

白洛川没理他："我对你好。"

米阳"嗯"了一声，白少爷又小声道："我把程姨的那份也给你补上，比谁都对你好，比谁都宠着你。别人有的你有，别人没有的你也有，全都给你。"

好听的话跟不要钱似的，他一口气说了许多，米阳觉得自己快要被他蛊惑了。原本不觉得重要的小事，连最后一点轻微的缝隙都被白洛川填满，像是被琥珀包裹在最中央一般，一层层黏腻而浓稠的蜜糖，他心甘情愿沉在其中。

白洛川摸了他的脸一下，道："你的酒窝出来了。"

米阳道："哎？"

白洛川在他的脸上轻轻点了一下，道："你笑得特别开心的时候酒窝才会出来一点儿。"他也跟满足了似的，扬起嘴角笑了。

市里的人又来了一趟白家，这次不是和白老商议老宅的事，而是特意来给米阳颁发锦旗和奖金的。

米阳和王兵救了人，他们得了一份奖金。符旗生也有一份奖金。

王兵要把自己那份奖金全给符旗生，他家里人也支持，觉得符家母子很可怜，都想帮衬一把。但赵家出面否决了，没有要。两家人都很豁达，现在走得近，感情也好，他们觉得只要人还活着，钱什么的都是其次。

米阳的奖金有两万块钱，拿了钱以后，白洛川就道："你存着也没什么用，先给我吧。我有个远房堂哥在京城读书，门路还挺多的，我让他帮着一起投出去，多少能赚一点回来。"

米阳当然信他，钱给了之后又问："咱们用的新手机也是你之前这样赚回来的？"

白洛川点头道："对。"

米阳道："你堂哥还挺厉害的，他叫什么名字？我见过没有？"

白洛川道："叫白斌，上回他来看爷爷，不过走得匆忙，你去学修书了没见着。等下次去京城我带你一起去见他，他人不错，也挺有本事。"

米阳还是头一次见他这样夸人。他以前和白家接触得并不多，顶多就去见见骆江璟，最多的还是被白少爷抓着去参加宴会。但宴会上人多，他记不清谁是谁。不过听着白少爷的语气，这个堂哥应该是个厉害的人物。

米阳准备回程家的时候，赵海生和符旗生来拜访了。

符旗生一身硬骨头，看着伤得重，好起来也快，仿佛是田间最常见的野草，即便被踩碎了，只要给点儿雨水，立刻又能活过来。

他是被赵海生推着过来的，见到白洛川和米阳就想在轮椅上站起来。

米阳连忙道："别，你坐着吧，身体好点了没有？"

符旗生点头道："好多了。"

米阳笑了一下，道："那就好，多养着吧，你不该来的。"

符旗生道："我想来说清楚，也想来道歉。"

白洛川道："不急于一时，都是小事。"生死之间，过去那点小误会都不重要了。

符旗生摇摇头，他还记得米阳站在水中扔过来那截救命的绳子，眼神中带着感激之色，道："我应该来说清楚。"他咳了一声后道，"是我砸了玻璃，但我没偷东西。"

白洛川抬头看着他，等着他说下去。

符旗生道："我是故意砸的。"

符旗生的妈妈在白家老宅做事，这里地方大，每天光是打扫就要耗费很多工夫。符旗生是一个孝顺的儿子，尽管他妈让他安心读书，但一有空他就会偷偷过来帮忙干一些活，想让符妈妈轻松一些。

事情的起因说起来简单，不过就是一句话的事。

符旗生那天又来白家老宅做事，白洛川路过花丛的时候抱怨了一句"房间里不干净，像是没打扫过一样怎么能住人"，这句话一时间让他的心拧了起来。

符旗生的戾气有些重，下意识抬头看了一眼那个神气的小少爷，只觉得是雇主家的孩子嫌弃他妈没干好活。

他年纪小，觉得妈妈被欺负了、被羞辱了，一气之下就拿石块打碎了白家的玻璃。

白洛川追出来时瞧见窗玻璃破了，符旗生一脸惊慌之色，傻愣愣地站在那儿也不知道跑。符旗生显然是第一次做这样的事，于是让他以为符旗生是小偷。符旗生跑得快，他没追上。下次见到的时候，白洛川自然和符旗生身边的人起了争执，还打了一架。

符旗生怕影响母亲的工作，不肯说出事情的真相，咬紧了牙关撑着。

白洛川没有发现家里少了任何一样东西，带着傲气，自然也不肯再说对方是“小贼”。但依旧对他带有偏见，连带着也不让米阳和这些人多接触。他自幼都以保护者自居，米阳就是在他的羽翼下长大的。他知道这些人有问题，哪里肯让米阳跟他们多讲一句话。

符旗生带着伤来道歉，更是来道谢的，把一切都说开后咬牙道：“是我的错，我赔你家的玻璃。如果你要开除我妈，我也没话说……”

白洛川道：“怎么会呢？赵阿姨人很好，工作也认真，我那天其实不是在说她，她平时是负责洒扫庭院的。”白洛川想了一下，又道，“我应该说的是家里的卧室，我记得那天米阳要过来。不怕你们笑话，老宅的人太少了，好多地方没都打扫干净，米阳到现在都只能睡在我的卧室里，凑合跟我挤着住。”

赵海生是个实在人，立刻道：“我……我们的错，还打了你，对不住。这样，我来给你打扫房子，保管把卧室都……都弄干净！”

白洛川顿了一下，道：“不用，反正现在都习惯了。”

赵海生笑呵呵地道：“别客气，我干活快！”

白洛川道：“我知道你们的意思，不过打扫就不用了，不如去帮我照顾乌乐几天……哦，就是那匹黑马。当时它背符旗生下山的时候，背上的皮都磨破了。这段时间一直在养着，也没给它洗一下，等你得了空来给我刷马就行。”

赵海生痛快地道：“行！”

双方冰释前嫌，送走他们后，白洛川就回去继续给米阳收拾东西。米阳来的时候是一个人，走的时候东西零零碎碎地装了一个行李箱。

白洛川不让他动手，让他坐着看哪些东西要带走——白少爷觉得必须带上的已经装好了，米阳能选的是那些他找来哄小孩开心的小玩意儿。

米阳随便挑了两个，白洛川就利落地打包装好。

米阳坐在床边问他："之前我问你和符旗生的事，你怎么不告诉我呢？"

白洛川道："担心了？"

米阳想了一会儿，点头道："有一点，我也觉得特别奇怪，其实你们多花点时间互相了解一下可能就没有这些误会了。"

白洛川奇怪地道："天底下的人那么多，我还要一个个去认识吗？我没有那么多时间，也不想去了解那么多人。"他把行李箱装好放在一旁，走过去弹了米阳的额头一下，愤恨地道，"也就是你，别人说什么你都能站在那儿听，当好人习惯了是不是？"

米阳抬头看他，伸手去拽他的衣角。

白洛川的耳尖发红，摆出恼羞成怒的样子道："撒手！我养一个就够累的了，一点儿也不听话！"

米阳没松开，又去钩他的手指，笑出一边的小酒窝道："我以后听话。"

白洛川能在米阳的瞳孔里看到自己，却还是硬着声音道："听谁的？"

"你的。"

米阳软了声，笑眯眯地回了一句话，彻底把少爷说得哑火了。

米阳收拾好东西回程家去。

程如亲自来接的他，但她没想到白家的小少爷也跟回去，笑道："那正好，我给阳阳送了一张新床过去，比之前那张大。"

米阳在车上问起她生意上的事，小声地跟她说："三姨，你回去之后用网络找了没有？那个'诚信通'好用吗？"

程如道："找啦，还真有人打电话来问，订了一单呢！就是你姨夫和工人战战兢兢的，总怕人家是骗子。这不，今天收到人家的预付款，这才把一颗心放回肚子里。"

米阳在那儿跟她小声交谈，试着提了一些开网店的意见，让程如把店铺搬到网上去。刚开始有这个，程如正好也做了这么一单，显得很有兴趣。米阳想了一下，道："可以申请企业店铺，再请摄影师拍一些专业的照片，尽量看起来好一些。"

程如点点头道："对，我回去问问，让厂里抽一个人出来办这事。"

白洛川用手机跟人发短信，一路上都没停过。米阳注意到后，问他是不是忙，他立刻摇头道："不忙，就是跟我堂哥随便聊几句。"

程老太太一早就在门口等着他们回来，瞧见他们进来，先摸了摸米阳的小脸，觉得胖了，就笑道："不错，看着是好了。"

米雪和家里的另几个小孩也凑过来，米阳这个大表哥平时还是很合格的，这帮小孩都挺喜欢他，瞧见他回来都叽叽喳喳地问好。米雪拦着其他人，努力牵着哥哥的手带他去客厅，又端了一盘洗好的红枣给他："姥姥说吃红枣补血。"

米阳吃了一颗红枣，然后摸摸她的小脑袋："嗯，你也吃。"

米雪这段时间都没见到他，特别黏人，跟块小糖糕似的，什么游戏都不玩了，其他小朋友喊她也不去，她只要哥哥。

等吃过晚饭后，米雪还想跟米阳一起睡。

程老太太道："你现在是个大姑娘啦，不能让你哥哥陪着睡。姥姥昨天不是都跟你说好了吗？"

米雪哼唧着不肯走，还要说什么，白洛川走过来道："您去忙吧，我陪她玩。"

程老太太笑呵呵地道："那行，我去看看那几个孩子，也淘气着呢，一会儿不在就要上房掀瓦。"

白洛川拿了一些零碎的小玩意儿给米雪玩，好些是上次赶会的时候买的，装了一大袋子，他想用玩具把她打发走。

米雪站在门口，眼巴巴地看着在里面铺床的人，小声道："哥哥……"

"你哥在忙。"白洛川站在一旁居高临下地看着她，挥挥手让她走。

米阳转过身拿了一个花瓶给她，再弯下腰跟她说话："小雪，能不能帮哥哥一个忙？我刚才看到院子里开了不少花，你去帮我摘一些放进去好不好？"

米雪的眼睛亮了一下："再接小半瓶水养花，对吧？"

米阳笑着点头："对。"

小姑娘抱着花瓶高高兴兴地出去了。

米阳看了白洛川一眼，眼里还带着未散的笑意："你来帮我铺床单？"

白洛川到了嘴边的那点抱怨的话也没影了，立刻卷起袖子过去，认认真真干活。

米阳觉得这俩人特别像，米雪年纪小，要是想让她出去，给她吩咐件事去做就行了。白少爷心理年龄估计也高不到哪儿去，尤其是见了米雪以后，垂着眼帘，脸上写满了不高兴，米阳也给他安排一些事做，他忙起来就忘了不高兴。

程如送来的那张床比之前那张要矮一些，但雕工不错，四根床柱镶嵌得十分结实，看起来就很舒服。重新铺好了床铺，放的被子是用今年新下的棉花弹好做成的，柔软极了，人躺在上面就跟躺在云朵里一样。米阳摸完后还感慨："要是冬天睡肯定更舒服，现在隔着凉席就觉得很软了。"

白洛川道："你喜欢这个？那等到冬天就盖这样的，弄条棉被又不难。"

米阳道："冬天啊……冬天就去上高中了，也不知道新学校都有些什么。我听说那里军事化管理，挺严格的。"

白洛川知道一些，小声地跟他说着，听起来"严格"指的是教学制度，吃住倒是没差到哪里去。他想了一下，道："我们的成绩差不多，应该都会分在实验班，到时候跟学校申请个两人间就行了。跟之前一样，你别担心。"

米阳有点惊讶："住宿条件这么好？"

白洛川道："我妈说可以申请，就让她去弄呗。"

两个人一边说着话，一边收拾妥当，米阳隔着窗户看到米雪抱着花瓶又回堂屋去了。小姑娘从小就有点儿强迫症，晚上花都闭合了，找半天也都是半开的，她肯定不满意，估计要等明天挑最漂亮的插在花瓶里才会给他送过来。

米阳一夜安眠之余，多了一点小小的烦恼。他起了个大早，迅速洗完内裤晾上后，老是想起昨天晚上那个荒唐的梦，干脆去前面小菜园里帮程老太太浇水。

他干了一半活以后程老太太才过来，瞧见他吓了一跳，道："阳阳，今天起得这么早呀？"

米阳道："嗯，想看看有什么菜。姥姥，玉米什么时候能吃？"

程老太太道："现在刚包浆，倒是也能吃，我看看啊！"她带着米阳过去，在菜园里察看了那一排玉米，还真找到两三根嫩玉米，摘下来拿进小厨房去煮给他吃。

白洛川看了看他手里拿的玉米，问道："早上吃这个？"

米阳点点头，白少爷就去餐厅那儿等着了，瞧着挺期待的。米雪起得早，带着一个跟她年纪差不多的小姑娘正在那儿翻花绳。白洛川单手托着下巴，有一搭没一搭地在旁边指点她们。模糊中听到米雪嘀咕了一句"你说得也不对"，白少爷立刻竖起眉毛，让小姑娘把花绳给他，亲手翻了几个高难度的。

米阳端着早饭过去的时候，正好看到白洛川手指灵活地翻出一个复杂的绳结。大少爷带着几分得意地道："瞧见没有？我让你听我的，这么简单的东西还能出错？"

小姑娘特别不服气，却不知该怎么反驳他，瞧见米阳来了立刻丢下花绳，抱着米阳哼唧道："哥哥——"

米阳放下手里的东西，道："小心点，别烫着你。"

米雪站起来，跟着他走："哥哥，我也去帮你干活。"

米阳让她跟着，随手给了一小碟咸菜丝。米雪大概觉得自己又有用了，高高兴兴地跟在后面一边当小尾巴一边跟她哥念叨："我今天早上去摘花啦，摘了一把放在瓶子里，已经送到你的房间去了！我早上过去时你怎么不在呀？哥你去哪儿啦？"

米阳道："我去前面的菜园了，和姥姥一起浇了水，还摘了几根玉米，一会儿咱们分着吃。"

小姑娘挺高兴的，把咸菜丝端过来放在桌上后，看着白洛川忽然又提出了新的疑问："哥，他怎么不干活啊？！"

白洛川坐在那儿道："刚才姥姥给我的任务就是看着你们几个，你当我闲着没事儿干坐在这儿呢？"他也不乐意看孩子，但这里是米阳家，又是长辈特意交代过的，自然不好推托。

程家条件比之前好了许多，却还是比不上白家老宅宽敞。白洛川留在这里脾气比之前收敛了些，在长辈面前更谦恭谨慎，看不出有少爷脾气。

米阳留白洛川多住了一天，白洛川本来没觉出什么，只当他是在山里出事以后就变得黏人了，等第二天早上米阳做了一碗面端上来，米雪随后捧着一个小蛋糕过来，他才愣了一下，抬头看看米阳，又看看那碗面道："这是……长寿面？"

米阳把筷子递给他，笑着坐在一旁道："对，我那天跟白爷爷说想给你过个生日，他说那些礼物先帮你收着，等你回去再看。这边条件可能不是特别好，但我就想给你过个生日，感谢一下……"

白洛川有些手足无措，他先是站起来，很快又坐下去，认真地道："不用，这样就很好了，我自己都没记住，今年事太多了。"

米阳道："嗯，我让你费了很多心。"

白洛川道："我愿意的。"他端起那碗面吃了一口，含糊地道，"是我自己愿意的。"

他大口大口把那碗面吃了，连汤都喝得一干二净。旁边的小蛋糕不过巴掌大，瞧着烤得也不是特别好，更像是蒸出来的，抹了一层奶油，还写了他的名字。白洛川吃了一口，有蜂蜜和奶油的香味，很甜。一点点大，两三口就能吃完，剩下最后一口才想起喂到米阳的嘴边，问他："很好吃，也是你做的？"

米阳吃下蛋糕，道："嗯，我试着做了一个，上回看吴阿姨做的时候学了一点儿。"

白洛川有点意犹未尽："只可惜太小了，不能点蜡烛。"

米阳笑了："晚上回去呗，白爷爷还等着你呢，肯定有大蛋糕。"

白洛川想了想，道："我让人送到这边来吧，你……"他看了旁边的米雪一眼，转了一下话题道，"你们陪着我一起过生日？"

寿星最大，米阳自然是听他的。白洛川等不到晚上，中午就让人把东西都搬了过来。除了蛋糕，白家还派了一个厨师过来，做了一桌好菜，吃得大家赞不绝口。

白洛川的那个生日蛋糕有三层，非常大，涂着鲜奶油，散发草莓香甜的气息。他点上蜡烛，跟往年一样认真许愿，只是今年的愿望要比往年的多那么一点儿。

一家子热热闹闹地吃着饭，外面忽然传来几声敲门声，小院外面也来了人。

程如去开门，瞧见对方后笑道："哟，阳阳快来，看看谁来了！"

米阳走过去两步，就从树影下看到了米泽海，惊喜地道："爸，你来啦？"

米泽海的手臂上搭着一件西装外套，后背的衬衫被汗浸湿了一块。他的车在路口坏了，实在等不及就干脆徒步回来，想先看看儿子。瞧见米阳后，米泽海先是上下打量了一遍，看着他好端端的，这才放下心来："你妈在家吓得好几天没睡好，这下好了，一会儿我给她报个平安，让她放心。你呀，这次多亏了洛川……"米泽海说着在儿子的脑袋上敲了一下，米阳还没有什么反应，后面跟过来的白洛川先伸手捂着他的脑袋，小声地问他疼不疼。

米阳道："不疼，我爸吓唬我的。"

米泽海哭笑不得道："我没使劲，要我说这小子也该受点儿教训。"

白洛川道："您别打他，我已经教训过了。"

米泽海道："行吧，以后你多替我管着点。"

白洛川认真地道："好。"

米泽海原本以为普通吃顿饭，进屋以后才发现在办白家小少爷的生日宴。他这段时间工作太忙，一时忘了，便给白洛川补了一个红包当生日礼物。白洛川没推辞，直接收了装在口袋里。逢年过节，两家大人都会互相给几个孩子红包。白洛川和米阳还不会走路的时候，都是穿戴好新衣新帽被抱着出去收一圈红包的。白洛川拿米泽海当长辈，收长辈的赠礼理所当然。

吃过饭，白洛川收到了米阳亲手做的礼物，是他去年收到的那个燕子风筝的加强版。那个风筝白洛川很喜欢，放了两次后，瞧着上面的纸破了一个小洞立刻就收起来不肯拿出来玩了。他跟米阳念叨过几次，说还想要一个。米阳一直记在心里，今年就又做了一个。

这个燕子风筝个头略小一点儿，但竹骨架扎得更结实，糊了一层漂亮的外衣，上面仔细描绘了图案，飞起来也比之前那个更高。

白洛川生日是一年中天气最好的时候，有点微风就能让风筝顺利起飞。山海镇上这会儿正漂亮，外面的小山坡上绿草如茵，踩上去又软又舒服，人跑起来把风筝放上天，就可以躺在草地上舒舒服服地看上好一会儿。手里牵着那根细细的线，晃动的时候风筝和风的分量一起落在手中，沉甸甸的，但可以掌控住，人的心情也跟着飞扬起来。

白洛川果然很喜欢这份礼物，下午就和米阳找了个山坡放风筝去了。

米雪有点儿想跟着，可是被寿星本人拒绝了。他想独享自己的生日礼物。

米阳提前做了一个巴掌大的袖珍小风筝给妹妹，米雪就站在门口目送他们。米泽海过去把女儿抱起来，哄她道："小雪，爸爸和你玩好不好？"

米雪还看着门口，小声道："爸爸没有哥哥厉害。"

米泽海道："瞎说，爸爸比哥哥厉害多了！"

米雪不服气："爸爸都不会做风筝！"

米泽海："那爸爸现在就去跟爷爷学，小雪也一起去，咱们一块儿做风筝好不好？"

小姑娘点头答应下来，又开心起来："我要给哥哥做一个！"

米泽海道："那爸爸呢？"

小姑娘斩钉截铁道："爸爸自己做呀！"

第八章
军训

山海镇被市里规划建造旅游景区，需要全部整顿，房屋搬迁是迟早的事。

市里给的政策好，除了补偿房子和拆迁赔偿款，还提供一部分镇上的工作名额。旅游景区建立起来后总是需要一些负责日常管理的工作人员，就近招聘是最好的。这让最后还有些异议的人心情也平复下来，心平气和地准备搬家了。

市里派了专门的人员来考察勘测，开始准备迁居工程。

山海镇上人口不多，民风淳朴，迁居工作没什么大碍。市里最担心的是白家。

白老爷子大手一挥，对他们道："你们现在这些年轻人，想得太多了！老头子做了一辈子的国家工作，肯定第一个支持嘛！按正常程序操作就好，我这里你们就甭担心了，我一定全力配合。"

有了他的这一番话，市领导都放下心来。

虽然没有之前那么清静了，但老人家在镇上住着方便。老宅扩建之后，周围种上林木，闹中取静，不比之前的差。

白老虽然同意了，但晚辈们不敢让他放弃老房子。

骆江璟是知道白老爷子对这所老房子的重视程度的，她每年都会和丈夫一同回来住上几天，白老爷子给故去的老伴扫墓，再吃上几天斋饭，这么多年已经成了习惯。她是从事地产行业的，公司里有专业的团队，可以拆了木楼运送过去，顺便重建。

她不放心其他人，就专门让米泽海带着工程师过来测绘，打算原封不动地搬过去。

白家老宅大部分是榫卯结构，没有用铁钉，只要小心一些，技术上完全可以达到复刻要求。石狮、石屏风和院中大树之类的都能挪过去，尽一切可能保持原貌。

米泽海亲自带了人去跟白老商议，对这部分的规划十分细致。白老爷子听见能把东西挪过去挺高兴的，问道：“都能挪吗？后院那几棵树也带过去吧。有两棵柿子树，还有一棵无花果树，是我家老婆子以前亲手种的，每年秋天不吃上两个果子总觉得缺了点什么。”

米泽海道：“当然，树没什么问题，保管给您种好。这是宅子初步规划的图纸，您看看，还想怎么弄都跟我们说。等全部规划好了咱们再开工，完全按您的心意来。”

白老拿着图纸看了一眼，就招手让白洛川过来，和他一起看了一会儿，小声地商议。白老爷子向来雷厉风行，对唯一的孙子宠爱有加。即便是迁宅这样重要的事情，也没有因为白洛川年纪小而轻视他。白洛川的意见，白老爷子都会用红笔圈上。白洛川要什么，白老爷子就点头给什么。

白老问他：“还有什么想要的没有？”

白洛川想了一会儿，道：“我想把图纸拿回去，晚上再想想。”

白老点头应允，给了他图纸，并对他道：“带回去多看两天，不着急，爷爷等着你。”

等白洛川走了，米泽海身边的一位工程师没有多言语，另一位年轻的建筑师忍不住看着门口的方向。他刚从国外回来，没有和米泽海他们共事多年，对白洛川也不了解，看到一位老人对孙儿这么宠爱，有些吃惊，还带着一点羡慕。

白洛川拿了图纸回到楼上，米阳正在他的卧室里睡午觉，一张小脸睡得红扑扑的，气色很好。他坐在床边小声地把人叫醒，让米阳起来跟自己一起看图纸：“我打算在这儿弄个马厩，花园扩大一些。可我总觉得还缺点什么，你帮我看看。”

米阳揉着眼睛看了一会儿，听着白洛川跟他解释，明白过来这是白家老宅搬迁重建的新图纸。这在记忆里是没有过的事，老宅也一直没换地方。白洛川倒是改造了许多地方，当时还带米阳专门参观了一下。米阳把记得的几个地方都给他点了出来，顺便提了一点儿防震建议。

这些毕竟是成年之后的白洛川的想法，比少年时期的白洛川高明许多，但想法和审美没变多少。少年白洛川不断地点头，表示认可。

白少爷满意地道：“你和我想的一样，就加这些。剩下的让爷爷和他们商量着去弄吧。”

米阳坐在床上，手边放着一个跟他差不多高的玩偶熊，这是前两天白洛川生日的时候别人送来的。米阳觉得它抱起来很舒服，就拿它当枕头。见白洛川满意了，米阳坐在那儿弯着眼睛笑。

白洛川摸了摸他的脸颊，顺手捏了他的耳垂一下：“小乖？”

米阳抬头看他，完全信赖。

白洛川又捏了他的耳垂一下，笑道：“等下回咱们再来，就一起在池塘里养鱼好不好？我要买好多锦鲤，再种一点儿荷花，肯定特别漂亮。”

米阳想到以前的那个池塘，他第一次被白洛川带着去参观的时候，白洛川同他一起站在凉亭里，带着点儿得意地问他：“怎么样，我修的这个池塘还可以吧？现在只有荷叶，先委屈你赏鱼。等六月了你来看荷花，再吃全鱼宴……”

白洛川拿手在他的眼前晃了两下，奇怪地道：“小乖，想什么呢？”

米阳眨眨眼，看着眼前这个还带着几分青涩气息的少年，笑了笑，道：“再养一点儿其他的鱼好不好？夏天可以在凉亭那儿看荷花，吃全鱼宴。”

白洛川捏了他的鼻尖一下，道：“贪吃鬼。”

这么说着，他还是低头用红笔认真地做了标注。

米泽海回家的时候，正好看见有人从米鸿的那个小院出来。米鸿比较平静，但对来客并不欢迎，没送客。

出来的人和米泽海认识，之前他们在白家见过面。这会儿双方有些尴尬，无奈地笑一笑。对方小声道：“我们也是为了工作，实在没办法……”

米泽海点点头，说不出话来，心里有点不是滋味。

他送走了这些人，就跟平时一样去厨房做了饭菜，还开了一瓶酒，放在小桌上喊米鸿一起吃饭，爷儿俩坐在那儿喝了一杯。

米鸿喝了一小杯白酒，一边吃菜一边对他说：“这道酿肉做得火候不对，起锅晚了，焖得太久。”

米泽海应了一声：“下回我注意。”

米鸿又吃了一筷子菜，缓声道：“做菜和做人一样，心里有事，总拖着也不行。”他看着米泽海给自己的小酒盅里倒酒，忽然说，“我让你为难了吧？”

米泽海酒倒得有点儿多，洒出来了一些，连忙擦干净，摇头道：“没。”

米鸿看着他，没说话。

米泽海的眼睛发涩，轻声道：“爸，您要是真不愿意搬，我就再跟那边申请一下……”

米鸿打断他，道：“申请晚几天搬走？算了，没什么意义。”

父子二人沉默地吃完一顿饭，米泽海要收拾，米鸿拦住他道：“不急，你陪我出去走走吧。”

老人很长时间没有迈出小院了，米泽海自然连忙跟上。

米鸿走了很远，路上没有跟儿子说话。父子俩隔着半步远，一个是已经弯下腰走路的老人，一个正值壮年。即便在办公室坐久了，米泽海也还是保持着部队里的走路姿态，刚正笔直。

米鸿带着他去了山脚下的一片树林，那里种着一片香樟树，郁郁葱葱，枝繁叶茂，走在树下能闻到淡淡的香气。

米鸿一边走一边同儿子说话：“你瞧见今天来的人，应该跟他们道个谢，后面跟着的那个人是搜救队的王队长，就是上山救过阳阳的那个……他们找了这个人来当说客，算是费尽心思了。”他的语气很淡，看透了也不恼，像是在陈述事实。

米泽海的喉头滚动两下，喊了一声“爸”。

米鸿慢慢走着，对他道：“我年轻的时候在这里做过护林员，那会儿我带着你妈刚来山海镇，就守着这片香樟林。你小的时候我带你来过，不过你应该没什么印象了。其实我不是本地人，当年陪着你妈找了很久才找过来，我们就在这儿安了家，几年后又收养了你。”他拍了拍身边一棵粗壮的香樟树，仰头看着它的树冠道，“你不知道吧？这片林子其实是你妈从小时候起就攒着的嫁妆。咱们这儿过去有个风俗，姑娘出生时，就种下一片树，她出嫁的时候好打嫁妆，不过现在是公家的了。”

他沉默了好一会儿，叹了一口气道：“你妈以前身体好的时候，我经常带着她来这里转转，四处看看。”

米泽海不敢说话，一颗心被搅得生疼。

米鸿看着四周的树，眼里透着浓浓的不舍，问他：“山脚下的这片林子还留不留？”

米泽海道：“留。”

米鸿又问：“能不能申请一下，让我留在这儿当护林员？”

米泽海哽咽道：“嗯，我去帮您申请。”

米鸿点点头道：“搬迁协议我已经签好字了，就放在桌上，你回头拿给他们。”

米泽海跟在他身边答应了一声，米鸿却不让他再跟着，挥手道：“你走吧，我想一个人在这里待一会儿。”

米泽海红着眼睛停下脚步，哑声道：“哎。”

米鸿渐渐走远了，迈步比年轻时要慢了很多，却依旧沉稳有力。他时不时地抚摸着树干，对这里的每一棵树都熟悉得很。他一路走一路看，拍拍树干，笑出声道：“桂枝啊，我替你守着呢，哪儿也不去。”他说，“我就在这儿陪你。”

米泽海接连数月往返沪市和山海镇，等到暑假结束，顺便把几个孩子一起带了回去。

程青在家已经给他们准备好了上学需要的东西，兄妹一人一个新书包。米阳那个是现在学生喜欢的一个运动品牌书包，还可以背出去打篮球什么的。米雪的是一个粉红色的卡通书包，双肩背的那种，上面印着一只雪白的小猫咪。

程青一边帮米雪背上书包，一边道：“你哥哥读小学那会儿可没你这么好的条件，咱们家那会儿也困难，你哥哥背着一个军用黄挎包当书包用，还被老师说了呢。”

米雪道：“老师说什么啦？”

程青道：“说你哥哥的书包太旧了，不好呗。”

小姑娘立刻不满道：“这个老师不好，怎么可以这么说呢？我们小周老师就特别好，她从来不这样！她昨天还教我们站队来着。我们是（一）班哦，妈妈，站在最前面呢！”

小孩的话题跳得快，米雪叽叽喳喳说起昨天去报到的事情来。开学第一天主要是领书，再认认班级。米雪就读的小学就在家附近，虽然没有米阳以前读的那所好，但米雪的小伙伴们都在那边，小姑娘自己也想和她们一起读书。于是家里让她选学校的时候，她毫不犹豫地跟小朋友们选在了一处。

程青听着她在那儿说个不停，心里也在感慨，毕竟时代不同了，当初米阳读书的时候，那帮小孩可不敢这样质疑老师。现在学校的管理公开透明了许多，老师也都比在边城的时候好多了，小女儿去上学她挺放心的。

米阳收拾的东西少，他就带了一身日常替换的衣服和一些洗漱用品。

程青问他：“要不要再带点钱？生活费够用吗？”

米阳把背包放在一旁，点头道：“够了。”

程青不放心，又给他塞了两百块钱道：“你们学校也是，这不让带那不让带的，管理得太严格了。那就多带点钱去，到时候看看需要什么自己买。”

米阳拦住她，笑道：“妈，您怎么跟我爸一样？他昨晚也给了我几百块钱，真够用了。”

程青不听，硬塞到他的包里：“拿着吧，你长大了，多带点钱我也放心。”她给了钱又看了一圈，忧心忡忡道，“怎么就一个小包啊？你这次去了就要军训吧，我看报名表上说要半个月之后才会放假，再带点吃的？军训那么累，晚上肯定会饿，我烤了好些牛肉干，比外面的好吃也干净多了。我记得洛川也爱吃这个，我再去给你装一袋拿上。”

米阳忙道：“一袋就够了，这次好像是去军营里训练，估计带不进去。”

米雪已经跑去当程青的小帮手了，帮着妈妈一起用密封袋装了满满一袋牛肉干，抱着放进米阳的背包里，还用衣服遮盖了一下，认真地道：“哥哥，你偷偷带进去呀。”小姑娘的脸上也满是担忧之色，开始怕自己哥哥在外面挨饿了。

米阳被她逗得不行，摸摸她的小脑袋道：“好。”

去学校那天，白洛川过来接米阳。

白洛川带的包和米阳的差不多，也是运动系列的。不过白少爷包里装的东西更少，随手搁在一旁。他瞧见米阳上车后，视线落在那个鼓起来的背包上，问他：“怎么带了这么多？去了要换军训的衣服，还要发两身校服，估计穿不上便服了。”

米阳道：“嗯，就带了一身替换的，还带了点吃的。”

白洛川挺感兴趣，问他：“什么吃的？”

米阳拿了一袋牛肉干给他。白洛川早上没好好吃饭，拿过来拆开吃了几块。他牙口好吃得很香，米阳好几次都忍不住看他。这人一口白牙也太锋利了，吃这个吃得特别轻松，就跟吃磨牙饼干似的。米阳瞧着挺羡慕，单从身体这方面看，他从小到大就没有超过白少爷。

白洛川舔了舔手指，奇怪地道：“怎么了？一直这么看着我。”

米阳摇摇头道：“没，就觉得你好像又长高了一点儿。”

白洛川来了点兴致，高兴地道：“你也瞧出来了？之前的上衣还能穿，裤子短了一点儿，两三厘米吧。”

米阳羡慕极了。

白洛川就跟模特似的，是天生的衣架子，又高又帅，一点点拔高，慢慢开始有一点儿少年的轮廓了。但是他呢？跟着喝了那么多牛奶，喝完了就想睡觉，也没见长高多少。如果他认真吃饭、锻炼的话，可能也会高一点儿，至少比记忆里要高些。米阳在心里这么宽慰自己，只跟自己比较还是可以的。

高中他们上的是寄宿式军事管理学校，比之前的要严格许多，刚开始新生进去后宿舍都是六人间，人员名单也都是打乱的。白洛川把自己的名字和米阳的名字写在一处也没能分到同一个班，更别说分到同一间宿舍了。

白洛川的脸色不好，却没有任何办法，只能暂时先这么住着。

白洛川被分到了高一（一）班，而米阳在高一（二）班。上午学校开新生大会的时候两个班隔着一道白线。白洛川个子高些，虽然比班里的人要小一岁，却看不太出来，并且他站在比较靠后的位置。他略微歪头看着隔壁班，找了一会儿才从一群穿着一模一样的校服的学生里认出米阳来。小乖站在右侧中间一排的位置，正在认真地听主席台上学校领导讲话。

白洛川还在看，他们班的班主任走了过来，低声对他道："白洛川，你一会儿上去代表新生讲话，准备一下，稿子写了吧？"

白洛川收回视线，点了点头。

班主任还有些不放心，让他拿出来看了一遍，觉得没问题了才拍拍他的肩膀，笑着鼓励道："写得挺好，一会儿上去尽量脱稿说一下，紧张的话对着念也可以。"

白洛川道："好。"

校领导很快就讲完了，白洛川被班主任带到主席台边，班主任让他自己上去代表新生讲话。

白洛川稿子都没拿出来，就站在那儿平视前方脱稿演讲，说得非常流利。班主任比他还紧张，不住地跟着他点头。班主任刚才看过一遍演讲稿，大概知道内容，瞧着自己班的学生站在那儿一气呵成地讲完，脸上忍不住露出微笑。班主任正准备鼓掌的时候，听到白洛川又开了一段继续讲，脸上的笑容凝固了。

这一段稿子上没有啊！

班主任傻了眼，听着他自己现场临时加了一段，一颗心都提起来，额头上也冒了汗，一边听一边小心地观察。白洛川扩充得还挺像那么回事的，多说了那么几分钟，很快便走了下来。

班主任这才彻底松了一口气。

他带着白洛川走回班级队伍，小声地道："怎么临时又加了一段？刚才吓我一跳。"

白洛川道："上去我有点儿紧张。"

班主任："……"

他带了这么多届学生，头一回瞧见这种紧张了发挥得更好的。

学校每年军训都会送学生去军营参加训练，这一届高一新生也按照往年的惯例被送了过去，又按照班级分了列队。每个班由一个教官管理，教官全都是一副铁面无私的样子。

白洛川到了以后先去了高一（二）班，找米阳简单地说了两句话，顺便看看他那边有什么要帮忙的没有。

米阳跟他一样从小在军营里长大的，倒是对绿色的军营更熟悉，动作也利落，已经把内务整理得差不多了。白洛川凑过去帮了他一把，小声地跟他说话："要是有什么事就去（一）班找我，撑不住就请假，你的身体刚好……"

米阳点点头道："我没事，你快回去吧。"

白洛川迟疑："我帮你收拾好了再走。"他在新生大会上出了一把风头，这会儿谁都认识他。瞧见他来，大家都有点好奇。他一点儿也不在意，确认米阳这边没什么事了才离开。

在军营里，学生们也是住宿舍，比学校的条件艰苦一点儿，八人一间，人多聊天也热闹。有人瞧见米阳这边还有人特意来照顾，都挺羡慕的，问他："刚才那个人是白洛川吧，新生演讲的那一个？你认识他？"

另一个也凑过来道："哪止认识啊，我看他特别照顾米阳。哎，米阳，他是你哥吧？"

米阳想了一下，笑着点点头道："对。"

旁边的人更羡慕了："你哥对你真好。"

米阳笑笑没说话，默认了这一点。

另一边，白洛川回去之后就撞上了负责自己班的黑脸教官。

教官严肃地问："你是这个宿舍的人吗？"

白洛川站在那儿道："是！"

教官："那你怎么不在自己的位子上？！"

白洛川语塞。

教官冷着脸道："出去，外面操场，跑步走——"

这个对米阳特别好的"白哥哥"，当天晚上因为不遵守纪律，擅自离开自己的宿舍被教官罚去操场跑了五圈。

白洛川跑得很快，回来的时候额头上全是汗水，后背上的衣服也汗湿了，胸口剧烈起伏，只一双眼睛跟刚才一样黑亮。他站在宿舍门口喊了一遍归队："报告！跑步完毕！"

教官道："进来，整理内务，休息！"

白洛川："是！"

九月天气炎热，军训开始后太阳还很毒辣，一群学生穿着统一的军训服在操场上笔直地站军姿。

高一的新生分成二十余个方阵分开训练，每个班自成一个小方阵，各自占据一处，由专门负责训练的教官严格管理。

因为是在军营里，即便是对十多岁的学生，教官们也一视同仁地高要求，绷着脸神情严肃地来回检查学生们的站姿。有谁站得不好，会立刻被指出来，不断地被纠正。

天气太热，学生们额头上的汗水就像是小虫在爬，慢慢地滑落下来。米阳觉得自己眨眨眼，就能感觉到汗水滴落。

其实除了热，其余的还好。米阳从小在部队长大，白洛川觉得他身体不好，但那是跟白少爷自己相比。米阳觉得自己身体还可以，在（二）班的队伍里他的姿势算是最标准的，也相对来说比较轻松——他们小时候还被米泽海带着去山上拉练，五公里没有负重，自己走回来，都没跟大人求助。

米阳所在的队伍里已经有同学撑不住了，男生站在后排，几个身体虚胖的汗水打湿了衬衣，前排几个女生被晒得有些站不住。

米阳他们的教官是个小年轻，脸比其他教官的脸白一些，笑嘻嘻的，瞧着脾气很好，也挺照顾他们的。小教官瞧见他们站不住了，就对他们道："全体都有，向前——齐步走——"

米阳他们班整体向前挪了一些，等女生队伍走到树荫下的时候，小教官就立刻喊停："立定！向后转——"

这次转了以后女生在后方的树荫下，男生直面烈日骄阳。

有男生小声嘀咕了一句。

小教官耳朵尖，笑嘻嘻地走过来道："说什么呢，大声点！"

那个男生红着脸大声道："报告——我说……说教官这样男女不平等！"

全班同学都笑起来，小教官点点头道："对，男子汉嘛，就要吃点苦，咱们班女生到目前为止都没有一个举手请假的，已经很棒啦！"

他偏袒得理直气壮，女生里几个比较瘦弱的也都咬牙坚持了下来，眼睛亮晶晶的，集体荣誉感特别强。

男生也只是闹上几句，并没有真的攀比，在那儿继续绷直了身体站军姿。米阳站在倒数第二排，正好一半身体在树荫下，一半身体在阳光下。即便有帽檐的遮挡，看向前面也要眯起眼睛。他听到同学和教官的对话也笑了，脸颊一边露出一个浅浅的酒窝。

小教官让他们站了一会儿军姿，又让他们一排排练习齐步走、正步走。大家练得很努力，每过半个小时都能有几分钟的自由时间活动一下手脚，相对来说是比较幸福的了。

隔壁（一）班的教官天生皮肤就黑，估计在部队里晒过太阳之后显得更黑，板着一张脸十分严肃，把学生当成手下的新兵来对待，没有一点儿情面可讲。做得好了黑脸教官就叫代表出来大声表扬，并做示范，做得不好他就绷着一张脸惩罚大家多做几遍，可以说是非常严格的了。

（一）班的学生里白洛川是最显眼的一个，他的姿势规范，算是做得最好的一个。站军姿的时候，黑脸教官都让他一个人站在全班队伍的正对面，以他为范例来教导大家。

白洛川站在那里，双腿笔直，手臂自然下垂贴近裤线，身姿挺拔如同一棵白杨。

他们班上最前排站着的是女生，原本她们就对在新生大会上致辞的同学很感兴趣，这会儿难得有光明正大看他的机会，都带着点害羞地睁大眼睛看着。不止是女生，连后排的男生也在看他，带着几分好奇。

白洛川对他们的视线并不特别在意，直视前方，脸被帽檐遮盖产生些许阴影，鼻梁英挺，唇薄而俊美，连下巴绷紧的线条看起来都让人觉得帅气。

隔壁（二）班和他们班紧挨着，也提前占领了唯一的树荫，正一排排地从他们身旁踢着正步走过。

（二）班的小教官笑眯眯地吹着哨子，让同学们跟上节奏，自己则在旁边盯着纠正。这帮学生都很服从管理，小教官觉得他们差不多了，就让他们一排排不间断地练习。

走了没两遍，（一）班的教官喊道：“白洛川！出列！向前三步走——”

站在最前面的帅气的高个子男孩大声道：“是！”

黑脸教官走过来，站在他的面前沉声问道："好看吗？"

白洛川大声道："报告教官，好看！"

黑脸教官又问："是吗？那你告诉我，隔壁班哪个走得最好看！"

白洛川站在那儿没有丝毫犹豫："报告教官，还需要仔细观察！"

这句话一说完，全班同学便哄笑起来。

黑脸教官道："既然那么好看，给你一个机会换一个角度看个够，俯卧撑五十个准备！"

白洛川姿势标准，体能好，完全不怕。教官说完他就原地趴下做起了俯卧撑，一边做还一边报数，声音清亮，姿势干脆利落，比入伍几年的老兵做得都要好。

（二）班的小教官瞧见，也不让他们班的学生练习走正步了，改为整体向前齐步走，（二）班的学生走到树荫下停下来，前排蹲下，后排站立，小教官笑眯眯地道："来来，大家都看仔细了啊，据我观察，这个同学是全操场上姿势最规范的！你们认真看看，这才叫标准的俯卧撑。都学着一点，一会儿我们也做几个哈！"

树荫面积不大，（二）班的同学生齐刷刷地看过去，多了几十双眼睛一起打量（一）班最耀眼的新生。

白洛川撑着的身体僵硬了一下。

黑脸教官道："继续！"

白洛川咬牙道："二十七！二十八！"

五十个俯卧撑做完了，白洛川才被教官放回队伍里。他虽然和平时一样表情淡漠，却能看出耳尖略微红了一些。

新生队伍里就数白洛川做得最好，他却是个刺头，每次动作最标准的是他，不守纪律视线移动的也是他。黑脸教官对他格外关爱，几次出列受罚后又放他回去，总体来说还是表扬多，批评少，他算是黑脸教官最喜欢的一个学员了。

（一）班和（二）班离着近，米阳他们班也受到了波及。白洛川长得俊美帅气，又是天生皮肤白不容易晒黑的那种，在一众新生里是尖子生一般的存在。每回他出列受罚做俯卧撑或是做其他动作的时候，米阳他们班里就会有不少女生偷偷抬头去看。

（二）班的小教官比较好，挺平易近人，瞧见了也不生气，对他们道：“不行啊，咱们班的乖孩子可不能学啊！来，全体都有，向后转！”

（二）班的乖宝宝们全部转向后方，面对树荫继续站军姿。

他们刚转过去，就听到（一）班的黑脸教官带着怒气道：“白洛川，还看！再加二十个俯卧撑！”

后面传来少年大且清亮的声音：“是——”

训练了一天，晚上吃饭的时候大家都比平时积极许多，米阳也比平时多吃了半碗饭。

他旁边的同学一天下来晒黑了一层，坐在那儿跟米阳对比强烈。可是男生不在乎会不会晒黑的问题，能吃饱就行。那个男生一口气吃完了一碗饭后才腾出嘴来感慨道：“米阳，你哥可真厉害，一天的运动量都赶我们三天的运动量了！哎，你哥家是不是部队的啊，姿势怎么这么标准？”

米阳点点头道：“对，我爸以前也当过兵。”

那个同学羡慕地道：“难怪了，你内务收拾得也好，被子叠得跟四四方方的豆腐块一样，可真漂亮！”

米阳笑道：“明天我帮你。”

男生的眼睛立刻亮了，道：“那可太好了！”说完他又有点儿不好意思，挠了挠头道，“其实也不用帮太多，你帮我把那四个角捏出来就行，我每次都弄不好那个。”

米阳点头答应了。

大概是瞧着米阳挺好相处的，那个男生又笑呵呵地开起玩笑来：“哎，你哥今天运动量这么大，得吃三碗饭吧？”

米阳想了一下，认真地道：“不止。”

隔着两三桌的位置，白洛川正在和自己班同学一起吃饭。他旁边就坐着黑脸教官，俩人闷不吭声。白洛川大口吃饭，旁边放着的三个空碗看起来和他那张俊美的脸不太相符——军营里的米饭都是提前盛好放在那儿的，他为了省事多拿了两碗饭，没去放碗，现在再去估计不剩什么了。

白洛川运动量大，吃得也多，长身体的时候没有一点儿顾忌，吃完一抹嘴就往宿舍跑。

他刚进宿舍，就看到自己那个暖瓶里已经接满了热水，旁边写着他名字和编号的脸盆里也已经放好了半盆凉水，还搭着他的毛巾。白洛川愣了一下，道：“这是谁打的热水？”

旁边和他一间寝室的男生道：“哦，你弟——他说是你弟来着，（二）班的一个男生，个子不高，皮肤挺白的，笑起来有个酒窝。”

白洛川的嘴角勾了一下，道：“我知道了。”

他用热水洗漱好，站在那儿用毛巾擦脸的时候，旁边的同学好奇地道：“白哥，你还有个弟弟啊？我瞧着你们长得不太像哎。”

白洛川道：“胡说，我们长得特别像。”

那个同学站在那儿认真想了好一会儿，满脸困惑。白洛川周身气势锋利得简直像一把匕首，可今天来的那个男孩跟他不一样啊。他笑起来的时候简直如微风拂面，特别好相处呀！

好相处的米阳同学正在自己的宿舍里搞小活动。

他背包里藏了一袋牛肉干，趁着教官还没来查寝室，他把牛肉干迅速地分给了同寝室的几个人一起解决了。这个年纪的男生，胃就像是一个无底洞，吃多少都不饱，晚上刚吃了饭立刻又凑在一起奋力解决了那袋牛肉干。每个人都吃了几大块，肉在嘴里嚼着的感觉让他们的眼睛都亮了。

米阳细嚼慢咽着，忽然想起白洛川那边也有大半袋牛肉干。他在来学校报到的路上吃了一些，现在应该还有一些可以解馋。

隔了几个房间的男生宿舍里，白洛川正穿着背心短裤被搜查。

他看着黑脸教官在他的床铺那儿翻了两下，道：“教官，真没什么……”

话音还未落，教官就拿了小半袋牛肉干出来，拎在手里问他：“这是什么？”

寝室里灯光很亮，袋子上画了一个粉红色的爱心，歪歪扭扭地写着“给哥哥”三个字，像是刚从幼儿毕业的小孩写的。即便字不好看，那一抹粉红色还是让全寝室的男生眼睛都亮了——他们这些人里面，还没有谈小女朋友的呢！

白洛川思考了一会儿，道：“这个是一个小妹妹给……”

教官大手一挥，严肃地道：“什么哥哥妹妹的，我不管你早恋，但在这儿吃零食不行！”

白洛川的视线落在那个袋子上。

同寝室的几个兄弟都被感动了，有一个还认真地举手打报告："教官，能不能还给他啊，罚点别的好不好？"

还有人道："教官您别老罚我们白哥啊，他挺不容易的，今天都做多少个俯卧撑了。您就别难为他啦！"

"就是，您老针对他干啥啊？就为这么一口吃的，您要是罚他，我们也跟着跑圈去！"

"抗议暴力执法——"

教官看了寝室里的同学一圈，视线落在白洛川的身上，举着那个袋子严肃地问他："如果再给你一次机会，你会把牛肉干分给同寝室的战友吗？"

白洛川的喉结动了两下，道："报告！我要想想。"

黑脸教官抬头问那些男生："你们还陪他跑步吗？"

全寝室男生愤恨地道："报告教官，不去了——"

第九章
肩章

白洛川的牛肉干被没收的事很快就传遍了，具体人名没说，大家都知道高一有个小帅哥大半夜不肯上交一袋牛肉干，宁可去操场跑十圈。

刚开始大家还饶有兴致地讨论是谁给的，后来话题就偏了——这得是多好吃的牛肉干才能让人甘愿跑十圈啊！

米阳他们寝室的男生也听到了一些，还有人回忆昨天晚上米阳分给他们的牛肉干，咂了咂嘴道："哎，米阳，你说那袋传说中的牛肉干，和你上次给我们分的那个比起来，哪个更好吃？我觉得你家做的那个特别好吃，真想尝尝传说中的美食。"

米阳收拾好内务正准备睡觉，猜到是怎么一回事，憋着笑道："我想，大概一样好吃吧。"

寝室的同学还在咂嘴，感慨道："不，我觉得肯定不一样，我听说还是什么小女朋友送的，哼！肯定是瞎说，爱情哪值十圈啊？那可是货真价实的绕操场跑十圈。哎，你们说那个人的体能得有多好，跟隔壁（一）班的白洛川有得一拼吧？"

大家纷纷应和，米阳躺在上铺，手臂枕在脑后偷着乐。

晚上十一点熄灯，寝室里准时关灯黑成一片，军营里安静得只有虫鸣声。这里不远处有一片小树林，还有靶场，即便只竖立着几块残破的警告牌，也能闻到硝烟的气味，只远远看着就觉得庄严肃穆。

米阳躺在窄小的单人床上，忽然有些怀念小时候。他那会儿和白洛川跟在大人的身后去过靶场，他们戴着耳塞，只能触摸一下那些冰冷的器械。白洛川比他胆子大，还试着拼装过几个零件。大概他天生就有这方面的天赋，真的拼出来大半。不过他们能触碰到的都是那几样，旁边有大人看着，大人只让他们摸摸而已。

想着那个时候两眼亮晶晶的小白洛川，米阳忍不住勾起嘴角笑了。他们这次来训练营，路过的时候就看见那片靶场了，不知道白洛川有没有心痒？

米阳拿手习惯性地捏了一下枕头，但触感有点儿不太对，他揉了两下便放弃了，闭上眼睛慢慢睡了。他睡着之前还在想着，这边的床铺太硬了，也太小，不知道白洛川能不能伸直腿睡得舒服点，白大少爷平时是恨不得横在床上睡的啊……

午夜一点，宿舍楼下忽然响起紧急集合的哨声，声音又大又急促！

各班教官的声音也响起，每一个都是大嗓门，催着他们下楼：“全体都有，集合——”

学生们之前就被提醒过，五分钟之内必须穿戴整齐跑去楼下站在自己班的方阵里。一阵兵荒马乱后，呼啦啦冲下来一群。先是男生，紧跟着女生也跑出来。相比来说女生要狼狈许多，有些女孩头发都没扎好，长发胡乱地塞到帽子里，还有人攥着肩章没来得及戴上，急得眼圈都红了。

这次教官对他们没有白天那么严苛了，只是看看他们集合。米阳他们班的小教官尤其和蔼，对班里的女生道：“大家别急，来，再给我们班女同学一分钟扎头发的时间……一分钟够吗？我也没留过长发，咱们男生都体谅一下哈！”

（二）班和气地笑成一团，女生们松了一口气，立刻手脚利落地扎好了头发，也不管好不好看，整齐是第一位的。

（一）班的黑脸教官巡视了一遍，绷着脸道：“白洛川，出列！”

白洛川向前两步，站了出来。

教官道：“向后转——”他瞧着这个学生利落的姿势，点了点头，又对（一）班的其他学生道：“大家都看看，这才叫穿戴整齐！看看你们自己的领口，风纪扣怎么系的？！现在，给你们一分钟，对比白洛川进行整顿。一分钟之后不许再给我看到这副‘紧急集合’的邋遢样子！”

大晚上的紧急集合了一阵，也没有什么特别重要的事，就是测试一下学生的反应速度，很快就宣布解散，大家回宿舍休息去了。第二天还有更严格的训练，保持体能才是最重要的。

一大群人拖着又困又累的步子走回宿舍，解散之后说话的声音大了起来。米阳晃了晃手腕，也在慢慢往回走。旁边一个人忽然揽住了他的肩膀。米阳回头，瞧见半遮挡在黑暗里的一张帅气的脸。白洛川对着他笑了一下，挑眉道：“怎么，两天没见，不认识我了？”

他声音小，跟开玩笑似的，但米阳自己心里有鬼，耳尖发烫。

白洛川看米阳就在那儿“嗯”了一声当回应，有些不满，凑过去一点道：“怎么这么冷淡啊，不会真被我说中了吧？哎，米阳，我跟你说，等军训结束我立刻让我妈给我换班，然后把宿舍也换了。我不管，几天没见你就对我这样，要是真的高中三年都不在一块，你还不得把我忘了？”

他故意说着任性的话，哼着像是撒娇一样。米阳笑道：“不会忘。”

他抬头看米阳，等着米阳说下去。

米阳还在笑：“为了一袋牛肉干跑十圈，哪忘得了啊？”

白洛川在那儿磨牙，愤恨地道：“我那是没舍得一口气吃完，我们班教官太过分了，你不知道，我就多往你们那儿看一眼，顶多就是帽檐动一下的那种，他都能立刻看出来，可真烦人！”

米阳道：“我看还行，你这个标兵应该做得更好。”

白洛川听见他这样说，又高兴起来：“你也瞧见了？我的姿势怎么样？是不是特别帅？”

米阳点点头，哄他道：“帅。”

白洛川一路跟他说着话到宿舍，特别想跟他一起进去，最后还是放弃了：“算了，等回学校吧。”

米阳正要进去，白洛川又叫住他：“哎！米阳。”

米阳回头看他：“怎么了？”

白洛川穿着一身笔挺的军训服看向他，抬手碰了碰他眼睛下略微透出的青黑色，小声问他：“睡得好吗？”

米阳把他的帽檐拉低一些，笑道：“管好你自己吧，每天的运动量那么大，别又腿抽筋了。”

白洛川笑了一声，站在那儿跟他说了两句，看着时间差不多就走了。

两个人的宿舍离得不远，但要想每天见上一面，除了在食堂吃饭的时候，还有就是晚上解散后那么一点时间。

白洛川的班里虽然还没选班长，但在军训这段时间里，就他最引人注目。无论是凭外形还是凭本事，要是他当选为班长，全班同学都无话可说。有时候教官临时有事，让他监督一下，他做得也非常好，班里的同学都听他的。

（二）班的小教官有的时候瞧见了也会打趣两句，问道：“又上岗啦？怎么样，白教官，还适应吗？”

白洛川举手敬礼道：“报告教官，适应！”

小教官就点点头，道：“那行，我正好要去买点东西，你帮我也看一会儿！”

白洛川真应了下来，没有一点局促的样子，先喊口号让（二）班的人正步走过来，两班并列排在一起站军姿，他则来回迈着步子看着。

白洛川在看着（二）班的人，（二）班的同学们也好奇地看着他。对面站着的虽然和他们一样都是新生，但适应得也太快了，简直在军营里如鱼得水。

白洛川走到米阳这边的时候，脚步略微停顿一下，多看了一会儿。米阳旁边那个男生吓得立即挺胸收腹，生怕自己哪儿做得不正规。（一）班的白洛川虽然不是正规教官，但气势没差到哪儿去，那男生被盯得小腿肚子快抽筋了。

白洛川看了一会儿，视线只停留一下，又慢慢地迈步走开了。

那个男生刚放松一点儿，就听到白洛川的声音从他们后面传过来：“腿站直了。”

那个男生吓了一跳，可并没有感觉到自己被拍肩膀。他用眼角的余光去看，瞧见他身边的米阳晃了一下，又站稳了。

米阳额头上有汗，这会儿脸晒得更红。他抿了抿嘴角。

白洛川的声音还在继续：“肩膀向后张开一点儿，背……也绷直了，挺胸、抬头、收腹！”

听着旁边几声轻微的拍打声，那个男生觉得自己也像被敲打了，连忙站直了一些。

白洛川道："不错。"

脚步声又轻轻响起，继续向后面走了。

那个男生松懈下来，看向米阳，小声地动了动唇道："哎，米阳我觉得你挺规范的啊，你是咱们班做得最好的一个了，那人是不是故意挑刺呀……"

米阳皮肤白，这会儿脸上带了薄红，依旧直视前面，两片唇略微张开一点儿道："别说话，站好。"

白洛川在后面又"突袭"了几个人，都是冷不丁在腿弯那儿踹一下。不疼，但有一定，就看人站得稳不稳。

几个同学都没准备好，（一）班、（二）班都有人被他冷声说了两句。大概是因为他气场在那儿，瞧着冷漠不怎么言语的，秩序比教官在的时候还要好。两个班的同学光听着他的脚步声靠近就有点儿怕他。

（二）班的小教官很快就回来了，手里提了两大袋冰镇饮料，回来之后先问代理教官："怎么样，白教官，我们班同学做得优秀吗？"

白洛川点头道："非常好。"

小教官满意地把自己班的同学带回原来的位置，给他们几分钟原地休息，然后一人分了一瓶饮料。

（二）班的同学欢呼起来，开饮料瓶盖的声音刺激得隔壁几个班的同学眼睛都红了。

等到（一）班的黑脸教官回来，（一）班的同学都期待地看向他。但教官手里只拿了一份文件，并没有饮料。

黑脸教官道："因靶场场地限制，参与人员有限，下面我点到名字的人准备一下，过几天去靶场进行射击训练。"

"白洛川、王颀、毛岳……"

参与打靶的人员名字一个个从教官嘴里念出来，（一）班第一个被点名的毫无意外是白洛川，剩下的几个人也都是在军训期间表现比较好的。

（二）班的小教官从兜里拿出一张折起来的纸，上面是名单。不过他比（一）班那个教官随意得多，参与打靶人员除了米阳，还有六个男生和五个女生，其中有周通。

小教官点完名后还笑着鼓励了几句："大家加油啊，到时候上午训练，下午有一场小型比赛，拿出我们（二）班的风采，勇夺第一！大家告诉我，有没有信心？”

（二）班的同学们呼声很高：“有——”

解散后回宿舍，那几个被点了名去打靶的同学都挺兴奋，主动留下把明天去靶场时要排的队形练习了一下。

米阳形象好，小教官让他站在排头，周通快走两步跟上了米阳，步子练得也很好，齐步走的时候跟得很快。练习了两遍后，小教官告诉他们明天上午出发的时间，就让他们解散回去休息了。

几个男生一起往宿舍走，一想到明天就能摸枪，都挺兴奋的。

周通跟在米阳后边，他和米阳、白洛川是初中同学，几个人的关系一直挺好。周通长了一副眉开眼笑的模样，特别容易让人产生好感，说话做人也很有一套。短短一段军训的时间就跟班上的人都处得不错，知道的消息也多，得了一个外号叫“万事通”。

他这次凑巧跟米阳分到了同一个班，自然跟在米阳后边。米阳温和谦让，周通又是一个凝聚力挺强的人，（二）班这边慢慢也围着米阳形成一个小团体。不过比起（一）班那种白洛川式的强势“领导”，（二）班这边明显和气得多，做事也都是商量着来的。

周通有些虚胖，被这几天军训折腾得瘦了不少，人也黑了，倒是瞧着更精神了。他是个乐天派，觉得是免费减肥来了，瞧着军训服都比刚发的时候大了一号，成果还是不错的。想着明天打靶，周通美滋滋地道：“真没想到我还能跟你们一起去！”

米阳看了他一眼，道：“你也很厉害了，这段时间训练很刻苦，人都瘦了很多，咱们明天一起加油。”

旁边的人道：“就是，周通你这人跟吹气球似的，胖瘦全在一念之间呀，女生得多羡慕你。”

周通笑呵呵地道：“还成、还成，过几天又胖回去了。”他手里拿着帽子，一边走一边道，“听说明天去打靶的人挺多的，各个班的都有，到时候比赛肯定挺激烈。”

有人问他：“打听出来（一）班都有谁去了吗？”

周通道：“（一）班具体去哪些人我还没问到，但不用想，肯定有白哥呀！”

那个人问：“谁？”

周通得意地道：“白洛川呀！我们以前初中的风云人物。对吧，米阳？”

米阳笑着点点头。

周围几个男生兴致勃勃地道：“哦哦，我知道，就是前几天代替教官的那个。咱们小教官不是也夸他俯卧撑做得标准吗？”

周通与有荣焉，抬高下巴：“那是，我们白哥什么做不好？别说这些体能训练了，他学习也很好，全校第一呢……”

后边有人拍了拍周通的肩膀，周通回头就瞧见了“全校第一”的白洛川。

白洛川挑眉道：“换个位子？”

周通立刻把米阳身边的位子让了出来，笑呵呵地道：“好嘞！白哥我先去吃饭了，你们聊啊！”

周通和几个同学先走了，白洛川慢慢和米阳走在后面。他手里抓着军帽，额头上的汗水把头发微微打湿，他随意把头发往后捋了捋，露出光洁的额头和锋利的眉眼。不知道是不是这身军装的关系，他整个人比平时挺拔许多，神气活现的。

白洛川靠近他一点儿，道：“明天咱们两个班挨在一起，我问过了，一个班一排，你站第二排一号靶位，和我挨着。”

米阳有点儿惊讶，但很快笑了，活动了几下手腕道：“你来和我比吗？那我可得拼命了。”

白洛川得意地道：“咱们到时候比比看。”

米阳问他：“赢了有什么彩头没有？”

白洛川想了一下，大方地对他许诺：“有，要什么给什么！”

米阳还在看白洛川，白洛川瞥他一眼，手指照着他的脑门不轻不重地弹了一下，自己先笑了：“看不起谁呢？别这么看我，我说到做到。”

隔天上午，班上其他同学留下继续进行日常训练，每个班里挑出来的那一小队人去了靶场进行射击训练。

靶场已经收拾妥当，周围非常空旷，打靶者趴伏在地上的时候耳边都是接连响起的枪声。枪托在肩上震动，有些同学吃不消，但机会难得，大家都咬牙坚持了下来。有些男生还觉得不太过瘾，摸到枪就不想走了。

上午教官带着训练，下午比赛。

各个班都在拼命练习。因为靶场离宿舍比较远，大家中午都没回去，炊事班给他们送了饭菜过来。两菜一汤，花样少但分量大，管饱。

吃饭的时候各个班是分散的，因为在野外，大家三三两两找认识的同学围坐在一起聊天吃饭，比在军营里放松许多。

米阳和白洛川坐在一起吃了饭，然后找了处树荫一起睡了一会儿。

米阳的手指习惯性地抬起来，指尖刚搓动一下，就被白洛川握住。白洛川没睁开眼睛就笑了，轻声道："别找了，捏我的手指吧。"

米阳努力辩解："我只是挠痒痒。"

白洛川闭着眼睛，听见后道："嗯，我手指痒，你帮我挠挠。"

被握在手心里的手指动了动，很乖，挠得也轻，动了几下就慢慢平静下来，连身边的呼吸声都缓慢而平稳，像是就这么睡了。

白洛川用帽子遮着脸，也睡了。

军训这么多天以来，这竟然是他们睡得最好的一次。

下午哨声响起的时候，白洛川收拾利落，神清气爽地归队。米阳活动了一下，也觉得精神了许多，回到自己班的队伍里去。

下午的训练继续，可（一）班出了一点儿状况。

一个叫毛岳的男生，肩章找不到了。

教官问道："怎么会没有的？上午的时候不是还戴着吗？"

毛岳急得不行，反复在身上找，头上都冒汗了："就……就是啊！我中午就在那儿睡了一会儿，起来就没有了。"

教官道："你先出列，没有肩章不能在队伍里，去外面看一会儿吧。"

毛岳瞪大眼睛，道："啊？不能打靶了吗？"

教官摇摇头："衣冠不整，不可以归队。"

毛岳的眼圈都红了："教官，如果我的肩章找到了……"

教官道："向后转——"

毛岳转过去，倔强地道："我的肩章要是找到了，我就回来！"

“跑步走——”

毛岳心里不服，但身体还是服从命令，跑步走了。

教官去领取今天下午训练用的物资，队伍原地站了一会儿军姿。

白洛川站在第一排，视线没有移动。

后排几个男生小声说话的声音断断续续地传过来，还有嗤笑的声音：“不是说毛岳这个人家里有点儿本事吗？怎么不能继续打靶了？”

“对啊，我看他傻乎乎的，不知道是怎么考进来的。”

“咱们班有人花钱买进来，进来又跟不上，还不如去（三十）班啊，来（一）班这是拉低平均分呢！”

“就是啊，给这个傻瓜一个教训，哈哈哈！”

毛岳家情况特殊，插进了（一）班这样的尖子班里。能进（一）班的都是有能耐的、比较傲气的人，尤其是班里的男生，只服有本事的。

没一会儿毛岳就回来了，教官不在，大家还在站军姿，白洛川负责维持秩序。毛岳一根筋，心眼也直，过去跟白洛川喊了一声“报告”就兴高采烈地要归队，并掏出兜里的东西给他看：“你瞧，我肩章找到了！”

白洛川看了一眼，立刻把他手里的东西夺过来揣进自己兜里，拎着他出去单独“谈话”了。

原因无他，毛岳新拿来的那个肩章不是原来的那副。

白洛川抿了抿唇，问他：“哪儿来的？”

毛岳还没弄清楚状况，傻乎乎地道：“这个不行吗？”

白洛川冷淡地道：“这个不能戴，而且你违反纪律，带手机来了吧？”

毛岳震惊地看着他：“你是怎么发现的？！”

白洛川看了看他那张憋得通红的脸，伸手取下自己的肩章给了他，让他归队。

毛岳觉得有点儿不真实，他上午打靶还可以，可没有白洛川打得好。

“你怎么办啊？要是你不参加，咱们班肯定赢不了……”

白洛川冷声道：“没什么可是的，马上就要进行打靶比赛了，我命令你现在归队，向右转、跑步前进！”

教官不在，白洛川就是教官。毛岳敬了个礼，戴上肩章立刻跑回去了。

白洛川也站回了队伍。

教官回来，给班上的同学分了子弹，看到了队伍里的毛岳，视线落在他的肩章上。同时他瞧见了白洛川光秃秃的肩膀，问道："怎么回事？"

毛岳道："报告，是我……"

白洛川打断他道："报告！毛岳同学的肩章找到了，我已经让他归队了。"

后面几个同学小声议论起来。

教官黑着脸道："安静！"

这时，站在白洛川后面的毛岳又大声喊了一句："报告！"

教官道："说！"

毛岳大概知道自己做错了，喘着气道："刚才是我出错，我……我愿意去跑步！"他要把肩章还给白洛川，但被白洛川阻止了。

白洛川沉声道："我也有责任，我负责班级秩序，一个中午就有同学丢了肩章，是我失职了。报告教官，请允许我和毛岳在射击比赛结束后一起跑步五圈！"

教官想了想，道："十圈。现在归队，准备进行比赛！"

两人应声道："是——"

（一）班这边应付完突发情况，耽误了一点儿时间，但很快列队开始参加射击比赛。

十人一组，枪声过后，就有人挥旗示意，并大声报出环数。总体来说，五枪之内打出三十五环左右，就算是中上水平了。有的同学打出了四十环，引起一阵热烈的讨论，这样的十个里面有一两个就很厉害了！

四轮过后，（一）班和（二）班的成绩最好，甩开其他班一大截，最后的比拼主要看这两个班。

最关键的第五轮，由（一）班先上。

白洛川趴伏在地上，胸口贴地，双腿收紧绷直，三点一线瞄准靶心，利落地扣响扳机。

"一号靶位，十环！"

毫无悬念的报数声响起，五发子弹打出了五十环，高一（一）班的这个新生又一次让后面等待的同学震惊，紧跟着响起激动的鼓掌声。尤其是（一）班的同学，兴奋得脸都红了，不管怎么说，就算团体没能拿到第一，他们班单人第一名的成绩也没跑了！

白洛川放松了一下肩膀，准备起身的时候，听到报数声再次响起：“三号靶位，十环！”

三号靶位毛岳站起身来，甩了甩手臂，脸上带着兴奋的神色。

毛岳最后一枪神准，加起来打出了五枪四十八环的好成绩，除了白洛川，他算是班里成绩最好的了！

（一）班的同学对他刮目相看，那几个刺头这会儿也拍手叫好，激动地冲过去一下抱住了他。

毛岳咧着嘴笑道：“看，我就说我不是傻瓜！”

那几个人感到不好意思。

毛岳没觉出什么，觉得自己表现挺好就想走。白洛川起身离开位子，跟在他们身后，把那几个人叫住道：“你们就没有其他话要跟毛岳说吗？”

那几个人愣了一下，然后道：“毛岳对不起啊，我们以前不该那么说你。”

“对不住了，兄弟……”领头的那个挠了挠脸，从兜里拿出毛岳的肩章还给他，“是我的错，回头请你吃饭，你大人不记小人过，原谅我们一回吧！”

毛岳瞧见自己的肩章，连忙拿过来，把肩上那个还给白洛川，一边戴肩章一边道：“我进来的时候确实加了一百分，偏远地区部队子女有加分政策啊，但顶多中考能加分，其余的就没有了。”毛岳倒是挺看得开的，笑呵呵地道，“我成绩是不太好，不过体能训练不错，算是各有所长呗！”

他说得坦荡，那几个人挠了挠头，也跟着笑了。有几个还在小心地看着旁边的白洛川，毛岳好说话，可白洛川显然不是那么好说话的。

果然，只听白洛川冷漠地道：“光道歉就完了？”

那几个人有点儿傻眼，互相看看，然后小心地问道：“那还要怎么样呢？”

白洛川想了一下，道：“等一会儿看看成绩，再看毛岳怎么说。”

毛岳显然不记仇，但他知道白洛川是为了他好。白洛川走了，他立刻拔腿跟上，不跟这几个人说下去。

（二）班的比赛开始了，米阳在一号靶位，旁边的是（三）班的一个同学。

那个男生紧张得厉害，手一直在哆嗦。

米阳瞄准打完最后一发子弹，还没等耳边的子弹声散去，就听见旁边那个男生“砰”的一声也打出去一发。

那个男生捂着嘴哼了一声，眼泪都快下来了，道：“教官，我的牙好像磕着了……”

他们的教官走过来，正在查看伤势，就听见对面报了环数。

“（二）班一号靶位，十一环！”

米阳愣了一下，他旁边的同学也都愣住了。听过十环的，没听过还能多一环的啊！

那边枪托磕着牙的同学也抬头去看，还没等他笑一声，就听见靶数被报了出来：“（三）班一号，零环！脱靶！！”

（三）班一号同学彻底傻眼了。

高一军训新生里的三个一号都让人记忆深刻，（一）班、（二）班的一号都拿了十环的满分，（三）班这个一号就特别倒霉。他不是参赛者里唯一脱靶的，却是唯一脱靶到人家靶上的——这个人一发子弹打到了米阳的靶心上，打了个一环，加起来愣是让米阳五发子弹打出了五十一环！

周通他们一直在一旁留神听着，猛地听明白，来不及笑，先凑过去一脸期待地问教官：“这算是我们班的吧？教官，这可不关我们米阳的事，是他自己硬给凑的一环，我觉得怎么也得算我们班的成绩吧？”

教官：“……”

周通立刻发动身边的同学进行舆论攻势：“来来，我们先谢谢（三）班同学们的热情帮助！”

（二）班的同学立刻嗷嗷叫喊起来——

“谢谢（三）班的同学，你们永远是（二）班的好朋友！”

“（三）班的朋友们，哥哥们拿了第一，永远记得你们的帮助！”

“军功章有我们的一半，也有你们的一半，（三）班的朋友们一起来庆祝！！”

旁边开始起哄了，不止是（二）班，其他看热闹的也拍手叫好。他们都是头一次见这么逗的事。

闹归闹，最后还是没算入米阳的分数里。

白洛川拿了单人第一，米阳这次超常发挥，跟他一样，总成绩也是五十环。俩人的名字挨在一起并列念出来。

毛岳拿了第二，也挺高兴的。因为毛岳在最后关键的一枪打出了十环，在团体成绩上，（一）班最后拿的分数要高一些，这样他们班就是团队第一。

（一）班比（二）班多拿了一个团体奖，班里的气氛要更热烈。

两个班的同学都跑去拿奖状了，白洛川没急着去，瞧见米阳在前面站着，就走过去，对他道："我输了。"

米阳道："没有啊，看单人成绩你也……"

"就是单人成绩我输了啊！"白洛川笑了一声，靠近他一点儿道，"毕竟你单次最好的成绩是十一环，我太羡慕了，回去一定要跟程姨她们说说。"

米阳撞了他的肩膀一下，也笑了。

白洛川小声地问他："想要什么？"

米阳想了一下，一边走一边道："要什么啊，你随便在这儿找个漂亮点的小东西给我就行了。"米阳随口说着，视线落在不远处的草丛里，野花挺多的，都挺漂亮。

白洛川在旁边点头答应下来。

毛岳跑过来，兴奋地喊白洛川的名字，对他道："白哥，我想好了！"

白洛川不知道这个人怎么突然跟他们寝室里的人一起这么喊他，可他没拒绝，开口问："想好什么了？"

毛岳道："想好要什么了！"

米阳抬头看向白洛川，白洛川咳了一声，道："不是你想的那样，这有特殊原因……"他低声在米阳耳边把肩章的事说了一下，又嘀咕道，"我就是看那些人不顺眼，他们欺负人没完了。"

毛岳站在那边等着，见白洛川看向自己，立刻上前一步。

白洛川抬了抬下巴，问他："你想怎么办？"

毛岳见他还跟自己说话，又露出笑容来，兴奋地道："我想踹他们的屁股！一人一脚，轻点的那种，就教训一下……我爸以前老踹我，我也想试试！"

白洛川点点头，跟米阳说了两句，带着他回自己班了。

（二）班捧着奖状集体欢呼的时候，（一）班的几个男生被毛岳喊着口令“向后转”，然后屁股被踹了，这是对他们差点儿让班里丢了团队第一的小惩罚。毛岳踹得不疼，就是象征性报复一下，感觉扯平了，大家心里都松了一口气。还有一个同学没被踹上就怪叫了一声，气氛一下缓和了，一群人哄笑起来，大家成了好兄弟。

别的班有好奇的人看过来，白洛川对外的一致解释是“庆祝”。

每个班的习惯不同，大家笑笑也就过去了。

第十章
珍珠奶茶

他们坐车回营地，米阳收到了礼物。

白洛川和周通换了座位，和米阳坐在一起，递给他一个火柴盒："打开瞧瞧。"

米阳慢慢打开火柴盒，才打开一半来就瞧见里面关着的一只红色小蝴蝶，它身上还有金色和黑色的脉络，看起来精致又美丽。

白洛川问他："够漂亮吗？"

米阳看了一会儿，点点头。

他们在靶场的时候休息了一阵，估计就是那个时候白洛川去抓来的。火柴盒里装着的这只小蝴蝶，像是穿过硝烟带来的一抹柔弱而绚丽的美。米阳摩挲了一下火柴盒，看了一下，然后把它放走了。

白洛川道："不喜欢？"

米阳笑道："挺喜欢的。"

白洛川不解："那怎么放走了？"

"嗯，记住就够了。"米阳指了指自己的脑袋，闭着眼睛笑道，"记在这儿了。"

白洛川也笑了一声，歪头看着窗外的风景。

已经是吃饭时间了，但白洛川还有跑步的任务，他之前被教官处罚和毛岳一人跑十圈，这会儿直接去了操场。

白洛川刚在操场做完准备运动，没跑两步，就看到他们班一个同学满头大汗地跑来道：“白哥，我问教官了！他说咱们一人一圈的话，二十圈分摊，一圈就完事儿了！咱们陪着你一起跑呗！”

后面陆续跟来的都是（一）班的男生，他们跟白洛川关系不错，加上这次班级的荣誉也是白洛川他们赢回来的，了解肩章这事件的经过后，他们都坐不住了，过来一起跑。

最后，白洛川他们班男生都去操场跑了一圈。

一圈跑完后，一个男生撑着膝盖直喘气，对白洛川竖起大拇指道：“白哥你牛，是怎么……怎么办到的……那十圈跑下来不得废了啊……”

白洛川的呼吸还算平稳，只额头上带了些汗水，回答他：“平时多练习。”

刚跑完还要再走上几分钟，让身体缓一下，那几个男生正走着，就看到对面来了一个人。

米阳提着一个水壶过来，递给白洛川道：“跑完了？饭我给你打好了，趁现在还热，快去吃吧。”

白洛川接过水喝下，道：“好。”

剩下的那些人，你看看我，我看看你，一起往前冲。

白洛川听着感觉不对，拽着米阳的胳膊就跑，问他：“你把饭放哪儿了？食堂？”

米阳愣了一下，跑了两步才道：“对啊，就在你平时吃饭的桌上……”

白洛川道：“快跑！”

后面的人嗷嗷大叫：“大家听见没有？白哥吃饭的那张桌上有热饭热菜，冲啊——”

“先到先得，冲啊——”

白洛川跑得快，如愿以偿保住了自己的那份饭。

食堂里还有不少饭菜，都是热的，男生们自己跑去打了饭，凑过来一起吃。训练了一天，外加跑一圈之后，大家吃得格外香。

白洛川的餐盘里比其他人多了一份菠萝咕咾肉，有的人试着夹一点儿，却被他一筷子敲开，三两口就吃光了。

毛岳坐在他旁边，看着挺眼馋。毛岳每次打饭都抢不到几块肉，瞧着白洛川的盘子里的菜羡慕道：“白哥，你弟对你可真好。”

白洛川埋头吃饭，只随意地“嗯”了一声。

（二）班那边也有几个吃得慢的人，周通就在其中。这会儿他刚准备走，瞧见白洛川他们这边热闹就走了过来，顺便拿了饮料，笑呵呵地道：“这是我们教官准备的，我们班好些女生怕胖不喝，咱们一起喝吧。”

两个班是场上最有竞争力的，关系也最容易好起来。加上周通嘴皮子灵活，一瓶饮料喝完，大家就有说有笑的了。

饭后白洛川跟着去了（二）班那边，有周通在，他和那边的人很快也熟悉起来。大概还有一点儿名人效应，大家对这个传说中的新生代表都挺好奇的。比起（一）班被黑脸教官训练出来的小狼崽子似的狠劲儿，（二）班的同学顺从得多，和负责他们的小教官一样，逢人先露三分笑，特别有亲切感。

白洛川感受了一下（二）班的氛围，确认米阳在这个班里过得还不错，这才略微放心。但他心里还是在意的，等晚上自由活动的时候又去米阳的寝室转了一圈，还伸手摸了摸米阳睡的那个上铺，踩在梯子上小声地跟他说了几句话才离开。

和米阳住同一间寝室的同学都带着点儿好奇，但白洛川瞧着一副不怎么好说话的样子，他们不敢贸然开口问。等他走了，大家才询问米阳：“你哥跟你感情可真好，又来看你了？”

另外一个跟着说：“米阳对白哥也不错啊，前几天一直帮着打水，我都瞧见了。”

米阳对他们这个称呼挺好奇的，问道：“你们怎么都喊他‘哥’？”

寝室里的同学说得理所当然：“我听（一）班的人都这么喊啊，并且白洛川长得高。哦对了，听说他的生日在七月，比咱们几个都大吧？”

另外几个跟着点头表示赞同，其中一个男生已经按月份给寝室的人排了顺序，笑呵呵地道：“哎，米阳，你是九月份的吧，排第三！”

米阳微笑着默认，说自己和白洛川一样比他们小一岁。

年龄这件事一直等到白洛川提前参加高考才曝光，不过那是很久以后的事了。

军训的最后几天，教官对他们放松了一些。（一）班的黑脸教官瞧见白洛川帽檐动三次才罚一次，但就算这样，白洛川一天之内也多做了许多个俯卧撑。

等到方阵休息的时候，连（二）班的小教官也起了恻隐之心，主动过来跟（一）班结对子，一起坐在那儿拉歌，好好热闹了一把。

大家还玩了一把击鼓传花，两个班人多，玩起来后为了活跃气氛，还让输了的同学上来表演节目。

白洛川一个走神的工夫就被抓到了。他站起身走到前面，想了一会儿后道："报告，我不会表演，我做几个俯卧撑吧，这个我拿手！"

大家哄笑起来，这段时间可没少看白洛川做的"标准"俯卧撑。

（二）班的小教官应允了："那也行！"

其他跟白洛川熟的男同学跟着起哄："做跨障碍俯卧撑！"

"就是！只做俯卧撑太便宜（一）班的人了，得撑高一点儿，躺着一个人的高度最好了！"

白洛川道："报告教官，我觉得这样对男生和女生都是不礼貌的行为！"

有男生起哄似的喊："白哥，我不怕！我愿意你对我不礼貌！"

周围的同学又笑起来。

黑脸教官也笑了一下，不过很快便收了笑容，咳了一声："女生就算了，这样，你自己选个男生出来吧。"

白洛川飞快地道："报告教官，我请求（二）班的米阳和我配合！"

教官点头同意了。

米阳走过来，先是平躺在那儿当了一回人形障碍物，白洛川覆在他身上做了几个俯卧撑，力道很稳，和平时一样规范。手臂弯曲向下两个人靠拢的时候，周围女生的尖叫声比男生还大，还有好几个女孩握着手两眼放光地看着他们。

米阳也在仰头看他，不是太紧张，还有闲工夫冲着白洛川笑了一下。

白洛川绷紧了腰和腿，慢慢俯身，感觉鼻尖都要贴到对方的鼻尖了。他眼睛一眨不眨地看着米阳，手臂绷直又弯曲，一下下做着最规范的动作。

白洛川小声道："你帮我数着。"

米阳就用他们两个人能听到的声音慢慢数下去："一、二……"

白洛川只这样做了两三个俯卧撑，他知道米阳脸皮薄，不禁闹，又让他坐在自己的背上，驮着他做了几个俯卧撑。白洛川的腰很好，撑起、放下的动作相当稳。

白洛川表演完了，那几个起哄得最厉害的男生被黑脸教官叫了出来，教官让他们表演了一下障碍俯卧撑。

毛岳刚才手都拍红了，笑声也大，被教官拎出来后和一个男生配合着做俯卧撑。毛岳在上面，就仰头红着脸大声喊道："报告教官！他……他的双腿分得太宽了，我怎么趴啊？"

（二）班的小教官道："周通，把腿并上！"

周通喊了一声"是"，一下就把毛岳的腿夹住了。

大家又笑起来，笑得东倒西歪。

白天训练后，晚上是自由活动时间。

白洛川去了米阳的寝室，正巧寝室里的其他几个人都出去了，就剩下米阳一个人在整理内务。

白洛川进去后看到他手边的被子，忍不住问他："怎么现在叠起来了？"

米阳一边叠一边道："哦，这是我们寝室里一个人的，他晚上都不盖被子，怕明天早上突袭检查内务来不及，就让我提前帮他把四个角给整理出来，这就好了。"他说话间已经弄好，动作利落地把被子放回下铺，回头看着他道，"你怎么来了？"

白洛川道："给你拿点药。"

米阳："什么药？"

白洛川从兜里拿出一个小盒子，再把米阳按在座椅上，解开他领口的扣子后对他道："擦肩膀的，打靶时枪托的后坐力那么强，撞疼了吧？"

"还好。"米阳说着，但没动弹，配合着把衬衣脱了，露出大半边肩膀坐在那儿，"你让家里送来的？"

"没，毛岳家里送来的，有多的，我瞧见就问他要过来了。"白洛川给他擦了药膏，又揉了一会儿，见他的肩膀放松了不少，又把药膏给他，让他帮自己也涂一下。

白洛川反身跨坐在椅子上，双手抱着椅背，头也歪着枕在上面催他："快点。"

米阳照着刚才那样也给他抹了药，又捏着他的后脖颈笑了一声："这里都晒红了。"

白洛川懒洋洋地道："那也涂一点儿药吧，这两天晒得有点儿脱皮。"

米阳给他涂抹了一些后，逗他道："还真是细皮嫩肉的大少爷啊，不经晒。"

白洛川等米阳涂好了，先转过身来捏了他的脸一下，然后拍了拍他的腰，嗤笑道："你还说我呢！你自己才是细皮嫩肉的……白天那几个俯卧撑咱们换过来试试？你背得动我？"

米阳想了一下："要不你让我试试？我觉得我也行。"

白洛川两只手捏了捏他的腰，试了一下力道，然后摇头道："省省吧，我怕一会儿去医院还得申请派车，这里离市区可远了。"

米阳给白洛川上完药，白洛川就站起身来把衬衫穿上，一边扣扣子一边问他："你和你们班同学都熟了吗？他们对你好不好？"

白洛川单手跟一颗扣子奋战，米阳实在看不下去，伸手过去帮忙："挺好的呀，大家都互相帮助，挺团结的。"

白洛川皱了一下眉头，小声地道："要不我调到你们班来吧？"

米阳看他一眼："你真要来？"

白洛川奇怪地道："怎么了？你不想我跟你一个班吗？"

米阳把扣子给他扣好："回去跟骆姨商量一下吧，别让她为难，这些都是小事。"

白洛川点了点头，耳朵动了一下，道："我们教官好像上来了，我听见他皮鞋的声音了，我先回去了。"

白洛川走得迅速，比起刚才不耐烦整理衣服的样子，这会儿外套、帽子整理得都特别快，一分钟不到就穿戴整齐出去了。

紧跟着，（一）班那个黑脸教官在走廊上吹哨，大声喊道："（一）班，全体都有，紧急集合——"

米阳："……"

得，白少爷反侦察能力也练出来了。

军营里的训练时间过得很快，军训结束后，他们学校联合其他几所高中一起在市体育馆搞了一次汇报演出。类似阅兵，学生们穿着绿色军训服排成方阵，踢着正步走过主席台，抬手敬礼并喊出口号。

米阳也在其中，化身成绿色海洋里的一点，身边都是年轻富有朝气的笑脸，耳边也是十几岁少年们的呼喊声。他觉得自己融入其中，那是一种回到青春期里最好、最奋进的感觉。

军训结束以后，学校给大家放了两天假，让大家回家休息。

米阳回到家，闻到从厨房里传来的浓郁香气，炖好的玉米排骨汤热气腾腾地端上来。客厅的桌上还有几道他平时最喜欢吃的菜，清水白灼虾、肉酿豆腐、醋熘豆芽，还有一道红烧肉。新蒸的米饭颗粒饱满，配上红烧肉和一些汤汁，一起拌饭吃最好不过了。米阳兄妹俩最喜欢吃这道菜，连胃口小的米雪也回了一次碗，多吃了小半碗饭。

程青心疼儿子军训受苦，回来就想好好给他补一下，一边给他夹菜一边道：“多吃点，都瘦了。”

米雪也学着妈妈那样，给哥哥夹了一块肉：“哥哥多吃，晒黑了。”

米泽海把自己的碗往女儿那边推了推，米雪没弄明白，米泽海就厚着脸皮道：“爸爸每天往外跑，也晒黑了。”

米雪皱眉：“爸爸都吃三块肉了，我数着呢，不能多吃！妈妈说你吃多了要不舒服的！”

米阳道：“怎么了？”

程青笑道：“没什么大事，就是最近在让他减肥呢。老在外面吃，今年体检查出来轻度脂肪肝，忌口几天正好。有小雪替我管着呢，还特别严格。你吃你的，甭理他们爷儿俩。”

米泽海现在每天吃的口粮都由女儿管理，米雪严格按照程青的要求，恨不得数好了米粒给爸爸吃，对他的健康特别负责。米泽海痛并快乐着，每天和女儿斗智斗勇，只为多吃一块肉。

米阳被他们逗得不行，趁米雪不注意，偷偷给了他爸一块肉。瞧见米泽海迅速吃进嘴里，米阳低下头继续笑着吃饭。

休息的第一天，米阳在家好好睡了一个懒觉，觉得自己差不多已经休整了过来，隔天便跟程青说了一声去书店买些参考书。

高中了，是时候紧张起来了，提前多准备一些准没错。

米阳站在那儿选参考书的时候，瞧见有高考模拟卷和真题卷的书，就拿起一本真题卷的书看了一下。他当年高中的时候也是从题海战术过来的，翻看的时候还有几分熟悉感。看了两页后，他忽然想起一个问题。

记忆里他参加高考是在二〇〇七年，现在他跳了级，即便回到沪市重新读了一年小学稳定成绩，也比之前提前一年参加高考。

如果说二〇〇七年的高考试卷他只对几道题印象深刻的话，那二〇〇六年的高考真题是他反复练习过很多遍的，老师也讲透了，还拿其跟前几年的试题进行对比分析，并找了很多同类型的题来讲。

米阳拿着那本高考真题卷的书愣在那儿，好半天才回过神来。他是在鲁市参加的高考，现在换到沪市，两边都是自主命题的地区，高考试卷题目并不一样，这份"透题"对现在的他来说用处并不大。

以前他拼命学习才考上一所重点大学，现在他的成绩比以前好太多，家里也没有搬回鲁市的打算，就算没有"透题"，他也能考上自己喜欢的学校。

米阳的心态挺好的，虽然有点儿遗憾，但还是把试卷放了回去，挑了几本高一用的参考书，各拿了两本就去柜台付钱，习惯性地给白洛川也买了一份。

书店老板看他年纪挺小，给他装袋的时候好奇地问了一句："高一刚开学吧，现在就要开始用功啦？"

米阳付了钱，道："提前准备。"

书店老板笑呵呵地道："还买两份，帮同学买的？"

米阳点点头，笑着应了一声，拿起找回的零钱走了。

他中午也没什么事，就溜达着去了白洛川那边，把参考书给他送过去。

白洛川正在家里收拾东西，有一双挺喜欢的球鞋怎么也找不到了，他把紧挨着他卧室的那个小客厅的东西都翻出来摆在地上。这会儿他也躺在木地板上，瞧见米阳进来都没爬起来，不知道折腾了多久。

米阳被这阵仗吓了一跳，看了一圈后道："这是怎么了？"

白洛川有气无力道："找鞋呢，有双球鞋找不到了，我想带去学校打球穿。"

米阳看着他旁边散落一地的鞋盒，问他："那几双不行吗？我看着都挺好的，这个连标签都没取下来吧？"

白洛川不乐意，固执地要自己喜欢的那双，对其他价格上千块钱的球鞋无动于衷。

米阳帮他找了一会儿也找不到，他这里东西太多了，光球鞋就几十双，而且偏好明显。米阳看着这些鞋都长得差不多，实在不明白白洛川为什么非要那双不可。米阳看了一眼手表道："我回家吃饭要来不及了，你把你的自行车借我呗？"

白洛川懒洋洋地道："不借。"

米阳道："那我走回去？"

白洛川冷哼道："别走了，留下来陪陪我。你是不知道，我为了找这双破鞋翻了好多东西出来，都堆在地上没收拾。太乱了，我受不了。"

米阳揉了他的脑袋一把，笑道："你这是什么习惯？别人弄嫌乱，不收拾又嫌脏……行吧，我去给家里打个电话，留下来帮你。"

白洛川得寸进尺，又提出新要求："晚上你也住这儿陪我，咱们明天正好一起去学校。"

米阳拖着他去找自己的包，翻出手机来找家里的电话，听见他说的话后摇头道："那不行，晚上我得回去，答应了给小雪辅导功课的。"

白洛川不太乐意，刚想抗议，就听见米阳补充了一句："不过我可以留下陪你吃晚饭。"

白洛川想了一下，勉强道："那行吧。"

米阳给家里打了电话，程青那边挺忙的，听见他这么说立刻就答应了。白家经常没人，只有白洛川一个人住在空荡荡的豪华大房子里，房子的装潢、厨师和司机等一切都是最好的，唯独缺了一点儿人气。米阳经常留宿在那边，家里也是支持的。

程青有时候还会主动让米阳去陪白洛川，她也是看着这个男孩一天天长大的，即便现在是少年模样，在她心里也永远是需要照顾的孩子。

白洛川没能找到那双球鞋，下午的时候就和米阳一起去买了一双新的。他挑中了两双一样的，兴致勃勃地让米阳和他一起穿上看了看："我觉得这双不错，等周六的时候出来打篮球，咱们就穿这个。"

米阳道："我不用啊，开学的时候都买过了……"

白洛川道：“我觉得你穿这双好看。”他蹲下给米阳系鞋带，米阳下意识躲了一下，却躲不开，只能让他给自己换上那双新鞋。

米阳无奈地道：“骆姨给我买了很多东西，这个太贵了，你以后不要给我买了。”

白洛川道：“没事，你先拿着，等以后我赚了钱一次性还给她。”

米阳想反驳，不过想想白少爷以后赚钱的速度，又默默地闭嘴了。

大概是瞧着米阳穿上效果不错，白洛川也有点儿喜欢这双新鞋了，直接换了新鞋和他一起走出去。外面没什么好买的，米阳上午也去过书店了，白洛川想了一下，和他一起去了新开的商场。

米阳对服装要求并不高，平时除了校服之外随便两身衣服就能凑合。白洛川不同，他在这个年纪就学会了臭美，骆江璟对他十分宠爱，要什么给什么。

白洛川比米阳高半个头，衣服也比他大一码。他觉得不错的就要买两套，米阳只挑了一套比较宽松的，其余的都摇头说不喜欢。

导购员长了一张巧嘴，笑道：“这身就挺好，平时外出或者在家里穿都可以，布料特别舒服。而且你弟弟皮肤白，显得气色特别好……”

米阳坐在那儿没有反驳的意思，他听多了别人说他是白洛川的弟弟，已经习惯了。

白洛川倒是挺高兴的，米阳不要其他的衣服，只看中那一身，他干脆就多买了两套不同颜色的给他拿上：“就这个吧，白色、米色、卡其色……都拿一套，米色的再多拿一套大一码的。”

米阳：“……”

导购员高高兴兴地去拿衣服了。

白洛川拿了外套过来，哄他伸手把衣服穿上试试。米阳抬手穿了一个袖子，看着他道：“你怎么买这么多啊？”

白洛川帮着他穿好：“难得从你嘴里听见一句‘喜欢’，多买两身替换吧。”

米阳想了一会儿，忍不住小声道：“我也会长高啊，很快就穿不下了，多可惜啊！”

白洛川凑近了一点儿才听清他说什么，笑得不行。

米阳不服：“真的啊，我今天早上量还高了一厘米呢。”

白洛川哄他：“那明天早上咱们再量量，没准又长高了。抬手，袖子这边有颗扣子还没弄好。”

两个人正在店里试衣服，就听到有路过的人喊了一声：“米阳？”

米阳正抬起胳膊让白洛川给自己弄那颗装饰的扣子，听见有人喊他抬头看了一眼：“啊？”

对面站着的是一个穿连衣裙的女孩，头发散下来披在肩上，齐刘海儿，看起来乖巧可爱，正眨着眼睛看他。听见米阳应声，女孩的小脸上露出笑容，走过来道：“我刚才就看着你眼熟，一直没敢认呢，真是你！”

她走近了，米阳也认出来这是他们班上的一个女同学，恍然道：“宁宁？”

女孩立刻笑了道：“哎，是我！你还记得我的名字呀！”

白洛川坐在一旁，双手插在兜里眯着眼睛打量她。

女孩瞧见米阳和白洛川在一起，有点儿惊讶，但很快又笑着道：“你们也在逛街吗？要不我请你们一起喝奶茶吧？前面有家店，奶茶特别好喝！”

米阳连忙道：“不用、不用！”

女孩坚持：“让我请你吧，就喝一杯奶茶，军训的时候我还没谢谢你呢！”

米阳道：“真不用，都是一个班的同学，不用这么客气。”

女孩不肯走，还在那儿小声求米阳，声音软软的，看起来挺温和的一个妹子，长相也甜美，很容易让人产生好感。

白洛川在旁边臭着一张脸。

白少爷的好心情都被搅和没了，站起身来也看着米阳，冷声道：“你走不走？”

女孩道：“你们要去哪里呀？”

白洛川懒洋洋地道：“洗手间，你去不去？”

女孩被他的话弄了个大红脸，支支吾吾不敢接话了。米阳站起身来当了回和事佬，对她道：“真不用了，我们一会儿就回家了，谢谢你啊！”

导购员也拿了衣服回来，都装进袋子里，米阳接过来提上跟着白洛川一起走了。白洛川走了几步，一脸不痛快地道：“那谁啊？还宁宁？喊得够亲切的呀。”

米阳道：“她的名字就叫这个，我真不是故意这么喊的。她爸妈都姓宁，取了这么个名字，我觉得挺特别的，所以记住了。”

白洛川又问：“你军训时候怎么她了？”

米阳道：“没什么啊，就是她军训的时候轻微中暑，我正好带了药，就分给她了。”

白洛川道：“我看你真是，从小就喜欢人家漂亮小姑娘，班花、校花的就没断过啊！小时候那个王依依，就那小班长，你跟她前后桌还老一起做题。暑假那会儿在山海镇上，人家一哄就跟着出去玩了，认识谁来着？那人叫杨什么的，扎一条马尾辫的那个，你也跟人家说话……哦，我知道了，你是不是就喜欢长头发的小姑娘？”说到最后，他都带上怀疑的语调了。

米阳道：“真没有，你这是冤枉人，凭空扣大帽子。”

白洛川眯起眼睛看他，冷哼道：“是你劣迹斑斑。你才多大啊，就想着早恋？我告诉你，没门儿，好好学习、天天向上知道吗？！”他说到这儿，忍不住又威胁道，“你要是敢早恋，我就告诉程姨去，让她收拾你！”

米阳试着反抗：“怎么光说我，那你要是早恋呢？”

白洛川看着他，道：“我跟谁早恋去？”

米阳：“……”

白洛川没有说话，过了一会儿，干巴巴地道：“把袋子给我，回去你还要做手工，又该喊手腕疼了。”

米阳把东西给了白洛川，白洛川拎起来走得很快。临回家的时候，白少爷绕路去了一家挺有名气的奶茶店，专门买了一杯珍珠奶茶给米阳。虽然白洛川没说，但他还记得这茬儿。

第十一章
白班长

高一开学以后，先要选班干部，（一）班的班干部特别好选，白洛川赢得了全班绝大多数的支持当选班长。团支书是一个女孩，学习成绩非常好。（二）班选班干的时候，大家大多简单地说了一下，只有一位戴眼镜的男生认真地拿着稿子念了自己提前写好的计划，对班级的事务尽职尽责的样子。米阳和班上其他人都觉得这人挺好，同时带着偷懒的心思，投票选了这个人当班长。

米阳没想到自己的得票数也很高，莫名担任了团支书的职务，和班长一起负责班里的纪律。

不过很快，两个班的同学就发觉有些不对劲了。

白洛川跟骆江璟提过换班的事，但这次没能成功。分班是按照中考成绩的，报考这所高中的学生里，白洛川的成绩最好，米阳其次，所以他们两个人被分到了（一）班和（二）班。为了保持平衡，学校是不可能让他们在一个班的。

也就是说，米阳现在是（二）班成绩最好的学生，是他们班老师的心肝宝贝，换班是想都不要想的事。至于白少爷，他要想换班，估计他们班的班主任会捶胸顿足跟着他一起过去——这何止是挖心，简直是要班主任的命啊！

白洛川虽然人在（一）班，但一颗红心向着隔壁班，恨不得以编外人员的身份加入进去，什么事儿都会跟（二）班的团支书米阳一起商量着来。领东西更不必说，但凡（一）班有的，他都给（二）班送过去一份；有需要团支书领取的材料，他早早地就给（二）班送来摆在讲台上。事无巨细，他一概办得妥帖周到。

两个班的关系扑朔迷离，同学们“脑补”了一场大戏。

（一）班的同学们心想：我们班长看上了隔壁班团支书的才干，这是要三顾茅庐啊！

（二）班的同学们倒是挺乐观，觉得团支书米阳当初军训时候打了五十一环就很牛了，没想到现在愣是把他们五十人的班扩成了五十一人的班——编外人员也是班级成员嘛！

而看着白洛川又站在门口喊米阳去教务处领资料的两个班的班干部，陷入了深思。

（一）班团支书：我每次都感觉要被隔壁班团支书换掉，这已经不止是自己班的竞争了，太残酷了！

（二）班班长：我感觉我不是我们班的班长，大家明显更听白洛川的啊！我是谁？我在哪儿？我可能是个假班长。

月末的时候有一场辩论赛，两个班的同学都参加了动员会。白洛川懒得多说话没上场，（二）班的团支书倒是去了。白洛川拿着自己班的辩题认真地跟米阳分析哪里更容易攻克，米阳被他认真的语气逗得笑个不停。

米阳拿笔敲了敲他手上的纸，问他：“班长，你良心不痛吗？”

圆珠笔在白洛川修长的手指间利落地转了两圈，白洛川挑眉笑道：“不痛，不帮你才会痛。”

米阳被他理直气壮的说辞折服了，两人一起认真研究了辩题。

等到辩论赛那天，白洛川认真观赛，但是鼓掌的节点明显和自己班里的不太一样。

他旁边的同学小声道：“班长，你鼓掌时间错了，刚才咱们班没加分，是隔壁班的米阳拿分了……”

白班长认真地看了一会儿，道：“你不觉得他说得挺对的吗？”

同学：“……”

不觉得啊！我们是反方好吗？！

辩论赛（二）班拿了冠军。

（一）班的同学们回来之后开了一次小班会，表示今后要再接再厉。班长上台讲话的时候说的都是安慰的话：“大家今天的表现已经很不错了，调整心态，输赢其次，友谊第一。”他想了想又补充了一句，“（二）班发挥不错，值得我们学习。”

全班同学：“……”

他们的班长从辩论赛一开始就目不转睛地盯着人家（二）班看，又是夸奖又是鼓掌，原来是抱着学习的心态吗？！

不管怎么说，一次小比赛还是增进了两个班的感情，（二）班的同学们喜出望外地拿了冠军，把奖状贴在班级荣誉墙上的时候特别开心。团支书表示这次是超常发挥，大家开心一下就好，除了课外活动，还是要把学习放在第一位。（一）班的白班长也说了同样的话，但是完全没啥效果。（一）班的同学们表示我们才不听呢，我们“爱拼才会赢”！

班长没有进取心，全靠同学们自己拼！

总体来说，两个班开始了良性竞争。

只要隔壁班没有人去食堂吃饭，另一个班谁也不肯先离开教室一步。每次都是白班长第一个出去，喊了隔壁班的团支书出去吃饭，大家才迅速收拾书本跟上。两个班的同学在课间时间也都拼命刷题，生怕比隔壁班少做一套题。

这倒是让任课老师非常高兴，这么好带的学生，好多年没见过了！

白天数学摸底考试，米阳觉得自己考得还可以，晚上回到宿舍洗漱一下就准备睡了。他正在刷牙，听到寝室里的同学在对答案。大家都有点儿紧张，毕竟是从各个不同的学校考到这里来的，之前学校的教学质量不同，成绩排名压力很大。

有人问米阳最后几道大题的答案，米阳想了一下，跟他们说了，顿时寝室里有人松了口气，也有人在困惑之后哀号出声：“完蛋了，我跟你们都不一样，我肯定做错了。怎么办啊，十五分的题呀！我要给全班拖后腿了，要是这次分数比（一）班成绩低……”

“咚咚”敲门的声音响起，门外站着的男生跟回自己寝室一样自然，眼神很快落在米阳身上。

米阳看他一眼，连忙漱口：“等一下，马上好。”

那个哀号的同学还躺在上铺忏悔：“我错了，我真的错了，早知道我就不该这样解题，丢了这十五分我就是班上的千古罪人，我们要是输给（一）班也是因为……怎么了？干啥一直敲我的腿？”

旁边的同学咳了一声。

那个上铺的男生坐起来，瞧见（一）班的白洛川正站在他们寝室的阳台上等着米阳洗漱好。不知道他听到了多少，不过看他的神态全然没有在意。

男生挥手道：“没事，白洛川是咱们班自己人，对吧，白班长？”

白洛川笑道：“是。”

米阳听了也笑，不过没搭话，很快洗漱好，把牙刷和水杯都放回去后就要跟白洛川出去。

白洛川在一旁等着，没那么急，反而用大拇指给他擦了一下嘴角，笑道：“怎么弄的？跟小孩一样毛毛躁躁的。”

米阳自己又擦了两下，白洛川点头说“行了”，他这才跟着一起出去。

寝室里有同学问他：“米阳，你去哪儿？小卖部吗？”

米阳道：“去一下操场，应该路过小卖部。”

同学想了想，道：“能不能给我带包方便面啊？”

米阳还没说话，白洛川就道：“你们去隔壁寝室，这是我柜子的钥匙，里面有十几袋方便面，自己去挑吧。”他把那把小钥匙扔过去，对面同学千恩万谢地接过去，抖了抖衣袖起手冲他打千儿，笑嘻嘻地道：“恭送陛下！”

白洛川带着米阳去了操场。十点多了，没什么人跑步了，只偶尔有一两个背单词的，估计是怕在寝室影响到其他同学，来这儿发奋用功了。

操场上铺了橘红色的橡胶跑道，踩上去很软。隔着十来米才有一盏路灯，树影婆娑，黑乎乎的，看不到什么，只能听到晚风吹动树叶发出“哗啦啦”的声响。

白洛川带米阳走了小半圈，问的都是一些无关紧要的事。等走到一盏路灯下面，他停下脚步道：“小乖，我有东西要给你。”他拿了一个小盒子递给米阳，等着米阳打开，有些紧张地道，“准备的时间不长，不过我想了一下，也就这个好一些，不知道你喜不喜欢。”

小盒子在手里沉甸甸的，很有分量。米阳打开盒子，瞧见一只红玉髓宝石蝴蝶。很小的一只蝴蝶，做工精致，上面有黑色和金色的纹路，舒展开的双翅也栩栩如生，红得似火，浓艳如血，在灯光下闪动着光芒，像是流淌着的一抹红。

白洛川还在小声说着：“本来我那天去商场，是想看看有没有你喜欢的东西。但你对那些没什么兴趣，我就干脆没买，准备了这个。我跟他们说做成书签，那些人笨死了，重复讲了几遍才听懂，差点儿做成首饰。”

单纯这么看，纯净度这么高的一块深红色玉髓，倒是更适合做成首饰。

米阳拿在手里把玩了一下，手心凉凉的，触感很舒服：“有点儿像军训时的那只小蝴蝶。”

白洛川又高兴起来，道：“对啊，就是那只，你还记得吧？这次你可以收起来了，不用只记得。”

米阳有些迟疑地道：“这是……辩论赛赢了的奖励吗？”

白洛川笑了一声，凑近他一点儿，亲昵地道：“才不是呢，是生日礼物，你自己的生日都忘了？小乖，生日快乐。”

米阳抬头看他：“明天才是吧？”

白洛川哼道：“我要赶在十二点第一个跟你说生日快乐。”

米阳笑了一声，低头看着礼物道：“可惜不能请你吃蛋糕。”

白洛川道：“明天，明天中午就……”

米阳打断他：“你不会中午让人送了一个蛋糕过来吧？我猜猜，还是好几层的那种，特别大。”

白洛川道：“跟大家分着吃啊，反正有那么多同学。”

米阳想了一下，挠挠下巴道：“不用了吧，到时候还要点蜡烛，当众许愿也挺不好意思的。”

白洛川固执地道：“那总要许愿吧？你就没什么想要的吗？”

米阳想了想，道：“还真有一个想要的东西，你别让人送蛋糕来了，我今天就提前许愿吧。”

白洛川不满道："没有蜡烛，早知道我就让人今天把蛋糕送来，赶在十二点正好。"

米阳笑道："不用啊，我有这个。"他晃了晃手里的小盒子，拿出那只红玉髓蝴蝶握在手心里，双手合拢抵在下巴那儿开始许愿。他闭眼好一会儿才又睁开，嘴角还是带着笑意的。

白洛川好奇地道："许了什么愿望？"

米阳道："大家都身体健康，我们学习进步呗！"

白洛川道："还有呢？有没有关于你自己的？"

米阳视线落在他那双倔强的眼睛上，又移开，低头笑道："有一个，不过得过很长时间才能实现，就算这一次……不是那么顺利，我也想主动出击，拼全力拿下。"

白洛川没听懂，追问道："拿下什么？我能帮忙吗？要不你跟我说说？"

米阳摇摇头，把那个小盒子揣进衣兜里，收下了这份漂亮的小礼物，眉眼弯弯地道："等两年吧，要是我办不到，再求你帮忙。"

过生日寿星公最大，白洛川听见他这么说，点头应了一声："行。"

收礼物的人满意，送礼物的人也跟着心满意足，白洛川陪着他把剩下的半圈走完，两个人便一起回了寝室。

高一寝室都是六人间，白洛川跟其他同学调换之后也只能住在米阳隔壁。两个人只隔着一堵墙，睡在同一个位置的下铺。

晚上寝室熄灯之后，米阳有些睡不着，翻身对着那面墙，伸出手去摸了摸冰冷的墙面。

白洛川就睡在对面。

军训的时候累得倒头就睡，忙起来没多少时间想这些，但他还是带了黑眼圈。原本以为已经戒了小枕头，这个时候才发现，他之前丢开那个小枕头也能睡着，是因为白洛川。因为他一直在自己身边，他熟悉到可以替代那个小枕头了。只要他在，米阳总能踏实地很快入睡。

白洛川在军训的时候问他睡得好不好，他现在可以回答了，一点儿都不好。

十多年的习惯，已经变成理所当然的事，没有对方陪在身边，就像是缺失了重要的东西，总有些不自在。米阳无意识地伸出手指捏着枕边一角，又觉得触感不对，松开手翻了个身。

他想知道现在对面的白少爷在做什么，是不是也面对着墙壁，侧躺在那儿觉得不舒服。往常这个时候，白少爷会故意拽着他的手腕，懒洋洋地非要听他讲一个故事才肯睡。

光是这么想着，米阳的眼神就缓和下来，嘴角也微微扬起。

白洛川躺在隔壁寝室的床上，手臂枕在头下，闭着眼睛一言不发。

寝室里的人小声谈论得很热闹，刚开学，就选出了校花。有人兴致勃勃道："我就说吧，（二）班的宁宁肯定能中选。听说她还会弹琴，是当特长生招进来的，拿过好些奖，特别多才多艺！"

另一个不太服气："也不一定吧，我看着（十）班的班花也挺好啊！"

上铺的人哼道："她哪儿比宁宁好了？"

上铺那个男生虽然力挺宁宁，却也感慨道："可惜宁宁有喜欢的人了。"

好打听八卦的人立刻问道："真的假的？才刚开学吧，校花看上谁了？你从哪儿听来的啊？"

那人哼道："（二）班的团支书米阳呗！听说从军训的时候起他们就好上了。"

白洛川黑着脸道："胡扯。"

那人道："真的啊，我一个发小就在（二）班，是他跟我说的。那回宁宁还写了一封信要给米阳，她不好意思自己给，但放班里不合适，让我发小转交的！哎哟，你们不知道，我那哥们儿当时脸都红了，还以为自己收着情书了呢！"

白洛川脸色更差了："什么时候的事？"

"就前两天啊，白哥，你不会是要管吧？"

白洛川冷声道："我是他哥，我管他不应该？"

那个同学笑呵呵地道："白哥，你这严防死堵的，比家长管得还多。"

白洛川一脸不爽地道："他才多大，处什么对象？早恋没什么好下场。"

同学道："是是，班长说得对！"

寝室里的人觉得白洛川不愧是班长，觉悟真高啊！男生们凑在一起总要议论哪个女生身材好、哪个脸蛋漂亮，白洛川完全没这个意识。非但如此，他还对自己弟弟严格管控，不让弟弟去接触女生，可以说是一个特别尽职尽责的哥哥了。

有人还在感慨："我看米阳对女生都挺客气的，女生都说他好，有绅士风度……"

白洛川不耐烦地打断道："那是因为他家里有妹妹，所以他习惯照顾人。"

"难怪呢。班长，你和米阳家很熟吧？你们是亲戚？"

白洛川闷声道："不是，是发小。"

大家打听到一点儿八卦，聊得更开心了。但他们对男生的兴趣毕竟没有多大，很快话题又转移到女孩那边去，说起做什么才能追上小女朋友。说起这个，他们自然又提到了白洛川。有人好奇道："哎，白哥，你那个小女朋友呢？就送你牛肉干那个，你当初怎么追的她呀？"

白洛川沉默了一会儿，缓声道："她啊，是我发小。"

有人抗议："怎么又是发小？班长糊弄我们呢！"

"就是、就是！强烈要求说细节！"

白洛川却不肯开口了，闭着眼睛装睡。

米阳第二天还是收到了一个蛋糕，不过是米泽海特意送来的。他这个做父亲的平时工作很忙，加上还有一个小女儿，难免要让懂事的儿子迁就一些。平时没照顾上，逢年过节或者特定的时候，米泽海就会对儿子加倍补偿。这次米阳在学校过生日，晚上也不能回家，他干脆就送了一个蛋糕过来，还给了米阳一些零花钱。他不知道这个年纪的男生喜欢什么，就干脆让儿子自己去买了。

米阳把那个蛋糕和班上同学分着吃了，自己切了两块，拿回寝室和白洛川一起吃。

他给白少爷特意切了带字的一块，写着一个"乐"字。

白洛川喜欢吃甜食，米阳把自己那块蛋糕上的奶油也给了白洛川，他自己更喜欢吃绵软的蛋糕底。米阳吃了一会儿，忽然笑了："小雪今年肯定很失望，她每年都等着吃三回蛋糕。尤其是夏天，咱们俩生日离得近，她到了七月就掰着手指算时间。"

白洛川道："这个简单，我回头买个蛋糕给她送去就行了。"

米阳摇头，笑道："生日当天吃的蛋糕不一样。"

白洛川伸出拇指蘸了最后一块奶油，反手涂到了米阳的脸上："那怎么吃？这么吃吗？"

米阳冷不丁被他这么弄了一下，仰头往后的时候差点倒在床上，手里还托着小餐盘不住地求饶："行了行了，别闹，一会儿弄床上可怎么办……"

白洛川道："那就去睡我的床。"

"我不去，挤不下。"

寝室里只有一个人在阳台上洗衣服，水声哗哗作响。另外几个人还没回来，半开着的门外有同学说笑走过的声音。米阳坐在床边，眯着眼睛小口吃蛋糕，吃得一脸幸福，好像这么一点儿甜品就让他心满意足了，一个蛋糕就算是过完了生日。

白洛川看着他，忽然笑了一下，点了点他的鼻尖道："我还有一份礼物。"

米阳抬头看他："什么？"

白洛川从兜里拿出一个东西，握在手里举在他的面前道："不过不是给你一个人的，我也有份儿。"

米阳伸手去接，叮当一声清脆响声，掉在手心里的是一对钥匙，和他们寝室里的一样，上面写着编号，挺靠前的。

白洛川伸了个懒腰道："换班是没指望了，不过可以换一下寝室。我跟我妈说了一下，让她帮我们换了一个两人间，条件比这里稍微好一点儿。"

米阳挺意外的，握着钥匙也笑了，分了一把给他道："喏，给新室友。"

白洛川接过来，轻轻敲了他的脑门一下，挑眉道："错了，是老室友，你什么时候跟我分开过？"

米阳想了一下，还真是，好像从小到大他们都没分开过。

中午时间紧张，米阳没立刻就搬走，等到晚上才搬过去。

白洛川过来和他一起搬。白少爷中午的时候就迫不及待地搬了过去，集体宿舍在新楼那边，两人间的宿舍在隔壁院区的老楼，离这里有几分钟的路程。老楼外面墙壁上爬满了绿藤，夏天的时候格外凉爽。单从外面看有些旧，但内里的装修还是挺不错的。这边住着的多是高三的学生，大部分准备出国留学，也有小部分留学生。

米阳和白洛川住在三楼，房间和之前的集体宿舍差不多大，但只住他们两个人，就放了两张一米五的单人床，还有各自的衣柜和书桌，配置比之前要好一些。

房间已经被精心打扫过，非常干净，米阳把自己的参考书和衣物放好。白洛川就站在一旁倚着衣柜环视四周。瞧着周围那些碍眼的铁架子、高低床全都不见了，房间里也只剩他和米阳两个人，他心情顿时好了许多，挑眉笑道："怎么样，这份礼物不错吧？好歹是我们要住几年的地方。"

米阳："你们班主任又要提高警惕了，他上回来问我们文老师，是不是想把你弄到我们班来呢。"

白洛川好奇道："可以弄过去吗？"

米阳道："你让你们老班省省心吧，他天天防你和防着偷渡的人一样，生怕一撒手你就跑得没影儿了。"

白洛川笑了一声，左右也没其他人，凑近了一点儿跟米阳咬耳朵："我上回还瞧见我们老班写诗了，不知道是写给谁的，用词特别酸。"

米阳想了想，道："不一定吧，他不是教语文的吗？或许在备课？"

白洛川肯定道："我瞧着像情书。"

他又问："你收到过没有？"

米阳道："没有啊，刚开学，摸底考之后马上又要准备月考，大家都特别紧张，哪有心情弄这些。"

白洛川不肯走，又敲了敲他的桌面问道："我怎么听说你收到过一封？还是校花送的，好多人在说这件事。"

米阳有些茫然："校花？咱们校花是谁啊？"

白洛川道："你们班的那个宁宁。"

米阳被他一提醒，这才想起来："她没给我写情书，就送了两张奶茶店的抵用券，买一送一的那种，说是上回没请我喝奶茶，想补偿一下。"米阳哭笑不得，"这也太离谱了，连信封都没有，就让人帮忙转交了两张券，怎么给传成情书了？"

白洛川道："你要了？"

“没有啊，我跟她说，我哥带我去喝过了。”

白洛川看他态度好，语气软了几分：“你要是想喝奶茶，我还带你去。你要什么跟我说，别理那些人。”

米阳点头道：“好。”

白洛川又道：“还有，别老看漂亮小姑娘，现在要以学业为重知道吗？我从现在开始周末都要出去了，有些事要做……”他说得含糊，但语气很肯定，“我会赚很多钱，你要什么我都给你买，但你也要乖一点儿，不许早恋，知道吗？”

米阳问他：“你要去骆姨那边帮忙了？”

白洛川道：“也不一定，再看吧，我想自己做点儿事。”

他等米阳收拾得差不多了，又催着米阳去洗漱，熄灯之后他话比平时多了许多。不过他没让米阳给他讲故事，而是小声地跟米阳聊天。

床铺很小，白洛川翻身枕着胳膊小声问米阳：“小乖，你大学打算去哪儿读？”

米阳已经想好了一个专业，但学校还没想过，犹豫一下道：“可能去京城吧，还没想好，你呢？”

白洛川道：“去你要去的地方呗。”

米阳被他哄得笑起来，白少爷心情好的时候，一张嘴能甜死人。米阳小声道：“我跟你一样。”

白洛川没听清楚：“嗯？”

米阳闭着眼睛笑道：“我也去你要去的地方。”

他们一觉睡到天亮，一夜无梦。

白洛川第二天醒来的时候还有点儿赖床，闭着眼睛诬陷米阳：“你昨天晚上睡觉不老实，一直磨牙，我都没睡好……”

米阳不听他的，推他道：“起床，一会儿还要晨跑。”像是想到什么有趣的事，又问他，“你不是最喜欢晨跑吗？起来锻炼了，白班长。”

白班长不太乐意，但还是被拖了起来，不高兴地回自己班上去了。

早上六点半晨跑，大家也就是在操场跑上两圈，呼吸一下新鲜空气。跑步完毕之后就是早自习。比起其他学校，这里要严格一些，每个班还分配了卫生区，早晚各打扫一遍卫生。

白洛川的班主任名叫戴书桐，听名字像是一个搞文学创作的。戴老师是个微胖的中年男子，未婚，心态极好，整天笑呵呵的，很乐意和同学们打成一片。他现在最大的心事就是怕自家班长“投敌”——跑到（二）班去。

老戴同志打从早操开始就一直跟着学生们，自己顺便也运动一下，打扫卫生的时候也会去班上的卫生区看看。

这天早上老戴去卫生区的时候，瞧着学生们干活认真，踱步过去问道：“怎么没拿大扫把？榕树容易落叶，这样打扫不干净，要是没工具就让班长去我办公室拿……班长呢？”

那几个同学道：“班长刚才也是这么说的，他去拿工具了！”

老戴很欣慰，但等了一会儿没见班长回来，又点了一个同学去叫班长，自己撸起袖子一边和同学们谈心一边干活。老戴热爱劳动，但工具不趁手也觉得别扭。等了半天没见刚才那个学生叫回白洛川，忍不住又让两个学生跑了一趟，并叮嘱道：“一定把班长带回来，还有，把工具带回来啊！”

那两个同学答应了一声，跑远了。

老戴在卫生区非常勤快地忙活着，扫落叶，擦铜像，把这一小片卫生区打扫得干干净净。他刚开始还能哼歌，但没一会儿就哼不下去了。班长没回来就算了，怎么派去找班长的几个人全都石沉大海，没一个回来的呀？

老戴把卫生区打扫干净了，心里直犯嘀咕，过去一看，气了个倒仰儿。他们班同学正在班长的带领下帮人家（二）班打扫卫生呢！

他走近的时候，还听到白洛川在跟（二）班文老师认真回话：“您不用客气，这都是我们兄弟班应该做的，戴老师也一直教育我们要助人为乐。”

老戴：“……”

对面文老师连声感谢，但老戴内心不快乐。

他把自家班长叫到办公室，找了个没人的时候问：“洛川啊，你认真跟老师说，你是不是谈恋爱了？”

白洛川：“没有啊！”

老戴严肃道：“那你怎么老去帮（二）班？真没看上人家班上的小姑娘？”

白洛川笑了一声："没，您是说今天早上卫生区的事吧？他们卫生区比咱们大，难打扫，去的女生也多。"

老戴："不是还有米阳吗？"

白洛川理直气壮地道："他一个人忙不过来啊！您没瞧见，人家文老师都亲自来帮忙了，真的特别难弄，帮一下也不耽误事。"

老戴愤愤地道："我也去帮你们了啊！我每天都去，你怎么不心疼我呢？"

白洛川道："心疼，您下回别来了。"

老戴："……"

他要再不去盯着，班长都要带人直接蹿去（二）班了！

白洛川从办公室出来后，毛岳跟几个男生正好从走廊过来，看见他道："白哥，老戴找你说什么了？"

白洛川道："没说什么，就是说早上打扫卫生区的事，怕我跟（二）班小姑娘早恋。"

毛岳笑呵呵地道："不光老戴，我都要这么觉得了，你去得也太勤快了。"

白洛川哼了一声后道："怎么就说我？我每回去，前脚刚到后脚老戴就跟过来了，怎么不说他盯着（二）班啊？！"

白班长非但自己不承认，还试图反手甩锅，说完就走。

毛岳和那几个男生面面相觑，老戴是大龄未婚男青年，人又特别正经，唯一的可能就是他看上了（二）班新来的班主任文老师。

几个男生你看看我，我看看你，有一个忽然激动道："哎，我觉得，有点靠谱啊！上回白哥没去（二）班，我也瞧见老戴去了！"

"对啊，老戴还特别积极地去（二）班听课，文老师教的英语，他也去听了！"

"老戴上回还写诗了，我在他办公桌上看到过。哎呀，文老师好像也没有男朋友？"

当天下午，（一）班开班会的时候，老戴站在讲台上试图融入大家，说完自己高中时期的青涩感情后，叮嘱道："老师是过来人，知道你们现在的感受。你们现在年纪还小，很容易对异性有好感，但咱们还是不支持早恋哈，以学业为主知道吗？你们去了大学之后，一定要尝试谈一次恋爱。唉，别等到老师这个年纪，只能一个人每天孤零零地批卷子。有些同学做的卷子错误还多，让我半夜都无心睡眠，只想给你们改题！”

（一）班的同学们目光炯炯，闪烁着八卦并鼓励的光芒。等到老戴说完，有男生起了一个头，小声喊道：“戴老师我们支持您！”

“戴老师不要怕，我们全班都是您的后盾！”

“戴老师加油！”

学生们起哄支持老师找寻真爱，老戴蒙了一下，但很快痛心疾首道：“给老师加什么油？给你们自己加油啊！你们还没上一本，我哪有心情谈恋爱？！”

不管他怎么说，这次班会之后，（一）班的同学往（二）班跑得更勤了，有的时候都不用班长带头，瞧见（二）班文老师有什么要帮忙的，都立刻冲过去，临走还留下笑容：“文老师不用客气，是我们戴老师让我们来的，这是兄弟班应尽的义务！”

第十二章
憧憬

高一摸底考试后，（一）班和（二）班成绩相差很小，但仍然是（一）班的平均分略高一些。

白洛川组织两个班的同学结对子，互相帮助学习，对老戴的说辞也名正言顺：“咱们班男生多，（二）班女生多，咱们班女生和（二）班女生一起学习，咱们班男生和（二）班男生互相帮助，我带个头，和（二）班的米阳结对子。”

老戴一阵头疼：“你们俩这成绩，还想凑一起，怎么学啊？”

全年级第一的白班长表示这都不是问题：“我就是起个带头作用呗，您不是说了嘛，早期的朦胧感情只有朦胧着才最美，我这可是听您的话，预防早恋。”

这话听起来挺对的，但老戴还是觉得有点儿不对劲。他想不出是哪里不对劲，班长又特别的优秀，他憋了半天只能抬抬手放班长回去了。

两个班结对子的模式得到了一致好评，尤其是第二次小考的时候，（二）班的总成绩明显提高了，但要超过（一）班还差那么一点儿。

那次小考过后，有个考试成绩不太理想的（二）班同学独自坐在操场边上，一边背英语单词一边难过得要哭，她身边的一个朋友正在安慰她。她那个朋友是（八）班的，成绩不错，分班的时候俩人没有凑到一起去。

朋友：“别伤心啦，没事的，只是一次小考。”

（二）班女生：“我没考好，拉低了我们班的平均分，呜呜！”

朋友窃喜：“其实我也没考好，你考了多少分？”

（二）班女生泫然欲泣：“语文 126 分，数学 145.5 分，英语……”

朋友：“行了，别说了，你不说我们还能做朋友。”

白洛川和米阳的成绩保持稳定，白洛川发挥正常拿了第一，米阳这个第二名做得美滋滋的。毕竟以前的时候他都是前五名左右，当第二名也很开心。

十月底的时候，学校开运动会，让拼命学了一段时间的同学们喘口气，也活跃一下氛围。

各个班都在积极准备，老戴也回班里热情动员了一下。白洛川在初中的时候就处理这些事，老戴这边刚动员，他那边人员名单和项目流程就已经确定下来了。老戴深感欣慰，觉得自己有一个特别省心的班长。

老戴笑呵呵地道：“大家准备很充分嘛，很好，听班长的，咱们班争取拿一个好成绩！”

等到运动会那天，老戴特意换了一身青春洋溢的运动服，和啦啦队们坐在一起摇旗呐喊，给自己班加油。比赛的场地很大，他们班坐在观众台靠近跑道的地方，正好能看到五千米长跑的同学路过。老戴双目炯炯有神，冷不丁瞧见一个熟悉的身影跑过去，一下激动地站起来大喊：“加油！高一（一）班加油！！”

（一）班同学：“……”

老戴自己呐喊还不过瘾，回头热情地道：“喊啊，大家怎么这么安静？刚才跑过去的是咱们班白洛川吧？”

旁边的同学道：“是白班长。”

老戴特别高兴：“班长真是不错，身先士卒，最难的长跑自己上了啊！等会儿他路过的时候，大家都拿出干劲儿，大声给班长加油！”

（一）班同学张嘴刚想说什么，就被隔壁班的一阵欢呼声压了过去。他们班同学在参加其他项目拿了第一名，广播里正播放呢！

老戴问道：“你们刚才说什么？”

（一）班同学看他这么高兴，有些于心不忍，摇头笑道：“没没，戴老师我们听您的，一会儿站起来给班长加油！”

老戴点点头，继续盯着场上的赛况，竖起耳朵听广播里的奖项通报，同时也热情地动员自己班上的同学们多写通讯稿：“来来，都写起来，也给班长写几篇！他们五千米跑好一会儿了，找个跑得快的同学送去主席台，等班长拿下第一名，咱们的稿子正好念出来，呵呵！”

老戴诗兴大发，还写了一首现代小诗跟通讯稿一起送去了广播站。

白洛川不负众望，拿了第一名，老戴高兴得手都拍红了，坐在那儿别提多自豪了。

他旁边的几个同学正拿着稿纸奋笔疾书写着给班长祝贺的通讯稿，笔尖下一行行写出来的都是“赛出友谊，赛出风格”“团结就是力量、就是榜样”“你站在领奖台上的那一刻，我们大家都为你骄傲”“成绩是我们两个班共同辛勤付出的结果”之类的话。

只有老戴一个人美滋滋地写：“秋日微风徐徐好，高一健儿志愿高，旌旗飘扬期可待，绿荫红场比天骄！”

老戴写完意犹未尽，又道：“我再单独给白班长写首诗！”

（一）班同学连忙拦住，劝他道：“不用了、不用了，戴老师您看下一场马上就开始了，是毛岳比赛，比标枪，您给毛岳写吧？”

老戴想了想，也对，不能只偏心一个学生，于是他坐下兴致勃勃地看了起来。

在五千米长跑的终点，米阳正扶着白洛川走着，长跑完了都要慢慢走上一小会儿缓一下。白洛川看起来并不是很疲惫，但米阳过来扶着他的时候，他还是把手搭在米阳的肩上。他喘得不激烈，但胸口心脏跳动的声音特别响，身上的皮肤也是热的。

米阳扶着他走了一会儿，又带他去休息，拿了毛巾给他擦汗。

白洛川懒洋洋地抬头，瞧着没有自己动手的打算：“我累了，刚才后面那个人跑得太快了，一场破运动会这么拼命。”

米阳正给他擦额头，笑道：“人家是体育生啊，你最后超过三四个人，还压着他跑了小半圈，他能不拼命吗？”擦完又问，“要不要喝点水？”

白洛川道：“要。”

他这么说着，却没有自己动手的意思，眼瞧着是要人喂。

还是专人喂水。

米阳伺候白少爷喝水，白洛川喝了几口水，声音才缓过来，问他：“怎么样，我说一定能给你拿个第一，没说错吧？”

米阳道：“其实我自己也可以……”

白洛川打断他道：“拉倒吧，你这小身板，平时慢慢跑还可以，这种跟人拼的事还是我来吧。你们班也是，十几个男生抽签也能抽到你。”

米阳道：“运气呗。”

白洛川抬头看他一眼，米阳笑得眼睛弯起来，看着他道：“我运气好，有你帮忙拿第一，谢啦。”

白洛川也笑了。

高一（二）班的同学们刷题还可以，但体能一直不占优势。（一）班有白洛川和毛岳他们，要么爆发力强，要么耐力好。他们班也就米阳还不错，身为团支书更是身先士卒地报了四五个最累的项目。有他带头，班上其他男生纷纷报名，连周通都报了两个项目。五千米长跑这个大项目的时候，班上抽签，没想到参赛任务也落到了团支书米阳身上。

米阳当天回来，白洛川就知道了，要替米阳去跑。

米阳问他：“你怎么知道的？”

白少爷对此只有一句话：“我啊，有线人。”

这个线人这会儿颠颠儿地捧着两瓶冰镇可乐过来，兴奋地喊道：“白哥！牛啊白哥，第一！真牛！”他把可乐给了他们，脸上还带着兴奋之色，“我们班都炸了，那帮小姑娘都在写通讯稿呢，激动坏了。大家都没想到还能拿个第一，你不知道，我们班其他项目就米阳跳远拿了个第二，其余的都没排上名次，这可是我们班头一个第一啊！”

万年第二的米团支书揉了揉鼻尖，有那么一点儿不好意思。

白洛川道：“这个第一就当是米阳拿的。”

周通搓着手，笑嘻嘻地道：“哎！对对，都是咱们班的，白哥你一会儿方便吗？我去帮你拿奖杯啊！”

白洛川没动饮料，把米阳给他准备的矿泉水喝光了，站起身道：“好了，走吧。”

另一边，老戴兴奋地等着。

听说今年五千米长跑第一名给的是一个挺大的奖杯呢，啊，正好可以放在他们班讲台旁边，还有一盆绿萝陪伴。那是他精心养大了亲手抱到班上来的，到时候绿萝和奖杯“金绿交辉”多好看！

老戴等了好一会儿，把领了奖的同学都恭喜了一遍，也没等来他家班长和奖杯。老戴隐约觉得不太妙，追问道：“班长呢？”

（一）班同学道：“在隔壁班啊！”

老戴脸都绿了：“怎么又去隔壁班了？他休息好了应该回来啊！”

旁边同学道：“他去（二）班跑五千米了呀！”

老戴心心念念的奖杯没能拿回来，后来那个奖杯端正地摆放在了（二）班的讲台旁边。那边也有一小盆绿萝，是他们班那盆大绿萝掐枝分过去的！老戴每次去（二）班上课，看到了都会痛心疾首。每次他试图绕弯子想跟（二）班的文老师聊上几句，把奖杯要回来的时候，文老师都以感谢开始展开对话，憋得老戴一句话都说不出来。

文老师感激道：“戴老师，你可真是个好人！”

老戴：“还行吧。”

运动会过后，天气很快就凉了下来。学校没有发厚外套，只发了一套单薄的校服，很快大家穿上了风衣、大衣。再冷一些的时候，女孩穿上了帽兜滚一圈白绒毛的羽绒服。

米阳和白洛川的大衣是一样的，没过几天，连里面的毛衣也都是一样的了。

程青在药房抽了点空闲时间，给他们俩一人织了一件毛衣，略大一点的给了白洛川，小一些的给了米阳。生怕他们两个穿混了，她特意在衣领后面绣了他们名字的缩写字母。

天气冷了后，米阳起床有点儿困难，揉着眼睛穿上毛衣才发觉有些大。白洛川就走过来翻开他后领子那儿看了一眼：“我的，穿着吧，把袖子挽起来一点儿就行。”

米阳也懒得换，寝室里没暖气，和他以前在北方不同，有一种阴冷的感觉。他倒了温水去刷牙，含糊道：“你穿什么？”

白洛川已经换上一套宽松的卫衣和牛仔裤，走过来伸出牙刷让米阳帮他挤了一点儿牙膏，道：“穿这个就行。”

米阳看他一眼道："不穿校服了？"

白洛川道："不了，我今天有点事跟老师请了假，要出去一趟。昨天晚上不是跟你说了？"

米阳这才恍惚想起来，白洛川说是要去骆江璟的公司一趟，有什么测绘的事要忙。白洛川周末出去做事，大部分时间骆江璟把他叫到公司，让人带着他从最基础的工作开始做，小部分时间他去跑一些自己的事情。米阳问他的时候，他会说一点儿，不想说的时候就伸手捏捏米阳的脸，笑着打岔。

白洛川洗漱得比米阳快，收拾利落自己后，又抬手揉了揉他的脑袋笑道："我走了啊，晚上就回来，给你带好吃的。"

米阳刚想说不用，那个人就转身走了。

上课还是要继续的，米阳在课堂上认真读书的时候，偶尔也会看一眼窗外。深秋初冬交替的季节，学校里种了成排的梧桐，大片的梧桐叶落了满地，这和他在北方时候真的不太一样。山海镇的这个季节，树叶已经掉光了，光秃秃的枝丫等着迎接落雪，有时候老师会组织他们去给树干刷上一层白石灰保暖。也不知道现在白洛川穿那么少出去，会不会冷……

"米阳，你来回答这个问题！"

米阳回神，抬头看向讲台。

讲台上捧着语文书的老戴看着光明正大开小差的（二）班团支书，和气地道："来，你跟我讲讲，这首词主要运用了什么样的手法，表达了作者怎样的思想感情呀？"

米阳站起来瞟了一眼同桌的课本，他刚才竟然走神到好几页书都没翻。

同桌努力把自己的课本往他那边凑了凑，压低了声音把自己的答案说给他："望江南，用白描手法，讲倚楼等待心上人归来的女子孤单寂寞又殷切盼望……"

老戴道："旁边的那位同学，不要急，一会儿就轮到你回答哈！"

同桌："……"

语文课后，米阳这个优秀学生被老戴罚抄温庭筠的《望江南》二十遍，同桌作为从犯，在米阳抄写的过程中要大声朗读二十遍，算是非常羞耻了。

这首词很短，米阳抄得快，课间就写完了。

同桌忍不住问他：“你这两天老走神，是家里有什么事吗？要紧吗？”

米阳眨眨眼，笑道：“没有，你想多了。”

同桌凑近一点儿，带了点好奇道：“哎，米阳，你真没谈对象？”

米阳道：“没有啊！”

同桌搓手道：“那什么，我有个同学跟我以前一个初中的，她在（六）班，上回你带队跑步的时候她瞧见你了，就想让我问问……”

米阳没听完就摇头道：“不了，以学习为主。”

同桌道：“不耽误啊，你们俩可以一起做试卷，多带劲。”

米阳还是笑眯眯地拒绝：“真不用。”

他现在和白洛川一起在寝室刷题，也挺带劲的。

晚上白洛川回了宿舍，又换了一身衣服，比早上出去时穿的那身要厚一些，还加了一件风衣，但就这样从外面进来双手还是冰凉的。他在米阳的脸上揉了两下权当暖手，再凑过去看米阳，好奇地道：“怎么又做语文试卷？你们班今天发的？”

米阳道：“没，我今天上课走神，被你们老戴抓住了，他把我叫去办公室做了半天思想工作。喏，这几套卷子都是他送的，他让我端正态度，不能欺负他一个老实人，只在老实人的课堂上走神。”

白洛川乐得不行，拿过来看了一眼，都是古诗词分析和阅读理解的题。老戴不知道是不是故意的，挑的这几份都特别肉麻，全都是以思念为主的诗歌。白洛川随手拿了两张过来，道：“我帮你做。”

米阳忙拦着他：“别，老戴认识你的字。”

白洛川道：“不怕，我模仿你的字。”

他们俩从小一起长大，米阳可以左右手同时写字，大部分时间用的是左手，右手也练习着没扔下。白洛川没他这么有闲情逸致写字玩，却也练过几年字。模仿别人的字可能不行，但米阳的字他太熟悉了，仿写没什么问题。

白洛川一边做题，一边催米阳：“我带回来的那个包里有一些点心，热的，你先吃啊！”

米阳把自己这张卷子最后两道题做完，过去打开包一看，是他最喜欢吃的蟹黄汤包，用保温盒带回来的，三层，有十几个，咬一口还烫得吸气，最好吃不过了。

白洛川很快也做完了那两份试卷，他们班前两天还做过其中一些题，做起来简直不要太简单。

这个年纪容易肚子饿，白洛川过去和米阳一起吃，还跟他说自己今天在外面的见闻。

“别提了，今天我和米叔一起跑了一天。东区那个二期刚收尾，要请测绘队来实测面积，我就知道，我妈让我去肯定不是什么好活儿。她一开口说要‘磨炼一下性子’我就懂了，肯定得折腾个一天。”白洛川比画了一下道，“一栋塔楼实测面积比图纸面积多出两千平方米，米叔都急了，带着我专门跑了一趟。”

米阳也觉得奇怪，他这几年听米泽海说得多了，也知道一些，道：“一般施工过程四点定位准确，不会出现大的误差吧？这也差太多了。”

白洛川道：“是啊，那边态度挺好的，紧赶着又做了一遍，把之前的结果推翻了。米叔坐不住了，我们去了测绘队，那边也是绝了，一台电脑都没见着。这都什么年代了，办公竟然不用电脑，啧。”

电脑办公会在接下来非常短的时间内普及，好像一夜之间大家都拥有了电脑。房价也开始一路翻倍。房地产最红火的十年马上就要开始了。

骆江璟有意要把自己的公司交给儿子，从一开始她就是这么打算的。她疼儿子，不愿意跟其他人一样让儿子浪费几年时间从底层做起，于是选择让米泽海带着他慢慢接触，算是半保护半扶持。

白洛川道：“我听米叔说，程姨那个商铺定下来了？”

米阳道：“嗯，徐汇区那边的一套商铺，正赶上降价，说是买一送一，还送了一百多平方米的地下室。我妈说把商铺和二楼的公寓一起买下来。”

白洛川道：“挺好的，米叔也跟我说了。今年房价降了一些，有余钱可以再买一套住宅。”

白少爷大概是白天的时候跟着出去听了不少关于楼盘的信息，饶有兴致地拿出市区的地图来给他标记，分析哪里好。跟自己要买房一样，他还挺兴奋。

两千多块钱一平方米，还是在沪市，以后可真是想都不敢想。

商铺比住宅贵一些，但沪市市中心很多地方商业氛围还不成熟，这个时候投资一套商铺还是不错的。

白洛川说完伸了个懒腰道："京城房价涨得也挺快的，我听我堂哥说他在东三环那儿买了套别墅涨了小一千，不过也就四千多一平方米吧。那会儿我妈还嫌那边偏，买了另外一个地方的公寓……你还记得吗？就暑假那会儿，你病得那么厉害，把她吓坏了，差点把我们送过去住呢！"

米阳笑道："记得，骆姨的动作太快了，一上午就买了套房子。"

白洛川道："哪是一套啊，她嫌小，把那一层的三套都买了，打通了凑成一套住。"

米阳："也挺好，你要是在京城念大学，就可以住在那边了。"大少爷住着小楼长大，还真没睡过小公寓，三套凑在一起都算是委屈他了。

白洛川弯起手指刮了一下他的鼻尖，忽然笑道："小乖，你信不信我大学的时候可以买套房子咱们一起住，不住我妈那儿。"他小声道，"我照顾。"

米阳张了张嘴，把到嘴边的话换了一句，喜滋滋地道："行啊，那我负责买菜，给你做饭，生活上我来照顾你。"

高中生活过得简单又忙碌，有的时候米阳觉得每一节课时间都很漫长，但习惯了三点一线的生活后，又觉得像是在跑步前进，时间眨眼就过去了。

白洛川从高中开始就没闲下来，一直到高二都在家里的公司做事，有时候还会专门跑一趟京城。

米阳跟他去过两次，米鸿这两年身体有些不好了，没有以前硬朗，给米阳邮寄了一封信过来，写了一个京城的地址，让米阳去找他以前的师兄弟，跟着对方多学些本事，他能教给米阳的这几年都教得差不多了。

米鸿本事学得杂，更多的是为了混口饭吃，各个行当都学过一些。但他信里提起的师弟不太一样，米鸿最后离开京城的时候，对方手里已经握着两三家书肆，算是在京城站稳了脚跟。

米阳跟着白洛川一起去了京城，找了两次都没能找到。

米阳按照信里写的地址找了几处，都是胡同里的老四合院，大多已经改建，有一处大门紧闭，敲了几次门也不见有人出来，似乎已经没有人住在这里了。

他没办法，只能就近四处打听，但住着的老人不多，没能问出什么。

白洛川帮着想办法打听了一下，没问到什么。京城里的人员流动性太大，这样一个手艺人转去其他地方再正常不过。记得他的都是老书友，并不好找。

米阳去了两次虽然没有找到人，却买到了一些自己以前喜欢的书，带了一点儿遗憾回去了。

高二的寒假时间短，只有两个多礼拜，就算这样老师也没少布置作业。

各科老师都拼了命地想让学生多提高一下自己所教功课的分数，比赛似的发题，分了文理班后（一）班和（二）班依旧是挨着的。老戴这边是理科（一）班，班长依旧是白洛川。（二）班也是凑巧了，依旧是文老师带，大部分也都是原班人马。她们班女生居多，选文科的女生多一些，米阳还是（二）班的团支书。

两个兄弟班感情依旧好得不得了，老戴在这一年多的时间里深刻反省了一下自己，觉得自己太自私了，竟然一直想要回长跑比赛的奖杯、分出去的绿萝、元旦晚会的奖品、联合竞赛的第一……真是太贪婪了！

文老师每次都真心实意地道谢，而他，就想要这些物质上的奖励！

老戴看着自己班上的同学每次都积极热情、不图回报地帮助人家（二）班，夜深人静的时候，他决定洗心革面，和自己班的同学们一起努力做一个好人。有些时候文老师有事，他也会去帮着管两节自习课，跟带自己班一样认真。不知道是不是错觉，他这么做的时候，不止（二）班那帮学生兴奋，他们班的小兔崽子们明显更兴奋啊！

白班长身体力行，对（二）班无微不至地关爱，两个班的同学互相友爱，甚至上了几次学校的光荣榜，被学校广播站一再表扬并立为榜样。

白洛川对此并没有太大的反应，他还是从米阳那边听说的。刚听到的时候他有些震惊，但很快就淡定下来：“老戴暗恋你们班文老师？我就说嘛，他老那么盯着我，肯定不对劲儿。这哪是怕我看上你们班的小姑娘啊，是他自己看上你们老师了。”

米阳道：“听说他写了好多诗，从高一开学就开始写了。”

白洛川“啧”了一声道：“果然，我那次就说他写诗像写情书似的，原来这么早就开始了，老戴行呀。”

两个人坐在寝室里感慨了一番，谁都没想到自己才是罪魁祸首。

白洛川对米阳的感情问题抓得还是挺严的，他问：“还有小姑娘给你送打折券吗？”

米阳正在喝水，差点呛到：“没有了，就那一回。”

白洛川不满地道：“你也注意一点儿，这都几个校花了，王依依、杨柳青、宁宁……”

他数得比米阳还清楚，米阳在一旁听着忍不住笑，拿脚轻轻踢了踢他的腿：“哎，你怎么记得这么清楚啊？你不会看上她们谁了吧？”

天气有点儿冷了，米阳赤着脚没穿袜子。白洛川没嫌弃他，摸了脚背一下，觉得他的脚冰凉就给塞到被子里去，嗤笑了一声道：“我看上她们？看上她们什么？长得都还没我好看。”

米阳还在笑，觉得自恋的少爷也特别可爱。

白洛川在被子里还握着他的脚，等暖一点儿后就给他穿了袜子，叮嘱道：“小心着凉，一到冬天你就感冒。你今年乖一点儿，如果不感冒的话，我就给你奖励。”

米阳被他摸得有点痒，缩回来一点儿笑道：“奖励什么？”

白洛川想了一下，道：“奖励你一千块钱。”

米阳配合着“哇”了一声，点头道：“好。”

白少爷满意，轻轻挠了挠他的脚心，看着他笑得直求饶，也跟着笑了。

白洛川寒假也没闲着，去了家里的公司。

骆江璟有心让他提前参与公司的事，瞧着并没有让他出国镀金的打算，所有的休息时间都把人叫到公司，让米泽海等人亲手去带。这家公司是她自己一手创下的，想要给儿子再正常不过。有几次她笑着跟白洛川打趣：“你要是早点儿念大学，毕业后就能帮我分担一些，我也偷偷懒，去周游世界。”

白洛川只有外貌遗传了骆江璟，上挑着眼睛跟人说话的时候不让人生厌，反而带着少年的傲气和骄纵，他语带笑意道：“您跟谁去？跟我爸可不成，他这辈子出国都没指望了。”

骆江璟哑声，很快又戳他的额头道：“真讨厌，和你爸一样，整天就知道打击别人的积极性。”

白洛川道：“我是帮您认清现实。您呀，和我爸去趟草原就得了，科尔沁、那拉提什么的随您挑。”

骆江璟道：“谁要去那里？不过你提起这个来，那边倒是有工程，你再惹我生气，寒假就让你去。”

白洛川：“……”

骆江璟这些年保养得不错，坐在那儿瞧着还像是个三十岁左右的漂亮女人，成熟优雅。岁月对她非常眷顾，几乎没留下什么痕迹。她这些年在商场上奋战也只累脑子，白家的男人们把她保护得很好。

白家男人一贯宠爱妻子，即便是白洛川，也不敢轻易惹他妈生气。

骆江璟又问他：“快放寒假了，有什么打算没有？”

白洛川道：“能有什么打算？任凭您差遣呗。”

骆江璟笑起来，瞧着又高大些许的儿子，点头赞许道：“是个大小伙子了，可以派点儿体力活给你了。”

白洛川补充道：“做什么都行，反正我不离开沪市。”

骆江璟道：“你这孩子是念旧还是怎么的？当初我要带你离开边城的时候，费了多大的劲啊，把柏安都弄来了你也不肯松口。现在好了，来沪市之后又不肯离开这儿了。其他人家里的小孩，都恨不得插上翅膀就往外飞呢！”

白洛川道：“我就是念旧。”

骆江璟打趣道：“不会是有喜欢的小朋友了吧？怎么样，是你们学校的吗？”

白洛川道：“您有空在这儿问我，怎么不去问问季柏安？小姨可是把他扔国外去了，那么远，小心他给你们找回一堆小女朋友。”

有人敲门，骆江媛走了进来，瞧见他们都在，笑道：“说什么呢，这么热闹？”

骆江璟招手让妹妹过来坐：“我就问问他有没有认识什么女同学，他倒好，一竿子打到柏安那里去了，真是半点儿也不吃亏。你今天怎么有空来了？”

骆江媛也笑了：“柏安才没找女朋友呢，他最近被考试弄得焦头烂额，刚才还跟我打电话撒娇，说想提前回来几天喘口气放松一下。”她转头看了白洛川，柔声道，“洛川呀，等表弟回来，你带米阳一起来家里玩好不好？”

白洛川道：“带他干什么？”

骆江媛有点儿不好意思，但还是开口道：“柏安说好长时间没见他了，也想以前的小朋友。你知道的，他一个人在国外没什么朋友，难免会想起以前的小伙伴。对了，他还想让你帮着问一下，为什么他给米阳打电话总是打不通呀！”

白洛川原本想拒绝，话到嘴边听见她说这个，又转了转眼珠子道：“哦，米阳不怎么用手机，我们高中管得严。”

骆江媛道：“邮寄的东西和信也一直没有回应……”

白洛川道：“国际邮件，那么远肯定有纰漏吧。”

骆江媛还要再问，白洛川站起来伸了个懒腰道：“小姨，没什么事我就先走了，您跟我妈聊正事儿吧，我就不打扰你们了。”

骆江媛连忙道：“洛川等等，我刚才来的时候瞧见有家蛋糕店的蛋糕挺不错的，买了两盒，你拿去和米阳一起吃吧。柏安也一直说米阳以前最喜欢吃小蛋糕了，越甜越喜欢。”

这种亲手送来的礼物，白洛川总不好推掉，接过来礼貌地道：“谢谢小姨。”

骆江媛笑道：“一家人客气什么，柏安今年回来过年，到时候一定要来玩呀，他念叨你们好多次呢。”又叮嘱道，“带上米阳，记得呀。”

白洛川勾了勾嘴角，道：“我会帮您问问他，不过他挺忙的，还要帮家里做事，到时候再看吧。”

得到回复骆江媛就知足了，点头让他走了，自己留下和姐姐谈起家中新开的百货大楼的楼盘。季家这几年混得也不错，生意做得风生水起，规模比之前大了许多。

第十三章
季少爷

每年冬天期末考试前后，正好是米雪的生日。小姑娘过农历腊月的生日，运气好的时候碰上学校刚放寒假，米阳就会陪着她玩好几天，去动物园、博物馆，还会带她去游乐园，买张通票一整天都待在里面，玩到过瘾为止。

今年也不例外，米阳提前就准备好带她去游乐园。去年的这个时候米雪因为身高不够不能坐“丛林飞鼠”，今年她超过一米二了，一大早就让程青帮她确认了身高，自信地背着小书包跟着米阳出去了。

米阳和她穿了一样的衣服，兄妹装。刚到游乐园，米雪头上就多了一顶粉红色的卡通帽子，米阳蹲下给她正了正：“送给小寿星的礼物。”

米雪道：“哥哥昨天晚上已经给过礼物啦！”

米阳笑道：“这是额外的小礼物。”

小姑娘站在那儿任由哥哥给自己戴好帽子，小脸红红的，特别高兴。

米阳带着她玩了大半天，白洛川的电话就打来了。游乐园里人多嘈杂，米阳一边盯着自己妹妹，一边跟他回话，好半天才把自己现在的位置说清楚。挂断电话没一会儿，白少爷就找了来。

天气有些冷，白洛川穿了一件飞行服式样的短款翻领夹克棉衣，头发理得短了些，看起来带着青春张扬的帅气。他在人群里张望了几眼，很快就瞧见了跟他挥手的米阳，大步走过来。

白洛川问他：“还要玩多久？”

米阳露出手腕上那条卡通手环，笑道：“通票，还要很久。要不你先去忙其他的事，我们傍晚可以回去。”

白洛川“啧”了一声，倚着栏杆看着周围花花绿绿闪着灯光的游乐设施道：“真麻烦，算了，我陪你吧。”

米阳今年也长了个子，有一米七高了，白洛川还是比他高大半个头。两个人等在旋转木马那边小声说话的样子，从远处看起来还是十分赏心悦目的。都是小帅哥，一个挺拔俊美，一个温润帅气。

白洛川低头跟米阳抱怨了一句，米阳笑起来，手里还拿着一个挺大的风车，“哗哗”转动着，人也眉眼弯弯，特别容易让人产生好感。跟以前一样，没什么攻击力，大家可以放心跟他谈天说地。

米雪从旋转木马上下来的时候，看到白洛川正伸手给她哥弄头发，特别自然，瞧见她也只是抬了抬下巴道：“走吧，接着去下一个。”

那架势，活像他才是生日的主角，她哥是来游乐园陪他的。

小姑娘起了点争宠的心思，对米阳道：“哥，我还想坐旋转木马。”

米阳自然是宠着她的，点头道：“去吧，我在这儿等着你。”

白洛川的手臂搭在米阳的肩上，凑过去跟他开玩笑：“要不你也去？我看那匹黑色的挺像乌乐，你提前适应一下，省得每次放假回去骑马都紧张得不敢动。”

旋转木马那边都是小姑娘，米阳才不肯去，笑着摇头拒绝：“下回去了，你多教教我就行了。”

这话白少爷爱听，当下就点头答应了。

米雪选了粉红色的小木马骑着转圈，但还在寻找自己的哥哥。游乐场音乐声太大，她离得又远，并不能听到哥哥在那边说什么，但能看到哥哥跟人交谈笑起来的样子。小姑娘咬咬嘴巴，心里有点儿挫败感。她觉得自己好像不是和哥哥天下第一要好了，不得不承认她哥和白洛川才是最要好的。

带着这种幼稚想法的不止小姑娘一个，大龄幼稚儿童也在跟米阳讨价还价。

白洛川斜眼看着木马，冷哼道：“你今天陪米雪玩了这么久，过年的时候得陪我一整天。”

米阳道：“你怎么老跟小孩比啊？！”

白少爷并不觉得哪里有错，理直气壮道："我过生日你也只陪我半个下午啊！我不管，我问过程姨了，她说今年你们初五才回老家，你过年得陪着我。"

米阳想了想，道："好吧。"

白洛川高兴起来，跟他商量过年去哪儿玩。米阳脾气好，他说什么都顺着，偶尔白洛川问他一句，他也要想上半天才笑道："我也不知道啊，以前都是跟爸妈一起回老家，一定要选的话……嗯，去南京路跨年倒计时？"

白洛川冷笑："是你们班女同学说的吧？"

米阳挠挠鼻尖，道："大家都这么说，每年都有很多人去那边，听说特别热闹。"

白洛川哪还有心思去凑什么热闹，三言两语就把这个提议岔过去了。正好米雪的木马停了，小姑娘排队出来后跟哥哥要她的大风车，叽叽喳喳得像只百灵鸟。

"哥，我跟你讲讲星座吧？"米雪牵着哥哥的手晃着走路，又高兴起来。她们学校的小女孩都喜欢买那种卡通杂志，最后两页一定讲一些有关于星座的事，她们就买来分析，女孩们热衷于这个："我那天算过啦，哥哥是天秤座的！"

米阳配合道："哦，天秤座怎么样？好吗？"

米雪道："特别好！"

白洛川跟着问了一句："我的星座怎么样？和天秤合吗？"

米雪跟着吃了这么多年的蛋糕，自然记得白洛川的生日，但平时她就只看自己哥哥的星座，没怎么看过其他星座。她努力想了一会儿，道："应该也可以吧。"

白少爷自然不满意这个结果，正好游乐园里有一个占星屋，他们路过那里，干脆就进去测了一下。

米雪被带着进去摸水晶球，小姑娘看到什么都兴奋，白少爷却没那么多闲心思坐下来直接让人分析他和米阳的星座到底合不合拍。

"天秤往往会欣赏狮子的直率和勇敢，但假如长时间相处，工作方面会有一些摩擦，彼此友情受损。"工作人员干巴巴地念着手册，她也是刚上班不久的，瞧着眼前这个人的脸色越来越差，都不敢说下去了，努力编出一句手册上没有的话，“那什么，其实没有合不来的星座，只有合不来的人，您说对吧？”

白洛川的脸色还是不好，绷着脸坐在那儿不吭声。

工作人员放弃手册开始现编，努力让这俩星座特别搭，特别合拍。

白少爷的脸色这才慢慢缓和了一些。

“总之，这俩星座挺搭的。如果一起创业，一定能成功！”

米阳走过来的时候，正好听到工作人员说这句话。他看了白洛川一眼，笑道：“你还信星座呢？”

白洛川站起身跟他一起走出去，懒洋洋地道：“闲着无聊，随便问问。”

米阳看着前面活蹦乱跳的妹妹，想着刚才听到的那一句，带了点私心咳了一声道：“你刚才问什么了？”

白少爷笑了一声：“没什么。”

三个人里，只有米雪放开好好玩了一天。傍晚，白家的司机来接他们回家，把他们送到了米阳家中。

白洛川原本要走，但眼角的余光扫到附近停着的一辆车后，立刻抬脚跟过来，道：“我也上去看看。”

米阳不知道他要看什么，白少爷来他家的次数不比他去白家的次数少，自然是答应的，还跟他开玩笑道：“要不你跟骆姨打个电话，留在我家吃饭吧？今天我妈肯定做很多好菜，还有红烧肉，做得甜一点儿……”

门打开，米家客厅里坐着一个十四五岁的男孩，他大概来了挺久，风衣外套和格子围巾都已经脱下来搭在一旁的衣架上。这会儿他手里正捧着一本小孩看的杂志，看得津津有味。听见门铃响，他抬头瞧过来，立刻笑道：“哟，都回来了？我还想着要不等一会儿给你们打电话催一下，程姨的饭菜都要做好了，来晚了可没有口福喽！”

米阳愣了一下，看着他觉得有些眼熟。旁边的白洛川黑着脸叫了一声：“季柏安！”

他这才想起来这是当初那位季少爷，白洛川的表弟，当年也是一个“问题少年”，他看到下意识就会躲着的那种。可能是小时候对季柏安印象好了一点儿，或是这几年被白少爷保护得特别好，现在看到他倒不怕了。

白洛川比米阳还警惕："你来这里干什么？"

季柏安放下手里的杂志，依旧是笑眯眯的："来吃饭啊，听说小雪过生日，我顺便给她送份礼物。"

白洛川道："你见过她几次？还喊上名字了。"

季柏安想了一下，道："也对，我该跟着米阳一起喊她'妹妹'，对吧？"

米阳硬着头皮道："都行吧。"

白洛川在旁边重重地哼了一声，特别不满。

表兄弟两个明里暗里不和，但程青出来的时候，两个人又变得温和有礼，嘴巴一个比一个甜。白洛川卷起袖子去帮忙端菜，季柏安被他挤开没能拿到什么，却也不妨碍他站在一旁赞美，什么话都能厚着脸皮说出来。

米雪只在很小的时候见过季柏安几次，在他出国以后就没再见到过他，所以面对他还是很拘谨的。也正是因为有季柏安在，才有了对比，明显看得出小姑娘和白洛川更熟悉，也要更好。

季柏安并不在意，大方地送了米雪礼物，不但留下吃饭，还等到了饭后的蛋糕。

小姑娘戴着生日帽，认真地闭上眼睛许愿。房间里的灯关了，只剩下蜡烛点燃发出的跳跃的微弱光芒，照在周围人的脸上跟镀了一层温暖的金色似的，大家都是带着和善的笑意的。

季柏安看着斜对面陪伴小姑娘的米阳，跟着笑起来。

白洛川都瞧在眼里，但碍于人多只皱了一下眉头。

蜡烛吹灭后，大家分了蛋糕吃，季柏安也得了一块，眯着眼睛吃得津津有味。

程青去厨房给小客人们切水果，米泽海正好有些公司的事要跟白洛川说，两个人就坐在沙发上小声讨论，剩下米阳和季柏安在那儿陪着小姑娘。

米雪一直偷看新来的客人，米阳让她跟这个好看的小哥哥问好，她只说了一声"你好"，就跟小兔子似的躲在米阳身后，警惕地去打量他。

季柏安倒是对她挺有好感的，大概是瞧着她一直躲着自己的样子，想起小时候和米阳相处的场景来，笑道："小雪是吧，哥哥看了一下你的这本书，你喜欢上面的星座吗？我看你还画了标记呢。”

米雪点点头。

季柏安随手翻了一下，坐在那儿认真地跟小姑娘讨论起星座来。他知道的不比小孩少，说什么都一副挺感兴趣的样子。听米雪说起天秤座，他立刻赞同道：“对，我也喜欢这个。”

米雪高兴地问道：“哥哥是什么星座的？”

季柏安笑眯眯地道：“双子啊，和天秤最合得来了。”

坐在沙发上跟米泽海谈事的白洛川抬头，眉心微皱，很快就把视线落在季柏安身上。

季柏安跟小姑娘聊了一会儿星座，又去跟米阳说话，还要给米阳看手相，兴致勃勃道：“你伸出手来，我给你瞧瞧？”

米阳没伸手，笑道：“你在国外还研究这个呢？”

季柏安道：“宿命论的一种，还是挺有研究意义的，不是吗？反正也是闲着无聊呗，能干的事就那么几件，什么都琢磨着玩一下。”

他还要去抓米阳的手，但刚碰着就被人捏住了手腕。白洛川走过来对他道：“我看时间差不多了，一会儿小姨该到处打电话找你了，我送你回家。”

季柏安道：“不用，我……”

白洛川拽着他起来，道：“我送你。”

季柏安顺从地站起身，笑道：“行吧，该走了。”他被表哥掐着手腕彬彬有礼地跟主人家道别，还热情地道，“谢谢程姨和米叔叔的招待，我吃得很饱，蛋糕也很好吃，改天一定要让米阳和小雪也来我家里玩啊！”

白洛川站在门口道：“程姨，我先回去了。”

程青送他们到门口，白洛川走在前面，季柏安拿了风衣和围巾跟在他后面一起出去。

白洛川没让他自己回家，当真让他上了自己的车要送他回去。

刚坐上车，白洛川就皱眉道：“你在车上等我一会儿，我马上过来。”

季柏安不知道他要去做什么，看着他下车之后回了楼道就和追着下来的一个人碰上了。米阳下来得急，还穿着拖鞋，手里拿了一条针织的厚围巾给他道：“刚才还念叨着，临走又忘了。喏，我妈织的爱心牌围巾，我都戴两天了，你也戴上吧。”

白洛川站在那儿道：“那杂志上写的都是哄小孩的，不一定准。”

米阳愣了一下才反应过来他在说什么：“你还信星座呢，我不信那个。”

白洛川还是有点儿不乐意，问他：“那你信什么？”

米阳笑了笑，道：“我信你啊，你说什么我就信什么呗。”

他一句话就把少爷哄得多云转晴，又高兴起来。

季柏安坐在车里往外看，他表哥挡得挺有技术含量的，他看了半天才瞧出追下来的那个人是米阳，刚想下车去再说两句话，就看到他那个黑脸表哥回来了，人家米阳也走了。

季柏安瞧着他新添的那条围巾，眼珠子转了两圈，还没等开口说话，就被他拒绝了：“想都别想，不可能。”

季柏安失笑：“我都还没说要什么呢！”

白洛川打了个哈欠，只他们两个人在的时候就不装优秀生了，挑眉道：“要什么都不成，赶紧回你家去，乱跑什么呀。”

季柏安不服：“我是来找米阳的。哎，哥，米阳不能只有你一个朋友吧？”

白洛川道：“他朋友挺多的。”

“那就是了，也不多我一个。哥你怕什么呢？我还能吃了他不成。”季柏安伸了个懒腰，笑道，“我呀，就是觉得他挺有意思的，尤其是跟你在一起的时候。你没觉出来吗？小乖年纪比你小，还老让着你，我有的时候觉得他跟长辈似的……”

白洛川冷着脸道：“你好好叫他的名字。”

季柏安斜眼看他，笑道：“我喊一声都不行啊？”

白洛川道：“不行。”

季柏安嘀咕了一声“小气”，还是说道：“那我就喊米阳了。”

白洛川皱了一下眉头，忍了。

季柏安跟他聊天，估计是在国外憋久了，什么话题都能聊上几句，白洛川闭着眼睛爱搭不理地陪着说了两句。他们从小就这样，季柏安也习惯了。这次能提前回国，还能碰上他们几个，他知足了。换了往年，这会儿他表哥和米阳都回山海镇去了，那边还有一位白老爷子在，他们每年都要回老宅过节。

季柏安问道：“哥，你们今年什么时候回去？不回老家过年了？”

白洛川道：“过完年吧，初五左右。”

季柏安又问：“米阳也跟着去？”

白洛川道：“对，一起。”

季柏安不好追到山海镇去，他家里也有不少事，顶多就抽点时间出来在沪市玩一下。

季柏安道：“那我明天再来找他……”

白洛川道：“明天他没空，要陪我去看图纸。”

季柏安道：“那就后天。”

白洛川道：“后天也不行，我们要去挑树苗，找了几棵四季桂还不错，准备带到山海镇去种。那边老宅重建，事情挺多的。”

季柏安气笑：“那我等他一个礼拜，总不能这段时间都安排满了吧？”

白洛川想了一下，慢悠悠地道：“你说得还真没错，再过一个礼拜他们班上有个同学过生日，提前两个月就约好了。”

季柏安不信，但来了几次都没能抓到人，有的时候在药房碰见米阳，米阳好言好语地推辞：“我妈病了，我得替她值班。”

程青感冒了，这几天米阳把作业都带到药房来写，没有时间出去玩。

这种事没有骗人的，季柏安坐在那儿跟他搭话：“你一直都这么忙？”

米阳笑着点点头：“差不多吧。”

季柏安又问：“你好像不常带手机吧，我每次给你打电话你都挂断，发信息也从来不回。”

米阳莫名其妙，眨眨眼看了他一会儿，恍然道：“啊，对。”

季柏安还是不太信，拿出手机来亲自跟米阳核对了一下电话号码，问他：“这是你的吧？我哥说这是你的。”

米阳低头看了一眼，那串号码熟得不能再熟，除了尾号不一样，其余的都跟他的一样，不是白少爷的还能是谁的？

但他只能掩饰到底，认真地点头道：“对，是我的。”

季柏安笑了一声，道：“那就好，我之前还以为我哥又骗我呢。”

季少爷想带米阳出去玩，但长时间在一个地方待不住，等了一会儿就带着点遗憾起身走了。他坐在车上的时候想，没准他表哥说的是真的，米阳这个寒假真挺忙。

忙的不止米阳一个，白洛川也忙得团团转。

山海镇上的白家老宅重建工程到了最后装饰的阶段，花了一两年的时间慢慢打磨，原样搬过去远比重新建难得多，有一小半的老房子被舍弃。当初选了好木料建的那几栋小楼还留着，重新打磨保养，恢复了光彩之后别具古韵。白老看着欣喜，特意请了一个人来养花种草，连院里的池塘也打理好埋了莲子进去。

白洛川说带米阳去看四季桂，不是瞎编出来的。白老确实想要这么几棵树，带着米阳去找，想带回去讨老人欢心。

白洛川白天忙着跟米泽海去公司，有时候要跑场地，下午的时候才能抽出时间带着米阳去花市，晚上有时候还会去逛一下夜市。虽然累，但白少爷觉得挺充实的。

他年纪小，不觉得累，睡一觉就好了，米泽海这个中年人却有些疲惫。

程青感冒了几天，儿子去了药房帮忙，米泽海就在公司和医院两头跑。春节感冒的人多，有些时候只有一张输液椅给程青躺。米泽海几天没休息好，公司的事又要赶进度，就只能晚上抽时间看图纸和文件。熬得久了他白天难免犯困，恍惚一下就不小心在还未完全装修好的一家商场摔了一跤，要不是旁边的白洛川眼明手快地护着他，他怕是要滚下两层楼梯摔破脑袋。

米泽海毫发无损，白洛川却受了些轻伤。

他人没什么事，就是腿磕伤了，需要静养。

米泽海对此自责得很，白洛川倒觉得是应该的。他护着米阳的家人再正常不过，尤其是十几年来看着他长大的长辈。

米阳停下药房的事去照顾白少爷，煲汤熬粥，做一些清淡爽口的小菜给他吃。白洛川在医院养得气色更好了，之前攒下来的作业也一口气都写完了，闲着无聊转着笔还和米阳互相出题测试。白少爷出的那几道题里，还真押中了一道高考大题。米阳看着他自己出题自己解答，觉得他自傲也是有本钱的。

不过做题只是借口，米阳每天都能来陪着他，白洛川觉得挺不错的。

他腿上的伤不重，但有段时间不能下地走路，只能在医院里做一个闲人。

米泽海心里有愧，白洛川提了一句想要米阳来看看他，米泽海立刻就答应了，还每天都煲了骨头汤让米阳送来。

米阳搬了一把椅子坐在他的病床旁边，叠了许多千纸鹤放到一旁的瓶子里。

白洛川不乐意地道："你又帮米雪做她们学校里的小手工了？"

米阳笑道："没有啊，小雪都上小学了，不做这些手工了，这是给你的。"

白少爷心情愉悦地道："我要一个粉色的，就你手边那个带樱花图案的……不是那个白的，是那个带金边的，好看。"

米阳按他选的拿了纸，给他叠了很多放在玻璃瓶里。

白少爷也不觉得烦了，美滋滋地在那儿数着。大概是私有物品更能带来满足感，他把千纸鹤数得清清楚楚。他还留意到米阳在叠之前都会提笔飞快地写一些字，好奇地道："你在那儿写什么呢？"

米阳道："祝福的话呗，希望你快点儿好起来。"

白洛川挺高兴的，对他道："都是些外伤，很快就能好了。"

米阳："嗯，好之前我都照顾你。"

白洛川纠正他："好了之后也要照顾我。"

米阳被白洛川逗得笑起来，低头写完又把纸叠成纸鹤，手指灵活，引得白洛川一直看着他。他叠好之后，白洛川就把那只纸鹤拿过来，捏在手里把玩。白洛川也试着叠了一下，但叠得并不好，这种小东西太精巧，又考验耐性，他做不来。看了一会儿，他问道："你怎么能做得这么好？练了很久吗？"

米阳道："没啊，今天刚跟小雪学的。"

白洛川弹了弹那只小纸鹤，道："她们小学生又流行玩这个了？课余活动还真是丰富多彩啊！"

米阳看着他笑，弯着眼睛没回他。

白洛川："可惜没能带你去跨年。"

米阳道："等下次吧，以后时间还多。"

白洛川坐在病床上想了一会儿，皱着眉头道："我再想想办法。"

宁宁的生日是在临近过年的时候，她家就在沪市，她在学校人缘也很好，叫了很多同学来聚会，热热闹闹地过了十七岁的生日。

少女像是含苞待放的花骨朵，娇嫩可爱。即使偶尔任性撒娇，也娇憨可爱。

宁宁在学校里算是挺出名的小美女，男生暗地里说她是校花，这次生日聚会，就来了一个特别亮眼的学音乐的艺术生男孩，不仅会弹钢琴，穿着打扮也挺出众。尤其是私下聚会的时候，他明显和其他男生不太一样，家境优渥。

骆江璟的公司开年会，包了一家酒店，因为知道米阳一家不急着回去，带着犒劳老员工的心思多安排了几天酒店，让他们也留下一起过节。米阳今天原本打算简单地聚完餐后就赶过去，现在看来要去得晚一些了。

他的短信刚发过去，白洛川就打来电话。

白洛川不满地道："怎么这么久？"

米阳站在走廊外面道："实在走不开。"

白洛川那边沉默一会儿，不耐烦地道："地址给我。"

米阳："很快就结束了，我一会儿提前走。你就别来了，腿伤还没养好……"

白洛川坚持要地址，米阳就报了一遍给他听，那边说了一声"知道了"，很快就挂断电话。

白洛川推开门进来的时候，周围的同学都愣了一下，紧跟着欢呼起来。白洛川是学校里的名人，尤其和他们(二)班的人感情好，不少人直接喊他："班长，你来啦？"完全不管自家班长苦着一张脸想讨回自己在（二）班的名分。

米阳也在看白洛川，他觉得挺高兴的，一瞧见这个人进来就忍不住想笑。

白洛川跟大家打了招呼，送了一个花花绿绿的纸盒给宁宁，简单地送过祝福后就拉起米阳走出门。

到了大门口，白洛川打电话叫司机把车开过来。这么一会儿的工夫，他们听见后面有人在喊。

宁宁和身边的几个女生低声说了一句话，跟她们摆摆手自己跑了过来。她穿着绒毛边的短款羽绒服，背着红色的小背包，跑来的时候很活泼地跳了两下。门口招牌的灯光打在她年轻美丽的脸上，能看到她化了精致的淡妆，嘴唇也是粉粉的。

宁宁看看白洛川，又歪头看看旁边的米阳，忽然“扑哧”一声笑道：“白班长，能不能把米阳借我一会儿呀？就一小会儿，我想单独跟他说句话。”

白洛川没让开：“你想说什么，在这儿说就行了。”

宁宁摇头道：“那可不行，我要和我们团支书说一点儿小秘密。”她看着米阳，双手合十眨着眼睛道，“拜托啦，米阳，跟我来一下，我就说一句话。”

米阳也转头看向白洛川，像是在等家长点头同意。

白洛川皱了一下眉，虽然不乐意，但还是点头答应了。

宁宁先往一旁的树下走去，那边有一小片阴影。米阳抬脚想要跟上，白洛川小声道：“离远点跟她说话，听见没有？”

米阳点点头，走了过去。

白洛川看着他们，眼睛一眨不眨，神情阴郁。

树下，那一小片黑暗给了女孩一些勇气。

宁宁抬头看着米阳，吐了一下舌头，笑着说：“今天我收到了特别多的惊喜，你和大家一起送我的那部手机我也很喜欢，你有没有额外的惊喜给我呢？”

女孩小心翼翼地暗示，但米阳站在那里脊背挺直，神情也是认真的。如果白洛川在，他一眼就能看出米阳的眼神有点儿飘，努力思索是因为没听懂对方说的话。

米阳站在那儿没动，不吭声。

宁宁等了一小会儿，假装叹了口气道：“算啦，你不单独给我礼物，那我送一份给你好了。”她从背包里拿了一个巴掌大的粉色信封出来，红着脸交到米阳的手上，低着头没敢看他，“那个……我第一次写，可能不大好。希望团支书给我一个机会，以后也能继续给你写……”

女孩太害羞了，低声说完就跑了。

米阳低头看了一眼那个封信，上面写了他的名字，还加了“亲启”两个字。

白洛川一直注意他们这边，天色很暗，他看不清那边的动作，也听不到他们小声说了什么。他心里烦躁，看到宁宁先跑了，这才大步走过去。

米阳站在那儿，双手插在外套兜里，看他过来又笑了一下。

白洛川把他拽到自己身边，皱眉道：“笑什么？”

米阳道：“看到你，高兴。”

白洛川嗤笑道：“看到我有什么高兴的？我看你是跟校花说话才高兴的吧。”

米阳摇摇头，道：“没有，是看到白少爷高兴。”

白洛川被他哄得脸色好了一些，拉着他去了车上。

第十四章
提前高考

米阳在车上很安静，端坐在那儿和平时没什么区别。只是他特别乖顺，白洛川让他靠着自己的肩膀休息，他当真就歪头靠过来，还闭上了眼睛，二十多分钟的路程都在休息。

他们回来得晚，直接坐电梯去了楼上的房间，没有再去跟家里的大人打招呼。米阳自己站了一会儿，偷懒把力气卸到白洛川的那边，倚靠着他。

白洛川的眉头还没松开，等刷开房门带着人进去了，又凑近闻了闻，疑惑地道："我从刚才起就觉得奇怪，你身上也太香了吧。"

米阳眨眨眼："啊？"

白洛川仔细看了看，又闻了闻，他的鼻子灵，很快就找到了香味的来源。他伸手在米阳身上摸索了一阵，在外套口袋里找到了那封粉色的情书，带着淡淡的香水的甜味，一看就是女孩给的。

白洛川捏着那封信问他："这封情书是怎么回事？"

米阳伸手要去拿："啊，那是给我的。"

白洛川举高了不给他，绷着脸不说话。

米阳攀着他的肩膀也够不到信封，又怕他不管不顾地打开看，干脆坦白道："我没打算要，也没想看，要还回去的，你别动。"

白洛川道："没看过？"

米阳摇头："真没看，碰都没碰。打开之后再还回去，多伤人家的心啊……我妈说，不能让女孩伤心。"

"明天就去还了，我陪你一起去。"白洛川恼怒道，"你明明答应过我不收情书也不早恋的！"

米阳第二天醒来，一睁眼就看到房间里等在一旁的白洛川。

白少爷也在看他，皱着眉头欲言又止，看了他好一会儿才道："你还记得吧？"

米阳点点头："去了同学的生日聚会。"

白洛川干巴巴地道："之后的事呢，还记得多少？"

米阳笑道："要去还信，不早恋，好好学习，我都记得啊！"

白洛川的脸色这才好看一点。

米阳洗漱好后换了一身衣服出去。他的行李箱还在爸妈那边。不过白少爷带的衣服多，他就借了一套出门去吃早餐。

米阳捧着一杯热牛奶小口喝着，白洛川坐在对面跟他说话。看米阳的嘴角有牛奶渍，白洛川刚递了一张纸巾过去，就见对面的米阳站起身来笑眯眯地道："骆姨早！"

骆江璟只拿了一片吐司和一杯黑咖啡，坐过来跟他们一起吃了早餐，笑道："你们也起这么早呀？米阳，昨天洛川说你和朋友出去玩了，我还以为要很晚才回来呢。"

米阳抬头看了白少爷一眼，有点儿不敢相信，他昨天晚上去接人的时候还专门去告了状。

骆江璟同他们开了两句玩笑，又叮嘱道："小乖下次早点回来，不行就让洛川陪你一起去，两个人好有个照应。"

米阳点头答应了。

她话刚说完，桌边的手机就响了，即便是节日，也有不少事需要她亲自处理，她很快就离开了。

白洛川换了位子和米阳挨着坐下，拿肩膀轻轻地撞了他一下："听见没有，我妈说的，以后不让你出去那么久才回家。”

米阳撞回去，笑道：“瞎说，骆姨明明说的是晚上不要太晚出门，要注意安全。”

白洛川又道：“晚上出门其实也可以，我陪着你去。”

米阳道：“去哪儿？”

白少爷比他记得清楚，挑眉道：“去把那封信还给你们班的女同学啊！”

米阳：“……”

要不是白少爷提，他都把这茬儿忘了。

还信要再等上几天，大过年的贸然找过去也不太好。米阳把那封信夹在书里，把书摊开放在桌上。

酒店附近有个网球场，白洛川之前和周通他们约好了一起过去打球。米阳初中起就和白洛川一起选了网球练习，几年下来打得挺不错。正好米雪上小学要选一门运动课，小姑娘什么都要比着哥哥的来，首选运动项目就是网球。这次她也跟着去了网球场，打算提前练习一下。

米阳去要了小孩用的球拍和网球过来，自己也换了小球拍跟小姑娘一起练习，非常有耐心。

白洛川的腿还没好全，可他坚持要来，就坐在一边负责口头指导：“手臂再抬起来一点儿，用手肘和手腕发力。早上不是吃了挺多吗？怎么跟没劲儿一样？”

小姑娘特别不服气，气鼓鼓地道：“我要我哥哥教，不要你教。”

白洛川得意地道：“你哥哥都是我教出来的，不信你问他。”

小姑娘抬头看着自己的哥哥，小脸都鼓了起来。米阳被她逗得不行，戳了她的小包子脸一下，道：“白哥哥打得也好，他的姿势比我规范，咱们都听他的。”

小姑娘这才悻悻地道：“行吧。”

白洛川负责指点，米阳就手把手教她怎么挥拍。下场之前他特意带着小姑娘做了准备活动，特别细心。白洛川在旁边看着，心里带着老父亲一般的自豪，觉得米阳穿一身运动服无论站在哪儿都是全场最亮眼的崽。

白洛川的视线黏在米阳身上，光是看见这个人就会笑起来。

米雪打中了一个球,欢呼了一声,转头对白教练道:“白哥哥,你看到没有?我打中啦!”

白洛川看着那边的人,笑道:“看到了,很漂亮。”

周通他们几个还带了女生过来,要打男女混合赛。米阳没去,摇摇头指着身边的小姑娘笑道:“你们去玩吧,我带带我妹妹。”

于是周通他们打了两局,周通擦着汗连连摆手:“我不行了,太累了,你们接着来。”说完他就跑去和白洛川说话了。白洛川有一搭没一搭地跟他闲聊,视线还落在米阳那边,目不转睛。

周通也看过去,笑道:“我们团支书打得不错呀。初中那会儿我记得是你一直教他呢,现在他都能给小孩当教练了。”

白洛川道:“还行,他学得快。”

周通又问他:“白哥,你过段时间还去京城吗?”

白洛川回答得很认真:“我得学习,忙。”

周通眨着眼睛道:“不是吧,白哥,你都全校第一了还想怎么学啊?真要当学霸啊?就你这成绩,沪市学校随便选,就算是明年考京城的大学也没什么问题,怎么还学啊?”

白洛川想了一下,道:“不是明年,我想今年考试。”

周通明白过来:“提前高考?”

白洛川道:“对,懒得再等一年了,想提前试试。”

周通没有吭声了,春季提前批高考是在高二下学期,课程虽然都学完了,但比其他人少了一年的复习和模拟考时间。尤其是这位一看就志向高远,学校也就挑着拔尖的那一两所来,这么分析下来他真要抓紧这半年的时间努力学习了。

周通叹了一口气,不再提出去玩的事了。过了一会儿,他又忍不住笑着问:“那你跟我们团支书商量了吗?你走了他怎么办啊?你们俩感情这么好,跟冷不丁突然扔下人家似的,不太合适吧。”

白洛川笑出声道:“我回头跟他商量。”

周通问:“一起提前考试?”

白洛川道:“我听听他的意思吧,不为难他。”

两个人正聊着，那边的米阳也跟人攀谈起来。

米阳带着妹妹打球，教得认真，姿势也漂亮，一旁来打球的人凑过来递了名片，并询问他课时费多少。米阳愣了一下才反应过来，连忙摆手笑道："不不，我不是这儿的教练，我也是来打球的。"

那个男人低头看看他身边特别依赖他的小姑娘，错愕地道："那这是？"

米阳道："这是我妹妹。"

这次轮到对方不好意思了，不过他还是问了一句："真的不带其他学生吗？我家的小丫头也这么大，只周末两天教几个小时就够了，费用好说。"

米阳摇头推拒了，对方大概是看米阳脾气温和，又站在那儿跟他说了两句话。

有人从米阳身后走过来，把手臂搭在他的肩上，笑嘻嘻地道："哎，米阳，这叔叔是谁呀？"

声音太熟悉了，不是季柏安又是谁？米阳回头一看，那边的白少爷也坐不住了，正被周通扶着往这边走，脸够黑的。米阳把季柏安推开一点儿，笑道："也是来这儿打球的，刚才误会了，他以为我是教练，想找我给他家女儿上课。"

那个男人看到米阳的朋友来了，大方地笑笑，给了米阳一张名片就走了。

季柏安拿过名片看了一眼，道："哟，还是个搞房地产的老总。"

他刚要把名片还给米阳，就被从后面走过来的白洛川抽走了。白洛川看了一眼名片，问了同样的问题："那人是谁？"

米阳又跟白洛川说了一遍，白洛川回道："别理他，谁知道干什么的。"

季柏安也在一旁敲边鼓："就是，你要带人也先带带我呗。我排队报名，费用肯定比他给得高！"

白洛川不爽地道："他不缺钱。"

季柏安拿球拍在手上翻了个花，挑眉笑道："那我就请吃饭，看在这么多年感情的分儿上你带我两天。对了，晚上一起去吃日料怎么样？有一家店的海胆味道不错，特别新鲜。"

他脸皮厚，几句话就说到吃饭上去。跟米阳说了不算，他还低头去问人家小姑娘要吃什么饭后甜点，简直跟已经跟他们约好了一起吃一样。

米雪抬头看着哥哥，牵着哥哥的手等着哥哥说话。

米阳摇摇头，客气地道：“不用了，这几天我们跟爸妈一起，要跟长辈一块吃饭。”

季柏安的嘴角耷拉下来，问他：“过几天我就要走了，你抽一天时间当给我送行呗。”

白洛川道：“等几天我们请你吃日料，店由你选。”

季柏安这才高兴起来，拽着米阳要跟他打一场，一边活动手脚一边道：“我在国外都是自己玩，学的野路子，一会儿你可别笑话我啊！”

米阳接过球，笑道：“不会。”

白洛川坐回去看他们打球，刚才那张名片他已经顺手团起来揣进自己的口袋里，打算一会儿就扔了。

周通看他神情严肃，也有些紧张起来：“这人打球很厉害吗？我们团支书不会输吧？”

白洛川皱眉道：“应该不会输吧。”

从打球能看出一个人的性格，季柏安出球刁钻，力道也重，出手干脆利落；米阳接得稳，扣球的时候出人意料下手非常重，一击即中，毫不拖泥带水。两人从一开始就你来我往，打得非常激烈。米雪坐在一旁给哥哥加油，手都拍红了。

两个人打了个平局，到了赛点才收手。

季柏安打得非常痛快，跟米阳一起走过来。周通递了水过去，他接过来一口气喝了半瓶，甩甩汗湿的头发笑道：“真带劲儿。哥，要不是你腿伤了，我都想跟你比一场。”

米阳喝了白洛川递过来的矿泉水，接过毛巾擦了汗，就听到白洛川笑出声道：“回头我跟你打一场，保管你输得心服口服。”

米阳听了忍不住笑，白洛川真是一张嘴说话就占人便宜，半点都不吃亏。

季柏安从小听习惯了，根本就没在意，恍然道：“也对，你打球是我哥教的吧？好像上回短信上是这么说的。那我肯定会输，没劲儿，不打了。”

白洛川忽然咳了一声，跟突然呛着了一样。

米阳看他一眼，白少爷连眼神都没敢跟他对上，躲开了一些。

季柏安没瞧出来，还在那儿跟米阳说话："你的电话老没信号，我也懒得打了。我听他们说现在都用企鹅号联系了，昨儿我也申请了一个。你加我一个好友呗？以后可以上网聊天。"他说着就掏出手机来要加好友，也是说风就是雨的急性子。米阳沉吟了一下，说记不清号码了。旁边的周通听见这是白洛川的表弟，掏出自己的手机道："我这儿有米阳的号码呢。来，就是这个，加上吧！"

米阳："……"

季柏安加了米阳后，还特意备注了自己的名字。米阳就在一旁看着，这次不好再拒绝了。

季柏安笑道："那回头我在网上跟你联系啊，以后跟你做网友。"

米阳心想：我可一点儿都不想跟你上网冲浪。

打了一下午球，四点多的时候米阳他们准备提前回去了。周通等人问他们要不要一起出去玩，米阳就笑着看白洛川。白少爷立刻严词拒绝："我们要回去学习，你们也别老玩，回头开学考试成绩不好小心老戴又一边背《出师表》一边哭。"

周通脑补了一下老戴捶胸顿足的样子，嘴角抽搐了一下，道："放心吧，头可断血可流，模拟考成绩绝对不敢丢。"

从体育馆回去的路上，小姑娘打球累了跟哥哥撒娇。米阳就笑笑，蹲下身去把她背起来。

白洛川习惯性地道："我来。"

米阳看了他的腿一眼，笑着摇头："算了吧，你把腿快点儿养好就算帮了我大忙了。那天我妈还问起，我照顾了你这么久，也该出点儿成绩了。"

白洛川也笑了，跟着他走。体育馆离酒店很近，他们走得慢，边说话边走。白洛川扭头看了一眼趴在米阳肩上的小姑娘，抬手给她扣上帽子。他离米阳近，凑在米阳耳边小声道："睡着了。"

米阳"嗯"了一声，也放低了声音："一会儿送去我妈那边，她醒来见不到大人会哭。"

白洛川笑道："我还以为是个小辣椒，没想到是一个小哭包。"

回到酒店，米阳先把小姑娘送了过去，回了房间后又要出去："我去一下我妈那里……”

白洛川立刻抓着他的手道：“对不起！”

米阳刚从那边回来，又要过去，怎么想都不对劲。白洛川的第一反应就是跟米阳道歉，他心里发慌，觉得不道歉米阳就要走了。

米阳道：“松开。”

白洛川不肯。

米阳叹了一口气：“你总得让我坐下来才能跟你慢慢说吧。”

白洛川这才松手，还是有点儿心虚地开口道：“季柏安问我要你的电话来着，我没给。”见米阳还盯着他看，他干脆破罐子破摔道，“其实我给了，就是……给了我的……他不好好学习，整天想着玩，这是给他的一个教训。”他说到这里忽然又觉得有理了，挺直了腰背振振有词道，“我小姨也说了，要让我平时督促他。我是他哥，我管他不应该吗？”总之他就是一副“我没错”的样子。

米阳都气乐了，道：“你可真行，你说的这些有理，唯一的错是没先问问当事人。”

白洛川道：“你想给吗？”

米阳想了一会儿，摇头道：“不是很想，你看着办吧，都交给你处理。但以后这种事你得先跟我商量，知道吗？”

“好。”白洛川也笑了一下，得了这句话后放心不少。

米阳拿了东西回来的时候，白洛川正坐在小客厅看资料，茶几上摊开了几份学校资料和申请表。他瞧见米阳进来，拍拍旁边的位子对米阳道：“回来了？来，坐这儿一起看。”

米阳有些好奇：“现在就看学校志愿了？”

白洛川应了一声，他们都参加过许多竞赛，尤其是白洛川，竞赛金牌没少拿。高二刚开学的时候他就被一些名校锁定了，提前抢夺优质生源的事也是常有的。米阳一直觉得白洛川对此不是很着急，见他还抽时间去家里的公司帮忙，还以为他高三毕业后会考虑一下留在沪市。但现在他拿在手里的毫无例外全是京城学校的资料。

米阳瞧见一个考古修复相关的专业，翻看了一下，他对这个专业一直很感兴趣。

白洛川瞧见后笑道：“京师大学的考古文博院很不错，最有名的是章教授。我找人问过了，他从明年起就不带本科生了，今年是最后一年。”

米阳愣了一下，白洛川得意地道：“小乖，我们提前考试吧？一起提前上大学，你喜欢读书，我们就去最好的学校、找最好的老师。”

米阳抬头看他，白洛川又笑道：“我可能不跟你读同一个系，不过没事，我们可以在外面住。对不起啊小乖，之前我吹牛了，我可能买不起大房子，我先买一个小的好不好？就我们两个人住，给你留一间当工作室，给我留一间当书房？”

米阳笑着点头：“好。”

在酒店住了几天后，米阳一家先回去了，骆江璟多留了两天。据说白政委要回来一趟，她一年到头也难得和丈夫团聚，就多等了两天。

回家的路上，米泽海瞧见百货商场开着，就带女儿去买了玩具。这是他和米雪约好的，小姑娘表现乖巧的话就可以获得奖励——一个洋娃娃。米泽海现在赚钱多了，自然舍得给女儿花钱。

程青瞧着他们爷儿俩，笑了一声后摇头道：“真是，小雪已经买了好多，还要，全是你爸宠出来的。阳阳，你有什么想要的没有？妈妈给你买。”她这话说得十分自然，完全不觉得自己偏爱大儿子。

米阳想了一下，道：“妈，一会儿会路过书店吧？我想去买点儿参考书。”

程青嗔道：“又看书，买点别的吧，还有一年多才高考呢。我看你老学习，都学傻了，周末两天回家也学到半夜，哪有你这样的孩子呀。”

米阳坐在那儿跟她聊天，笑道：“我这两天跟白洛川一起商量了一下，想提前参加高考。妈你觉得我行吗？”

程青刚有点儿惊讶，但米阳问得太有技巧了，当妈的哪会觉得儿子不好？她立刻点头道：“当然行了！就是……阳阳你想好了吗？妈妈不懂这些，要不你再和你们老师商量一下？”

米阳道：“嗯，是要跟老师说，我也有自己的打算。”

他把这两天关于春季考场和选报学校的事情轻声说给程青听，声音低缓，不徐不疾，多了这个年纪少有的沉稳，让人忍不住点头赞同。程青只知道儿子学习成绩好，人也优秀，想了一下就同意了：“行，反正妈妈只念了高中，你爸还是后来在部队里考上的军校。我们当年高考都没成功，你已经超过妈妈啦，也有自己的想法，就看着办吧，我都支持你。”

她抬头，瞧着眼前这个出落成大小伙子模样的男孩，伸手摸了摸他的脸颊，又笑道：“阳阳，你别有压力，就当提前去参加高考积累一下经验，不成还有来年呢，不怕啊！”

米阳侧过脸在她的手心里蹭了一下，笑道：“哎。”

他们两个人正在车里聊着，米泽海抱着米雪回来了，手上提了满满一袋子东西，瞧着可不像只买了一个洋娃娃。

程青张口道：“米泽海，你又乱买东西……”

话还没说完，她就被小姑娘扑过来抱着脖子软软地叫了一声“妈妈”，再大的怒火也浇灭了。

米泽海坐在前排开车，笑呵呵地道：“小雪说不要洋娃娃了，钱拿出来给咱们一家买零食吃。咱们今年在外面过年，家里什么都没准备呢！”

米雪剥开一颗大白兔奶糖喂到程青嘴里，撒娇道：“妈妈吃呀！买了妈妈最爱吃的奶糖！”

程青捏捏她的小脸道：“明明是你最爱吃的奶糖。”

小姑娘吐了吐舌头，转头又喂了米阳一颗：“哥哥也吃，特别甜！”

米阳咬到嘴里，果然是熟悉的味道，奶香味十足，嚼劲也够，咬着吃更甜。

程青坐在车里跟米泽海说起米阳要提前高考的事，米泽海一边开车一边听着。

家里孩子的事米泽海说不上话，就跟程青说的一样，米泽海也是工作以后上军校的。军校和地方院校不一样，他原本抱了一点儿心思想让米阳考军校，替自己完成军营梦。但后来瞧着儿子找到了自己的爱好，就没说什么了。

米阳想提前参加高考，米泽海帮不上忙，就只能从其他方面关心：“行，学校的事你和你们老师商量着办，你已经是大孩子了，爸妈就在生活上支持你。这段时间要是学校不方便你就先回家住，我接送你。”

米阳道：“不用，我在学校住的是两人间，白洛川也打算提前参加高考，我们俩正好一起复习。”

米泽海点头道：“那也行，有什么要求尽管跟家里提，咱们一家全力配合。”他说完后过了一会儿，还是叹了口气，半开玩笑道，“我之前还想着你能考军校，替老爸穿回那身军装呢！”

米阳还没回话，旁边的程青不乐意了：“你呀，先过好你自己的吧。儿子是我生的，我都不要求他什么，你也不许多说话，让他过自己的去！”

米泽海怕老婆，小声哼哼道：“我就随口这么一说……”

程青表示不满：“随口一说也不行，阳阳的压力已经很大了，你还在这儿给他制造压力！”

米泽海连声投降：“好好好，我的错。我不是那个意思，我以后不说啦。”

米阳坐在后面听得笑起来，他能听出父母拌嘴式的爱意，不止是对他，也是对彼此。米雪年纪小，还听不出来，一边吃着糖，一边转动眼珠子看看爸爸又看看妈妈。看到爸爸比较吃亏，她就凑过去安慰道：“爸爸没事的，等我长大了，我去考军校！”

米泽海感动得够呛，眼泪都快下来了：“宝宝真好，爸爸太高兴了！”

程青故意道：“小雪，妈妈也有一个没完成的画家梦，谁替妈妈去画画呀？”

米泽海连声道：“你让阳阳辅修一个就成了。小雪啊，咱们先坚持三年……不，一年的军校梦，好不好？”

小姑娘笑着点头：“好呀！”

下午，全家人陪着米阳在书店逛了好久，买了不少书和模拟卷子。

晚上到家后，大家围坐在一起吃了火锅。火锅做起来简单吃着热闹，过年吃火锅特别合适。

米阳喜欢吃火锅里的丸子，丸子是程青提前做好冻在冰箱里的，鸡肉做的，很弹牙，在火锅红汤里翻滚了很久，滋味很足。

饭后，米泽海去洗碗，米阳收拾了一下就去扔垃圾。他扔掉垃圾以后刚走两步，就有一颗小石子轻轻地打在肩上，他一回头就看到了白洛川。

白少爷穿得单薄，站在那儿冲他笑道：“小乖。”

米阳有点儿惊讶，走过去问：“你怎么来了？今天不是白叔叔回来吗……

又偷跑了？”

白洛川的视线落在他的身上，道：“过来看看你们。”

米阳笑道：“也就半天没见。行吧，你来得正好，我下午去书店买了一些参考书，还想给你送去，你就自己背回去呗。”

小区楼道黑，一楼的灯坏了一直没修理，白洛川一边走一边道：“好。”

米阳出去一趟，带回一个人来。

程青瞧见白洛川的时候都笑了：“哟，怎么现在就追来了？”

米阳也歪头看着白洛川笑，白洛川倒是站在那儿显得落落大方：“我想起一道作业题，来跟小乖商量一下。”

这个理由挺好用的，程青立刻就让他们去房间里看书。她去厨房切了水果，又拿了点心给他们送去。两个人坐在书桌旁边认真地商量题目，白洛川还站起来接过她手里的果盘道：“程姨不用忙了，我吃饱了来的。”

程青笑道：“给你们补充点营养，这个年纪哪有饱的时候呀！”她又叮嘱白洛川，“就当这里是自己家，我去给你拿床被子过来，晚上就住这里吧。”

白洛川笑道：“好，麻烦程姨了。”

程青关门出去，听着动静是去拿新收到的那两床被子了，要翻上一会儿。

白洛川坐在米阳旁边埋头做题，没一会儿就做好了。

米阳抬头睁大眼睛看着他：“你怎么写得这么快啊？”

白少爷回得坦荡：“我已经很克制了，你要不要让我放开了试试？还有没有？再来本练习册。”

米阳心生敬畏，推了两本参考书给他，让他继续做题。

程青又来给他们送了两杯牛奶，趁着他们休息的时候笑道：“那边商铺的房子已经在装修了，再等半年就好啦。下回洛川来家里可以睡客房，也很宽敞呢！”

白洛川道：“嗯，谢谢程姨。”

程青笑道：“这有什么好谢的，你跟姨还客气什么呀！”

程青跟他们说了两句话就去休息了，她白天还要去药房忙，事情挺多，一般九点多就睡了。

白洛川听着外面安静下来，把笔搁在桌上，合上练习册道："我困了。"

米阳压根儿就不信他，看了一眼旁边的小闹钟，逗他道："这才九点二十分呢，你平时不是这个时候最精神吗？放假没见你这么早睡过。"

白洛川挑眉道："按学校的作息该下晚自习了，正好洗漱休息。"

他坚持称困了要睡觉，米阳就借了一套自己的睡衣给他，让他去洗了澡换上，自己又做了两道题才去洗漱。

第二天一早，白洛川穿戴整齐、收拾利落，吃完早点从米阳家出来的时候天色还早，但司机已经在楼下等着了。

车上放着一身熨烫好的衣服，瞧着是要去重要场合穿的。米阳怀疑他又逃了要紧的活动出来找自己，刚问两句就被白少爷滴水不漏地躲了过去："没什么要紧的，就是我爸回来了，正好要去拜访几位长辈。"

白洛川坐上车后降下车窗，临走还不忘提醒他："小乖，你别忘了明天给我买早点。"

米阳弯腰看着车里的人，笑道："那你也表现好一点儿，别再跑出来，骆姨要担心了。"

白洛川笑道："明天早上吃什么？"

米阳道："表现好再告诉你。"

白少爷点头应下，司机开车走了。

白洛川这两天一直很忙，只在空闲的时候给米阳发短信说宴会无聊，还说他爸回来之后管得严。白家父子关系还不错，但这些年见面少，两个人在性格上有了很大的差异。白政委不怎么会跟这个年纪的少年沟通，所以父子俩偶尔顶上两句，一个严厉，一个不服，说不了两句话就都摆着一张臭脸谁也不肯先低头。

米阳回想了一下，他也只见过白洛川他爸几次，印象并不深刻。他只记得这个人刚正不阿，特别严厉。白洛川跟骆江璟关系更好，也跟白老爷子感情很深，就是对父亲的情感并不深厚。大概是因为白政委没有参与到他的成长中来，缺席了太多年，再回来总会生疏一些。

白少爷的短信又发了过来，这次就一行字：事情太多，今天也不能过去了。

我先把下次的早点寄存在你那里，记得给我利息啊！

紧跟着他发来一个计算利率的公式，米阳扫了一眼，这哪是算利息啊，简直就是高利贷。

第十五章
骑马

初五的时候，米阳跟程青一起回了山海镇。

这次米泽海没有跟着，他还要工作。米雪小丫头也报了兴趣班，这段时间要去少年宫学习，就只有程青和米阳母子俩回去一趟看望老人。

程青很久没回山海镇了，这次刚到就看出山海镇变了模样。

镇上这一两年开始修建旅游景点，房屋拆迁基本完成，原来的住户都搬到了靠近市区的集体楼房里。那里前面是别墅和洋房，后面是高层建筑，路面也加宽了，去市里方便了不少。

程青没想到会修得这么好，一路上看得特别欢喜。米阳跟她开玩笑道："妈，姥姥家也搬走了，您猜猜咱家现在住哪儿？"

程青笑道："这你可难不住我，你姥姥生怕我找不到路，特意画了一张路线图呢。而且呀，咱们家院子里那棵老榆树还在，那么高呢，打眼一看就知道在哪儿啦。"

程老太太搬家的时候特意带上了那棵老树，春天结榆钱儿的时候一嘟噜一嘟噜地绿，特别招人喜欢。老人有时候胃口不好就爱吃个新鲜，摘下一些掺面粉蒸上，加点榨菜末、酱油、醋和芝麻拌一下，正合口味。程青对那棵老树也有感情，一边走一边跟米阳说："我出生那年，正赶上饥荒，哎哟，听说别的地方连树皮都吃了，咱家还好，尤其是家里还有棵榆钱树，多少能有口吃的。这树也特别争气，那年春天结了好些榆钱儿呀，救活了好几家人呢！"

米阳问她："那时候也是掺着面粉蒸着吃吗？"

程青笑道："想什么呢？家里能掺点玉米面、地瓜面的就不错了，而且不光榆钱，树叶也得混一点儿，饿不死就成。你没发现你爸现在都不肯吃地瓜吗？他是小时候吃怕了，呵呵！"

米阳也笑了，抬眼向前看，瞧见靠前的一栋小别墅院子里伸展出一棵高大挺拔的树，冬天叶子都落光了，只剩下光秃秃的枝丫。他还在辨别的时候，一旁的程青已经确认："到了，就是这家！"

米阳有点儿惊讶："这样您都能认出来？"

程青笑道："自己家，有什么认不出来的呀？那棵树我从小爬到大，认它比认你还准呢！"

两人上前走了几步，果然是程老太太家。

开门的是老三程如，她家就在山海镇上，来看老太太的次数也是最多的，过年的时候更是勤快地来送年货。今天一早她就接到程青的电话，特意来等着大姐。两姐妹挺长时间没见面了，特别亲热。程如接过大姐手里的包，连平日里最喜欢的外甥都不要了，一个劲儿地跟姐姐说话，那劲头像是回到了小姑娘的时候，跟自己姐姐有说不完的话。

"前两天就把房间给你们收拾好了，咱妈偏心得厉害，给你们都留了房间，阳阳也有单独的一间，唯独没给我留！我气得呀，就把隔壁那栋买了下来。我就要天天来问问老太太，凭什么这么偏心呀！都是姑娘，怎么我在镇上就没我的份儿啦？"程如跟姐姐告状，但眼角眉梢藏不住笑意，"姐，你要不要来这里买一套？这里房子可便宜啦，给阳阳留一套也划算。楼房一套三万不到，别墅也就十七万吧。"

程青惊讶道："这么便宜呀？"

程如快人快语，边走边跟大姐说房子的事："也就你觉得便宜，在咱们这儿还算贵的呢！好些人家都不要，市里年初的时候不是分了房嘛，还有人等着单位分房，想去市里住呢。"

米阳回想了一下以后的房价，其实市郊房价也不低。他当时的房子就买在新城区，一平方米也要一万五六，现在一套竟然才十来万，真是十几年前才有的价格了。

程如说完这个，又笑道："瞧我这记性，差点儿忘了阳阳他爷爷那边还买了一套楼房。"

这事儿程青都不知道，听见了忙问："我公公也买了？"

程如道："可不是，我是前几天听人说起来的。不过说来奇怪，他买了之后不去住，还是住在护林员那边的小木屋里。"

程青叹了口气道："是，他这两年越发孤僻了。上回中秋的时候米泽海过去陪他过节，提了一句接他来住，就被赶出来了。老人其实也不容易，他心里苦，随他去吧，怎么活着舒坦怎么来。"

米鸿买了一套房子，自己又不肯住，显然是要留给儿孙的。

光是这么想，米阳心里就有点儿不是滋味。

他想到的，程青自然也想得到。程青在家里略微歇了歇脚，立刻要去探望。

程老太太打从大女儿进门开始就一直看不够似的，见程青要走，便下意识地要跟过去。老三程如在一旁嗔道："妈，我姐回婆家，您跟着去干吗呀？！"

程老太太闹了个大红脸："哟，忘了，就想顺便跟着去瞧瞧。我也有段时间没去探望过亲家……"

程如抓着她的手笑道："您这么想走亲家呀，那敢情好。回头去我婆家，我婆婆前几天还念叨要让你去住两天。我呢也给你打了一套八仙桌和对椅，你瞧瞧用着顺手不，合适就一起带回来。"

程老太太被她拖住脚，只能留在家里。程如对姐姐眨眨眼，程青立刻就笑了，带着米阳一起过去了。

米鸿住在那片香樟林的小木屋里，合起来也就两间半的小房子。那半间是搭起来的一个凉亭，夏天能坐用来着乘凉，冬天用来堆煤炭和木柴，煤炭和木柴整整齐齐地码在那里。

程青给他带了不少东西，有些是从沪市带来的，有些是从家里拿的蔬菜瓜果。她敲门喊了几遍，米鸿才开了门。米鸿瞧见他们手里的东西就皱了眉头，道："我用不上这些，那一篮子菜留下，其余的都带回去吧。"

他的声音冷硬，并没有因为程青是儿媳妇就好说话半分。

米阳把那篮蔬菜留下，其余的放在外面没提进来，笑道："爷爷，我来给您拜年，过年好！"

米鸿的脸色这才略微缓和一点，冲他点头道：“进来吧，外面冷，屋里暖和点。”

小木屋里生了炉子，上面放了一把烧水的铁壶，里面的水正“咕嘟咕嘟”冒着水泡翻滚。

米鸿给他们拿了杯子，米阳就过去帮着泡了茶。他在米鸿身边的时间多一些，对米鸿的一些习惯也了解，这些事做得非常顺手。程青坐在那儿小心地跟米鸿聊天，但她问的话三句里米鸿能答上一句就不错了。老人比之前还要冷漠，唯独米阳小声询问他手艺的时候，他能多说上两句。

程青有心也想要说上两句，但她对手艺什么的不懂，没一会儿就坐在那儿变成听众了。偶尔她能插上一句话，赶紧问：“爸，家里有什么需要的吗？泽海特意让我给您带了些……”

米鸿道：“不要。”

程青把最后那个“钱”字硬生生地咬住，没敢说出来。

米鸿抬头看她一眼道：“阳阳留下陪我说会儿话，你先回去吧，大老远的来一趟不容易，去陪陪你妈。”

程青想了想，点头笑道：“哎！那让阳阳留在您这儿吃饭吧，他最近学会做菜了，做得很不错呢，您尝尝他的手艺！”

米鸿点点头。

程青没多客气，就先回去了，带来的礼品大部分只能一并提走。木屋里的老头儿说了不要，他就真的不会收这些东西。

米阳留下来陪他，问完了自己之前积累的那些问题，瞧着时间差不多了，便挽起袖子收拾了带来的菜，在小炉子上做了两三道拿手菜给老人吃。

米阳笑道：“爷爷，您等着啊，我这道菜可是程家秘传，‘传女不传男’的那种，是我偷学来的呢！等一会儿出锅了您多吃一点儿。”

他忙活了一阵，做出了两菜一汤，一道肉末茄子、一道木耳山药，还有一道冬瓜排骨汤，都是米鸿平日里喜欢吃的清淡口味的，这边菜好了，那边电饭煲里的米饭也煮好了，米阳盛好饭和老人一起坐下吃。

米鸿尝了一口，破例夸奖道：“会做菜了，挺好。”

米阳笑道：“是不是比我爸做的还好吃？小雪那天打分，我们家不算我妈，就是我得分最高了。”

米鸿的嘴角动了一下，点头道：“做得好，以后讨媳妇容易些。”

米阳坐在对面，又笑了。

老人一顿饭就说了两句话。他吃得不多，瞧着比之前更瘦了，但他作为护林员，需要经常外出，反而看着更硬朗，像是燃烧到最后一截的蜡烛，安静而沉默，稳稳当当地立在那里，履行自己的诺言。

饭后米鸿也赶米阳回去了，他这里小，没有留米阳住的地方。

米阳离开两步又悄悄绕回去偷偷看了一下，他心里不放心老人一个人住在这儿。虽然水电齐全，但米鸿一个老人孤零零的，他心里有些不忍。

隔着窗户，他看到米鸿又佝偻着身子认真擦了一遍桌子，然后摆了一个巴掌大小的相框在桌面上，跟里面的照片说话。

隔着窗户，他听不见老人说了什么，但老人的神情是认真的，眼神也柔和了不少。

米鸿从不贪图享乐，唯一贪恋的可能就是相濡以沫的那个人。

那个人不在了，他自己也没有什么想要的了。

老人每天都把自己的琐事处理得干净利落。他期待去另外一个世界，没有畏惧害怕，只有满心的期待，期待能在另外一个世界和自己守了多年的人久别重逢。

他一个人对着相框说了一会儿话，那张古板的老脸动了动，露出难得的笑容。他又抬手小心地擦了擦相框，手指落在照片上时忍不住摩挲了一阵，轻声唤了她的名字。

米阳看了一阵才安心，悄悄走了。

相比米阳一家，白家人回来的时候阵仗要大得多。

骆江璟带了一个车队回来，大大小小的东西没少带。骆江璟疼爱儿子，白洛川平日里用惯了的东西全都备了一份带来，生怕他在老宅会不适应。不过她多少顾及了丈夫的感受，比往年要收敛一些。

白敬荣刚从部队回来，冷不丁瞧见她这样宠溺儿子，眉头都皱了起来。

父子俩一早就因为这个吵了一架，即使坐在同一辆车里也彼此不说话。

骆江璟想要缓和一下气氛，轻声劝了两句，白敬荣就冷声道："他才多大？你这样做也要考虑清楚以后……"

白洛川听不下去了，反问道："你能不能别什么事都先怪我妈？我哪儿做得不好你就直说，别拿我妈撒气。"

白敬荣道："你这是跟长辈说话的语气吗？"

白洛川的脾气跟他一样，吃软不吃硬，越是这样反抗得越厉害。白洛川抬头看着他道："那你又是用什么语气跟我妈说话？是，你工作是辛苦，但我妈一个人在家就容易吗？"

白敬荣脸色难看地道："我们是在商谈对你今后的教育问题！"

白洛川笑出声道："教育？您给我开过一次家长会吗？不说初中了，小学您也没怎么管啊！还有这次回来后除了对我挑刺，您就没一句好话。如果这也算教育的话，我觉得您教育不好我。"

白敬荣拍了扶手提高音量喊他："白洛川！"

车子正好开到服务区，白洛川直接打开车门下去换到了后面的一辆路虎车上，再插上耳机，把帽子罩在头上遮住了大半张脸，倚靠在后排座椅上谁也不理了。

白敬荣闭眼沉默了一会儿，好半天才道："我带过那么多兵，就没见过这么难带的。"

骆江璟嗔道："废话，这可是你亲儿子，你还真拿他当你手下的兵训呢！洛川在同龄人中已经算是很懂事听话的了，你呀，要求太多，一回来也不夸他，什么都按你的严格要求来。别说他这个年纪的小孩要叛逆了，大学生都不肯听呀。"

白敬荣揉了一下眉心，有些疲惫地道："是我太着急了，我是怕他习惯了现在，对钱没什么概念，万一去了大学没人管，会跟那些人学一些不好的。"

骆江璟道："你都听到些什么了？"

白敬荣道："我的老师前段时间找到我这里，问我在津市有没有认识的人，他家里的孩子不争气，撞了几辆车不算，还把老师搭了进去。"

这件事骆江璟也有所耳闻，是她妹妹听来说给她听的。据说是几家的小子半夜封路飙车，被查了两次躲过去就得意忘形起来，最后出了事故，闹出大动静。毕竟是人命关天的大事，那几个人被抓进去估计难捞出来了。

当时骆江媛说的时候，担心自家季柏安以后学坏，她还笑妹妹想多了。没想到今天白敬荣又说了一遍，把这份担心放在了自家儿子身上。

骆江璟摇头道："洛川不会，你不了解他，他不是那种乱来的孩子。"

白敬荣道："我是怕万一……"

骆江璟自信地笑道："那也万一不到我儿子头上。敬荣，你对他的了解还少呢。"

白敬荣是看不惯那些风气的，他话少，或许只是警告，但白洛川傲气这点和骆江璟一模一样，两人有些不对盘。

骆江璟嗔道："儿子这脾气也不能怪我，咱爸宠得比我还厉害呢。不过洛川成绩好又懂事，难怪爸什么都想着他。咱爸你还信不过吗？在原则问题上他比你抓得还严呢！"

骆江璟抬出长辈，白敬荣只能点头道："但愿是我想多了吧。"

骆江璟道："你光跟我说可不行，等一会儿儿子回来了你也跟他说一声，你们呀，坐下好好谈谈，父子俩闹得跟仇人似的，都不能坐下来说上几句话。"她说到这里，又笑道，"不过你怎么确定洛川今年一定能考上大学呢？他心气高着呢，挑最难的学校考，我都担心他一次考不中。"

白敬荣的嘴角勾起一点儿，道："这小子骨头硬，说出的话绝对做得到。"

这一点自信和自傲倒是白家男人惯有的。

一直到了老宅，白家父子也没再见上一面。

白洛川估计是因为心烦但不愿意让骆江璟难过，故意躲开了他爸。白敬荣一直端坐着，眉头紧皱，没有找到合适的机会跟儿子交谈。

白家老宅搬到了新址，前院是宽敞的庭院和新建的房屋，之后是中院的回廊和木楼。木楼按照原样搬过来翻新了一遍，把书房单独列了出来。之前那些老旧的书籍都送去米鸿那里，现在零零散散只放了两个细口长瓶。走到后面才是白老住的地方，立了两栋高些的小楼在这里。前面修了池塘养了鱼和荷花，后院留了宽敞的空地，用竹林隔开几个区域，放了乌乐的马厩和它跨栏的几个小玩意儿。

原本还有一个戏台，白老嫌麻烦不想单放了，就拆了搭在了池塘中央。

一圈的水，中间一座红木戏台，倒也挺应景。负责翻新老宅的人心思巧妙，做了几个略高于水面的石墩权当台阶，让人可以迈到水中央的戏台那里。

庭院里栽了不少树，也移了太湖石来。戏台宽敞，足可以做凉亭，还能用来喝茶下棋。人坐在里面可以春赏桃花、夏赏荷、秋赏落叶、冬赏雪，处处都是不错的景致。

白老爷子坐在大厅里等着他们进来，瞧见宝贝孙子的时候特别高兴，招手让他过来和自己说话。

白敬荣想跟白老谈一下自己的工作，白老不乐意听，对他道："你老子我都退休了，还要管你这些事？别跟我说，爱跟谁说跟谁说去，我不听！"老人扭头看向孙子的时候换了一张慈爱的面孔，拍着他的胳膊道，"洛川啊，来来，上回你说的那个辩论赛怎么样啦？你和小乖谁赢了？慢慢说啊，爷爷给你们都准备了奖品，第一名多加一份，呵呵。"

白敬荣："……"

骆江璟摘下手上的小羊皮手套，轻轻用指尖戳了一下丈夫的手臂，低声笑道："我就跟你说了，咱爸宠他宠得比我还厉害呢。走吧，这儿没咱们说话的份了，我们出去瞧瞧园子。"

白洛川留下来陪着老人，他和白老感情深厚，也更愿意陪伴在老人身边。路上和白敬荣闹不愉快，他这会儿并不想再见白敬荣。

白老爷子瞧在眼里却懒得去管，这种小事，如果儿子来告状他肯定要拉偏架——哪有爷爷不向着孙子的道理？

白老爷子等了挺长时间，还真有点儿期待。

不过白敬荣比他们爷孙沉得住气，性格也更沉稳，大概已经忘了之前的不愉快，并没有再提起。

白老略感遗憾，他还摩拳擦掌地等着拉偏架呢！

白洛川坐在那儿陪老人看电视，电视上是之前录下来的雅典奥运会重播。老人爱国，奥运会上中国队一拿金牌他就高兴，他反复看了好多遍。

白洛川当时在学校没有看全，只看了几场感兴趣的，其余的大概知道比赛结果，现在跟着看也挺有兴致的。

白老爷子专门挑了乒乓球队的比赛，看得津津有味，还不时地跟白洛川解说一下，讨论哪个队员更厉害："这个女队员不错，拿了金牌！"

白洛川笑道："爷爷，这才刚开打呢，您怎么就把结果说出来了？！"

白老笑道："全国人民都知道了嘛！"

晚上的时候，白老还是替孙子出了口气。家里别的没有，就房间多，老人把儿子发配到另一栋小楼单住去了，儿媳妇无辜受到连坐，也收拾东西搬了过去。这栋小楼就他们爷孙俩，白老给白洛川准备了单独的一层，随他住着，对他相当宠爱了。

白洛川躺在床上给米阳发短信，米阳前几条回复得还挺快，后面的快二十分钟也没回一条，白少爷的眉头都皱起来。

他正发着信息，就听见楼下有响动，住在一楼的保姆阿姨起来给人开了门。紧跟着他听到低低的交谈声，声音似乎很熟悉，保姆引着人进来了。

白洛川觉得奇怪，到他爷爷这里来的客人是有一些，但熟悉到晚上来家里还被迎进来的实在少见，除非他是……白少爷眨眨眼，忽然从床上翻身下来，随手抓了一件长浴袍裹在身上就往楼下跑。刚到楼梯那儿，他就看见了熟悉的人。

米阳没让阿姨开大灯，只开了一盏木楼梯旁的小灯，冲对方笑道："没事，我知道这里的路，跟之前一样的。您回去休息吧，我自己去楼上找他就行。"

阿姨笑着答应了，自己先回去休息了。

米阳走上楼梯，摸索着向前。上楼刚走两步到了拐角处，他就瞧见了白洛川，笑道："我过来住两天，陪着白爷爷，顺便来瞧瞧上次修的书。"

白少爷挺高兴的，带米阳上去的时候碰到他的手，立刻皱眉道："怎么这么凉，你骑车过来的？应该给我打电话，我去接你。"

米阳笑道："很近啊，比以前近多了，我骑车也就五六分钟，倒是从前院走到这边花的时间更长。这边也太大了，我看前头还有门岗，晚上也有人守着？"

白洛川带着他回房间，一边走一边道："没，在那儿弄了个锅炉房。这边太大了，供暖得自己来，这不，找了几个人白天晚上倒班，等天气暖和就好了，北方还是太冷。"

白洛川的房间是一个套间，走进去先是一个小书房和客厅，之后才是卧室，卧室一侧是衣帽间和浴室。风格挺简洁的，大概是刚弄好，放的东西也不是很多，大部分是白洛川这次带来的。米阳没什么意外地在那些挂起来的衣服里找到了两件自己的，连睡衣也有一套。

白洛川得意地道："跟我的一样，我妈准备的，她还在袖口绣了你的名字。"

在衣服上绣名字是从他们小时候起他们的妈妈就有的习惯，白家和米家的两个妈妈是好朋友，两家的小孩也差不多大，每个妈妈去买衣服的时候就情不自禁地顺便再买一套一样的，给他们打扮成双胞胎的模样。时间久了，除了衣服，帽子、袜子一类的也积累了很多一样的，有一回小白少爷穿了两只左脚的鞋回家——他们的鞋都是一样的，小孩穿着没觉得哪里错了，给大家逗得够呛。

鞋都能穿错，别的就更不用说了。

慢慢地，程青和骆江璟给他们在衣领和袖口绣上名字，这才区分开。

米阳刚从外面进来，还是有些冷，怕感冒，就去冲了一个热水澡。他洗完澡穿着新睡衣出来的时候，看到白洛川坐在床上正捏着一个小枕头。他的背包就放在一旁，已经敞开了，显然白少爷就是从里面拿出了"人质"。

白洛川瞧见米阳从里面出来，晃了晃手里的小枕头，问他："感觉比之前沉了点，你换枕头芯了？"

米阳怕冷，直接钻到被子里去，缩在里面眯着眼睛道："嗯，我三姨给我留了一点儿今年新晒的棉花，弹得可软了。"他说着就要伸手去拿，白洛川捏了两下后还给他，低声问道："小乖，我问你一个问题。"

米阳道："你说吧。"

白洛川沉思了一下，问他："如果有一天，我和你的小枕头一起掉进水里，你救……"

米阳忍不住哈哈大笑："我求你住口吧！"

白洛川哼了一声，过了一会儿又问他："明天咱们去骑马吧？教骑马的师傅正好过来，顺便给乌乐换一副马掌。上个月就该换了，它老是不听话，换块新的也不疼，不知道闹个什么劲儿。"

米阳应了一声，笑着点头："像主人。"

白洛川正在戳他的小枕头玩，听见后道："嗯？"

米阳道："你小时候也不爱穿鞋，还在火车站扔过一回呢。"

白洛川："爷爷又跟你说了是不是？他怎么老提这个啊？！"

米阳道："没，我就在现场，你扔的时候我还看着呢！"

白洛川懒洋洋地道："你那时候才多大，哪记得住呀？"

米阳笑出声："记得啊，你的事我都记得。"

白洛川只当他在哄自己，没往心里去。

聊了一会儿后，白洛川回去睡了。大概是说了要去骑马，他梦到了乌乐在一望无际的大草原上撒欢驰骋，风驰电掣一般。

隔天白洛川去找米阳的时候，米阳的床铺已经空了，小枕头还规规矩矩地放在那里，主人提前出去了。

他看了一眼床头的小闹钟，八点半了，确实是米阳平时起床的时间。

他收拾完毕，这才下楼。

米阳正在楼下和白老爷子一起看电视，还是雅典奥运会转播。这次他们看的是女子乒乓球赛，战况激烈，白老正在跟米阳讲解："这个张怡宁特别厉害，拿了两块金牌，争气！"

米阳一边看一边问道："这次她又把对手打哭了？"

白老对乒乓球挺懂的，笑着摇头道："那个瓷娃娃？不行，她也就打打澳大利亚和美国队，这次只进了十六强，可惜了。"

两个人正说着，就瞧见白洛川走过来。白老抬头对他道："醒了？餐厅有早点，自己去吃点儿吧，还热着呢。"

白洛川站在沙发后面看了一眼电视，问："爷爷，您吃过了？"

白老爷子道："吃了啊！"

白洛川"哦"了一声，还是不肯走，偷偷站在那儿用手指去钩米阳的头发。他还趁着没人，拿细细软软的发丝去戳米阳的耳垂："小乖，你也吃了吗？"

米阳被他弄得痒，缩了一下脖子，只得站起来道："我陪你再去吃点吧。"

白老爷子道："我就说你刚才吃得少了，去吧，和洛川一起吃点，想吃什么再跟厨房说，让人给你们做。"

白洛川应了一声："知道了。"

米阳跟着他过去坐下，白少爷胃口大开，吃什么都很香。米阳已经吃饱了，就拿了一个橘子慢慢剥开吃，小声地跟他说话："爷爷说今天先不给乌乐换掌了，让它先玩两天，再说也不带它去特别硬的地方跑，这个旧的其实还能用。我今天早上和爷爷去看过了，旧掌没磨坏太多。"

白洛川吃了一个汤包，皱眉道："它现在不听话，都是爷爷宠出来的。"

米阳还想着早上见到黑马神气活现的样子，心也跟着偏了："没有吧，不是什么要紧的大事……"

白洛川眯着眼睛看他："你也宠它。"

他们俩正说着，就听到外面门响，紧接着白敬荣和骆江璟进来了。

他们夫妻俩昨天被白老赶到旁边的小楼去住，今天想早点过来陪着老人说说话。刚进来他们就看到儿子坐在餐厅吃东西，头发还翘起来一点，一瞧就是刚睡醒不久的样子。

白敬荣在部队习惯了注重仪表，看到他这样忍不住皱起眉头。

骆江璟倒是瞧习惯了，走过去，笑道："小乖也来了？刚起来吧，早上有没有出去逛逛？"

米阳起身问好："骆姨早，我和爷爷去看了乌乐，它比去年又大了点儿。"

骆江璟道："是，上回老宅搬迁的时候我特意找了专门的人来安置乌乐。那人也说了，平常的小马四五岁就定型了，但也有成长慢一些的，有些品种要六岁才完全定型。那个人说这有一部分是血统的关系，也跟平日的喂养有关。老爷子照顾得好，乌乐要长成大个子呢！"

米阳有点期待，小黑马的肌肉已经结实又漂亮，再大一些肯定更威风。

白老坐在那边跟儿子说话，老人不爱聊公事，白敬荣就问他家里的事。老宅里的东西挺多，但最得老人喜爱的除了宝贝孙子就是后院那匹小黑马，老人说起小马的时候极为得意："你不知道，它有自己的小脾气了，那天出去不听话，我就骂了它两句，它回来就跟我生气，屁股对着马厩门。我一过去它还绕着圈子跑着躲我，我哄了两天才哄好，小东西心眼多着呢！"

白敬荣道："您也小心点，年纪大了就不要骑马了，万一摔着……"

白老指着门口道："你再多说一句我就让你出去，信不信？"

白敬荣："……"

他没记错的话，昨天明明是他父亲说自己退休了年纪大了不想谈工作，一心只想颐养天年。

白老现在活得舒坦，跟老小孩儿似的，除非必要的事，其他都随着自己心思来。他觉得儿子古板，也没有那种拼杀的狠劲儿，他更喜欢有傲骨的孙子。尤其是孙子在外懂事，形象也好，怎么瞧都让他满意。

他们骑马的时候，白敬荣跟着去瞧了一眼。他参军的时候部队已经机械化，因此他并没有接触过这样高大美丽的动物。

黑马乌乐十分俊美，灵动的瞳仁看向人的时候像是在跟人交谈，歪头晃动两下，发出轻轻的响鼻，站在那儿让人觉得它和周围的景色融成了一幅画。

白敬荣原以为小黑马跟人亲近，也比较好控制，但试了一小会儿就发现并不是那么回事。

这小东西简直就像是加大号的白洛川，还是幼年版的那种。白敬荣语气严厉，管束得厉害，它就瞪大了眼睛看人，鼻子里喷着气。他说的话它其实都听得懂，可就是扭头不跟他沟通，让人又气又好笑。

最后还是白敬荣服气了，狼狈地道："我还有点事要处理，你们自己玩吧。"

骆江璟挽着丈夫的手跟儿子眨眨眼，叮嘱他们道："你们带乌乐出去跑一下吧，但别跑太远，中午要是不回来吃饭就打个电话回来，别让爷爷等你们。"

白洛川点头道："知道了，妈。"

白敬荣就在一旁站着，见他没有叫自己一声的意思，觉得头疼，带着妻子离开了。

米阳看看走远的白政委，又看看一旁旁若无人继续轻抚小黑马的白洛川，觉得真是马像主人。这任性的劲简直绝了，一模一样。

教骑马的师傅这时到了，米阳学得认真，乌乐也认得他，一人一马配合得挺好。慢走没什么问题，就是小跑起来的时候米阳的身体还是有些僵硬。白洛川瞧出来了，走过去也跨坐在马背上，带着米阳跑了两三圈才慢慢让米阳放松下来。

师父笑道："洛川骑得不错，已经出师了，我瞧着你替我教人骑马都成。"

白洛川谦虚道："我也就会一些基本的，其余的还要跟您学习。"

米阳扭头看了他一眼，带了点儿好奇，没忍住小声问："你跟别人都能好好说话，怎么一碰到白叔叔就……”

白洛川勒了一下缰绳，乌乐立刻停下。米阳冷不丁被晃了一下，听白洛川道：“不许提他，我这几天都不想跟他说话。”

米阳失笑，跟着点点头，顺着他道：“好好好，听你的。”

白少爷这才舒坦一点，和他一起带着乌乐出去玩了一圈。乌乐以前撒欢跑步的地方已经成了旅游景区的一部分，不过附近有一片空地，土质松软一些，也没有碎石子什么的，挺适合乌乐跑圈的。

米阳被他带得胆子也大了不少，跑了两圈后觉得自己可以了，就要求一个人试试。

白洛川下马，叮嘱了米阳一些基本动作，又用手揉了揉乌乐的鼻梁，对它道：“慢点跑，别摔着他，听见没有？”

黑马抖了抖耳朵，睁着漂亮的大眼睛看白洛川，轻轻地蹭了小主人一下。

大概它是真的通人性，听懂了白洛川的话，米阳单独骑着它的时候它跑得比刚才慢很多，也稳些。有些时候米阳平衡掌握得不是很好，它还会主动停下来让他调整一下，特别乖顺。

米阳心里感慨，又有些同情刚才离开的白政委了。

乌乐实在乖巧，米阳忍不住从兜里摸出两块糖，剥了一块自己含在嘴里，另一块拿在手里喂给乌乐吃。吃了一块糖后，乌乐更高兴了，与米阳亲近起来，跑起来的时候尾巴和脖颈上的长长鬃毛一甩一甩的，柔顺又漂亮。

米阳过了一把瘾，跑得差不多了，就骑着乌乐往回走。白洛川正在后面跟人说话，走近了以后米阳才发现那人也是熟人，是赵海生。

“放……放心，绝对没有石子，我弟知道你家来遛马，就怕伤着乌乐，每天都来挑……挑一遍！”赵海生咧嘴笑道，拍着胸脯保证，“他做事细心，我打包票！”

白洛川点头道：“那谢谢了。”

赵海生比前两年更高更壮，比白少爷还高，十几岁就有一米八几，像座铁塔一样沉稳地站在那儿。他摇头说道：“跟我们甭……甭客气！过命的交情，我和我弟欠你们一辈子，做点小事应该的。”

他说得自然，没有太大的情绪。

米阳骑马过来，白洛川走过去伸手扶他："慢点。"

赵海生要上前去帮忙，他个子高，一下就能把人抱下来。但白洛川拦住他道："让他自己慢慢练习。"

赵海生"哦"了一声，挠了挠头站在一旁。

白洛川把乌乐松开，让它自己在附近吃草，他和米阳一边走一边同赵海生闲谈。山海镇上的小伙伴对外界的消息知道得或许不多，但对镇上的事太清楚了。白洛川听了一会儿，对赵海生刮目相看，问他："你怎么什么事都知道？简直像是装了电子眼。"

赵海生笑呵呵地道："旗生跟……跟我说的，他耳朵好使，听得多，又不爱跟别人说话，就……就都跟我一个人说了！"

米阳也忍不住问他："还有人去偷我姥姥家的树吗？"

赵海生点头道："有，没……没偷成！王兵家跟程奶奶家挨着的，他妈瞧见后，好家伙，把人揍……揍得差点进医院！"

米阳道："报警了吗？"

赵海生道："报了啊，小偷自己打的电话。警察来了他还哭呢，说……说再晚来一步就被打死了。那孙子孬种，不禁揍。"

白洛川道："问清楚为什么来偷树了吗？"

赵海生道："问了，那个人是惯犯，刚开始他踩点，那段时间不是都……都搬家吗？他弄了一辆大车，说是帮人搬家，回头把东西全……全弄走了，找也没地方找去。这次他贪心，看上那棵老树……"他比画了一下，又道，"这么粗的一棵，小两千，贵着呢！"

米阳哭笑不得："那么大，他也敢下手？"

赵海生点头："敢，那傻瓜白天去挖坑，王大娘一……一擀面杖下去，腿就折了。"

米阳听着耳熟，他记得以前王兵不好好上学偷着去网吧，被他妈抓着也是先敲腿，疼得跑不了，留着慢慢收拾正好。他能想象当时小贼有多惨，而且王大娘嗓门大，一边打一边喊人，估计最后出手的群众不止她一个。

白洛川问他详细的情况，问留下案底了没有，白洛川想再去查一遍。

赵海生还真是什么都知道，在那儿小声地跟他说了几句。话不多，但都在点子上，倒是提供了不少有效信息。

赵海生对他道："我叔就在派出所上班，回头我带你去，那个地方我熟。"

白洛川点头道："好。"

他们俩约好了时间，米阳也想去，被白洛川拦住了："你就别去了，你一去你姥姥就会知道，别让老人再担心一回。我就是去再确认一下，别以后有什么麻烦。家里只有老人住，咱们在外面不放心。"

白洛川心细，米阳想了一下，答应了。

其实米阳也在后怕，再想到刚来的时候三姨程如半开玩笑说的那段话，忽然明白过来。程如买下老人隔壁的房子，隔三岔五过来住，估计就是为了守着老人，生怕家里老人出什么事。程家几个姐妹感情好，并没有因为距离而生分，离得远的邮寄钱物，离得近的勤跑动，都想一起把家里的老人照顾好。

程如快人快语，人也干脆利落，从来不跟姐妹们抱怨一句，悄无声息地承担了很多事。姐妹们回来的时候，都是她笑着接待，忙前忙后。

遛马回来后，白洛川要和赵海生出去一趟。

赵海生还是第一次进白家老宅，站在楼下等他，瞧着略微有些拘束。

白洛川上楼去换了一身衣服，又拿了手机。米阳问他："真不用我一起过去吗？"

白洛川摇头道："不用，我去问问，很快就回来。"

米阳道："那我在家，你有什么事就打电话。"

白洛川和赵海生去当地派出所查，确认那只是偷东西的惯犯，没有伤人的前科才放下心来。

赵海生用一个词总结并嘲讽了对方："傻……傻贼！"

第十六章
一个机会

小贼的事情解决了，米阳放下心来。

他这次回山海镇的时间短，但他带了两本参考书。毕竟他要提前参加高考，哪怕已经经历过一遍，那也是黑色六月，他总是要深吸一口气，提起精神再努力拼一下的，不敢轻易放松。

白洛川跟米阳一起刷题，他倒是没有米阳那么紧张，而是很喜欢和米阳一起写作业的感觉。

一张书桌，两个人面对面坐着，抬头就能看到对方认真落笔写字的样子。

白少爷的一颗心软下来。

周通拍了滑雪的照片发给他们，说沪市开了一家挺大的滑雪场，半室外的那种。他们和（一）班不少同学约好了一起去滑雪，同学基本都到齐了，就是两个班一个缺了班长，一个少了团支书。（二）班的人一致认为他们米团支书是跟着白班长跑了，十分忧虑。

白洛川回复道："告诉他们，他们说对了。"

周通那边发了一连串锤子敲头表示震惊的表情，接着不知道谁发来一串哀求："果然是被扣下了，我就说是嘛。白班长高抬贵手啊，我们团支书还小，他还是个孩子！"

白洛川回他："不小了。"

对方估计看多了警匪片，学着谈判的语气："您开个价，要怎么才肯放了我们米团？"

白洛川："明天准备一个亿，存我账户上再谈。"

对方："哈哈哈——不用了，您留着，我们再选一个吧！"

白洛川拿了手机给米阳看，对他道："瞧瞧，你们班的人都叛变了，是不是只有我对你好？"

米阳点头："原来我这么值钱啊，要一个亿呢。"

白洛川撑着桌面站起来，笑道："我的小乖最好了，给一个亿都不换。"

米阳抬头看他，他的眼睛亮晶晶的，跟会说话一样。米阳捏了捏他的鼻尖，笑道："做题吧，做完了给你奖励。"

白少爷干劲十足，为了奖励多一些，从来都是超前完成任务。

初七的时候山海镇下了雪，雪下了一整夜，第二天早上才停。

雪很厚，平地踩上去能没过脚踝。白老这边一早就有人扫雪，清扫出一条路来供人行走。其余地方的雪倒是没动，尤其是后院的池塘和戏台，水已经冻住了，铺了厚厚一层雪上去，银装素裹的一片天地间就那红木搭建的戏台最显眼，飞檐翘角，精致可爱。

米阳在楼上就看着有趣，拿了本子出来画了两张速写涂鸦。白洛川跟着画了一下，他懒得动手自己翻纸笔出来，就挤在米阳那张白纸的一角，画得歪歪扭扭的，被米阳笑了一阵。

白洛川道："这个我真不会，你教我吧。"

米阳一边抬头看戏台，一边带着他画："这样，先打一个结构，就跟做几何题似的，然后再把房顶翘角勾出来……"

他说得认真，但白少爷并没有学习的心思，没看参照物，想别的去了。

画完一张，白洛川问他："小乖，你想不想去滑雪？"

米阳愣了一下，道："这里？这雪不够吧，而且没有平坦的山坡，应该滑不起来。"

白洛川笑道："不是这儿，等过两天回去之后啊！周通不是说他们去滑过雪了挺好玩的吗？你很喜欢雪对不对？小时候下雪了你都不肯回家，在外面抓雪玩，每次都被程姨拎回去。"

米阳揉了一下鼻尖："是挺喜欢的，不过现在不去了吧。回去之后我想去跟魏爷爷再念几天书，要提前考试总觉得时间不够用。”

白洛川问他：“我给你压力了吧？”

米阳摇头：“没，这样挺好的，而且我不是很想去玩，在电视上看看就行。昨天我还和爷爷一起看了奥运会，看人家专业的滑雪才精彩。”

白洛川笑出声，伸了个懒腰道：“是啊，下一次咱们就在京城看了。你要想看冬奥会，我们就飞去国外待几天，大学时间应该挺自由的。”

大概是想着大学的生活，白少爷的嘴角又勾起来一点，给米阳套了一件外套，和他一起下楼去跑步。

米阳的耐力不错，慢跑有些时候成绩比白洛川还好，但爆发性的运动就不如白少爷拿手了。两个人一起慢跑了几公里，身边都是雪，还有被雪覆盖顶端的山林，倒是有点儿像是当初的边城。

米阳跟白洛川提了几个以前的小伙伴，白少爷都记得。他听见米阳说起“王依依”的时候，眯了眼睛道：“你怎么就记得女同学的名字？是不是又想起漂亮校花了？”

米阳道：“没有啊！”

白洛川道：“说起这个，你打算什么时候把信还给宁宁？”

米阳想了想，道：“等回去之后吧，趁着开学前我约她出来，把事情说清楚，然后好好复习。”

白洛川点头道：“我也去。”

米阳抬头看他，犹豫片刻后道：“你……也行吧，你坐远一点儿，别让她看到。这件事我不打算让其他人知道，你也别提。小姑娘人挺好的，尽量别让她太难过吧。”

白洛川道：“知道，我只是监督你好好学习，不要早恋，其余的不多管。”

在山海镇住了几天后，白敬荣提前回部队去了。他的年假只有短短几天，一年到头只有这么一点儿时间能和家人团聚。临走的时候，骆江璟让白洛川给他端了一杯热茶。虽然没说话，却算是做儿子的先低头。父子俩交谈得少，最后这一天关系缓和了许多。

米阳在老宅陪了白洛川几天后，回了程老太太那边。老人想他想得厉害，一天打三遍电话要他玩好了记得回家。

程青在家里排行老大，米阳就成了家里的大表哥，几个被送来过寒假的小孩跟他都挺亲的。尤其是三姨程如家的小表弟，以前他放了假都是跟着姐妹们玩，今年十岁了，可能有点小男子汉的意识，喜欢跟在大表哥身后当小尾巴。

但小表弟也跟不了多久，米阳实在是太忙了，除了在程老太太这里，米阳还经常跑去香樟林小木屋那边探望米鸿，留下给他做饭，陪他说说话，再一起修书。有时候米阳回来得早，家里一准有一个跟小表弟抢米阳的人——白家那位少爷简直像是卡着点来的，把剩下的最后一点时间占得满满的，理由倒是挺好，一起读书。

程老太太有点儿感冒，程青放心不下，就多留了几天，让米阳先跟着白家一起回沪市。

白洛川挺高兴的，骆江璟让他们俩坐了一辆车，她这边也有公务要处理，一个电话打一个多小时，她不拘着孩子们在自己跟前，让他们俩自己去后面玩了。

米阳昨天晚上陪床，程老太太虽然是在自己家输液，比在医院里舒服一点儿，却也需要人守夜照顾。米阳舍不得程青受累，晚上都是他来。他这会儿眼底有些微青色，从上车开始就一直闭眼睡着。白洛川看他晃来晃去，就让他躺下枕在自己腿上，又把自己的外套脱下来盖在他身上，让他好好睡了一路。

米阳在路上接了一个电话，迷迷糊糊接起来应了几声，挂断之后揉着眼睛道："到哪儿了？"

白洛川开了一瓶水给他，道："刚进沪市，米叔的电话？"

米阳点点头，喝了一口水道："嗯，说是怕小雪知道我妈还没回来又要哭，把她送去冬令营了。"

白洛川道："米叔工作也忙，你这两天自己怎么办？要不去我那儿？"

米阳刚睡醒，人乖顺得很，点头道："好。"

白洛川道："那我跟柏安说一声，他问过好几回了，一直念叨着吃饭的事。"

米阳笑了笑，道："他这两天就要走了吧？"

白洛川点点头："对，提前吃完也好，不然整天烦人。你想吃什么？日料还是私房菜？”

米阳道：“都行吧，你看着定，我不挑食。”

白洛川逗他：“私房菜好了，有炸蚕蛹，你要不要试试？”

米阳：“……”

白少爷坐在一旁笑起来，揉了他的脑袋一下，道：“逗你玩的，带他去一家新开的馆子吃，保证没有这些东西。”

最后他还是订了一家日料店。

季柏安估计也是闲得无聊，电话一打过去立刻就颠颠地赶了过来，比米阳他们到得还早，坐在那儿点了不少东西。瞧见他们来，他还挑眉笑道：“哥，我可是听你的话，没给你省啊，今天管饱吧？”

白洛川坐下道：“管饱。”

季柏安喜气洋洋地继续挑选，手指划了一下，又点了七八样：“这家鹅肝看着不错，来两份！”

米阳道：“这么多吃不了吧？”

白洛川道：“他属猪的，吃得下。”

季柏安挑眉道：“瞎说，谁属猪了？！”

米阳坐在一旁喝水，半敞开式的包间，外面布置得挺有风情。看了一会儿，他瞧见一个熟悉的身影经过，是穿着一身红色呢子短裙的宁宁。她头上戴着一顶漂亮的小帽子，整个人精致可爱，跟身边的另一个女孩笑着说话。

米阳放下杯子道：“我有点儿事，出去一下，一会儿就回来。”

季柏安十分好奇，也想跟着起身，被白洛川拦住道：“你干吗去？”

季柏安道：“我也瞧瞧……”

白洛川道：“别去，他处理自己的私事。”

“他在你这儿还有私事呢？”季柏安挺夸张地拍了拍胸口，笑道，“我还当你们俩好得从小穿一条裤子，什么都知道呢。”

这话从某种程度上取悦了白少爷，白少爷的嘴角勾了一下，没跟他说什么。

季柏安很快便明白过来，眼尾挑起来一点儿，拖长了音调道：“哦，你早知道了是不是？米阳交小女朋友了？”

白洛川擦了擦嘴角，把餐巾丢到一旁，挑眉道：“不是。”

另一边，米阳和宁宁正在说话。

宁宁原本和家里一个姐姐出来吃饭，被米阳叫住的时候愣了一下，紧跟着紧张得脸都红了。她跟着米阳过来，找了个没人的地方，站在那儿还觉得既兴奋又紧张。她抬头看了米阳一眼，又眨眨眼睛垂下眼帘，等着他先开口。

米阳沉默了一会儿，小心地说道："很抱歉。"

宁宁一听这句话，肩膀就垮下来，皱着一张小脸道："团支书，别这样啦，我光听这三个字就觉得今天最惨的是我……"

米阳还是说了下去："我真的很抱歉，不能回应你的感情。"

宁宁的眼圈已经红了，小声道："我能问问为什么吗？"

米阳道："因为我有想要上的大学，还有想完成的事，现在不打算谈感情。等以后我有能力、有时间去回应一份感情了，才能去谈。你也加油，以后的选择还多，等你上了大学，肯定会遇到比我更优秀的人。"

宁宁吸了吸鼻子，道："我知道了，但我不会遇到更好的啦……我真的觉得你好帅，人又暖。不过这话像是你说的，我们团支书特别正直，从来不骗人。"小姑娘站在那儿又难过又说米阳的好话，就算被拒绝了还是站在喜欢的人这边，说不出他一句不好来。

米阳站在那儿也有些无措，只能跟她一再地说抱歉。

宁宁难过了一会儿，叹了口气，又有了一点笑容，抬起头看他，道："我能拥抱你一下吗？"

米阳道："不了吧，我们握个手？"

宁宁"扑哧"一声笑了，失恋的伤感被冲淡了许多："你那么警惕干什么呀？算啦，那就握手吧！"

两个人跟革命战友似的握了握手，宁宁不哭了，米阳冲她笑道："你以后一定能遇到一个特别好的人，比我好。还有你的信，我回头邮寄给你，会封得很严实的，你放心。"

宁宁光是听着就又想起这个人有多好了，体贴又温和，她真的有点儿舍不得放开手。但对面的男孩收回手去的速度很快，指尖一触即分，跟她道别后立马就走了。

宁宁看着他的背影，觉得他真是特别好，做他的女朋友一定是最幸福的，也不知道哪个家伙这么幸运。

米阳回来时，菜刚好上齐。季柏安看到他就跟他开玩笑：“去看小女朋友啦？”

米阳看了白洛川一眼，否认道：“别乱说，没有的事。”

季柏安凑近一点儿，笑道：“采访一下，那个女孩是谁？你们同学？长得挺漂亮的啊，你们出去都说了些什么？”

他问得多，但米阳只笑着摇头，一个字都不跟他提。

季柏安问了一阵，觉得没劲，看米阳这态度，也不像是追女生的样子。

一顿饭吃完，他们又陪着季柏安去了电玩城。季少爷在别人面前装老成，谈的都是车之类的，其实他这个年纪的男孩还是喜欢玩游戏，也不乐意跟其他人玩。但米阳和他表哥白洛川就不一样了，米阳性子好、耐心足，而白洛川打游戏的技术非常好，可以说打遍整个游戏厅都没对手了。

季柏安玩了一圈，拿游戏机券换了一等奖奖品——比人还高的玩偶熊，扛着走在路上时引得路人纷纷转头瞧他。米阳手里也多了一个小水晶球，里面是一座小城堡，晃一下就有亮晶晶的碎片落下来，跟下雪似的。他晃着玩了两下，出门的时候，白洛川顺手把水晶球揣进自己的口袋里，再给米阳戴上手套，叮嘱道：“外面冷。”

季柏安道：“哥，我也冷。”

白洛川冷着脸道：“瞎说，你抱着那么大一个熊，不冷。”

季柏安把手揣在毛茸茸的玩偶熊的肚子上，歪头努力去看他们：“一会儿还去哪儿玩？”

白洛川道：“哪儿都不去，送你回家。”

季柏安原本只是想蹭一顿饭，没想到还去了电玩城，算是心满意足，便好脾气地回家去了。季柏安住的地方在一处新建的高档小区，他原本想让米阳他们也去自己家玩一会儿，白洛川替米阳拒绝了：“很晚了，我们晚上回去还要复习，明天要去找魏老师补习。”

季柏安笑道：“那成，你们回去路上小心点儿。”

说完，他就扛着玩偶熊下车走了。

米阳从车窗看出去，瞧着他的背影看了好一会儿。白洛川轻声跟司机说了两句，转回头的时候，米阳还在看窗外。

白洛川小声道："柏安就是小孩子脾气，任性了点，其实人不错。"

米阳以前被季柏安捉弄过，虽然没有受伤，但对白少爷的话无法完全认同，眉头皱了一下又松开，轻声笑道："可能吧，他对朋友挺好的。"

记忆里，他和季柏安真算不上是朋友，季柏安顶多在白少爷面前收敛一些，不那么过分罢了。

白洛川又问他："怎么了，刚才愣神想什么呢？"

米阳摇摇头："没什么，我在想明天见魏爷爷的事。那天我跟他打电话，他特别高兴，说给我们多出一些题。怎么了？"

白洛川叹了口气道："我感觉明天肯定有大惊喜等着我们。魏爷爷平时布置的任务就多，多出一些题估计够我们做到考试那一天。"

魏贤确实给了他们一份惊喜，不过不是试卷，而是之前他一直联系的那位当大学教授的老朋友。对方无意中看到了魏贤被修理好的旧书，问他是找的哪位师傅修理的。

魏贤书柜里的书多，他就这么两个爱好——喝茶、看书，书柜里以前那些书陆续被米阳拿去修补好了。米阳的手艺在米鸿的教导下比小时候不知道好了多少倍，技法也熟练，修理得非常妥帖。老朋友追问不休，魏贤趁机要了两个上好的陈年茶饼，这才得意扬扬地告诉对方："之前的那个小朋友，我跟你说过多少遍，你不是拿本书打发人家吗？人家现在会啦，不用你教喽！"

那个教授特别着急，他带着一个团队要去西部，之前修补绢书的时候因为抢救不及时，损坏了些许，一直是老教授心里的痛。他们想多挖一些人才，但从省博物馆一直找到各大高校，拔尖的好手一共就那么几个。西部那边的项目只有一笔经费，他们得自己想办法。

老教授正发愁，冷不丁瞧见魏贤这里的一本旧绢书被修理好了，眼睛都亮了，急急忙忙就跟他要人。

魏贤这次等着米阳他们过来，先开口问道："阳阳，你要不要跟孙教授去一趟哈市？他人不错，肯带学生，去一趟肯定能学到不少东西。"

米阳问道："要去多久？"

"一两个星期吧。"魏贤笑道，"你别有压力，只是有这么一个机会，你看看是要继续留下复习，还是想提前练练手。我个人觉得这个机会不错，你考上了大学，也不见得有这样的机会出去跟着学一趟。不是我夸，我这个老朋友人还是不错的，他那边还带着两个博士呢！"

米阳沉吟了一下道："我回去想想。"

魏贤点头道："行，这周三之前给我个准信，我跟他说一声，那边还等着出发呢。"

这一天的补习，魏贤教得认真，米阳记录得也多，笔记做得跟平时一样认真，但白洛川还是能感觉到他有心事。等他们傍晚回去的时候，他问道："你想去吗？"

米阳倚靠着车座椅背想了一会儿，微微皱眉道："我也不知道，复习的时间有点儿紧，现在去我怕会影响考试。"

白洛川道："你不用在意那个，我觉得魏爷爷说得对，即使上大学也是为了做那些事，你要是想去就去吧。考试的话，实在不行我们明年再考一次。"

米阳笑道："你怎么不说在京城等我一年？"

白洛川道："我等不了。"

米阳犹豫着问他："你觉得我行吗？"

白洛川看向他，笑道："行啊，我的小乖最好了，选什么都能做好。"

米阳回去之后想了一个晚上，第二天就给了魏贤答复，他还是想去。

魏贤挺高兴的，换作是其他孩子，在考试之前他不会提这个要求。但米阳是他看着长大的，这个孩子喜欢接触这些，十年如一日地坚持下来，在那儿一坐就是一天，半句累也没喊过。他跟其他人不一样，他从一开始就有要做的事，所以魏贤愿意在有机会的时候推他一把。

魏贤道："功课的事你别担心，洛川先补习，回头你有什么问题我再单独给你补。你们俩底子都很好，我觉得完全没有问题。另外你出去参加这个活动，我也会让老孙去跟你们学校申请一下，好歹是省博的联名活动，争取评一个市里的奖，考试的时候多少能加点分。"

米阳挺意外的，认真地跟魏贤道谢。魏贤摆了摆手道：“你去就是给他们帮了大忙。老孙这次着急上火，能找到你真是赚了，呵呵。”

米阳笑道：“其实我也觉得自己赚了。”

孙教授那边听到消息非常高兴，立刻联系了米阳他们学校把人“借”出来。

这还是头一回有高中生被大学教授点名，学校领导开了个会，简单商议过后才签字放行。不过因为是特例，学校并没有对外宣传，只说米阳去交流学习了。

白洛川特意请了一天假回去帮着米阳收拾行李。米阳的东西不多，但架不住白少爷买得多，一袋一袋地往他家提。米阳眼看自己的行李箱塞不下了，连忙劝阻道：“够了，我这箱子放不下这么多东西。”

白洛川看了那个行李箱一会儿，点点头道：“是有点儿小，你等一下，我去拿个大些的来……”

米阳拽着他的胳膊：“别别，这些足够了。”

白洛川皱眉道：“我查了天气，那边天气冷，风大，防风的衣服总要带上一套吧？”

米阳翻了一下箱子道：“这个就行，冬天的大衣我穿着，再戴上防风帽和围巾，防寒足够了。”

米泽海拿了一件厚毛衣过来，还用肩膀夹着手机打电话，一边应着一边对米阳道：“再把这个带上，还有小药箱，你妈打电话来说这俩一定要带。”

程青的声音从手机里传来：“阳阳听话啊，常备药多带点总没错的。”

全家人给米阳一个人装箱子，行李箱收拾到最后勉强能合上。

白洛川站在一旁和米泽海商量：“米叔，一个箱子会不会太少？小乖要出去两个礼拜，这点东西不够用吧？”

米泽海也忧心忡忡：“是啊，他还是头一回一个人出去这么长时间。”

这两个人恨不得把一个房间都装进行李箱，米阳听了失笑道：“你们再装东西，怕是够我出门两年用的了。”

白洛川立刻道：“那算了，就这些吧。”

米泽海道：“那就多带点钱，去了缺什么再自己买。你们老师说去哪儿了吗？周围有商店吧？”他又担忧起来，总觉得儿子要风餐露宿。

米阳点头道："问过了，孙教授说要先去吐市开会，第二天才去哈市，一路都有车接送，好多人一起呢。"

米泽海道："那还好，你记得跟紧大家，要是路上遇到意外就给我们打电话，少了什么东西都不要紧，人没事就成，知道吗？"

米阳点头应了。

米泽海接了一个电话，自己先出去了，隐约能听到他在跟人谈工作，忙得厉害。

白洛川把箱子推到门口，关上门坐在床上叹气："去这么久啊！"

米阳抬手摸了摸白洛川的头发，他的头发略微长长了一点儿，蓬松又柔软，好像能从指缝间流下一般。米阳摸了两下后笑道："也可能早点回来，孙教授那边的负责人打电话说最多两个星期，我问过了，他们上回就去了十天。"

白洛川沉默了一会儿，还是没吭声。

第二天早上要出门的时候，白洛川和米阳走在后面。米阳瞧了一眼时间道："都快九点了，上课要迟到了。"

白洛川觉得没劲，皱眉道："你不在，我都不想去学校了。"

米阳笑道："那可不行，我缺课两个星期，还指望你学好了给我补习呢。"

白洛川的嘴角动了动，但没笑出来。米泽海已经去上班了，米阳锁上门和他一起出去。

外面下了小雪，冬末初春的天气还是冷的，白洛川撑了一把伞，两人一起走着。出了巷子口白洛川陪米阳等了一会儿，学校的车就来了。

米阳跟他摆摆手，笑道："我先走了，你好好上课，回来我可要检查笔记。"

白洛川的嘴角勾起来一点："好。"

地面有一层薄冰，箱子拖着都打滑。白洛川看着米阳慢慢上了车，直到车子开走他才离开。

孙教授一行有十几个人，米阳是其中年龄最小的，脸也最嫩。车上那些哥哥姐姐对他都很照顾，听说他是高中生，笑道："太小了，老师这是雇佣童工呢！"

另外一个道："雇佣都不算，不给工钱吧？"

一个读研的学姐道："都闪开点，别吓着我小师弟了。"她人挺爽朗的，对米阳自我介绍道："我叫单静，跟你是一所高中的呢，你叫我静姐就可以了。这次由我负责带队，老师平时搞研究，忙起来连吃饭都顾不上，有什么事你就跟我说。"

米阳连忙点头："好，谢谢静姐。"

刚才跟米阳开玩笑说雇佣童工的那个人也凑过来说："静姐，你以前最疼我了，现在只疼小的了。"

单静挑眉道："瞎说，那是你长胖了。我呀，只疼长得好看的，等你瘦下来再跟我说话吧。"

车上的人都笑起来，米阳跟着笑了，感觉跟他们之间的距离近了一点。

一行人舟车劳顿，先到了吐市，孙教授去跟那边的几个教授碰头开了一场座谈会。

单静有意带着米阳熟悉一下，做会议记录的时候带着他一起进去旁听。她对米阳道："我记录上半场，你负责记录下半场，只记录咱们教授的就行了。"

米阳点头应下。

会议是关于对这边出土的古代纺织品修复的相关事项，部分待修复的是绢绸制的文书，非常宝贵。

单静记录得快，抽空还看了米阳一眼。出乎她意料的是，这个新来的小家伙记录得又清晰又好，她有些欣喜。她刚才只说了一句，并没抱太大的希望，不管在哪儿身边有个能帮上忙的还是会轻松许多。

会开到一半，忽然走进来两个人。一个年纪大一些，瞧着六十多岁，轻微驼背，但人看着还挺硬朗。另一个年轻一些，穿着一件不太合身的羊绒衫和一条牛仔裤，笑起来的时候挺帅气，痞帅的那种，放在学校一瞧就是让老师头疼的问题学生。

单静有点激动地小声道："啊，是章教授！"

米阳愣了一下，抬头看了一眼，小声问道："哪一个？"

单静的视线没有移开，小声对他道："当然是坐下的那位老教授了。你不觉得他的气质很特别吗？他可是咱们这一行的泰山北斗。"她见米阳还没有反应过来，简直恨铁不成钢，"你竟然不知道？还能有哪个章教授？京师大学考古文博院的章教授呀！”

米阳这才恍然明白过来，之前白洛川拿志愿表给他看的时候，就专门提到过这位章教授。白洛川想提前念完书早一年高考，更多的也是为了让米阳早点进入大学，跟上章教授的最后一班车。

用白少爷的话说，要跟教授，就跟最好的那一位。

米阳看了一眼台上，章教授人很和气，笑呵呵地跟大家问好。在座的人都认得他老人家，有些还站起身跟他握了手。原本坐着的孙教授见老人来了，连忙起身。他们看着很熟，只是孙教授年轻一些，跟章教授客气地说笑几句后就把主场交给了对方。

孙教授换了位子还不忘拿走自己的茶杯——那里面泡着的可是孙教授自己带来的好茶叶呢！

章教授瞧见了，跟后面的年轻人笑着说了一句话。

那个年轻人出去要了一个白瓷水杯，笑嘻嘻地捧着空的水杯过来跟孙教授讨茶叶，孙教授想装没听见，但会议室慢慢安静下来，在那么多双眼睛的注视下，就听见那个年轻人弯腰跟他说：“孙叔，我都瞧见了，你就给我们加点茶叶呗，等了好几天，听见你要来杯子都自己带着了。”

孙教授：“……”

脸皮厚，吃个够。孙教授显然不如这位脸皮厚，心疼地给了他一小袋茶叶，赶紧打发他走：“快走、快走，像个什么样子！”他虽然一脸嫌弃，却和对待家里小辈一般对待年轻人。

那个年轻人笑着道谢，晃晃悠悠地出去打水泡茶了。

在座的人都笑起来，单静也笑了。

米阳凑过去一点，小声问道：“静姐，那人是谁？”

单静低声道：“那是陈白微，章教授去年新带的学生。孙教授对他宝贝着呢，说是从小看着长大的，亲孙子似的，做什么都带在身边，手把手地教。”

米阳眨眨眼道：“可是我刚才听见他喊孙教授‘叔’？”

单静咳了一声，尴尬地道：“那个吧，咱们孙教授面相显老，其实才五十来岁。章老就不一样了，他今年都快七十了呢，是被返聘回来当院长的。反正咱们这些人就指望章老指一条明路了。我的要求不高，将来能有章老的十分之一就满足了。”说了没两句，她又吹捧起偶像来。

陈白微给章教授把茶泡好了，自己坐在他身后的位子上老实地听。安静下来，米阳只看到他的侧脸也觉得他够帅，高鼻深目，勾起一点嘴角似笑非笑，引得旁边几个小姑娘都看直了眼——单静除外，她的视线全在章老身上，旁边的帅哥她瞧都不瞧一眼，完全化身文博考古界的“迷妹“。

准备就绪之后，会议继续。

章教授轻轻地拍了两下面前小架子上的话筒，道：“咯咯，那这样，我先来跟大家讲两句，关于这边的工作我们已经进行了一段时间……”

单静激动地道：“快，都记下来！”

米阳道：“啊？不记孙教授说的了吗？”

单静斩钉截铁：“不记了，记章教授的话，一个字也别漏下！”

单静说到做到，提笔飞快地记录下来，比之前记录的时候认真许多，眼神里带着全神贯注的狂热之色。

米阳觉得，他只在听演唱会的小姑娘眼睛里看到过这种狂热的情绪，还是头一回见做个会议记录都激动得恨不得原地“打 call”的。单静既然说了，他也就跟着记录。他可以不用看本子就能写下流畅的文字，章教授说话带一点口音，米阳一边听一边看他的口型，写下来的字就像是从笔尖流淌出来一样落在纸上。

一场会议章教授讲了大半场，老人看起来精神头很足，说的也都是干货，米阳光是听就觉得受益匪浅。

会议结束后，章教授和其他教授陆续走了出去，章教授身边的陈白微弯腰扶了他一把，低头听他吩咐，然后点点头笑着应了。陈白微回头向会议室扫了一圈，那双跟含着笑似的眼睛漫不经心地掠过，和米阳撞了个对眼。大概是没想到还有个这么小的，陈白微有点惊讶，冲米阳眨了眨眼睛像是打了招呼，没多停留就转身走了。

一旁的单静把记录的资料都归纳整理好，甩了甩手腕道：“太累了，我没想到今天章老会说这么多，不过值了。我记下了大半，米阳你记了多少？回头我们核对整理一下，留一份给其他人看，这可是一手的资料呢。”

米阳道：“我都记下来了。”

他说得十分肯定，单静愣了一下道："全部吗？"

米阳点点头，又迟疑道："有些词没听过，只记了个大概，做了标注，回头静姐再修改一下吧。"

单静拿过他手里的会议记录看了一下，刚才听得仔细，心里记了个大概，米阳真没吹牛，基本上都记下来了，堪称人肉写字机。单静特别满意，夸了他两句，拿回去自己再整理了。

第一天就是开会和彼此熟悉，米阳跟着大家一起去吃了顿饭，然后提前回了住的地方。

他给爸妈打电话说了一声，又算着放学的时间给白洛川打了一个电话。

白洛川很快就接起来，问他："到了？吃饭没有？"

米阳道："吃过了，吃了烤肉，那么大一整块肉搬上来，我感觉自己吃了半头羊。"

白洛川笑道："撒谎，平时家里炖羊肉你都吃不了巴掌大的一块。"

米阳躺在床上，笑着跟他说："真的，跟家里的不太一样，很好吃。"

白洛川跟米阳聊了一会儿，觉得自己的胃口也好了很多。米阳正说着，忽然听到外面有敲门声，对白洛川道："明天再给你打电话，来人了。"

米阳打开门，瞧见之前开会时见过的年轻人，他生着一双笑眼，让人很难有排斥感，米阳记得他叫陈白微。

陈白微拿来一袋杏干，递给米阳："尝尝？这里的杏干很好吃。"

米阳跟他道谢，伸手要接，但他没撒手，对米阳道："抓一把，我只有这一袋，跟你们大家伙分着吃！"

对方穷得坦然，把米阳听乐了，米阳把他让进房间来，问道："我也带了零食，师哥吃点？"

米阳是这里最小的，见人就喊师哥师姐准没错。

陈白微笑着走进去，坐在椅子上跟米阳闲聊。听米阳说自己是高中生，他惊讶地道："难怪，我就看着你年纪小嘛！我觉得我上大一被抓来当壮丁就够惨的了，啧，这儿还有个童工！"

米阳笑出声："是我自己报名的，难得有机会来学点儿东西。"

陈白微觉得这个小孩特别老实，有点意思，问他："你大学也想学这个？"

米阳点点头道："对。"

陈白微道："难怪，你是怎么被选上的？有点儿本事吧？特长是什么？"

米阳道："我跟我爷爷学修书学了十年，其他的东西我也能修一点。'绢绸'正在学，金银和瓷一类的只能修最简单的。"

陈白微眼睛都亮了，说道："行家呀！"

米阳连忙道："没有、没有，就是学点儿手艺混口饭吃。"

陈白微笑了一声，转头看到他桌上放着一份地图，问："哟，你们也有这份地图呢！"

米阳看了一眼，道："哦，对，是静姐拿来的，好像是这边的地图。"

陈白微单手打开看了一下，点头道："对，老师怕大家没地图不方便，找了当地文物局给专门弄了一份，上面标注的都是这段时间他要去看的几个地方。"

他点了点地图上的位置，米阳抬眼瞧见，道："这里不好进车吧？地势低洼，看着标注出来的路也挺窄的。"

陈白微问他："你看得懂？"

米阳点点头。

陈白微的眼珠子转了一圈，再看向米阳的时候，笑意更浓了。

他瞧着米阳打开行李箱一样样拿出行李，立刻打断他道："哎，不用翻得那么厉害，明天还要走呢。东西都搁在箱子里别拿出来，省得明天忘记。"

米阳答应了一声，拿出两袋牛肉干来给他："这是从超市买的，回头有机会请师哥尝尝我妈做的牛肉干，特别好吃。"

陈白微拿了一包拆开吃了，小白牙非常锋利，吃得眼睛都眯起来："谢了啊，回头请你吃饭。"

陈白微就像是来串个门，带着他那袋杏干，又去了其他几个人那边。这次来了十二三个人，陈白微抠门地用那大半袋杏干硬是跟大家熟络了。

隔天米阳他们凑在一起吃早餐的时候，说起这事，有两个挠了挠头道："啊？陈白微没跟你们说回头他请吃饭吗？他跟我们俩说了呀。"

米阳也抬头看过去，周围一圈人都在摇头。他心里奇怪，昨天陈白微也跟他这么说了。

单静身边坐着的一个小胖子愤恨地道："你们今年新来，别被那个笑脸狐狸骗了！我认识他这么久，就没见过他请吃饭！静姐你说对吧？”

单静有点犹豫，小胖子立刻痛心地道：“他不会也跟你说了吧？静姐，你千万别信他啊，那个小白脸就是嘴上说说。昨天分了什么？一袋杏干，给十三个人。我的天哪，静姐你清醒一点啊，跟他没有前途的！他那么抠门！”

单静啐道：“谁说我要跟他了？他长得是不错，但不是我喜欢的类型。我喜欢知书达理的。”

小胖子捶胸道：“米阳也不行啊！”

米阳一口炒饭差点喷出来，连咳了好几声。单静拎着小胖的耳朵教训起来：“不许你毁我清誉啊！还有，什么小白脸不小白脸的，论辈分你得喊他师叔呢！那可是章教授收的徒弟，以后不许这么喊他。还有，他是小白脸，你是啥？大白脸啊？”

小胖子除了略微有些丰腴，人还是长得不错的，白白净净，当初瘦的时候也是小帅哥一枚。他还在那儿跟单静冒死“进谏”，被单静收拾一顿后才老实了。

正吃着早饭，陈白微晃晃悠悠走了过来，穿着的还是昨天那身衣服。瞧见大家，他过来打了个招呼，露出小白牙笑道：“吃着呢，还合胃口吗？”

听着活像是他承包了整个食堂，请大家吃的早饭。

小胖的嘴角抽搐了一下，看着他敢怒不敢言。

陈白微就站在旁边看着大家吃，几个人压力都挺大的，于是加快了速度。陈白微看大家停下筷子，又问：“吃好了吗？那有点事麻烦几个新来的朋友帮帮忙，搭把手的事儿，很快就好。”他笑着点了几个人的名字，正好是他昨天说要请客吃饭的那两个男生和米阳，说完又抬头去看单静，“静姐，走呀？”

单静道：“你们先去，我一会儿来。”

陈白微就笑眯眯地带着这三个新人走了。陈白微身边还有个大个子，挺老实地问他是不是要干体力活，他包里有工具。陈白微摸了摸下巴，点头道：“也行，米阳也带工具了吧？你们先走，我回头让人把你们的东西拿过来。”

米阳觉得有点儿不对劲，这人笑得太贼了，越来越像一只大尾巴狐狸。

等出了住宿的地方，被陈白微带到吉普车上颠簸了一个多小时，早饭都快吐出来的时候，那两位仁兄也觉察出不对劲，颤抖着声音道：“冒昧问一下，这是要带我们去哪儿啊？”

陈白微坐在前排，裹着大衣侧过身子笑道：“没事，就是去帮个小忙。”

那个高个子男生有些畏惧他，浑身颤抖着道：“不了吧，我们要不还是回去？一会儿孙教授该找不到我们了。”

陈白微摆摆手道：“哎哟，都是一家人。真的，孙叔跟我们特别熟。昨天你们没去开会吧？可惜了，没见着，我们章老一来孙叔立刻就拿出茶叶，特热情！”

另一个也小声道：“那我们也跟孙教授说一声吧，今天好像还要坐车去哈市。”

陈白微露出一口整齐洁白的牙齿，笑道：“是吗？”

没人接他的话了。

陈白微拐了三个人回来，到了一百公里以外的另一个营地。他们在门口等了一会儿，就瞧见另一辆车送了单静过来，同时来的还有他们几个人的行李。

米阳看着自己的行李箱和背包，没有半点意外，他半路上就猜着了。

那两个男生刚反应过来，吃惊地看看行李，又看看陈白微：“怎么回事？我们不去哈市啦？”

陈白微道：“哈市呀，那是个好地方，不过等几天再去好了。哎，实话跟你们说了吧，其实我们章老这边一直都缺人手，最近又出了新物件，一整幅古画。我昨天晚上对大家做了初步的了解——你，学过四年油画，色彩调配就需要你这样的人才把控。另外那个小兄弟不要怕，你是学理工的，对各种器械操作和维护都熟悉，咱们带来的设备就需要你这样的人才维护。还有米阳，哎哟，杂学这么精通，什么都能修一点儿。静姐负责后勤统筹，简直就是我们最需要的。不是我说，这项工作真的太适合你们了！”

他夸完又拍着胸脯道：“你们放心，回头章老亲自给你们请功，有什么事章老都扛着，保管不让孙叔为难你们！”

几个男生站在“贼窝”前憋着没说话，单静属于自己“叛变”，也没好意思吭声。米阳看着他想，合着这位昨天是去踩点的，还是专门偷人的。

第十七章
睡袋

陈白微带着他们进门去。他们住在一个挺简陋的临时住处，顶多算是能遮风挡雨。唯一一间比较好一些的房子拿来存放带来的机器，那些可都是章教授特意申请带来的高科技精密仪器，分析取样用的，半点都舍不得损坏。老爷子自己可以跟学生们同甘共苦，唯独舍不得它们损伤一点。

门前停了三辆吉普车，临时收拾出来的房子里，拼凑起来的几张木桌上铺着白布，放着刚抢修出来的一些文物。章教授正带着学生说着什么，瞧见他们进来，停下来笑道："回来了？"

陈白微把人带过去，昨天晚上才认识的，他就能非常流利地跟章教授介绍了，而且能说出各自的特长："老师，这是孙叔那边的几个学生，这位是单静，研二的，基本功扎实，统筹能力也不错；这是米阳，年纪最小，什么都能修一点，家里的长辈是手艺人，从小学的，有十来年的功底；这是孙叔从油画系挖来的学生，研一在读，色彩控制得好……"

几个年轻人在陈白微面前还有点儿不服，但到了章教授跟前，都忍不住激动起来。他们但凡学了这个专业，接触到这些事，就都听过章老的名字，不少教材是章老负责编写的，章老可以说是这一行的前辈了。

四个人站在那儿，屏住呼吸，看着章教授笑着跟他们打招呼并亲切地跟他们握手，内心都有点儿雀跃。尤其是单静，眼睛亮晶晶的，简直像是参加偶像握手会。

章教授对他们非常和气，握手的时候还一直道谢："真是太感谢你们了，我让白微把你们请来，你们都吓了一跳吧？呵呵，不要怕，咱们这次参加的是国家重点抢修项目，时间紧、人手少，从京城抽调的人要等半个月才来。

我实在是等不及啦，只能让大家这段时间先来帮帮忙。你们放心，我会亲自帮你们跟导师请假的。”他看了看陈白微，又笑着吩咐道，“白微啊，你带着他们先去那边把名字登记上，待抢修完毕，再给大家论功请赏。”

站着的那四个年轻人听见章教授这话，心一下就稳了，都是来干活的，只要导师那边有交代就好办了。并且听章教授的意思，这边的项目更大，帮忙半个月还能留下个名字，怎么听都是好事。

陈白微答应了一声就带着人去登记了。看着他们轮流签字，他低声对他们笑道：“你们运气不错，孙叔和咱们章教授都是不错的老师，都不会占学生的便宜。瞧见没有？你们现在签这个名，等年底的时候就会知道分量了。到时候这项工作完成了，不管是整编成册出书，还是报到上面算科研成绩……”他的手指在签名册的一串名字上划过，笑道，“抵得上你们发表两三篇论文。”

除了米阳，其余几个人的眼睛都亮了起来。

陈白微给他们分配了工作，几个人各司其职，都有忙碌着的师哥带。绝大多数是男生，女生就单静一根独苗。她进来的时候，还有一个蓬头垢面、头发微卷的蓝眼睛小哥惊讶地喊“哪里来的小丫头”呢。他话一说出口单静就乐了。

那小哥估计在这处风沙席卷的地方待了很久，有点儿不好意思地挠挠头，脸上有不少尘土，笑起来的时候就那一口牙齿最白。

单静在工作上一贯认真，有心在章教授面前好好表现一下。她戴上专用手套，麻利地把头发扎起来，把帽子扣好，跟着那小哥一起干活去了。

另一边，先斩后奏的章教授打通了电话，孙教授快要蹦起来了：“章老！我敬您是前辈，但前辈不能老干这种事儿吧？！”

章教授笑呵呵地道：“年轻人不要急……”

孙教授：“我不年轻了，我今年五十好几了！”

章老和善地道：“你们不是有十三个人吗？”

电话那头的孙教授怒吼：“那是加上我才十三个！加上我！！”孙教授稍微平息了一下怒火，深吸了一口气后商量道，“别的不多要，您就把我那个叫单静的学生还给我，我哈市那边还有一半队伍呢，您把我的指挥官都抽走了！”

章教授答应了一声，然后慢悠悠地往后面问了一句：“单静去哪里啦？”

孙教授屏息听着，盼着好歹收回一个学生来。可隔着老远他就能听到陈白微说了什么，紧跟着章教授和气地道：“哦，我刚问过了，单静呀，去干活啦。”

孙教授气得都哆嗦了，道：“我十二个清清白白带来的学生，您就让陈白微那小兔崽子一口气给我顺走四个！四个啊！您自己算算，都三分之一的人马了，还专挑最好的偷，太过分了，简直太过分了！您昨天晚上走的时候我就觉得不对劲，您走了怎么这个小浑蛋还留在这儿？一准没好事！”

章老笑呵呵地道：“哎呀，不要这么说嘛，他也是为了我好。”

孙教授气愤地道：“他怎么不为我想想呢？昨儿就偷我的茶叶，今天又来偷我的人，还有完没完了？陈白微这个兔崽子！这个小浑蛋！”

章老脾气还是挺好的，劝慰他道：“不要这样说，白微都大了，你不能总骂他嘛。”

孙教授气得挂断电话，再说下去他怕自己撑不住要开车追过去打人。

章教授的手机有些旧了，但电话声音特别清晰，周围的人听见都忍不住侧目。

反倒是当事人陈白微跟没什么事一样，还在那儿笑眯眯地干活。

米阳跟着陈白微，是离章教授最近的。章教授年纪大了，陈白微在他身边悄无声息地接过来许多重活，实在接不了的也尽可能地帮老教授，简直是个万能小帮手，什么都会一些。不管有什么事，找他准没错。他像是长了四双眼睛、八条手臂，哪里都能插上一手，很快就能把问题解决。

别的不说，光看他对章老这份孝心，米阳都觉得章老和他像是亲爷孙。陈白微将章老的事当成了自己的家事，尽心尽力又做得自然。

米阳也戴上了口罩，听陈白微的话，帮他做一些小事。陈白微不敢让他一开始就接触大件的东西，怕他碰坏了，只让他做一些不是很重要的杂事。

米阳性子沉稳，手也够稳，被吩咐什么都做得认真，而且他有一个优点，那就是不说话。

陈白微如果不是停下来休息的时候抬头去看，都不会察觉身边还有一个小师弟，米阳太乖巧了。

陈白微笑了一下，走过去看米阳手头的活计。他刚才吩咐米阳磨颜料，修复用的是矿物颜料，必须现场研磨，这样效果更柔和自然，也更能和原色协调，可就是需要不停地、一点点地去磨，又细致又琐碎。米阳就安静地坐在那儿，手上的动作非常稳，把花青和藤黄混合调成草绿色。旁边放着几个小碗，装着调好的颜色，极清淡，瞧着就赏心悦目。

陈白微观察了他一阵，挺满意的。等米阳做完手头的事，陈白微道："这些颜料今天够用了，你搁在一旁吧，去洗个手找副手套来帮我拼碎片。"

米阳答应了一声，收拾好了就去帮忙。

陈白微人看着轻浮，但对着残片十分细心温柔。他一边带着米阳做事，一边小声跟他说着需要注意的事项。

"这里，比着这个来拼。对，手上再轻一点，用镊子，这里太干燥，很容易脆裂。这是肩膀以上的部分，黄色的部分是帽子，你负责这个吧。"陈白微又道，"拿不准的再问我。"

米阳点头，拼了一会儿。陈白微看着他点头，夸赞道："做得不错。"

米阳跟着陈白微，自然也是和章教授接触较多的。不过两天，章教授就来问他的名字："你叫什么？也是沪大的吗？"

米阳摇摇头道："不是，我是高二的学生，是孙教授让我来帮忙的。"

章教授最喜欢听话的学生，米阳手又灵巧，章教授把一些琐碎的拼凑的活儿交给他来做，打发陈白微去记录文物信息。

"纤维检测分析要快点弄出来，还等着调配。你去做那个，还有数据表也尽快弄好，还有……"章老拍了拍陈白微的肩膀，笑呵呵地道，"那边有把椅子，你坐着写啊，写好了就去睡一会儿，忙了两天就睡了四个小时，铁打的也不行，快去吧。"

陈白微笑道："哎，知道了。"

赶陈白微去休息了，章教授带着米阳继续做事。老人知道得多，一边做一边讲解。米阳是第一次接触，对这些很是好奇，却谨言慎行，只点头应"是"，下手特别小心。

章教授看他一眼，笑着摇头："你性子太沉稳了，白微像你这么大的时候，鸡飞狗跳，没少折腾事。我啊，那个时候盼着他上大学就沉稳了，喏，就像你现在这样。"

米阳笑了笑，道：“陈师哥现在也挺好的，大家都很喜欢他。”

米阳跟在章教授的身边学得多，但留下来的时间延长了几天。

米阳给白洛川打电话，白洛川忍不住道：“又晚？”

米阳道：“嗯，陈师兄说要再等两天。”

白洛川有些不乐意，道：“前天你就是这么说的，明天就是第十天了，要晚到什么时候？”

米阳也有些无奈，低声道：“没办法啊，章教授那边的人有些事在京城耽搁了，怎么着也要再等几天。”

白洛川道：“是不是故意欺负你呢？就跟你一个人说的吗？其余人呢？”

米阳笑道：“没有，大家都等着呢。这边的人都很好，师哥师姐们很照顾我。”

白洛川坚持：“你让他们拿出行程，看看时间，到底订票了没有？哪有拖起来没完的。你还要不要回来考试了？”

春季高考各地的时间不一样，沪市今年设了四个考点，考试时间在五月份左右，米阳现在回去也就一两个月的时间抓紧复习了。米阳来的时候带着不少参考书，心里是紧张的。

两个人在电话里说了一阵，米阳觉得头疼起来。

另一边，坐在车上准备回家的白少爷心情也不太好，他觉得自己的忍耐力快到了极限。他和米阳从小到大都没怎么分开过，米阳的一举一动他都知道，哪怕是高中时他们不在一间寝室住，他因为和米阳班上的同学混熟了，也能知道米阳的每一件事。但这次不一样，他忽然有一种米阳离开了的错觉。

多了很多他不知道的人，也多了很多他不了解的事。

车开得很快，车窗外晃过的路灯灯光刺眼，白洛川把手搭在额前听着米阳在那边跟他解释，但米阳说出来的人名他一个都不认识。

“静姐带着我们先自己倒腾，不敢直接下手。她找了半天，就陈师兄一条围巾的料子比较细密，拆开了教我们梳理经纬线。陈师兄捧着剩下的那点围巾残骸去找章教授，非让系里出钱赔一条，特别逗。”米阳努力跟他说一些好玩的事情，想要缓和一下气氛。

白洛川听着，抿着唇没有回话。

手机那边忽然有一个年轻男人的声音传过来，喊了米阳一声："哎哎，快趁热，先脱了再进来！"

米阳答应了一声，一阵窸窸窣窣的响动传来，白洛川立刻问："那是谁？"

米阳道："哦，是室友，先不聊了，明天再给你打啊！"

陈白微转身又去端了一盆热水过来，放在床边，自己脱了鞋也把脚泡进去，舒坦得呻吟了一声："天可真冷，还是泡泡脚舒坦。"

米阳学着他的样子卷起裤腿泡脚，滚烫的热水瞬间让全身都热乎起来。"谢谢师哥，明天我打水。"

陈白微摆摆手，笑道："跟我客气什么？照顾你这个小孩是应该的，尊老爱幼嘛。"

米阳也笑了，他来这边来后，陈白微一直都很照顾他。

这个房间就米阳和陈白微住，两个人都怕冷。陈白微刚泡出一点热乎气整个人就都缩到被子里，米阳去把水倒了后回来睡觉。他在那儿铺被子的时候，就听到陈白微小声地骂了一句："冻死了，我恨不得穿着羽绒服钻被子里睡。"

米阳笑了一声，铺好被子躺下休息。厚被子里多了一件衣服，没穿着，他盖在身上裹着睡。米阳闭着眼睛，在黑暗里拽着那件校服外套略微高出来一点儿，把鼻尖都埋进去，慢慢睡去。

晚上冷得厉害，陈白微在对面窸窸窣窣地翻身。过了一会儿，他摸黑起来，出去了一趟，拿了一个小热水袋回来，哆哆嗦嗦和米阳一起挤着取暖："就这一个了，我平时用它就能暖前半夜，条件艰苦，大家克服一下吧。"

米阳哆嗦得不比他轻，这里确实是苦寒之地。

陈白微第二天起来的时候，一张俊脸依旧是冷白的。他裹上衣服后还觉得不够，把那个热水袋拿出来换了热水，揣在衣服里带着去干活。

他自己试了一下，觉得挺暖和，扭头问米阳："你冷不冷？要不我把这个让给你？"

米阳看着他小肚子那儿鼓起来一块，笑着摇头道："不了，我还行。"

陈白微就喜滋滋地自己用了。

揣着热水袋是暖和不少，但原本穿的衣服就厚重，这会儿肚子那儿鼓起来一团，就像是身怀六甲。陈白微一进工作室就接收到四面八方的目光，他人缘不错，一进门大家就纷纷跟他道贺。一个戴黑框圆眼镜、体态丰腴的师哥迈着小碎步特意跑过来给他“把脉”，没两秒眉梢眼角就带着喜气道：“哟，这是喜脉啊！白微，你自己跟大伙说，是不是有宝宝啦？”

陈白微眯起一双细长的眼睛，笑道：“是啊，再过俩月就生了，到时候请你喝满月酒。”

抠门的陈白微到拐了人来的第十天才履行了诺言，请米阳他们四个人吃入伙饭。

陈白微去采购补给，带了米阳他们去了一趟市区。他去买东西，给米阳他们在宾馆开了两间房，让他们去痛痛快快地洗了个热水澡，然后休息一下。陈白微虽然抠门，但对女生很绅士，单独给单静开了一间房，让她好好梳洗打扮一番。

买了东西回来，陈白微去找米阳他们，在浴室冲洗干净，换了一身干净的新衣服，再将脏衣服团起来装在袋子里提上，对米阳他们道：“怎么样，舒服一点儿没有？好了，咱们这就去吃饭，今天吃烤肉，管饱！”

几个人都欢呼起来，尤其是男生，眼睛都亮了。

陈白微找了一家烤肉店。他能说两句当地话，逗得点菜的小姑娘笑个不停，还送了他们一瓶果汁。

西北的饭菜实惠又量大，先上来的是馕和烤肉。陈白微还要了一些烤包子，一个个烤得香气扑鼻，咬在嘴里又酥又烫，满口流油。一行人扎扎实实地吃了一顿肉，不光是胃里满了，恨不得堵到脖子那儿。

陈白微招手要了酒，笑道：“来来，咱们大家喝一杯，认识一场，也多谢你们能留下帮忙。”

米阳低声道：“师哥，我就不喝了吧。”

陈白微道：“当然不可以了。宝贝儿，你这样，抿一小口，剩下的师哥替你。”

他最近跟米阳熟悉起来，喜欢说话的时候加一个“宝贝儿”。米阳要是做事做得好，他就竖起大拇指夸他“宝贝儿干得漂亮”；米阳要是做得不好，他就连声道“哎哟我的小宝贝儿，可不敢这样，这里不能用镊子”。这个人就像现出原形，特别像是一只摇着尾巴的狐狸，瞧着蔫儿坏又漂亮。

米阳看着那酒没掺其他东西，想了一下，觉得还可以，就举起来喝了一小口。

陈白微果然把剩下的酒倒到自己杯子里，跟其他几个人谈笑风生起来。大概是喝了酒暖身，他整个人都像舒展开了一样，神采飞扬。什么话经过他的嘴，都变得俏皮许多，逗得整桌人开怀大笑。

一顿饭下来，大家的距离又拉近不少。

米阳旁边坐着的是带他们来的司机，司机这两年一直跟着章教授这个团队忙活。他他跟米阳交谈了两句，笑道："这次来前大家都给白微投票啊，他去了，你们就来了！"

司机跟米阳解释了一下他们这个团队"偷人"之前的准备工作，大家在营地里待得久了，就算是京师大学的高才生，一个个也都穿得跟落难民工似的。这边风沙大，这帮人一个星期没洗澡了，形象实在不够好。

司机道："然后他们让陈白微去，他形象好，洗干净就能把人拐回来，没想到真有用啊！"司机夸陈白微能干。

米阳："……"

司机憨厚地道："陈白微这小伙子挺不错的，能力好，人也好，就是大家对他的评价不是很好。"

米阳正端着一小杯酒试着喝两口，听见这话差点儿没喷出来。

司机摇头晃脑道："评价两极分化特别厉害。"

米阳就问他："都是怎么说的？"

那个司机挠挠头，笑道："一般人跟他同队的时候，成天都夸他好；跟他不同队的时候，见了他就想骂——你们都是文化人，换了我可能都动手了。"

米阳听了直乐。

别说，还真是这样，司机总结得相当到位了。

采购了物资，痛快地洗了个澡，再喝了点小酒，大家心满意足地回去了。

陈白微刚回到营地就去给章教授送东西，他这次特意去买了一双厚一些的护膝，担心老爷子的腿冷，忙给送了去。

米阳喝了一点儿酒，身上暖暖的，没急着回房间去，而是在营地附近走了走。他拿出手机给家里打电话，先给程青打了一个电话，知道程老太太感冒好了，程青已经回沪市之后便放下心来。他握着手机又翻看了一下短信，并没有收到白洛川的短信。

米阳给他发了两条短信，他没回，米阳忍不住打了一个电话过去。

电话没关机，只是没人接。“嘟”声拖长，米阳一边走一边等他接电话。

快走到营地门口的时候，米阳听见模糊的铃声，由远及近，声音特别熟悉，跟他现在用的这部手机铃声是一样的。

米阳愣了一下，抬起头来。营地的房间门口有一个身影，也抬头注视着他。瞧见以后，那人立刻大步走了过来。

白洛川穿着一件和米阳身上一样的羽绒服，走到他跟前的时候呼吸声都重了，像是也跑了一圈刚找到他。白洛川先是上下打量了他一番，紧跟着皱起眉头道：“你去哪儿了？我听到他们回来就出来找你，他们都说你下车了，一眨眼人就没了。”

米阳看了他好一会儿才回过神来，笑弯了眼睛，给了他一个大大的拥抱。

白洛川道：“我以为你又丢了。”

米阳笑道：“怎么会？我刚去转了一圈，顺便给你打电话。你怎么来了？昨天都没跟我说，不然我就不出去了，留在这儿等你。”

白洛川道：“周末，学校放假。我昨天晚上都没睡好，早上跟魏爷爷请了假，订了最早的航班过来给你送点资料，马上就要考试了，你不能落下太多。”

陈白微正好回来，一边打开房间门，一边好奇地道：“米阳，你朋友？”

米阳点点头，带着白洛川走进去，道：“我同学，来给我送点学习资料和笔记。”

陈白微吹了一声口哨，挑起眼角看着他们俩，笑道：“感情可真够好的，不远千里来送资料，真是中国好同学啊！”

白洛川略微颔首道：“家里在附近正好有工程，我是顺路过来的。”

陈白微在这里待了一两年，对这里熟悉，问了一下是什么工程。白洛川大概跟他提了两句，陈白微知道那家。他看着白洛川，笑道：“哟，富二代啊！”

白洛川抬头看了一下房间，实在太过简陋，他眉头又忍不住皱了起来。

米阳问他：“你的行李呢？”

白洛川道：“我就带了一个包，放在登记处那边了。其余的明天送过来，等下我去拿。”

他们低声说话，陈白微上前去把床上的被子拿起来一床，略微叠了两下抱起来道：“米阳，我今天晚上不回来睡了。我们老爷子今天有点儿咳嗽，我不放心，得过去照顾一下。正好你的同学来了，让他睡我的那张床吧。你们要去登记处吧，顺便跟单静说一声，让她给你同学拿床被子。”

他一边说一边又从床上翻出一个热水袋，笑道：“这个我也拿走了啊，你一会儿从单静那儿再要一个。”陈白微喝了点小酒，身上暖，眼神飞扬，“我走了啊，你在这儿招待好你的同学。”

房间里就剩他们两个，白洛川看一眼周围的环境，闭了闭眼睛道：“我给你订张机票一起走吧，我不想你待在这个破地方了。”

米阳乐了：“我来的时候你可不是这么说的啊！你说我选什么都能做好，你都支持，我的行李都是你收拾的。”

白洛川道：“我后悔了行不行？”

米阳摇头，没憋住，笑起来。

白洛川对这里的一切都不习惯，他看着这简陋的房间心里不爽，干脆卷起袖子收拾起来。

有睡袋还好过一点，睡了一夜也不太冷。

第二天一早，米阳醒过来的时候还有些迷糊，习惯性地先抢被子。裹着睡袋滚了两圈被白洛川拎回来，过了一会儿他才反应过来：“是你啊？”

白洛川不乐意地道：“你以为是谁？！”

米阳眨眨眼，看着他。

白洛川冷声道：“你编啊，编一个我看看。”

米阳讨好地笑道：“白洛川，让我起来呗，我都饿了。我刚看到你包里有巧克力，我想吃一点儿。”

白少爷听见他这么说，就先放他一马，两人起来洗漱完毕，去了小餐厅吃早点。

米阳啃了大半块巧克力，有点腻，一盘炒饭吃得很慢。白洛川拿过来替他吃了，再对他道：“我的行李中午到，里面还有很多吃的。饿了再吃吧，别勉强自己了。”

米阳应了一声。

他们来得挺早，吃了一会儿后，只有单静一个人过来。米阳跟她打了招呼，又介绍了一下白洛川。单静昨天熬夜做表格，还在打哈欠，抱歉地笑道：“小师弟招呼好啊，我拿点东西去工作室，那边还有两个人在等着，真是忙起来连吃饭的工夫都没有。”

没一会儿，陈白微也过来了。他瞧着精神不错，见了他们打招呼道：“小师弟早啊，同学也早，昨天睡得怎么样？”

米阳道：“挺好的。章教授怎么样了？身体要紧吗？”

陈白微道：“不要紧，老毛病了，吃点润肺止咳的药就好了，主要还是休息不够。我跟他老人家说了，可他怎么劝都不听。”他坐过来跟米阳他们一起吃饭，刚说了没两句，旁边的白洛川就动作迅速地解决了一整盘炒饭：“我吃好了。”

白洛川站起身看着米阳。

陈白微也停下来歪头看着他们，带着一点儿好奇。

米阳连忙站起来道：“哦哦，对，师哥你慢慢吃，我带他回去。”

陈白微笑道：“你带你同学去一号工作室看看，那边还有椅子，让他坐着等。”

米阳点点头，又道：“他今天下午就走了。”

陈白微道：“不碍事的，咱们这儿难得来个人，你带他去参观一下吧。”

米阳道：“哎，知道了师哥。”

刚走出去没几步，他又听见身后的陈白微喊：“哎，小师弟啊，我突然想起来，先让你同学去一号工作室吧，你跟我来一趟！”

米阳这段时间一直跟着陈白微干活，习惯性地应了一声：“好！”

白洛川不乐意了：“我人就在这里，你怎么还跟他走啊？”

米阳道：“干活呗！干完就能早点回去了。”

白洛川皱眉，却只能认了。

陈白微拐了四个劳力，瞧见白洛川的时候总忍不住打量他，觉得不用他实在是浪费。陈白微带米阳抬着箱子走过，白洛川立刻上来帮忙，力气瞧着挺大。陈白微笑道：“哎，这位同学，有没有兴趣来给我们帮个小忙？”

这话听着耳熟，米阳刚想开口，白洛川就接过陈白微递来的手套，利落地戴上，一言不发地过去给他们帮忙了。

白洛川想要的很简单，他想看看米阳离开自己之后都做了些什么。

再没有比亲眼看着知道得更多了。

白洛川做事卖力，话又少，非常注意不影响他们工作，不碰展台上的任何东西。

他这么小心，反而让旁边的胖师哥忍不住多看了两眼，胖师哥笑呵呵地道："小白是吧，没事，别这么紧张。那边就是我们昨儿刚买来的一些丝线，不是文物。"

白洛川点点头，依旧站在一旁避开那些东西。他戴着口罩，挡住了鼻梁以下的部分，视线平淡，他只盯着米阳看。

胖师哥瞧见了，又道："哦，我们这次找到了不少好东西，老师忙活了两年，估计明年还得来呢。"

白洛川这才看向他："明年也来这边？"

胖师哥笑道："差不多吧，老师为这里准备了太多，和这边的研究馆、博物院都讲好了，这边一个丝绸博物馆已经展览了一些修复好的文物，总体来说这次收获还是不错的。"

白洛川点点头，又扭头去看米阳。

胖师哥闲不住，一边干活一边跟他搭话："你和米阳穿的羽绒服一样。"

白洛川言简意赅："校服。"

胖师哥道："哟，你们沪市高中就是不一样啊，校服都发名牌的呢。"

白洛川随口应了一声。胖师哥还想跟他再聊几句，可他忽然抬脚大步走了过去，一直走到了主工作台边。

陈白微一边教米阳一边道："哎哟我的小师弟啊，这两条线是错的。你看这里，不应该放这块碎片……"

米阳难得没松开镊子，试探着道："可是，我觉得它们才是一部分。昨天静姐教我看经纬线，师哥你看这条线的走向和折痕。"

陈白微凑过去看了一眼，皱眉道："还真是，可图案对不上。这应该是经书纹理，你等着啊，我去请老师来看看。"

他一抬头，就看到站在旁边的那位个子挺高的同学。

白洛川面无表情地问他："陈师哥，还需要我干什么活吗？"

陈白微看了他一会儿，忽然笑了，拍拍他的肩膀道："要啊，这样，你帮我把章教授请来，他在三号工作室。"说完他回头跟米阳继续探讨去了。

白洛川请了章教授来，米阳发现的那个问题让老教授有些惊讶。文物已经破损了，他们按照各类资料上记载的或许能直接拼好，能够保证完整。但现在看来，这并不只是单纯的一幅图，至少和他们之前发现的都不一样。章教授有些激动，去找了其他人继续查询资料，米阳负责的琐碎活计也都停下，要等商讨完之后，再由章老带着他们修复。

因为发现一条微小的线索，文物的价值就大大地不同起来。

米阳因此得了空闲，能和白洛川一起坐着聊一会儿。陈白微也停下手头的活计，伸了个懒腰走过来，跟他们凑在一处偷闲。

白洛川忽然开口："我还有一些东西中午送过来。我给大家买了一些吃的和用的，也给陈师哥买了个睡袋，保管暖和。"

白洛川的行李提前送到了，东西比米阳预计的还要多，不是几个行李箱，而是几个结实的包，捆得结结实实像是运来的物资，堆了小半个帐篷。这次每个人都得了一个睡袋，吃的和用的更是挑着最好的带来，连药品白洛川都准备了，还专门给章教授备了一份，里面有好几瓶上好的清热润肺的秋梨膏。

这些人将来都是米阳的师哥师姐，米阳还要和他们相处好几年时间，白洛川做事细致又周到，从来不会亏待他人。

陈白微看到那几瓶秋梨膏，手指在瓶子上弹了两下，笑意更重了。

他觉得这两个小家伙有点意思。

白洛川带给米阳的东西单独装了一份，摆在房间里。米阳认为自己在这里待不了几天，这些东西他用不完，可是白洛川十分坚持，他只能留下。

米阳道："那就放在这儿，等到暑假我没准还会再来。"

白洛川正在给他整理参考书和笔记，除了昨天他自己带来的那些，今天又送了一些过来。听见这话，他问道："暑假还来？"

米阳道："说不准，章教授那天问我来着。他说如果还带队过来，到时候会看情况给我打电话。"

白洛川又问："你想来吗？"

米阳抬头看他，眼睛亮亮的。

白洛川笑道："干吗这么看我？你想来就来啊！到时候我先处理好自己的事，然后也来瞧瞧。"

米阳点头，高兴了不少，问他："是你上次和我说的，京城的堂哥带着你做生意的事吗？"

白洛川点头道："对，我本来想带你先去一趟京城。你上次说要找的人有点消息了，我堂哥找到了以前接手书肆的一个人。不过你要先来这边也行，那边有堂哥帮我们打点着，回头去了大学我再陪你慢慢找。"

米阳点头应了一声，伸手去拽他的衣袖。白洛川道："别动，我给你画重点。"

米阳道："你别画了，晚上打电话的时候再跟我说呗。"

白洛川低头一边写一边道："我怕说不清楚。"

米阳忍不住感慨："你现在对我真好。"

白洛川不满地道："我以前对你不好？"

米阳笑着吹捧他，把他吹上天。

下午，白洛川磨到最后一分钟才背上包出去，在营地门口跟米阳挥了挥手，上车离开。

白洛川隔着车窗看了一眼，营地门口的小孩戴着帽子和围巾，裹得像是蚕宝宝，看车开走了才慢吞吞地挪回去。

白洛川的嘴角勾起来一点儿，很快又收敛，恢复了平日的样子。

米阳留在这边继续跟着章教授忙碌，师兄们都肯带他。米阳记性好，别人说过一遍的事他都记得住，而且肯动脑去想。章教授在一旁瞧着十分欣喜，有一次吃饭闲聊的时候还问了米阳两句。听到米阳的第一志愿是考自己这里，章教授笑得嘴都合不拢，连声道："好啊，这可真是太好了！米阳啊，你要是想来，就放心大胆地准备考试。明年不成就等后年，老师提前给你留个位子。你什么时候来我都带你，呵呵！"

米阳揉了一下鼻尖："谢谢章老，我其实今年就打算参加考试。"

章教授惊讶地道："今年？提前考试吗？哟，我还真不知道你的这个情况，耽误你复习了吧？"

米阳摇头，笑道："没事，我的同学给我送参考资料过来了，也画了重点，我晚上可以自己看。"

陈白微也在旁边提醒道："就是前两天来的那个男同学，个子挺高，长得也不错，力气特别大，就扛箱子那个……您想起来没有？"

章教授恍然道："对对，是有这么个同学。"

米阳笑道："他跟我一样提前考试，我们俩一起复习。他这次是家里人在这边有工程要过来一趟，正好给我送点东西。章老，运气好的话等九月份您就能见到我了。您自己说的，一定要带我啊！"

章教授道："带，我一定带！"

第十八章
鸡汤

米阳回程的时间比预计的又晚了五天，要不是听说他要考试，章教授都不打算放人。二十天的“交流学习”非常圆满，米阳回来的时候除了瘦了一点，并没有太大的变化。他的眼睛里有带着希冀而明亮的光芒，信念比之前坚定了许多，很快又投入到忙碌的学习中去。

托白洛川送了一份参考资料的福，米阳回来之后的考试成绩还不错。魏贤给他们也出了题，针对他们的弱点集中补习。

五月，米阳和白洛川一起参加了春季高考。

程青不管药房的事，专门腾出两天来陪他。送米阳进考场前又检查了一遍：“阳阳，你再看看，身份证和准考证都带了吧？笔呢？笔够用吗？”

米阳拿出来给她看，两证齐全，2B 铅笔和黑色水笔都多准备了两支，允许带的三角板等工具也都带了，还多带了一块手表，专门看时间用的。

程青脸都白了还在那儿勉强笑道：“很好，都拿齐了就行。你进去慢慢写，时间不够也别紧张，能写多少写多少，要是提前写完了就坐着多检查一下，可别提前交，知道吗？”

米阳点点头，笑道：“我知道了，妈，到点了，我进去了啊！”

程青点点头，她这边刚送了米阳进去，就看到旁边停着的那辆黑色车打开车门。从车上下来一个挺高的男孩，长得也帅气，见了她点头笑道：“程姨，我妈也来了，您进车里歇一会儿，也陪陪她。她刚才念叨好久，瞧着比我还紧张呢。”

程青笑了笑，道：“行，你快去吧，阳阳刚进去。”

白洛川点点头，大步向着考点大门走过去。离大门不远处，米阳站着等他，瞧见他后，两个人才肩并肩一起进了教学楼。

程青瞧不见他们的背影了才回头上车。骆江璟坐在那儿也正隔着玻璃看，眼圈有点儿发红。她瞧见程青，有点不好意思地笑道：“哎，你说我，不知道怎么的，就觉得他们一眨眼这么大了，我也帮不上什么，跟着瞎操心。”

程青坐在她身边，笑道：“不瞒你说，刚才我送阳阳的时候也紧张得手心冒汗，跟二十年前自己参加高考一样。高考只是一站，人生的路还长着呢，且走着吧。”

骆江璟笑着点头，过了一阵，她又忍不住抬起头来隔着车窗玻璃往外看那栋教学楼。

程青也在看，她的期望没那么高，与其说担心米阳的成绩，不如说担心考得不好的话米阳的自尊心受挫。转念一想，米阳好歹小学跳了一级，多考一年也不耽误什么。她是个乐天派，安慰了自己一阵，又放松下来。

上午考完一场，两个人回来的时候，状态还不错。

下午那场考试时间在三点钟，给了充足的时间休息。骆江璟在附近订好了酒店，就把两个孩子一起送了过去。程青不放心酒店的饭菜，借用了人家的厨房，亲自给两个孩子做了一顿饭菜。

两个人吃得很香，白洛川更是吃了两碗饭才停下，比在家里吃得还多。

原本家长订了两个房间让他们各自休息，但白洛川拿了书道：“妈、程姨，我和米阳一个房间吧，我们还要看一会儿书，之后再睡午觉。”

骆江璟道：“行，那妈妈一会儿叫你们。”

白洛川想说自己可以定闹钟，还没开口，旁边的米阳就笑着点头道：“好，那就麻烦骆姨了。”

骆江璟得了这个任务，就去隔壁房间和程青一起休息。她们俩是没有一点儿心思睡午觉的，骆江璟把公司的文件翻看了两页后什么都没记住，只抬头时不时地去看时间。

米阳翻了一下书，白洛川就笑道：“还真看啊，这本快被你翻烂了，有哪道题你不会的？”

米阳也笑了，把书放在枕头边，轻轻地叹了口气，道：“就是有点儿紧张。”

白洛川道：“没事，你是我教出来的，一定能过。”

米阳被他逗乐了，心里的紧张劲也散了一些。

白洛川的嘴角勾起来，小声道：“快睡吧，下午还有一场考试呢。”

旁边的人睡得快，就跟情绪被带动一样，米阳的身体慢慢松弛下来睡着了。

下午，他们的小闹钟先响。他们刚起来洗了把脸，就响起了两声敲门声。

白洛川打开门，骆江璟和程青站在外面，已经在等他们了。

程青蘸了一点薄荷膏，给他们的太阳穴揉了两下，笑道：“提神醒脑的，下午也要加油啊！”

白洛川笑道：“知道，谢谢程姨。”

骆江璟也给了米阳一块新手表，对他道：“今天中午跟你妈妈聊起来才知道，你那手表之前泡过水，万一出问题怎么行？我让人去买了一块和洛川一样的过来，小乖听话，把这表拿上。”

米阳愣了一下，连忙推拒道：“骆姨，不用的，都是一年前的事了，已经修好了，我用着还挺好……”

骆江璟不肯听他的，坚持要他拿着。白洛川过来给米阳换上，一边给他戴表一边道：“你就听她们的吧。”他眨眨眼，笑道，“也理解一下高考考场外家长焦急的心情。”

米阳抬头去看程青，见程青也无奈地笑着点头让他拿上，才礼貌地道：“谢谢骆姨。”

骆江璟摸了摸他的脑袋，笑道：“考试加油呀。”

高考两天，两个妈妈全程陪伴。第二天下了雨，骆江璟的车停得离校门口近了一些。但她还是不放心，时间还没到就和程青撑着伞下去等了。

此时天气还不热，绵绵细雨落在伞上，发出细微的声响。不多时，教学楼的考场铃声响了，过了一会儿有学生陆续走出来。

不少考生带了伞来，等在周围的家长立马围上去。虽然考场不大，人数也不多，但一时间校门口围满了人。瞧着周围有个接女儿的家长抱着孩子哭，骆江璟也有点儿眼眶发热。她抬头去找自己家孩子，看到他俩挤在一把伞下，一边走还一边小声争辩——

“你怎么自己不撑伞啊？这把太小了。”

“我懒得打开，你撑着呗！”

“我书包都湿了……”

“书包重要还是我重要？！”

骆江璟那点儿伤感的小心思立刻被冲淡了，“扑哧”一声笑出来。程青在旁边也跟着笑，一边摇头一边对她道：“骆姐，你昨天还说他们长大了呢。我瞧着跟小时候一模一样，压根儿就没变！”

骆江璟失笑：“洛川还是这性子，整天就知道欺负小乖。”

程青道：“米阳也有脾气，不是谁都能欺负的。他那是习惯照顾人了，呵呵。”

骆江璟觉得头疼：“从小我就教他照顾弟弟，真是，半点儿都没听进去。”

程青不在意道：“一样，反正他们俩互相照顾。咱们呀，就甭操心了。”

两个人说说笑笑地走过去，把两个男孩接上。骆江璟先递了自己的伞给白洛川，戳了他的额头一下，笑道：“又欺负弟弟，跟你说多少次了，你是当哥哥的，要照顾小乖听到没有？你看看小乖是怎么照顾米雪的，学着点。”

白洛川不在意地道：“好哥哥吗？我知道，晚上哄他睡觉还给他讲故事呗！”

骆江璟：“你是不是要气死我？”

白洛川揽着她的肩膀往前走，把雨伞往她那边打着，哄她道：“怎么可能？我最心疼您了，我们骆女士心胸宽广，肯定能活到一百岁。而且驻颜有术，到了一百岁也是最漂亮的老太太。”

那边的程青接过米阳的书包，笑着跟他说话：“甭管考得怎么样，先放松两天。明天周五，妈妈去给你请假，连着周末你好好休息一下，什么都不用管。”

米阳笑着点头道：“好，谢谢妈。”

成绩要等一个月左右才出来，这段时间两个人松了一口气，一边回学校读书，一边等成绩。

（一）班和（二）班的班主任关注这两个尖子生，他们是老师的心头宝，他们回来后，老师给他们各自估算了一下分数。因为文科和理科是分开出题的，白洛川和米阳之前对过一次分数，但只对了语文、数学和英语这三门，其余的都是各自估算的。

班主任给他们估的分数还不错，老戴特意请了教学组的老师算了一下，白洛川算是超常发挥了。老戴心里高兴，却没表现出太多情绪，只对白洛川点头道："还不错，回去接着复习啊！还有一个月呢，在没出成绩之前，你就是咱们高二（一）班的学生，老实地跟着大家一起念书吧。"

白洛川点点头，起身要走，忽然发现老戴的电脑上贴着一张行程表，愣了一下道："老师，您晚上要出去……吃饭啊？"

老戴也瞧见了，把那张行程表拽下来咳了一声，有点儿不自在地道："你管我呢，快回去念书，一会儿我上课就抽查你背课文啊！"

白洛川："……"

白班长估了一个不错的分数，老戴一高兴，上课就让他背了两遍《游褒禅山记》。

等到下课以后，白洛川隐约觉得有点儿不太对劲。老戴那张行程表上写着时间和饭店的名字，关键是还画了波浪线和一颗爱心啊！

另一边，米阳估完分后，被班主任文老师慈爱地夸赞了几句，然后被送回了教室。

文老师这段时间清减了不少，穿着连衣裙显得身材苗条又温婉。她在教室里转了一下，又给讲台上放着的那盆绿萝倒了点水，然后走了。

整个教室陷入一种古怪的气氛之中。

米阳看着同桌，平日里阳光活泼的大男孩也幽幽地看着讲台上的绿萝不说话。米阳胳膊上的汗毛都要竖起来了，揉了一把胳膊后小心地问道："这是怎么了？大家怎么都……不太对劲啊？"

同桌冷声道："哪里是我们不对劲，全是这个世界的错。"

米阳耐心地问道："这世界具体错哪儿了？"

同桌眼神里的怨念快冒出来："团支书，你出去交流学习又忙着考试还不知道吧，隔壁班的戴老师背叛了我们。"

米阳："啊？"

同桌已经把自己代入苦情剧女主角了，悲痛地道："老戴去相亲了，一个星期相两回啊！"

米阳惊讶地道："戴老师去相亲了，和谁？"

同桌低声道："和一个特时髦的女的，咱们班袁琪家是开咖啡馆的，开家长会的时候袁琪的家长见过戴老师，一眼就认出来了。袁琪跟我们说的时候我们都不信。老戴也是，逮着一家店相亲起来没完，又领着另一个女的去了一回！这次袁琪亲眼瞧见的啊，回来说的时候眼圈都红了……"

米阳觉得他的情绪也有点儿激动，嘴唇颤抖着，像是至今都无法接受这个事实。

同桌哽咽道："老戴这次太过分了。"

他们这边小声嘀咕着，米阳忍不住道："或许，戴老师就是想去多认识几个朋友？"

米阳后排的一个女同学幽幽地道："团支书，咱们文老师平日里待你不薄，你是站哪边的？文老师肯定伤心了，你看她都瘦了好多。"

同桌心痛道："可不是，我们眼睁睁瞧着，痛在心里啊，戴老师这事做得不地道，平时来咱们班这么勤快，恨不得一天来三回。他又去相亲……他怎么能干出这种事来呢？"

（二）班人的心情整齐划一，他们都觉得自己是文老师的"娘家人"，对老戴相亲的事由震惊到愤怒——这浓眉大眼的家伙竟然也背叛了"革命"？！

米阳抬头看着讲台上那一小盆绿萝，当初还是（一）班送来的。掐了一段枝叶过来养到现在，已经长得非常茁壮，绿色的叶子舒展开，绿意盎然。戴老师每次来上课的时候，都会顺手侍弄一下这盆绿萝。他爱花，也会养花草，拿着小水壶浇花的时候都是哼着歌的。

文老师刚才浇花的姿势，跟他一样。

另一边，白洛川也在想着戴老师的那份行程表。他皱着眉，转身敲了敲后面毛岳的桌子，问他："哎，老戴最近什么情况？"

毛岳虎目含泪，一脸愧疚地看向他："班长……"

白洛川吓了一跳："怎么回事？"

毛岳还没开口说话，老戴急匆匆地走进来，给大家贴了新的值日表。他把一些零碎的活计都分派给了白洛川，大概是对白洛川的估分相当满意，还开了两句玩笑："让白班长再给我们服务一两个月，大家抓紧时间，监督他履行班长的义务啊！"

老戴带头鼓掌，班上的同学们跟着稀稀拉拉地鼓掌，虽然配合，可是能看出有几分落寞。

老戴也瞧出来了，但他只当同学们是学习辛苦，和以前一样对他们鼓励道："大家要努力啊，我们还有一年多的时间可以拼搏。一起冲一把，好——不——好？"

老戴举着拳头兴致勃勃，但学生们看向他的时候只拖长音调回了一句："好——"他们的话里暗藏哀怨，他们的视线也带着青春的伤痛。全班士气低迷，就像他背地里做了什么对不起大家的事。

老戴摸不到头脑，又叮嘱白洛川两句让他管理好自习课的纪律，然后走了。

毛岳在后面叹了一口气，喊了白洛川一声："班长。"

白洛川笑道："又怎么了？我就提前一年多去上大学，你们不会这么舍不得我吧？"

毛岳嘴笨，张嘴半天也说不到点子上去。旁边的宣传委员是他的同桌，推了他一把后自己接过了话茬，愤恨地道："老戴竟然相亲了，对象不是文老师！这不科学！"

另一个同学也愤慨地道："他被拒绝了，活该啊！"

也有人叹道："我们跟（二）班的情谊完蛋了，老戴不争气啊！"

"对，这回是老戴过分了，我现在看见文老师心里就特难受，觉得对不住（二）班的那帮兄弟姐妹。"

全班同学一致鄙视老戴吃着碗里看着锅里的行为——追求别人要有诚意啊！大家伙一起帮着他追求文老师两年，怎么他扭头说相亲就相亲去了呢？很生气！（一）班同学也毫无心理准备，毛岳——铁塔一样的汉子——抖动嘴角难过得说不出话来，白洛川瞧着他那样，胳膊上的鸡皮疙瘩都冒出来了，离他远了一点儿。

（一）班团支书叹了一口气，目光幽幽地看着毛岳："男儿有泪不轻弹，只是未到伤心处啊！”

白洛川：“……”

不知道是因为两个班同学们的怨气太重还是因为老戴自己运气不够好，他第三次相亲依旧失败了。

正所谓一鼓作气，再而衰，三而竭。老戴也有点蔫了，穿着他那件短袖格子衬衫和长裤来上课，鼻梁上架着眼镜。虽然他还笑着，却能瞧出几分失落。

两个班同学们的心情也没好到哪里去，他们像是看了两年大型真人恋爱秀男主忽然变了心，一时间心里不是滋味。

事情的转机在一个星期后，老戴第一次得到了（二）班的回馈。

文老师送了一份鸡汤，装在保温壶里，还冒着热气，喝一口特别熨帖。

打从高一刚开学起，老戴就习惯了他的白班长带人去（二）班干活、给（二）班送东西、帮（二）班争取荣誉，还是头一回从（二）班得到回报，接过来的时候脸都红了。

文老师站在那儿，穿着一身碎花连衣裙，披肩的头发烫了发尾的一点儿小卷，看着温婉可人。她笑道：“戴老师，这几天看你一直在办公室备课到很晚，还特意给我们班几个同学补课，辛苦了。这是我自己做的，不值什么，您尝尝吧。”

老戴一个大龄未婚男青年，这辈子基本只和诗歌谈过恋爱，压根儿就不懂什么风情。瞧着文老师温柔贤淑的模样，他一张脸红得厉害，结结巴巴道：“谢……谢谢你啊，文老师。”

文老师点点头，笑道：“不客气，咱们两个班的关系这么好，应该的呀。”

老戴喜滋滋地捧着鸡汤回去喝了。

不知道是因为鸡汤补元气，还是因为班里的同学莫名恢复了一点儿精神，老戴这几天过得非常舒心。

喝了人家文老师四五罐鸡汤之后，老戴再看自己桌上淡粉色的保温壶，双目炯炯有神，忽然有点感觉了。

一天，放学后，老戴捧着那个空了的淡粉色保温壶去找了文老师。文老师非常努力，虽然年轻，但对教学抓得严，自己更是以身作则，每天都留在办公室里忙到最后一个走。

老戴过来的时候，办公室里就剩下文老师一个人还在伏案批改着学生的作业。

老戴走过去，结结巴巴道："那个……文老师啊，我找你有点事。"

文老师停下手上的笔，抬头看着他，笑道："您说。"

老戴支吾半天，脸皮都涨红了也没能说出一句话来。文老师疑惑地问道："您这是要说什么呀？"

老戴嘴巴"一秃噜"，张口道："我……我想和你比比看咱们哪个班的学生考上一本的多。"

文老师："行吧。"

老戴觉得和文老师搭上了话，非常高兴。对面的文老师一直都是笑眯眯的，非常配合他。有时候老戴特意来问她小考成绩，文老师耐心地回答。

文老师是教英语的，有时候会给学生们放一两部英文电影看，老戴也会厚着脸皮搬一张凳子过去一起看。教室里拉上窗帘再关上前后门，黑黢黢的，还真有点儿像是电影院。

（二）班同学一边看电影，一边分出一点精力来听老戴跟他们文老师说了什么。

老戴："这部片子我以前看过，费雯丽气质真好，公主似的，和咱们这些当老师的就是不一样。"

文老师："对。"

老戴还兴致勃勃地在那儿小声说着，（二）班同学气得鼻子都歪了，扭头去看电影，一点儿都不想听他说话。文老师脾气挺好，笑着点头跟他攀谈，慢慢引着他谈到了其他电影上。

老戴小声道："《乱世佳人》吗？我也收藏了电影，你需要的话我明天可以把碟片给你拿来。"

文老师笑道："那可太好了，谢谢你呀。"

老戴红光满面道："不客气，原来你这么喜欢费雯丽啊！"

文老师："啊？啊，对！"

老戴美滋滋地看了一场电影，然后走了。

隔天老戴给文老师送了《乱世佳人》，还送来不少别的电影碟片，任她挑选。身为一个文艺青年，他除了喜欢诗歌，还特别喜欢电影。文老师连声道谢。

一来一往，两个人的互动明显增多了。

（一）班同学激动起来，觉得老戴浪子回头金不换，这是发现了真爱啊！

（二）班同学冷着脸，在心里激动地拧着小手帕，一致同意再给老戴一个机会！

米阳和白洛川回到宿舍，也挺感慨的。米阳坐在椅子上拿着书翻了两页，笑道："戴老师这次是认真的吧？"

白洛川道："应该吧。"

米阳拿书敲了敲他的手臂道："哎，你怎么用词这么模糊？我们班同学可都提高警惕了，生怕他又招惹了文老师，回头再去相亲。"

白洛川道："我们这儿也监控着呢。毛岳星期天去商场买东西，老远看到老戴，立刻就跟了一路。他东西也不买了，确定一路上老戴身边都没有可疑人物才放心。"

米阳问他："什么叫可疑人物？"

白洛川道："除了文老师以外的一切女性，五十岁以上的除外。"

米阳笑得不行，冲他竖起大拇指。

回到学校一段时间后，米阳接到了章教授的电话。

章教授让他去一趟京城参加一项考试："自主招生是这一两年才开始的，学校也在摸索，刚好问到我这儿，我就想起你来了，呵呵。米阳啊，你准备一下，过来参加一下这个考试，分数估计加不了多少，不过高考分数高一点儿总归好一些。考试分笔试和面试，因为我这边的专业是固定的，要带上好几年，我就又申请加了一个动手实践。"老人说得很慢，语气温和地说，"你可想好了，如果来参加考试，连着几年就得跟着我，不能再改志愿喽！"

米阳难得有些激动，笑道："我愿意，我从小就喜欢这个专业。老师您等我，我一定去。"

米阳这次去京城考试的时间很短，来回两天，白洛川没有跟着他去，只是路上发短信鼓励了他几句。

白洛川的空闲时间也被占用了，和之前一样，他出了学校就要去公司忙。多亏他精力充沛，并不觉得累，反倒是带他的米泽海有些时候跟不上他，笑着夸他："你这种精神头，两个我都比不了。"

白洛川道："米叔说的是哪里话，您年轻的时候也厉害。"

米泽海带着他看完现场，一边走一边摇头道："现在不行了。对了，一会儿你还要去哪儿？回学校？"

白洛川看了一眼手表，道："不了，晚上回去也是自习，做不成什么。我去一下散打馆，约了教练。"

米泽海上下打量他，惊讶地道："还能训练啊？你今天跟着我跑了这么久，撑得住吗？"

白洛川笑道："就是走路，没事的。米叔您先回去吧，我自己过去就成。"

米泽海看着他背着单肩包离开的身影，恍惚发现白家这小子已经不是小孩了。他身高将近一米八，走在路上还是非常醒目的，有一种少年人的劲头。

米泽海摸了摸自己的肚子，虽然还是平的，但已经没有以前在部队的时候那种腹肌分明的感觉了。他笑着摇摇头，无奈地道："也是，孩子们都这么大了，我真的老了啊！"

白洛川去散打馆练习了一会儿，他正处于精力旺盛到用不完的年纪。他卷起袖子露出结实的块状肌肉，每次挥拳胳膊都力气十足，完全不像个穿着校服懒洋洋的高挑瘦削的学生。

教练拿过几次全国散打冠军，也带出了不少好苗子，两年前才接手这个学生。当时一个穿黑色西装的人递了名片指名要他带，他刚开始以为那就是一个家里有钱的，吃不了什么苦，学一段时间就走了。他没想到这位"少爷"两年来一直坚持着，尤其是近一年的表现，可以打一些职业赛了。

教练只敢在心里这样想想，他哪会去参加职业赛？

白洛川不像是对那些感兴趣的人。

今天训练的时间比往常久，教练还和他对打了一场。结束之后，教练脱下手上的护具，甩了甩手腕后笑道："洛川，今天这么狠啊，我的手都快断了。怎么，在学校里待着烦了？"

白洛川脱下拳套，随意地向后捋了一把额前散下来的碎发，鼻梁上带着汗水，道："有点儿。"

他钻出擂台，拽了一下领口，身上的T恤已经湿透，黏腻的感觉让他有些不耐烦。他走到一旁存放背包的前台要了干净的衣服去后面冲澡，可手指还没碰到衣服，旁边一个女孩立刻跑过来道："我帮你！"

白洛川连看都不看她，推开她，皱眉道："别碰我的东西。"

女孩有些尴尬，刚才白洛川的嫌弃太明显。

白洛川拿了包后就去浴室冲澡了。

女孩一直看着他的背影，教练走过来，拿一颗薄荷糖扔在她的脑门上，笑道："回神了啊，别看了。"

女孩的脸迅速涨红。

教练看着她摇摇头。这两年为了白洛川特意转来的女孩不少，白洛川一点儿也不在意地释放自己的魅力，可他对所有接近的人都是冷脸相对。他不在意任何人的眼光，活得肆意明亮、骄纵任性，像是一团火，却又不是谁都能接近的。

白洛川收拾好自己后，换了一身干净的新衣出来，跟教练说了一声就走了。

外面的司机在等着，白洛川习惯性坐后排，才坐进去就觉察出有些不对，旁边竟然坐着一个人。车子里黑漆漆的，看不清对方的脸，但能听到对方熟悉得不能再熟悉的声音，笑着问："练好了？我猜你就在这儿。我考完试也没什么事，就把机票改成今天晚上的，提前回来了。"

白洛川看着他，把对面的人看清楚了，连嘴角的浅笑也看得到。

米阳伸手在他面前晃了晃，笑道："怎么了？是不是瞧见我太高兴了？"

白洛川听到这话跟着笑了，抬头对司机道："平叔，前面的路口停一下，麻烦帮我在路边那家面包房买点儿东西吃，我饿了。"

米阳道："我去吧，我知道你平时喜欢吃哪种……"

白洛川道："平叔也知道。"

司机照顾他们好多年了，笑道："是，买蝴蝶酥和金橘饼是吧？阳阳再要两个豆沙馅的麻团？"

米阳笑道："对，谢谢平叔。"

过了一会儿，司机提着东西站在车边，"吧嗒"一声打开车门。他把东西递过去的时候，看到米阳趴在椅背上，弓着身子埋头。他愣了一下，问道："阳阳这是怎么了？"

白洛川接过东西，解释道："他赶飞机，有点儿累了。"

司机笑了一声，道："是，晚上的航班是有点儿累。我瞧着刚才有新鲜的蝴蝶酥快要出炉，就多等了一会儿，还买了点你们常吃的那种栗子蛋糕。还要吃点什么吗？这些够不够？"

白洛川点头道："够了。"

他拆开一盒栗子蛋糕，咬了一口，口感甜而软糯，上面还有一层薄薄的奶油，很好吃。

司机在前面问道："阳阳要回哪里？"

米阳一般有三个地方可以去，一是他家之前住的公寓，二是程青刚装修好的药房，那边的二楼已经收拾好了可以住人，再就是白家。

白洛川替他说道："去我那边吧。"

司机应了一声，继续向前行驶。

米阳在车上趴了一路，白洛川就坐在一旁看着窗外。外面路灯的灯光闪过，他垂着眼忽然笑了。

米阳的行李就一件，白洛川替他提着一起进了家门。

米阳往旁边看了一眼，道："骆姨的车在。"

白洛川也看了旁边一眼，点点头，跟米阳一前一后进去。

客厅里灯光明亮，骆江璟穿着一身颇为居家的长裙，头发散着，鼻梁上还架着一副眼镜，看起来和她平时在公司的样子非常不一样，没有了女总裁的气势，整个人都柔和起来。她瞧见米阳和白洛川一起进来，笑道："哟，一起回来了？怎么样，小乖考试还顺利吧？"

米阳点头道："挺好的。"

骆江璟让家里的厨师给他们准备消夜，白洛川摇头道："不用了，在路上吃了点心，不想吃了。"

骆江璟道："小乖呢？今天有小馄饨要不要？"

米阳也摇头道："不了骆姨，我已经吃过点心了。"

骆江璟点点头，让他们上楼去了。

米阳换了一身衣服的工夫，白洛川被骆江璟叫去了楼下的小书房。她公司里有些事要跟儿子商量，这段时间除了让白洛川跟着公司里的其他人跑动，她也开始手把手地带白洛川做事了。

白洛川在小书房待到很晚，骆江璟虽然疼爱他，但对他严格要求。

他回到自己房间的时候，床铺好了，但上面并没有人。

白洛川只看了一眼就去了隔壁客房。

说是客房，其实和他那间没有太大的区别，只是没有小客厅，卧室里带了小浴室，摆设基本一致，书柜上多了很多书籍，桌上还放着一个马蹄闹钟——那是他们从山海镇带回来的。米阳一直很喜欢这样的小玩意儿，闹钟摆在桌上时，秒针会不停地发出轻微的“咔嚓”声，听着像是时间都流动了起来一样，特别容易入眠。

米阳躺在客房的床上已经睡着了，窗帘没有关严，借着月光能看到他的长睫毛落下的一小片阴影。

第二天早上还有课，他们提前出了门，两个人去学校附近吃了早点。

米阳喜欢吃这家的茴香小油条，豆浆也不错，这种天气吃起来正舒服。白洛川有时候吃烦了家里的早点，会偷溜出来和米阳一起吃外面卖的。两家的妈妈都十分注重养生，但这个年纪的孩子还是觉得学校附近的小吃店的东西更美味。家里人越不让吃的，他们就越想偷着吃。

学校附近还有几家礼品店，这会儿刚开门，没什么客人，偶尔有人进来，老板都非常客气地打招呼。

白洛川忽然碰了米阳的胳膊一下，小声道：“哎，你看那边。”

米阳抬起头，看到对面的礼品店里有两个人。男的略微有些富态，但人看着白白净净的，非常和气，短发清爽，戴着一副眼镜，斯斯文文的。女的则穿着一身小碎花连衣裙，一边走一边笑着同他说话，不是老戴和文老师又是谁？

米阳连豆浆都不喝了，睁大眼睛看着。等了没一会儿，两位老师又一起走了出来，手里提了不少东西，文老师的手里多了一小盆仙人球。

白洛川皱起眉头，觉得不对：“老戴怎么回事？送了一小盆仙人球！怎么着也应该买一枝玫瑰吧。”

米阳沉吟道：“可能是因为仙人球防电脑辐射？最近好像很流行送这样的小盆栽。”

白洛川“哦”了一声，又看了一会儿，忽然道：“老戴挺高兴的，你看他的手，他一高兴就喜欢瞎比画，上课的时候朗读诗词就爱这样。”

米阳的眼睛亮了一下，道：“他们俩这是成了？”

白洛川摸着下巴，道：“说不准。”

第十九章
状元

白洛川和米阳回到学校，一起去教务处领了练习册。他先送了练习册去（二）班，又领了自己班的练习册回去。白洛川刚进教室，就看到同学们都红光满面，特别精神。偶尔听到一两句谈话，都是关于早上校门口礼品店的事，同学们窃窃私语着“两人一起进去的”“买了一些便笺和笔记本”“对，他给文老师买了仙人球”之类的话。每个人都喜气洋洋，活像老戴送的那一小盆仙人球是他们集资买的。

（一）班的团支书和周围的几个同学热情地讨论起这个月都有些什么节日，努力想再给老戴人工制造一些机会。大家均表示出内心的喜悦以及轻微的不满。

“第一次送礼物送仙人球，老戴也真是，送什么不比送这个好？”

“话不能这么说，送这个挺好的，现在流行暖男。”

“哎，你们说是不是因为学校附近的礼品店没有玫瑰卖啊？我们去批发一点儿放着吧，也不用多，每天早上都能有几枝新鲜的放着就行。”

“对对，放在最显现的地方，让老戴一眼就能瞧见！”

大家集思广益，恨不得替老戴去送花求爱。

（一）班团支书道：“我刚看了一下这个月的节日，六月份算来算去，除了刚过去的儿童节就是端午节了。硬要凑的话，第三个星期日还有个父亲节。”

旁边同学道：“老戴刚过三十岁生日呢，咱们给他过父亲节不太好吧？”

（一）班团支书道：“那咱们就和（二）班一起过个端午节吧？反正端午节放半天假，咱们晚一点走，和（二）班一起搞个小联谊。大家准备点节目，然后抽个奖什么的。”

毛岳对这个提议挺感兴趣，问道：“奖品都有什么？”

（一）班团支书小手一挥道：“还能有什么？都是我们现阶段最需要的！”

听她这么说，白洛川抬头瞧了一下这帮人列出的奖品，神色古怪。

团支书写得认真，笔下一连串书名简直不要太熟悉——《五年高考三年模拟》《黄冈题库》《海淀名师辅导》……写完后，他又问道：“要不要再加点儿别的？班长，你带个头？”

白洛川想了一下道：“我那天可能有事要忙，就不过来了。大家需要什么就告诉我，我负责去买吧。”

团支书道：“那行，我去和（二）班团支书商量一下。”

课间商讨过后，（一）班的团支书高高兴兴地回来了，对大家道：“商量好了，（二）班那边也挺高兴的，说一定和咱们全力配合。对了，他们班听说咱们出物资，就说场地由他们包了，到时候我们拿着东西过去就行，他们负责全部收拾好。”她美滋滋地道，“（二）班真不愧是我们的兄弟班，加了不少奖品。”

白洛川问道：“都送些什么？”

“跟咱们差不多，抽奖送试卷，特等奖是（二）班团支书米阳的随堂笔记，听说还能点名让他辅导呢！”

白洛川道：“给我留个位子，我也去。”

（一）班团支书道：“班长你不是有事吗？”

白洛川道：“我尽量赶过来吧，参与一下集体活动。”

（一）班团支书挺高兴的，多来一个人就多一份力量啊！

两个班的学生可以说是非常拼了。

没有机会，硬是创造机会。

比他们摩拳擦掌地筹备端午联谊会来得更快的，是米阳和白洛川的考试成绩。

月初的时候，他们两个人的成绩下来了，老戴激动得热泪盈眶。白洛川的分数比他预想的还要高，他从来没敢想白洛川会是“状元”。

老戴马上给白洛川家打了电话，他的声音都发抖了，努力把每个字咬清楚：“语文 132 分，数学 149 分，英语 146 分，物理 145 分，综合 28 分……总分 600 分。白……白洛川啊，你不要激动，老师跟你说，就你这分数上京师大学肯定没问题，理科状元应该也没跑了，没准过两天还要接受采访呢。”

白洛川笑道：“戴老师，我没激动，不过采访就算了。我能不能跟您请两天假？家里有点事。”

老戴点点头，发现是在打电话，对方看不到，这才赶忙道：“当然可以，我给你放几天假，你好好休息休息。”

白洛川跟他道谢，要挂电话的时候老戴又叫住了他，有些不舍地道：“虽然今年情况特殊，京师大学也来招生，但你这分数上京师大学还是有些可惜啊！你要不把这次面试推了，参加明年的高考？老师查了一下，去年沪市的理科状元分数比你这次的分数还低几分，到时候选择更多……”

有不少学霸是拿春季高考练手，不去参加后续的面试，但白洛川从一开始就定了目标，于是对他道：“不用了戴老师，我就去京师大学。”

老戴笑了一声，道：“行，还是祝贺你，准大学生！”

白洛川笑道：“谢谢您。”

另一边，文老师拿到文科的成绩也非常激动。她比老戴细心得多，当天晚上便去了米阳家中，亲手把成绩单交了过去。

文老师坐在米阳家的沙发上，对程青亲切地道：“成绩刚下来，我抄了一份给您送过来。您看这里，语文 121 分，数学 145 分，英语 146 分，历史 134 分，综合 27 分，另外还有前几天自主招生的附加分 10 分，总分 583 分。比去年的文科状元还高了 5 分呢！”

程青也有些激动，问道：“那这个成绩，能上京师大学吧？”

文老师笑道：“当然，其实就算没有自主招生的加分，分数也够了，有了这个更稳妥。”米阳的第一志愿是京师大学考古文博院，所以文老师没有推荐他参加明年的高考选择其他学校。毕竟京师大学是全国排名第一第二的好大学，她已经非常知足了。

程青打从文老师进门开始，脸上的笑容就没退下去过。等送走了文老师，她高兴地抱着小女儿在家里转了个圈，米雪乐得咯咯笑。

程青把小姑娘放在米阳怀里，美滋滋地道："来，小雪，快沾沾哥哥的喜气！"

米雪立刻搂着哥哥的脖子，仰头看着他道："哥哥，你又考了第一名呀？"她还小，不懂高考的含义，只知道米阳每年都是全班第一名，足够让她炫耀一阵了。

米阳笑道："不一定呢，得等过段时间看看。"

程青道："不管第几，考完就行了。"

两个人的书面成绩单没过多久便到了，连带着成绩排名也确定下来。在白洛川和米阳两个学霸参加的春季高考里，两个人的分数拉开了其他人一大截，一个是理科状元，一个是文科状元。

米阳之前没经历过这些，还是头一回提前一年高考完了，离放暑假还有一段时间，他不知道该去干什么，依旧坐在教室里看书上课。周围的同学敢怒不敢言，瞧着自己班的团支书光明正大地上课看窗外、开小差，都忍不住埋怨——这个人怎么还不回家？他怎么还不走呢？太招人嫉妒了！

文老师安排米阳轮流和同学们坐，想让米阳帮助大家提高成绩，跟米阳同桌的人都被刺激得嗷嗷地加油学习。不管怎么说，文老师想要全班一起提高成绩的最终目的还是实现了。

端午节那天，两个班凑在一起热热闹闹地搞了一次联谊。

学校特意给了白洛川和米阳一份丰厚的奖学金，有他们俩赞助，糖果、瓜子一类的零食，同学们毫不客气地买了许多。老戴自己也买了两兜小蜜橘提着，高高兴兴地回了班里。刚一进门就瞧见自己班里别说人了，连桌椅都少了一半。

老戴倒吸一口气："咱们班……班长怎么又跑隔壁去了啊？！"

旁边同学笑嘻嘻地道："戴老师，班长今天特意赶过来的，桌子和椅子也是他带头挪过去的。咱们都准备好啦，就差您了！"

老戴被他推着一边走还一边回头看自己班的教室，心痛地道："我桌上的那个奖杯呢？"

同学推着他加快步伐，欢快地回道："拿到隔壁（二）班去啦！"

老戴心痛地道："我就那一个了，一会儿可要记得给我拿回来啊！"

同学道："戴老师您怎么能这么小气呢？咱们可是兄弟班啊！那是文老师的班，文老师哎！！"

老戴的嘴角抖了抖，一脸纠结的表情，不说要回奖杯的事了。

联谊活动非常热闹，抽奖环节也很有趣。虽然对奖品大家并不期待，但积极参与。尤其是（一）班的白班长，抓住了每一个抽奖的机会，硬是用体力和智商全方面碾压，把一个游戏玩得火星四溅，恨不得一个打十个。

跟他打对家的同学愤恨地道："状元就能欺负人了吗？！"

白班长在黑板上飞速地用粉笔写完了三道题，最后一道甚至推开一位同学，硬是仗着身高的优势，在人家写了一半的题上又迅速写下自己的答案。他用事实告诉同学们，自己真的可以"欺负人"。

最后一个抽奖名额被白洛川捏在手心里，拉了一晚的仇恨，他终于如愿以偿地抽到了（二）班团支书米阳的随堂笔记。

两个班的同学都被白班长吸引了火力，老戴和文老师坐在角落里笑呵呵地看着。文老师手边有一个剥开的小蜜橘，旁边的老戴还在给她剥纸皮核桃，脸上的笑容憨厚，一点儿都不像教出这种"狼崽子"的人。

端午节联谊非常成功，文老师吃了五个小蜜橘，笑得也很甜蜜。一旁的老戴照顾得周到，同学们唱歌跳舞的时候，他也高兴得手舞足蹈，跟文老师说什么都高兴。

联谊结束后，（一）班的白班长被老戴赶了回去。老戴提前给他放了假，总留着这个人在班里刺激同学们不太好，尤其是他不懂得客气——人家（二）班的团支书米阳好歹每堂课都听讲，就偶尔走走神。白洛川倒好，来参加个联谊还"欺压"同学抢题做，都快成全班的公敌了！

白洛川家里刚好有事，就先回去了。

米阳一个人住在宿舍没什么事做，程青一直觉得他这两年读书辛苦了，便对他道："洛川已经回来了，要不你问问你们老师，咱们还要再去学校吗？不用的话你就留在家里休息几天，别那么累，也该放松一下了。"

米阳打电话问了一下学校领导，学校领导热情得不得了，立马批准他放假一段时间。白洛川可能还要选专业，他和导师已经约好了，在家等大学录取通知书就可以了。

白洛川的志愿很快填好了，他和米阳上同一所大学，米阳选了考古文博专业，白洛川选了金融专业。

两家人都很高兴，特意聚在一起吃了饭。

程青送了他们每人一台时下最流行的笔记本电脑，又给他们买了运动鞋，笑道："收着吧，除了洛川的号码大点外其余的都一样，回头你们去大学参加个篮球队什么的，还能一起打球呢！"

白洛川自然地接过来，道："谢谢程姨。"

他的手机响了，接通后压低了声音出去接。骆江璟看着他的身影，叹了口气道："孩子大了，有自己的秘密了。他和他的那个堂哥每天不知道在鼓捣什么，一个字也不跟我透露。"

程青笑道："孩子们长大了嘛，正常。我刚从后面看洛川，跟大小伙一样，真好。洛川个子够高，阳阳也加把劲儿，今天晚上多吃饭，争取再长高一点儿！"

骆江璟也是看着米阳长大的，听见后下意识地护住道："小乖这样就很好呀，他们还小呢，才十多岁，还有长高的空间。"她伸手摸了摸米阳的脑袋，笑道，"我不知道送你们什么好，就给你们包个红包，回头有什么想买的自己去买吧。"

骆江璟给的红包很薄，里面就放了一张卡。

米阳推拒，白洛川正好从外面回来，一边把手机收起来，一边坐下对他道："收着吧，我妈给咱们的，你拿着就行。"

米阳想了一下，便收了下来。

白洛川又伸手跟骆江璟讨要："妈，你可不能厚此薄彼啊，我的呢？"

骆江璟也给了他一个一样的红包，点了他的额头两下后道："就知道淘气，什么时候少过你的呀？"话虽这么说，但她眼里带着欢快的笑意，又提议道，"洛川，你这段时间在公司表现不错，妈妈给你放个假，再给你们买机票，你们挑个地方出去玩几天吧？"

白洛川却摇了摇头，道："我和小乖说好了，今年暑假还是回爷爷那边。"

骆江璟知道这两年白老爷子的身体不太好，特意送了医生和看护过去精心照料，忙宽慰道："妈妈知道你和爷爷感情好，但不急于一时。照顾家里的长辈是我和你爸的义务，你呢，就放轻松，都考完了，就放心去玩，好不好？"

白洛川还是坚持："下次吧，前几天我打电话过去听见他咳嗽了，我不放心。"

骆江璟点点头道："那也行，我让人送你们回去。"

她抬头看米阳，米阳正在一旁照顾妹妹。米阳用叉子剥了虾壳，将虾肉喂给妹妹，小姑娘一边嚼着一边弯起眼睛笑。不用说也知道兄妹俩的感情有多好，当哥哥的多么温柔细心。一旁的米泽海也是这样照顾程青的，都老夫老妻了，做这些非常自然，剥虾壳的手法一看就是他教给米阳的。米泽海剥得熟练，一边说话一边剥了一小盘，都给老婆吃了，自己脸上也带着自豪的笑容。

骆江璟低头看了一眼身边的空位，笑着摇了摇头。当初她选了白敬荣这个人，从嫁入白家的那一刻起就知道自己将要面对怎样的生活。有时候她也羡慕别人，不过她不后悔。

白敬荣对她的爱隐晦深沉，但并不比任何人少一分。她和丈夫为彼此付出，并甘之如饴。

喝了小半杯红酒，再抬头，骆江璟就看到自己家那位骄纵的大少爷把自己的小碟子推到米阳手边，盯着人家给自己剥虾。一直到那个小碟子被堆得都快满了，白少爷才拿过来几口吃光，瞧着并不满足，又把小碟子推了过去。

骆江璟有些哭笑不得，想要提醒儿子，但坐着的众人都不觉得哪里有错。米泽海还帮着米阳挑了两只海虾，对他道："剥这个给洛川吃吧，这个好吃一些。一会儿虾线要去得干净一些，你刚才都扯断了。来，爸给你做个示范啊……"

米阳认真地学，很快便学会了，剥好一只虾就递给了白洛川。

白少爷吃得神色坦荡，像是已经习惯了。

骆江璟想了一下，他这还真是从小到大惯出来的坏毛病。小时候他就让米阳给他剥橘子，还非得是把橘络都剥干净。长大了他也没少使唤人家，他比米阳大两个月，除了个子高点、力气大点，真是白长了。两个人在生活上一直都是米阳照顾着他呢！

两家大人还有话要说，米阳和白洛川也被同学约去继续庆祝。

（二）班的女生比男生细心得多，她们提前准备了一个蛋糕。宁宁等几个女孩把蜡烛点上，再把蛋糕捧到米阳面前，笑着道：“团支书，恭喜你提前一年去上大学，我们不能帮你过今年的生日啦。去年是你请我们吃蛋糕，今年我们也准备了一个。”

宁宁的眼圈有点儿红，她是真的难过。她努力露出笑容道：“蛋糕是我挑的，水果味的，不知道你喜不喜欢吃……”

米阳点点头，向她们道谢：“喜欢，谢谢大家了。”

宁宁她们又拿了一顶生日帽给他戴上，让他吹蜡烛。米阳站在那儿认真地许了愿望，吹灭蜡烛的时候，好几个女孩都掉了眼泪。

米阳笑道：“大家别哭呀，我明明许了愿望希望大家都开心。你们帮帮忙，让我的愿望成真好不好？”

几个女孩破涕为笑，围着他一起分吃蛋糕。宁宁站在最前面，但米阳把第一块切好的蛋糕给了白洛川，其余的才分给大家。

回家的车上，白洛川伸手在礼物里翻找了一下，很快就找到了宁宁送的那个盒子，拿在手里问道：“我能看看吗？”

米阳忍不住笑道：“可以。”

白洛川打开盒子，里面是本笔记本，确认都是空白页没写什么字后，他把盒子还给了米阳，打了个哈欠道：“我困了。”

只要不早恋，其他都可以。

白洛川打开家门，家里的灯是亮着的，骆江璟已经到家了。她回来有一会儿了，换了一身衣服正披散着半湿的头发接电话，难得温柔，脸上带着笑意。瞧见儿子进来，她招招手道：“洛川，来一下，你爸打电话来向你表示祝贺呢！”

白洛川走过来接了电话，跟白敬荣简单地交谈了两句。父子俩隔着手机还好，都比较客气。

骆江璟一直在旁边笑着看他，他瞧见她的头发还湿着，就去拿了一条毛巾来给她一边擦一边继续道：“是，我会照顾好妈妈，也会照顾好自己，您放心……嗯，明后天就去山海镇，假期时间长，打算多住两天陪陪爷爷。”

白敬荣那边还有事要忙，叮嘱完后便挂了电话。

白洛川随意把手机搁在一旁，拿着毛巾擦了两下，皱眉道："怎么头发不吹干就接电话，男人就这么重要？"

骆江璟拍了他的胳膊一下，笑道："什么男人，那是你爸！"

白洛川去拿了吹风机，冷着脸道："我爸也没你自己的身体重要。"

他给骆江璟吹干头发，语气虽然不耐烦，但手上的动作是轻柔的。他是由骆江璟一手带大的，骆江璟为了能照顾年幼的他，先是舍弃了自己的理想抱负，硬是等到儿子享受够了童年才出来打拼。有她全心全意的付出，白洛川对边城和小时候的记忆都是非常愉快的，有时候母子俩聊起来，都很怀念那段时光。

他和父亲分开得太久，父子终究疏远了。

骆江璟叹了口气，笑道："你要是这么伺候一回你爸，他心里肯定乐开了花。"

白洛川嗤笑道："算了吧，他才不会让我给他洗头、吹干，他只会绷着脸让我向后转滚出浴室吧。我呀，伺候您就成了。"

骆江璟不提丈夫了，温和地道："洛川呀，妈妈原本是打算送一辆车给你的，在京城你和小乖用起来也方便，但你们还没到考驾照的年龄。"她从旁边的茶几上拿了两把钥匙给白洛川，道，"这个给你，前两年我在京城买的房子，装修好了一直没去住。我让人收拾了一下，置办了一点家具和电器，我去看过了，那儿离你们学校不算远。你和小乖到了那边还是一起住吧，你们上同一所学校，两个人在一起我也放心。"

白洛川收了钥匙，坐在她身边的小凳上道："妈，上大学就别让司机接送了吧，太显眼了，不如您把那车折算成钱给我？"

骆江璟问他："你要这么多钱做什么？"

白洛川不告诉她，站起身道："不给就算了。"

骆江璟气笑了："你回来，坐下，妈妈跟你认真说话呢！"

白洛川又坐下来，把两条大长腿伸直了，懒洋洋地道："我没乱来，我就是跟白斌哥学东西，另外想自己存点钱，做点儿小生意什么的。"

骆江璟道："你要是真想做生意，妈妈就在京城开个分部，让人过去帮衬你。”

白洛川的眼珠子转了一下，道：“这个再说吧，您给我几年的自由时间，我想自己试试。”

骆江璟摇头道：“没那么多时间给你，我还盼着你快点儿接班，我好去你爸爸身边陪他呢。”

白洛川道：“您干吗呀？儿子重要还是老公重要？”

骆江璟挑眉，喜滋滋地道：“当然是老公重要呀。”

白洛川：“……”

骆江璟问道：“你们打算在山海镇待多久？”

白洛川道：“怎么着也要十天半个月吧，看爷爷的身体情况。”

骆江璟点点头，道：“好，反正假期长，你们多待几天也没事。这样，你回来后还是先在沪市，让你米叔带着你跑一跑，熟悉一下项目流程，最近正好有个大合同。”

白洛川道：“妈，我假期有点儿想去西部看看，那个项目还要多久？”

“那边啊，至少还要三年。”骆江璟嗔道，“你真是，一会儿要留在沪市，一会儿又要去西部，你到底想做什么呀？上次也是，招呼都不打一声就跑去西部了，要不是那边的人跟我说，我真要被你吓死。”

白洛川笑了一声，歪头在骆江璟的膝盖上趴着，没吭声。

骆江璟戳了戳他的额头道：“别想糊弄过去，这套对我没用。哦，我知道了，你是不是瞧见小乖有事做，自己还没‘工作’就着急了？”

白洛川道：“对。”

骆江璟笑了，安抚了他几句，最后松了口允诺他去西部：“先说好了，去了之后不许乱跑，要时常给妈妈打电话报平安，知不知道？”

白洛川起身亲了她的脸颊一下，笑道：“知道了，骆女士。”

第二十章
琥珀核桃仁

两天后，白洛川和米阳一起回了山海镇。

山海镇又变了样，他们上次来的时候，有些路段还在施工，这回路全都修好了。景区大门都已经竖了起来，很是气派漂亮。当地人凭身份证免票，可以每天去溜达一下。周末爬山的人比之前更多，旺季景区周围做小生意的多，淡季也有三三两两的摊位，瞧着比以前热闹许多。

米阳放下东西后，先和白洛川一起去探望了白老。

白老爷子这两天咳嗽加重，一直在输液，人也看起来比之前憔悴一些，但眼睛里依旧带着往日的神采。见到白洛川他们一起过来，他笑道：“我刚想问你们什么时候来，你们就到了。来来，爷爷有礼物送给你们！”

白洛川连忙上前去扶住他的手臂，米阳要搀扶另一边手臂，被白老推拒了。他自己拄着拐棍道：“我又不是七老八十的，这么伺候着干什么？不需要！”

白洛川道：“您今年七十三了，您是不是自己都忘了？”

白老觉得这小子太招人烦了，推开他又让米阳扶着，拄了拐棍带他们去书房。不过几步路的工夫，他又忍不住得意扬扬地夸奖他们：“你们这次考得很好，洛川的妈妈都打电话跟我说了。两个状元，两家都教育得好啊！”

老人说完等着他们回话。

米阳冲白洛川使了个眼色。

白洛川只得道："哪里，我们平时在爷爷这里学得多，您教育得也好。"

白老又高兴起来，推开书房门道："喏，我特意找了一位老朋友写的。"

书房最醒目的地方挂了一幅字"双桂联芳"，是白老请了书法家朋友题的，字苍劲有力，勾画峥嵘，裱起来挂在最醒目的地方。

白老笑道："这是岱山先生的字，我跟他说了你们的事，他也挺高兴的，给我题了这幅字，还特意讲了一下典故。古代的时候，有两兄弟进京赶考，双双金榜题名，这可是大好事啊！"他拍了拍米阳的手，又抬头看着孙子，慈爱地道，"爷爷希望你们以后能和今天一样互相照顾，你们能做到吧？"

白洛川点了点头。

米阳在一旁也笑着道："能，白爷爷您放心。"

白老前段时间住院，最近才回到老宅休养。虽然有家庭医生照顾着，但他一直咳嗽，总不见好转。有的时候憋闷得厉害，他整夜只能坐着才舒服一些。白洛川不放心他，半夜听见咳嗽声去楼下看了一眼，见他披着外衣坐在那儿，立刻回楼上搬了自己的被子过来，就睡在小沙发上，哪儿也不肯去。

白老赶他上楼："家里是没有地方住了吗？这么多空着的房间，你非在我这儿。快走快走！

白洛川不肯走，给他盖好毯子道："您都这样了，还让我去哪儿？是不是之前的医院不够好？爷爷，您去沪市或者跟我去京城吧，哪有生病一直拖着的。"

白老刚开始还哼唧两声，后来只装没听到。

白洛川拖长了声音，眯着眼睛叫他："爷爷——"

白老被他催了几次，瞪大眼睛道："去那儿干吗？家里不是有医生在吗？吃药、打针在家里就成，懒得去人多的地方挤。"

换作是白敬荣或许就不敢多说了，但白洛川自幼被他宠着长大，丝毫不怕他，坚持让他去医院。

白老不肯，白洛川就看了一眼一旁的家庭医生。对方跟了白老很多年，见状也开口："已经去大医院看过了，现在这种情况只能吃吃药、打打针，人年纪大了身体总是要修修补补的，这也是没办法的事。"

白洛川问道："那会不会有炎症之类的？我听着他晚上一直咳嗽。"

医生道："还是以中药温和调养为主，年纪大了，抗生素类的药少用一些比较好。"

白洛川点点头，还是坚持留下来照顾老人。

白老没办法，又生气又心疼。他到底还是妥协了，让人搬了一张小床过来放在外面的小客厅里，让孙子睡在那儿。

白洛川睡得浅，老人一有动静他就立刻起身去照顾。几天下来白老晚上能睡着，白天的精神也就好了许多。

白天的时候，爷孙俩有时候一起下下军棋。他们玩的这副棋的棋子少一些，白老想赖皮都不行，好不容易让一个参谋进了营地，白洛川就道："爷爷，您进错了，蓝方是我的阵地。"

白老含糊道："哦？是吗？我年纪大了，眼睛看不太清楚啊！"

白洛川拿旁边的水晶石老花镜给他："给。"

白老恼羞成怒，趁机推翻了棋盘："你这个小浑蛋，一点都不让着爷爷，不来了！这棋还是我教你的呢，真是教会了徒弟忘了师父，你快回你家去吧！"

白洛川道："您不下棋了？"

白老愤恨地起身道："对，我不陪你玩了，我要去看看乌乐。你还没乌乐听话呢，它从来都不气我。"

老人拄着拐棍去了后院，白洛川笑了一声，跟着一起过去。

乌乐在后院的马厩里，没乖到哪里去，正在那儿伸长脖子去咬挂在一旁的马笼头。马厩那边的木栏矮门低，屡屡让它得逞，照顾它的人已经捡回来两次了。白老来的时候，乌乐正准确地咬住了第三次，长脖子一抬就把马笼头甩到了外面的地上，打了一个响鼻，来回踩着要出去。

照顾它的人把马笼头捡回来，瞧见白老过来，告状道："白老，您看乌乐啊，一上午没干别的事，一直咬着扔它。"

那边乌乐也瞧见老人过来了，圆而亮的眼睛里带着殷切的期盼，马蹄踩得更急了。

白老笑呵呵地道："没事，这是催我带它出去遛一圈呢。"他让人把乌乐放出来，自己体力不行了就吩咐白洛川道，“洛川啊，你带乌乐出去跑一圈吧。这段时间我都没出去，它一直被关着，都憋坏了。”

白洛川答应了一声，乌乐还认得小主人，因此比较温顺。只是白洛川牵着它走的时候，它的一双大眼睛里露出困惑不解的神情，一直扭头看白老。等到白洛川骑上去催它跑起来，它确实跑了几步，很快又不顾白洛川的指挥，扭头掉转方向朝着白老跑回来。它迈着小碎步绕着老人转了两圈，轻轻嘶鸣了一声，张嘴咬他的衣服。

白老摸摸乌乐的鼻梁，笑道：“爷爷生病啦，骑不了了，乌乐自己去玩啊！”

黑马不肯，它虽然已经长成了大马的模样，身体也足够强健，筋骨肌肉结实有力，却依旧和它小时候一样，咬着老人的衣摆往前轻轻地拽了一下又一下，撒娇似的又蹭了蹭老人。

白老摸摸它，怎么赶都赶不走它，于是拿了糖块给它，好声劝道：“吃吧，吃了自己去跑跑，老跟我闷在这宅子里，要闷得生病了……你听话啊，去吧！”

乌乐吃了糖，耍赖般不肯走。

白洛川骑在马上，也开口道：“爷爷，我瞧着它就想留下来跟您玩。”

白老看看他，又看看乌乐，怎么瞧乌乐都跟它背上的白洛川一个德行，又骗糖吃又不听话，简直就是两个小浑蛋！

白洛川拽着缰绳晃了两下，稳住身形后笑道：“您是不是在心里骂我们呢？”

白老：“……”

白洛川建议道：“您骂我也没用啊，这回是乌乐不听话，您应该只骂它一个。”

白老拿拐棍轻轻戳了他一下，笑着说道：“你快走吧，快回你家去！”

另一边，米阳提前放假回来，这让程老太太很是惊喜。

她之前听程青报过喜了，但瞧见米阳就在眼前，还是忍不住抱了抱他，又捏捏他的小脸夸奖道：“我的小乖乖哟，长大了，拿了一个状元，真是给姥姥争气！想吃什么跟姥姥说！”

米阳笑道：“姥姥，我想吃您做的琥珀核桃仁。”

程老太太做各种点心是一绝，除了年纪大了有些时候做得边角焦，味道真是没得说。难得外孙要吃个什么，老太太立刻挽起袖子去准备了。

离吃饭的时间还早，她先炒了芝麻，米阳拿了小板凳坐在一旁给她砸核桃。核桃是去年收起来的，老太太嫌内皮有苦味，让米阳小心地去了皮，一边照看锅里一边跟他念叨："往年洛川生日那会儿吃核桃正好，新下来的呢，七月底的时候打一些青皮核桃回家，怎么吃都好吃。新核桃脆，一层内皮也是浅的，吃起来不苦。别说做琥珀核桃了，随便捡一个扔火里烧着吃也香！"

米阳想起烧核桃的滋味，馋了。不知道这回能不能住到七月份，或许还能打下一些来吃个新鲜。

程老太太看他一直在那儿砸核桃，忙道："差不多够了，你要吃姥姥过几天再给你做，新鲜的才好吃呢。"

米阳低头继续砸核桃，笑道："多做一点儿吧，我给白洛川送去，他也爱吃这个。"

程老太太也笑了，点点头："对，瞧我，差点把洛川忘了。"

程老太太做核桃的时候，先煮后炒。她的厨艺很好，核桃仁炒完了还是完整的半块，之后她又用蜂蜜混了糖熬了糖色。瞧着焦糖差不多好了，又加了刚才炒过的核桃翻炒到挂浆，出锅时加熟芝麻再滚一遍，盛在盘里扑鼻的香气顿时袭来，光闻着就口水直流。

程老太太笑道："刚出锅的好吃，你尝尝！"

和炸过的那种不同，核桃仁大火炒熟，酥脆可口，挂了一层糖浆，捏起来的时候还拔丝，咬在嘴里先吃到芝麻的香味，紧跟着就是爆在口中的核桃和蜜糖，又脆又不粘牙，特别好吃。

米阳吃了小半碟，程老太太怕他吃多了晚上不好好吃饭，哄着他道："去屋里拿两个盒子来，做了好多呢，装一些送去给你爷爷，回来你接着吃啊！"

米阳答应了一声，进去拿盒子了。

程老太太家里小孩多，逢年过节，家里提前准备了不少放糖的铁盒，这会儿都派上了用场。米阳装了满满两铁盒琥珀核桃仁。程老太太还在旁边道："拿大些的，拣着好的送人，这些碎的咱们自己留着吃。"

米阳笑着点点头，老太太这个习惯这么多年都没变。他小时候吃炸糕，老太太也是挑着形状不太好看又焦了边角的自己吃，挑出好的来让米阳装在盒子里和小朋友们分着吃。

刚装好一盒，他就听见门口有车声。紧跟着大门被敲响，传来程如的声音。

程如是回来送东西的，一边喊老太太来开门，一边指挥两个厂里的工人搬了一张沙发下来。她公公做了多年家具生意，家中只有一个孩子。程如结婚后就和丈夫又开了一个家具厂，规模大了不少。程老太太这边不少家具都是她厂里自己打的，有些时候厂里做了样品，只展示了一下，东西还是新的，等展览完，程如就给老太太弄回来放在自家用。

这两年流行韩剧，韩式小碎花的窗帘和布艺沙发特别流行，程如这次就送了一套这样的布艺沙发。就沙发脚那儿磕掉了一点漆，新上了一遍漆略微有些痕迹，其余都是好的。

米阳问道："姥姥，又换沙发了？"

程老太太道："哪儿呀，还是以前那张，结实着呢，拿过去让你三姨重新刷了刷漆，换了个海绵垫子，沙发套也换了一个，还能用好几年。"

米阳笑道："这个挺好看的，现在正流行。"

程如让工人把沙发搬进客厅放好，出来刚好听见他们的对话，就对着米阳诉苦道："阳阳，你是不知道，我把那张老沙发拿回去跟厂子里的师傅们一说，他们都说重新做也就一会儿的工夫，修一张还不如再做一张呢！可你姥姥不听呀，人家坚持要节省。喏，我可是求着厂里的大师傅硬给改了过来，凑合着用吧。"

程老太太道："我这是给你省钱呢。老拿你婆家的东西做什么呀，咱们家都有，不用你贴补。"

程如道："您拿着用就是了，就一张沙发，您跟我分得这么清楚干什么呀？"

程老太太坚持道："你公婆人好，可也不能这样。"她又摸了摸老三的头发，笑道，"难得遇到一家脾气这么好的人家，由着你摆弄。你呀，得惜福。"

程如笑了一声，嗔道："知道了，我也对他们好呢。"

程如让工人们先回去，自己留下来打算吃了饭再走。程老太太挺高兴的，系了围裙去厨房要给他们做几道拿手好菜。程如和米阳想去帮忙打下手，被她赶了出来。老太太道：“这么大的房子，你们都跟着我挤在厨房做什么？你们平时工作和学习都忙得很，难得有点时间，快去客厅坐着歇一会儿，我一会儿就能弄好。”

程如就和米阳在客厅坐着，她一边吃刚做出来的琥珀核桃仁，一边问他：“现在沪市都流行什么沙发？”

米阳平时没怎么去过家具城，却多少知道这两年的流行趋势，对她道：“皮布结合的那种沙发吧，最好再有点别的功能。”

程如道：“支起来，箱体里面可以放东西的那种？”

米阳摇摇头，笑道：“以前老式的也能放东西，我在我同学家里见过一个挺有意思的。沙发下层抽出来就是一张小床，特别舒服。有时候房间小了，家里又来了客人，用用也挺好的。”

程如来了点兴趣，让他讲给自己听，还拿了笔让他画出来看看。

米阳大概画了一下，他的构图能力不错，虽然不会制作沙发，但亲自用过，讲得比较清楚：“就是这样，平着可以抽出来，也可以把椅背推翻过去直接变成床，还有这种懒人沙发，价格便宜一些。”

他把自己记得的都跟程如说了一下，程如收了这份图纸，美滋滋地道：“挺好，要是做成了，回头三姨给你抽成。我先做两三张拿去展出，在网上也发点儿照片。”

米阳问道：“三姨，最近网店怎么样了？”

程如道：“网店生意不错啊，当初多亏了你说，咱们做得早，回头客不少呢！”

米阳道：“能不能发视频？沙发的新功能一下看不出来，发视频讲解最好了。”

程如摇头道：“还不行吧，没有这个功能，放点儿照片倒是可以。”

米阳对她道：“那就多放几张照片，详细说一下，照片请摄影师拍一下，效果会更好。”

程如应下了。

网店刚开始火起来，网银支付的人越来越多，做得也规范了一些。这半年来又有了一个聊天的小软件，商家可以跟顾客实时交流和沟通。程如的生意做得不错，除了固定客户外还有不断新来的客户。她干脆专门雇了几个人单开了一间办公室来处理网上的业务，生意做得很红火。

米阳提醒道："三姨，如果以后有企业店铺的认证，就早些认证一个，有什么活动也不会漏了。"

程如道："好，我让她们注意着点。"

她把提来的两盒野生海参指给米阳看，对他道："这些你拿去，你这次是坐白家的车回来的吧？给白老送一盒过去，咱们不欠人情。另外一盒你拿给你爷爷吃，滋补着呢。"

米阳道："不用，三姨你不说我都忘了，我妈还给你和我其他姨带了衣服，在楼上，一会儿我去拿。其他的我妈也都准备好了，专门给我爷爷带了东西，这个留给姥姥吃吧。"

程如道："你姥姥有啊，我给她准备了的。虽然没礼盒，但都是一样的东西。她每天都吃一碗小米海参粥，你瞧她气色多好。"

米阳笑了，收下后道："谢谢三姨。"

程如摆摆手："跟我还客气什么！"

即便没有米阳那份图纸，她也早已准备好了礼物。大姐不在，她是拿米阳当亲儿子一样照顾的，打点得十分周全。她们几个姐妹的感情一直都好。在程如心里，程青和程老太太是一样的分量，她可是大姐背着长大的呢！

程老太太很快做好了饭，三菜一汤，青椒土豆丝、香菇烧菜心和番茄牛肉煲，汤是一道冬瓜鸡肉丸汤。自家做的鸡肉丸，白白嫩嫩的，咬起来弹牙，特别好吃。

米阳是吃她做的饭长大的，印象最深的也是这个滋味，吃得非常香。

饭后，程如厂子里还有事，临走的时候程老太太给她带了点儿吃的。幸亏琥珀核桃仁做得多，多分了一份，也给程如装了一盒。

程如故意道："瞧瞧，还有我的呢，要是阳阳不来，我都没这口福。"

程老太太笑着赶她："行了，拿着快走吧，有吃的都堵不上你这张嘴！"

程如笑着走了。她在镇上离家最近，也和老太太最亲，时常回来，娘俩斗斗嘴、说说话也热闹一些。

米阳拿了程老太太给的一份琥珀核桃仁，骑车出去了。

他先去了香樟林。

米鸿的小木屋那边没人，米阳看了一眼，没留下来等，骑着车又去树林里找他。

树林里规划出一条小路，铺了石子，骑车倒是方便。米阳找到米鸿的时候，米鸿正在树林深处埋头干活，手边放着新送来的小树苗，旁边还有两棵大的，是修路的时候挖出来挪过去的香樟树。老头儿固执，守着这片林子，不让人随便碰。

米阳过去帮他种树，米鸿看了他一眼，也没拦着。

米阳的个子长高了一些，已经是大男孩的模样了。常年待在教室里养得皮肤白皙带有几分书卷气，个子挺拔，眉清目秀，站在那儿闷不吭声地干活都能瞧出安静内敛的性子来。米鸿看了一会儿，夸他道："做得不错。"

米阳笑道："爷爷，我们学校里每年也有植树节，我平时不光读书，多少也干点儿活。"

米鸿点点头，又夸他："你爸打电话跟我说了，你考得不错。"

米阳道："是爷爷教得好。"他一边干活，一边把之前和章教授去西部的事说了一下，"之前去京城做加分题也是章教授的意思，您教我的那些都用上了，加了 10 分呢，特别重要。"

米鸿有些惊讶，问他："姓章？叫章什么？"

米阳想了一会儿，道："这我还真没问过，一般都喊老师或者章教授。"

米鸿又问："多大年纪？大概什么样子？"

米阳想了一会儿，道："六十多将近七十的年纪吧。"米阳想起手机里还有一张合影，是陈白微发给他们的，当时大家在西部的时候临走一起照了一张，就拿出来给米鸿看了一下。

手机上看不真切，米鸿看了好一会儿才勉强分辨出来，笑道："原来是他。"

米阳有些疑惑地道："爷爷，您认识章教授吗？"

米鸿道："不算认识，很久以前见过一次。这样也好，我这里正好有一份东西托你转交给他。"

米阳还想问，米鸿却不再多说了，把树苗都种好了，就和米阳一起回了小木屋。

米阳带来的琥珀核桃仁香酥可口，米鸿洗干净手尝了两颗，夸赞了一句，又让他坐着等，自己去隔间拿了一个木盒过来。木盒里放了樟脑球，气味比普通的樟脑丸要淡上许多。木盒里还放了几本书，摞在一起整整齐齐，似乎是一摞医书。最上面一本写着《医阶辩证》，已经修复好了边角。

米鸿道："三十多年前的事了，票据已经丢了，只剩下他亲笔签的这么一个名字。既然他是你的老师，你就拿这个去问问，就说当年他留在肆三堂的书已经修好了，修书的人这么多年所幸不负所托。"

米阳拿着那几本书愣了一下，这才想起米鸿几十年前留在京城过。回到山海镇后，他和米阳奶奶定居下来，一晃过去了几十年。

这几本书恐怕是混乱中被带出来的。米阳摸了一下这几本书，想的却是米鸿这几十年的不易。修书的铺子都被砸了，戏院就更不必说了，老人当年仓皇逃离受了多大的委屈？经历了多少艰辛？这么想着，他心里有些不是滋味。

米鸿却神色平静，像是放下了一桩心事，眉眼间尽是平淡。

米阳多留了一会儿，陪米鸿说话。

米鸿对他道："之前白家送来的那些旧书我已经整理好了，有一半破损太厉害，价值也不大，我就没留下。其余的已经修补得差不多了，我拿回去给白老看过，他那边已经填补了一些新书，那些就不要了。他说睹物思人，瞧着也没什么意思，让我找个爱书的人拿去送了。"

这个米阳倒是没想到，前几年白老还十分喜爱这些，老宅搬了后他特意把那间书房照原样搬了过去，一块木头都没少。他没有料到老人会不要这些书了。

米鸿手边放着琥珀核桃仁和热茶，热气迷漫的房间里难得不再是冷冷清清的。他看着米阳，缓声道："我思来想去也没有其他人，就挑拣了一些好的自己收起来。回头你要是有了地方，我给你邮寄过去。"

米阳点点头道："好。"

两个人坐了一会儿，又聊起章教授几十年前送来的这套书来。米鸿道："这套叫《聊复集》，一共分五卷，难得的是五卷都齐全。当时章先生送来的时候叮嘱过，看得出他是真心喜爱。那会儿他好像就是京师大学的老师，没想到这么多年还在。”

米阳笑道：“是，他前几年返聘回来，虽然只挂了一个教授的名，可大家还是喊他老院长。”

米鸿难得笑了一声，点头道：“一辈子做一件事，也挺好。”

米阳眼角余光落到桌上的那把三弦琴上，喉头哽了一下，连忙移开视线，撑起笑脸：“爷爷，这医书是不是比较值钱啊，收藏价值更大吧？我在沪市去老牌的字画店转着看的时候，瞧见过几次有人送医书来修。”

换作是别人，可能会从对书的感情入手，但米鸿是个手艺人，做的是修书吃饭的行当，听见后点头道：“对，清代的话，最好的是线装小说，其次是算命相面的，再就是医书。”

米阳假装很感兴趣的样子，低头看着木盒里的那几本老书。

米鸿拿了一本，小心地翻开给他看：“拿这本为例，你看这里的版面，再瞧书页。如果遇到有藏家印章，身价还会翻倍，现在不知道要价多少，换成以前的话，要几块银圆一本。”

米阳用心学了，又看了米鸿修补的痕迹，主动开口道：“爷爷，我想这几天过来跟您接着学。这次放假的时间多，我能多住一段时间……”

米鸿却把书收起来，打断他道：“以后不用留下了，我这边能教的已经都教给你了。”

米阳看着他，不肯走。

米鸿勾了勾嘴角，大手在他的头顶揉了一把：“别乱想，我既然答应你，就一定能做到。”

他说的是当初对老伴的允诺。

这把老骨头能撑多久，便撑多久。

米鸿关门谢客，米阳也被请了出去。老人一个人住习惯了，并不觉得苦。反倒是米阳被他赶出来的时候，心里涩涩的。

米阳回来后跟程老太太谈起来，程老太太倒是觉得他这样挺正常的。

老太太笑呵呵地道：“他呀，年轻时的脾气就这样，倔了一辈子啦，由他去吧。”

傍晚的时候，米阳去给白洛川送零食。琥珀核桃仁很受欢迎，白洛川和白老爷子都很爱吃。

自从白老搬回山海镇后，米阳瞧着什么新鲜玩意儿都会给白老送来一份，不见得多贵重，都是一些小东西。白老对米阳也非常喜爱，毕竟是从小看着长大的孩子，和亲孙子一般。

白老爷子吃了几颗琥珀核桃仁后，看到米阳又提了一个盒子去厨房，便开口问道："阳阳，手里提着什么？"

米阳道："哦，白爷爷，就是一些海参，拿去让厨师泡发一下煮粥刚好。"

白老坐在客厅美滋滋地吃琥珀核桃仁，对他道："我不爱吃海参呀。"

白洛川把那盒琥珀核桃仁收起来，拿走，就留了一小把给老人，对他道："我小时候您可不是这么教育我的，您说要营养均衡，少吃糖多吃饭。"

白老爷子反驳道："你那是长身体呢，我这把年纪了还长个什么劲儿？你给我再留一把！"

白洛川没听他的，拿着铁盒，去厨房吩咐晚上做小米海参粥。

厨师这几天已经听惯了他们爷孙俩每天争辩似的说话，笑呵呵地应了，接过米阳手里的盒子，去泡海参了。

米阳慢慢靠近白洛川，小声地叫他："哎，白洛川。"

白少爷站直了一些，看着他的眼神变得温和，配合着放低声音道："嗯？"

米阳凑近了给他看自己的口袋里放着一块手帕，包起来一团鼓鼓囊囊的东西，乐道："我还藏着一小把琥珀核桃仁呢，一会儿咱们去喂给乌乐吃吧？"

白洛川的眼睛眯起来。

白少爷摸了他的口袋一把，要亲自检查："我看看。"

米阳道："不用看啊，都一样的。"

白洛川道："我看看哪个核桃大。"

米阳哭笑不得，小声道："你别抢，就包了一下，一会儿撒了。真的一样，跟你那盒是一锅出来的！"

白洛川还是不放心，亲自检查对比之后道："这个看着糖多。"

米阳解释道："这个是特意用最后一点蜂蜜和冰糖熬的，糖多核桃少，乌乐喜欢吃甜的。"他看白少爷弯着眼睛笑，"反正你又不爱吃甜的，那个喜欢吃甜食的是‘我’，对吧？”

白洛川看他一眼，伸手在他的额头上弹了一记，哼道：“别闹，我这儿可一直压着火呢。”

离晚饭时间还有一阵子，两个人先去喂了乌乐。

黑马已经长得非常健硕，身体线条流畅，皮毛油亮光滑，梳理得整齐，鬃毛长而厚实，米阳站在一旁喂它吃琥珀核桃仁的时候，它一边吃一边还时不时地抖一下耳朵，看着非常惬意。

米阳的视线一直在它甩动的鬃毛上，心里痒痒得厉害。

他把剩下的琥珀核桃仁给了白洛川，对白洛川道：“你来喂，我想摸摸乌乐。”

白洛川接过来喂给乌乐吃，分成好几小块，喂得比米阳小气多了。

米阳伸手摸了两下，比他预想的要软一些，也更顺滑。他摸着摸着就忍不住手指动了动，给它编了条小辫子。

白洛川在一旁看到了，迟疑了一下道：“麻花辫是不是都要两条？要对称的吧？”

米阳又在旁边编了一条小辫子。米雪小时候爱漂亮，小姑娘的辫子都是他扎的。乌乐的鬃毛长，又打理得柔顺，米阳编起来觉得手感非常好。

乌乐相当配合，吃完了琥珀核桃仁还站在那儿等着，由着米阳给它编了好几条小辫子。见米阳停手后，它就甩甩脖子，黑亮的鬃毛晃动几下，小辫子若隐若现像是装饰品，它已经得意起来了。

白洛川问他：“不再多弄点？”

米阳还看它：“不了，这几条就够了。我就是觉得好玩，等明天我给乌乐拆了梳好。”

白洛川道：“不用，明天有人照顾它，要给它洗澡，光刷毛就一个多小时呢。”他看了看米阳，又问道，“今天晚上住下吧？”

米阳点点头，笑道：“你不知道，我一说来你这儿，我姥姥就问我明天中午想吃什么，老太太都习惯我在外留宿了。”

白洛川跟着他笑了。

白家老宅的厨师厨艺不错，晚上做的小米海参粥非常细嫩，又加了点瑶柱提鲜，清淡爽口。

白老只吃了两口就放下了，连声说胃口不好，吃不下。

白洛川疑心他下午吃多了琥珀核桃仁，但老人不爱吃粥，他也不能说什么，只能让厨房热着粥和几样爽口小菜，等他想吃的时候再端出来。

白老爷子摆摆手，对他笑道："人老啦，胃口就这么点大。你们吃你们的，甭管我。"他拄着拐棍慢慢站起来，又让人扶着自己去后院看黑马乌乐，一边的口袋鼓鼓的，像是藏了糖要带过去。

晚上白洛川还要守在一楼，被白老赶了出来，白老对他道："我都不咳嗽了，你怎么还睡我这儿啊？快走吧，我这客厅好好地摆了一套喝茶的东西，都被你这床占了。阳阳不是来了吗？你们上去玩游戏机吧，快别烦我啦。"

白洛川没办法，只能搬回二楼。

放假的这几天，米阳经常往白家老宅跑，但大部分时间还是陪着程老太太。

他偶尔也出去跟着老太太走动一下。镇上的人还是以前的那些老街坊邻居，程老太太跟他们处得好交情深，小院子虽然没有以前大，却也种了一些瓜果蔬菜。她一个人吃不完，经常拿去送给其他人家。

王兵家离得最近，程老太太给他家送了一些西红柿和嫩茄子。王兵的妈妈立刻回赠了一小篮草莓，品相没有外面卖的那么好看，拇指大，但红艳艳的特别甜。

米阳提着草莓，在路上听老太太念叨："咱们家也种啦，这草莓还是从海生家里移过来的呢。咱们几家都有。"

米阳好奇地道："我怎么没在院子里瞧见草莓？"

程老太太道："还不是你三姨，非说种草莓要浇足水，来了就给我浇水。她恨不得一天跑回家三趟，活生生把我的草莓浇死啦！"

米阳乐得不行，哄着她道："没事，姥姥，咱们以后吃王兵家的，一样。"

程老太太觉得不太一样，还有些耿耿于怀。下午，赵海生家又送来一小筐草莓，她就不怎么生气了，转头又跟米阳念叨："咱们家没种也好，草莓结果子这么多呀，还一茬一茬地长。"

米阳跟着点点头，老太太人缘好，左邻右舍都爱往她这里跑动，头茬的草莓拣着好的基本都在这儿了。

程老太太又拿了一袋之前程如送来的新疆大枣，让米阳给赵海生家送去。

米阳去了以后，发现赵海生家竟然没人。符旗生一直住在他家，兄弟俩都不在，真是有些奇怪。赵家的长辈听说米阳提前考上了京师大学还是文科状元，对他非常热情，告诉他道："海生兄弟俩去白家了，你去那边找他们吧。对了，阳阳，你给我们家孩子也写一句鼓励的话吧！"

米阳被拽到桌前，拿了笔问道："给海生写吗？"

赵家人道："不是，是给家里准备中考的小侄子。唉，海生都留级两年了，没什么心思学下去，听着他的意思是不想读了。旗生听他哥的，要一起去打工。海生一把力气倒是不差什么，就是旗生有点儿可惜了，他的成绩在班里排前十呢！"

米阳一边写一边听着他说话，他记得赵海生比他们大两岁，其余的就不清楚了。当年出了那件事后，赵海生他们家就搬走了，之后没有来往。

米阳看得挺开的，劝慰道："考试不是唯一的路，没准海生还是我们中第一个赚大钱的呢。"

赵家人也笑呵呵地道："可不是，他们兄弟俩能活着从山上下来，我们就要烧高香了。由着他们去，孩子长大了，总要自己闯一闯。"

镇上的年轻人结婚早，有些人高中毕业再过两年，找个同龄异性相识结婚，就是匆匆一生。老一辈对此看惯了，反倒是瞧着米阳这样从大城市里来的学生觉得稀罕，又羡慕又感慨。自家孩子走不到这条路上，他们还是有些遗憾的。

第二十一章
雷雨

米阳又去了白家一趟。他还是觉得好奇。

他去了白家老宅很多次，这边的人都认识他。米阳一直找到后院才瞧见白洛川他们一行人。来的不止是赵海生兄弟，王兵他们也在，他们搭什么东西搭了一半，木板悬挂着晃来晃去，旁边还有一把竹藤椅。几个人正在那儿计算着，还时不时低声争吵着——

“我来算算，套用这个公式之后应该用的绳子长度是……”

“算……算什么啊，我爸在工地上干了一辈子，也没这样弄……弄过！闪开，我来！”

“哎，赵海生！你怎么能用蛮力明抢呢？你上去就比画，万一绳子长短割错了怎么办？符旗生你放开我，撒手！”

“让我哥来。”

“你哥每回数学考试都抄我的，他懂个啥！你放开我！”

王兵被符旗生按住双手不能动，那边赵海生已经手脚利落地把木藤椅用绳子吊上去了，打了两个活结。他大概比画了一下就把绳子割断，重新结实地捆了一遍。

王兵问他：“你这样成吗？”

赵海生笑出声，他的嘴不利索，又忙着干活，就对表弟道：“旗生，说。”

符旗生话少，但他哥让他开口，他就点头道：“我舅以前捆枕木就用这种绳结，特别结实。除非绳子断了，否则越坠只会越紧。”

王兵不吭声了，枕木那种大物件都是用吊车运的，几百上千斤的都有。这么一张竹藤椅和它比起来，轻飘飘的不算个啥。

白洛川还站在一旁看图纸，没过去上手，但他们组装的时候他抬头看了一眼。

米阳过去问道："你们这是在做什么？"

白洛川把图纸递给他，笑道："弄个秋千玩。"

米阳看看图纸，又看看他们，觉得这帮人都过了玩秋千的年纪，好笑地道："给谁玩？这里年龄最小的就是乌乐了，我觉得你们这秋千还是小了，一把藤椅不够，得再加大一倍才能放下它。"

白洛川笑道："谁说给它玩了？我自己留着玩。"

白洛川瞧着他们搭得差不多了，还真上去试了试，又让赵海生调整了一下高度，点头道："这样就可以了，辛苦了。"

赵海生憨厚地笑道："小事。"

另一边王兵瞧着他试过了，像是验工通过了，搓着手走过去问他："白洛川，你之前不是说有从沪市带来的最新游戏吗？借我玩两天呗。"

白洛川道："不用，我送给你们。"

他对这个秋千很满意，不想离开，就让人去拿过来。那个人提着一袋重重的东西过来，瞧着袋子里勒出的棱角都是四四方方的，像是一个个盒子。符旗生闷着不爱说话，但他妈妈平时就在白家老宅工作，他也时常来帮忙，瞧见后立刻就过去帮了把手，把东西提过来。

符旗生力气大，提着那袋东西倒是比成年人显得轻松。他掂了掂，又低头看了一眼，略微露出古怪的神色。

王兵摩拳擦掌地等着，符旗生提过去后给他，对他道："你自己玩吧，我和我哥都不要。"

王兵笑呵呵地道："那怎么好意思？大家一起的劳动成果……"他接过来，手上一沉，怪叫道，"这什么东西？《黄冈题库》？！说好的游戏呢？！"

白洛川看他一眼，挑眉道："我们平时都玩这个，这些还是上次我在联谊会抽奖赢回来的，现在用不到了，都送你吧。"

米阳在旁边笑得不行，拍了拍他的肩膀鼓励道："好好玩，这个适合你，提前准备高考啊！”

王兵呆在那儿，提着一袋参考书欲哭无泪：“可我不想要这个啊！”

一旁干活的赵海生乐了，故意唬他道：“嘿！好好学习有……有什么错？快收着！”

王兵恼道：“你一个退学的逃兵，你说我？！”

赵海生叹了一口气，拧着螺丝道：“我……我这是把机会留给更需要的人。我打工，养我弟。”

王兵：“你弟都要跟你一起去浪迹天涯了，你当我不知道呢？”

赵海生：“我让他读书，他……他就得听！”

符旗生在一旁不吭声，赵海生要扳手，他就递过去，干活特别踏实。

秋千很快就做好了，白洛川用力试了试，又让米阳坐上去：“你看看行不行？”

他们几个人里米阳个子最矮，坐在秋千上，白洛川脚能碰到地面，他也就脚尖能勉强碰到地面。不过想着过几年他就长高了，他点头道：“可以，就这样吧。”

白洛川对赵海生道：“这样就行了。”

赵海生兄弟俩平时没少帮家里干活，动作迅速又利落。赵海生看着人高马大的，心思却很细腻，不但收拾干净了周围的木料和多余的绳子，还把附近的草皮修整了一下，笑呵呵地道：“这样长两天就好了，这草耐活，踩……踩不坏，就怕铲。”

白洛川问道：“你还懂这个？”

赵海生道：“我爸这两年包工程，什么活都……都接！盖楼、铺草坪都做过。”

白洛川点点头。

搭好了秋千后，他们几个都走了，赵海生兄弟俩专门帮王兵提了那些参考书送他回家。赵海生嘴不利索，但嗓门够大，一边走一边笑着道：“兵子，够你看……看两年的啦！好好学习，啊！”

王兵想扔也扔不了，赵海生比他还积极，一直给他提回家里去。这人瞧着憨厚，心眼转起来也不见得就是个老实人，贼着呢！王兵闷闷不乐地跟在后面，瞧着一言不发提着东西走路的符旗生，觉得他不是自己兄弟了，这阴沉的小白脸简直就是帮凶。

白洛川只是试了一次那个秋千，自己并没有坐，见米阳也没有玩的意思，就带着他去了书房，一边走一边笑道："爷爷今天又让人买了一些书回来，我列了张单子，把咱们小时候看过的那些都买了一份，就是不知道版本对不对，我们一起去看看。"

米阳对书很感兴趣，就跟着他一起过去了。

还是以前的老书房，翻新之后又上了一层油，做了新的玻璃窗，挑高分隔成上下两层，楼梯旋转着上去，非常敞亮。尤其是二楼的阁楼，采光最好，阳光照进来的时候连地面都带着温度似的，暖洋洋的，非常舒服。

米阳跟着他进去，瞧见一楼放了很多新书，有一些是他们小时候看的故事书。不过版本不同，新版的都是彩页，跟十几年前不太一样了。

白洛川能背出好些来，指着一本说道："这句话原本没有，一看就是新加的。"

米阳凑过去看了一眼。他记不清楚了，只是看着眼熟："你以前好像特别喜欢，老是让骆姨给你讲。"

白洛川笑了一声，合上书道："《海底两万里》《鹦鹉螺号》，多浪漫啊，那会儿我想去当个探险家呢。"

米阳问他："现在呢？"

白洛川挠挠他的下巴，笑道："想成家立业。"他说完就转身走上楼，招呼米阳，"走吧，去楼上看看，我还给你准备了点儿小东西。"

米阳跟着白洛川上去，二楼说是阁楼，其实和一层差不多大，非常宽敞。周边一圈书柜绕墙镶嵌着，零散地摆放了一些书。中间单放了一张宽大的桌子，够三四个人使用，靠窗户那儿还有一个可以推动的小柜子，放着不少修书的工具。小柜子和他在沪市用惯了的那种一样，上面摆放的工具也分毫不差，一瞧就知道是用心打点出来的。

米阳站在那儿拿起两样，果然上面还刻了他名字的缩写字母。

白洛川站在一旁问他："怎么样？用着还顺手吗？"

米阳笑道："特别好。"

白洛川的嘴角扬起来一点儿，他把书房的钥匙给了米阳一把，让米阳坐在那儿适应那些工具，自己去找了一些感兴趣的书拿过来看。翻了两下书后，他又去楼下拿了一本相册过来，凑近了对米阳道："给你瞧这个。"

米阳扭头看到相册里的老照片，大概是十几年前的了，拍的是他和白洛川两三岁的样子。他们站在营地门口，额头上被戳了大红点，都坐在小凳子上老老实实地拍照。两个小团子裹着厚厚的棉衣，小米阳努力微笑，小白洛川已经恼了，歪着脑袋特别不配合。

米阳笑了："这是你被说像小姑娘的那次吧？我……我妈跟我说过，因为点了这个，又围着白花边的围兜，有小男孩说你漂亮，还想亲你来着。"米阳比画了一下，"那么厚的雪，你一巴掌就把人按雪里去了。"

白洛川记性再好，也记不得那么小的事，听米阳说着只模糊地记起确实打过架。但"白司令"小时候打过的架太多了，揍的人也多，懒得去想了。

白洛川和米阳一起津津有味地看完了老照片，然后把相册塞到米阳手里道："这套是我加洗的，这本送你，我瞧着姥姥那边也有一本，你也加洗一套送我呗。"

米阳道："在哪里？"

白洛川这次说得非常清楚："客厅电视柜下面，左边玻璃格上放着的，红皮相册。"

米阳每年回姥姥家，老太太都非常高兴地给他拍几张照片，洗出来单独存放在一本小相册里，不知道什么时候让白洛川惦记上了。

米阳点头道："行，我回去问问姥姥。"

白少爷挺高兴的，下巴搭在他的肩上小声地跟他说话："我上回去的时候，姥姥给我看过一张照片，你坐在秋千上拍照。"

米阳道："你还记得啊？确实有，不过是很早以前的了。那秋千是用轮胎做的，不是用木板做的。"

白洛川道："我给你做了一个更好的。"

程老太太家的那个小秋千是挂在家里老榆树上的，只能小孩玩，大一点的人就不玩了，怕树枝撑不住。后来家里孩子多了，老人舍不得榆树被折腾，就拆了。准确来说，坐过小秋千并拍过照的，只有米阳一个人。

白洛川在白家老宅后院里弄的那个秋千，也只想给他一个人坐。

搬迁之后，两家离得近了许多，加上白家书房实在吸引人，米阳经常过来做一些小手工。

米鸿虽然不让他过去跟着学了，但米阳自己会练习。他沉浸在小手工里，对他来说做小手工就和放松一样。瞧着破碎的书重新整合，书页上的皱损都被抚平，他就觉得心里特别舒坦。

他在书房的阁楼上忙活自己的，白洛川就坐在一旁看书。有时候白洛川会打一个电话，小声地跟人交谈，对方似乎是京城的那位堂兄，他们低声商量着工作上的事情。

两个人在一处，各忙各的。

过了几天，白洛川又发现了一个问题。

白老爷子挑食挑得厉害，除了不吃海参，连鱼虾牛羊肉都不吃了，饮食清淡到有些奇怪。

白洛川瞧着他又把海参粥挪开，只吃了两口清粥，忍不住皱起眉头道："爷爷，您说海参没滋味，怎么连鱼汤也不喝了？"

白老爷子道："腥，不爱吃。"

白洛川道："明天我去买些别的，光吃白粥怎么行？"

白老摆摆手道："不用，我吃不下那么多，随便吃一口就成了。"

白洛川看着老人瘦了不少，又一副什么都不肯吃的样子，心里着急，站起来就要出去买他喜欢吃的东西。白老被他气乐了，叫道："回来，我吃就是了。"

他让厨房把那碗小米海参粥端回来，捧着慢慢喝光，还给孙子看了看碗底，笑呵呵地道："行了吧？你这监工可真够严格的啊，我都七十多岁了，挑食几天都不行？"

白洛川点头道："行，但不能老挑食，一个星期允许您挑食一回。"

白老恨不得立刻赶他走，等他吃完了，就对他道："你快走吧，别在家气我。今天给你放假，跟那些小朋友一起玩去。"这两天赵海生兄弟俩经常过来，白洛川跟他们聊得还不错。白老瞧见过两次，也不爱拘着孙子在跟前，想打发他出去。

白洛川想了一下，道："行吧，那我晚点回来。"

白老笑道：“不回来也成，就住在阳阳家吧，不是说他家下了几只猫崽子吗？”

提起米阳，白少爷的脸色缓和了不少，点头道：“好。”

白老一直等到他出去了、走远了，才脸色一变，拄着拐棍站起身去了洗手间。紧紧关闭的木门隔音效果很好，却能隐约听到呕吐的声音。

家庭医生立刻被请了过来，在门口拍了两下门，颤抖着声音喊：“白老？白老您开开门，让我进去看看。”

过了好一会儿，门才被打开。

白老已经收拾好了自己，洗手间里也不见一丝脏污。他要强了一辈子，只要站着就是挺拔如苍松的，体面如故。但是从他苍白的脸和微微颤抖的手还是一眼就能瞧出他的虚弱。医生扶着老人出来，仔细给他瞧了一下，再拿了药给他吃下，轻声道：“您这是何苦呢，不吃就是了。”

白老摇摇头道：“不碍事，就两口而已，我这身体能撑到现在已经知足啦。”

医生叹了口气，不再劝。

老人闭上眼睛休息了一会儿，又开口问：“律师找到了吗？”

医生道：“找到了，您其实不用这么早就找律师，如果您去治疗的话……”

白老依旧闭着眼睛，摇摇头笑道：“不去啦，老了，不想再受那份罪。”

医生张嘴还想劝两句，话到嘴边还是收了回去，变成了一声轻叹。

白洛川被赶出去后没去其他地方，直接去找了米阳。

他和山海镇上这些少年并不熟悉，还是因为米阳和他们交好才玩到一处的。比起王兵，赵海生兄弟俩倒是待他更真心，也更舍得卖力气。

晚上的时候，白洛川留在程家，坐在米阳的房间里和他聊天。

米阳在做小手工——给他叠纸鹤。

之前白洛川腿受伤的时候，米阳叠了一玻璃罐的纸鹤给他，他很喜欢。但他回去认真数了一遍，只有几百只，远远不够一千只。

白洛川道：“之前功课忙，一直没说，现在放假了也没什么事，你得给我补上。”

米阳抬头看着他。

白少爷认真竖起一根手指："一千只，一只都不能少。"

米阳补叠纸鹤，白洛川坐在一旁手托着下巴看他叠。程老太太来给他们送草莓的时候，瞧见白洛川在那儿挑挑拣拣，非让米阳拆开重叠一只，说是那只翅膀不对称。难得脾气好的米阳不乐意，但抗议的态度很温和。程老太太被他们逗乐了，笑道："先吃水果吧，吃完了再叠纸鹤，怎么突然想起做这个啦？"

米阳还没开口，白洛川就笑道："姥姥，没事，我们俩之前有个约定来着。"

程老太太点头道："那还是守约的好，阳阳听话，一会儿按洛川说的重新叠一下啊！"

米阳："知道了。"

白洛川在长辈面前形象太好，程老太太不疑有他，白洛川说什么她都信。

米阳叠着纸鹤占着手，白洛川自己吃一颗草莓就喂他一颗，一边吃一边道："爷爷这两天胃口不好，什么都吃不下，看着真让人着急。"

米阳道："我姥姥夏天也不爱吃饭，要不你拿点草莓过去？或许吃点儿清淡的就好了。"

白洛川叹了口气："已经够清淡的了，他每天就吃两口白粥，水果也不怎么爱吃。"他难得为什么事发愁，皱着眉头好一会儿才松开，"我明天一早就回去盯着，我总觉得老爷子有事瞒着我。"

米阳道："问医生了吗？"

白洛川点点头："问过了，家里医生一直都说没事，体检报告我也瞧过了，说是老爷子年纪大了。"

米阳不知道该怎么安慰他，只能道："没事的，明天我们过去陪陪爷爷，没准他心情好了，就能多吃一点儿饭了。"

白洛川笑了一下，轻声道："好。"

米阳看他的精神好了一点儿，继续叠纸鹤。

白洛川想了一下，又道："我昨天去看了一下赵海生兄弟俩，赵海生就这么去工地上干活有点儿可惜了。这个人不错，瞧着模样憨厚，心里灵活着呢，没那么死板。至于符旗生，他的变化有点儿大，之前我以为他在学校是会被人欺负的那种，但昨天瞧见他们搬枕木，那么大一根，他自己就能搬起来，力气真够大的。光凭这份力气，一般人可动不了他。”

米阳道：“我以前就听说过旗生力气大，不过，你确定海生灵活？”他对赵海生唯一的印象就是护短和憨厚，小时候他和王兵都喜欢找赵海生玩。

白洛川道：“他们兄弟俩挺有意思的，留在这儿可惜了。”

米阳问他：“你想带他们去沪市？”

白洛川笑道：“没，我再观察一下，可以的话让他们去京城也不错，我和堂哥那边缺人手。”

他生意上的事米阳从不多问，点点头继续叠纸鹤。

白洛川这段时间对去京城的事挺积极，人还未到，“粮草”先行，已经赚了一些钱，够他继续折腾一阵子了。

晚上下起了雨，起初只是小雨，像是树叶被风扫过。紧跟着隐隐响起雷声，雨滴敲在窗户上的声响大了起来。

米阳被雨声惊扰，做了一个不太好的梦。

不知道怎么的，他梦到了送别米鸿。

他已经大学毕业了，和米泽海一同从市里回来，周围的人向他们道喜，说老人是高寿去的，是喜丧。

米阳笑不出来，有些麻木地跟在米泽海身后，手臂上绷着一圈黑纱。米泽海的额头和腰间都系着麻布，跟周围的老街坊说说笑笑，谢谢他们过来，摆了十几桌流水席，还笑着问大家有没有吃好。

三天宴席过后，大家都散了，只有他们爷儿俩跪在灵堂里。

米阳听到米泽海压抑不住的哭声。米阳听得眼眶发酸，不忍去看他爸跪在灵堂里失声痛哭的样子。

…………

外面闪电划过，照亮半边天空，紧跟着响起轰鸣的雷声。

米阳的手指动了动，努力从噩梦中清醒，眼睛里还蒙着一层泪，看不真切眼前的事物。他听到敲门声，紧跟着，白洛川走了进来。

米阳揉了一下眼睛，哑声道：“怎么了，要去哪儿？”

白洛川的眉头一直没松开：“没什么，就是觉得哪里不太对劲，我回家看看。”

米阳想起那个梦。

米阳立刻起身道：“我跟你一起过去吧。”

外面雷雨不断，五分钟的路程，他们浑身上下都被淋湿了。白洛川心急，走得也快，快到白老住的小楼的时候听到后院马厩那边传来嘶鸣声，乌乐引颈叫了两声，显得急躁不安。

白洛川手里的伞已经被吹开了，他索性把伞扔了，走到后面去看了一下情况。乌乐焦躁得厉害，撞马厩的门。照顾它的人试图安抚它，但没有什么用。乌乐块头大，这两年被喂养得又好，一时半会儿人还真制不住它。

照顾它的人急了，大声呵斥。但它的脾气更大，直接上了蹄子，踹得木板门都快裂开了。

白洛川冒雨过去，沉着脸道：“撒手，让它走，我看它想干什么！”

乌乐不想干什么，马厩门一打开，它就直奔白老住的那栋小楼去了。它站在外面廊下拿脑袋蹭着大门，嘴里发出“咴咴”的叫声。等白洛川过来推开门，它就抖了抖身上的水，走了进去。

白洛川被它甩了一身水，旁边的人忙拿了毛巾给他。白洛川全身都被雨水淋湿了，不在乎多这一点儿水，他拿了一条毛巾递给米阳，自己随便抓着那条毛巾沉着脸跟着乌乐进去。

这边动静太大，家里的司机也赶了过来。司机在一旁小声解释道：“乌乐不是故意的，上回白老出门，没看住它，它跟着一起出去了，一直在车后面追。我们都没瞧见，它蹚着河水就追过来了，还是白老听见了，说后面有马蹄声，我们才瞧见，连忙把它送回来。那会儿天还冷呢，乌乐上半身冒汗，腿脚上都是冰碴子，白老怕它病了，就让它进来洗了热水澡，又拿了毯子让它趴在小客厅门口那儿睡了一夜，它才没生病。”司机叹了口气，神情复杂地看着黑马，可能是想起那天的事了，哽咽道，“它可能就想……进来看看白老吧。”

白洛川走进去，看到乌乐在小客厅门口来回跺着脚踟蹰不敢上前。听见里面老人的咳嗽声，它按捺不住似的不停地用脑袋和身体在门上蹭着。那边地方小，不够它腾挪，很快它就碰撞得沙发发出摩擦地面的嘎吱声。

白老咳了一声，问道：“谁啊？”大概是坐起来看了一眼，立刻又笑着骂道，“乌乐，你这小浑蛋怎么也过来了？外面打雷了吧，进来吧，这边已经弄了一张床，不多一个你。”

乌乐轻轻地打了一个响鼻，飞快地进去了。

它蜷在老人身边的地毯上，四蹄并拢，引颈向前趴伏着，哪里也不肯去了。

白老坐在床上，拿拐杖钩了一条毯子来给它随意地搭在身上，也不在意它把地毯弄得湿漉漉的，摇摇头，拿它没有办法。等抬头瞧见白洛川的时候，他脸上无奈的神色更重，笑道：“你怎么也弄这么一身水？快去楼上洗个热水澡，即使夏天也要爱惜身体啊！”

白洛川站在门口应了一声，却看着房间里不肯挪开脚步。

乌乐是军马，又是万里挑一的好马，它秉承了草原上野马的习性，警惕性非常高。夜里无论什么时候去看它，它始终都是站立着闭上眼睡觉。

这样的军马，只有生病了才会趴下休息。

白洛川的内心十分不安。

他总觉得有什么事要发生。

白老爷子看他还站在那儿，催促道：“傻愣着干什么？快去换身衣服，小心着凉了。”他看了看后面跟过来的米阳，心疼地道，“多大点事儿，不就是乌乐闹脾气了吗？让它留在这儿就是了。你们两个都去楼上洗个热水澡，赶紧睡吧。”

白洛川点点头，道：“我一会儿再过来。”

白老爷子冲他摆摆手，叮嘱道：“别来了，你们睡你们的。”

白洛川看着他，又喊了一声“爷爷”，不是很想走。白老乐了，对他道：“我什么事都没有，别瞎操心了，快上去吧。”

白洛川这才去了楼上，冲了个热水澡，就留在老宅这边睡了。

白洛川睡得并不安稳，没过多久又去楼下看了一趟。老人夜里倒是睡得很好，没有再咳嗽。

白洛川淋了雨没什么，但米阳有点儿感冒，白家的医生看过后，开了点药让米阳带回去吃。

白洛川要米阳留下来，米阳笑着拒绝：“别了，我怕传染给你们。你先照顾好爷爷，我吃两天药身体好了就过来。”

白洛川想了一下，只好点头答应。

他这几天一直在观察白老的饮食，他一个字还未说，守在一旁的家庭医生就站出来解释道："老人吃着中药，有些食材与药材冲撞，吃多了反而不太好，就这样吃清淡些就行了。"

白洛川点点头，没再强求。

白老吃东西少，晚上的时候更是难得咽下去几口饭。白洛川看他吃得勉强，就找了借口出去找山海镇上的孩子玩，留了空间给老人。

他去找了赵家兄弟。

赵家兄弟俩在当地住了多年，尤其是赵海生，家里的亲戚都在这里，基本上什么消息都打听得到。

白洛川来问他加油站的事，他想了一会儿才道："加油站？镇上就……就两个加油站，我问问去。"

赵海生打电话去了，旁边站着的符旗生穿着一身旧工装，裤子上沾了点白石灰，依旧站得笔直。他平时话少，但观察得细，对白洛川道："你家那车只能去府前路口那个加油站，那边的油好，不伤发动机。至于什么时候加油，得等我哥打电话问问。我们之前寒假去那边打过工，能问到。"

白洛川点头道："谢了。"

符旗生道："你怎么不问家里的司机？他应该更清楚啊！"

白洛川看了他一眼，开口道："别担心，不是司机的问题，只是家里老人有事不想说，我总不好当面去问。"

符旗生愣了一下，小声地跟他说了一句"抱歉"。他妈妈在那边工作，因此他跟在老宅工作的人都熟，这才试探着多问了一句。

白洛川摆摆手道："你问一句也没什么，只是我的事你别告诉其他人，我就是想查查他们都去过哪儿。"

符旗生应了一声。

没一会儿赵海生就打听到了，白家老宅的车没去什么特别的地方，就去过省城医院。但有些奇怪的是，每隔一个月他们都要去一次，不像是去瞧病，倒像是去治疗。

赵海生道："今天正……正好是应该去加油的日子，按往常，他们已经去省城了。”

白洛川的眉头皱起来，想了一会儿后对他们道：“我知道了，麻烦你们帮我接着打听，有什么消息也告诉我一声。”

赵海生点头答应下来。

白洛川放心不下，又打电话给骆江璟公司的秘书。白敬荣在部队一心忙事业，家里大大小小的事都是骆江璟在照料，白老的体检报告每年都会留一份在她手边。秘书按他的要求拍了照片发过来，可是看不出有什么奇怪的地方。

秘书对他道：“白老的身体情况我们一直都注意着，没有什么异常，体检报告几乎每年都一样。”

白洛川皱眉看了一会儿，对她道：“我知道了。”

他暂时没查出什么问题，把提起来的心放回去一点儿。

米阳的感冒还没好，但不是特别严重，只是喉咙有些疼。程老太太摘了院子里的一把苦菜给他吃，苦菜是当地的叫法，其实就是蒲公英，清热降火，也有点解毒的功效，生病嗓子疼的时候家里老人会摘一些来吃，平时夏天蘸酱吃的也多。

米阳拿了一根苦菜叶正坐在那儿干嚼，低头翻看书页的时候嘴也一动一动的。白洛川进来的时候就看到他像兔子吃草一样，腮帮子鼓动着，眼睛里也带了点儿温暖的笑意，走过去扯了一下他嘴边的菜叶问道：“怎么吃这个？”

米阳一边吃一边道：“我姥姥给的，吃着玩呢，反正没坏处。”

白洛川又伸手摸了摸他的额头，觉得略微有些烫，皱眉道：“还没好。”

米阳笑道：“过两天就好了。”

白洛川对他的话并不是很信：“体温计拿来我看看。”

米阳道：“真没事，低烧都算不上……”白洛川坚持，米阳只能去拿了体温计过来量好了给他看。倒是跟他说的一样，略微有点儿发热。

白洛川道：“再给你一天时间，明天早上你要是还没好，就得过来打针，我让医生提前准备好。”

米阳张张嘴想说话，旁边端来水果的程老太太帮腔：“洛川说得对，要我说也该打一针。”

白洛川点头道：“姥姥，我明天早上给您打电话，您告诉我他的体温，我不信他。”

程老太太深以为然，爽快地接下了这个任务。

白洛川在米阳家坐到晚上九点多才回去。

米阳送到门口，小声地问他：“爷爷那边怎么样了？”

白洛川不答反问：“你也觉得他有事瞒着我对不对？”

米阳点点头，他只知道白老的身体这两年有些不好，但具体什么病并不清楚。

米阳提醒他道：“你问问骆姨，白爷爷这个年纪生病不是小事，或许骆姨那边能查到什么。”

白洛川点点头，道：“我知道。”

米阳感冒还是没好。白洛川一早和程老太太通了电话，老太太毫不犹豫地出卖了米阳：“早上他的体温还高了一点儿，晚上也咳嗽啦！”

白洛川在电话里用刚醒时的沙哑声音喊他：“小乖——”

语气里警告的意味太重，米阳只能举手投降：“知道了，我现在就过去。”

白洛川还跟程老太太询问他昨天咳嗽的事情，难得早起还没什么脾气，对待长辈温和有礼，跟平日里那个大少爷一点都不同。

米阳穿戴好后，就自己去了白家老宅。

他到的时候，医生已经等着他，带他去了一楼简单的医务室。医生手脚利落，一边拿出针、药，一边对他道：“把裤子脱了，自己躺在小床上吧。”

米阳愣了一下：“打针吗？”

医生点点头，笑道：“对呀，不会还跟小时候一样怕疼吧？你小时候可没少哭鼻子哟。”

医生一直跟着白老，几乎是看着米阳和白洛川长大的。从他们小时候起就没少给他们俩打针，对他们的性格也都了解。小时候白洛川是打针之前哭，被两个大人按着都能闹起来，真打针的时候反而没什么事了，再大一点儿他就不哭闹了，好像那点儿痛楚没什么大碍；米阳则不同，打小就乖巧懂事，打针从来不用按着，自己脱了裤子趴在那儿哆哆嗦嗦地打完，眼睛里含着两包眼泪还哽咽着跟医生道谢。大些时好点了，但他依旧会被逼出一点生理性的泪水，不能算哭，顶多就是睫毛湿润了一点儿。

米阳趴在那儿让医生打针，白洛川正好进来，站在一旁没走。

医生的动作很快，给他打完针就出去拿药了。

米阳趴在那儿要起来，白洛川走过去，伸手帮他按着酒精棉球道："别动，出血了。"

米阳"嗞"了一声："不用，你放开吧。"

白洛川没放，米阳只好在那儿趴着。

医生拿了药进来，白洛川单手把裤子给米阳提上，但还给他按着棉球。幸亏米阳穿的是运动裤，宽松，就是鼓起来一些。

医生瞧见了笑道："挺疼的吧？这个一般成年人打都疼得龇牙咧嘴的，阳阳已经做得很好了。"

白洛川点点头，又看了一下他手里拿着的药，问道："好像比之前的少了一盒。"

"对，穿心莲太苦了，一般人喝不下去。正好有针剂，我就给他加在药里一起打了一针。"医生在药盒上写了每天吃的次数，又对米阳道，"回去热敷一下打针的地方，帮助药物吸收，好得快。"

米阳点点头，等医生出去后还在小床上趴着。白洛川一只手帮他按着棉球，另外一只手去碰了碰他的额头，摸到一层细密的汗水，问他："还疼？"

米阳小声道："有点儿，趴一会儿就好了。"

白洛川摸了一下，药物没散开，摸着像有个硬块，略微用力米阳就疼得发抖。白洛川去拿了块热毛巾过来给他热敷。

米阳抗议不了，只能趴在那儿等着慢慢消肿，小声地对他道："其实我自己去医院也行。"

白洛川坐在一旁道："家里方便一些。"

米阳想了一会儿，又道："我怕传染给白爷爷。"

白洛川笑了一声："不会，爷爷搬到旁边的小楼去住了，他说过两天有个老朋友过来，那边高一些，赏荷刚好。"

尽管这么说，米阳还是没留下。白洛川去送他，在门口叮嘱他道："明天记得再来打一针。”

米阳点头答应。他骑车出去有一会儿了，白洛川还站在门口看着。白洛川这次没有追上去，而是独自留在了白家老宅。

第二十二章
争执

过了几日，白老爷子的客人到了。

几辆黑色轿车在门口停下后，有人扶着一位老人从车上下来。老人身后跟着的两三个人都是三四十岁模样，西装革履，瞧着斯斯文文却又非常谨慎。这些人手里提着黑色公文包，步履匆匆地去了白老住的小楼。

白洛川站在窗前看了一眼，然后回自己的房间去了，并没有多问。

那些人在白老那边待了一个下午，傍晚的时候，白洛川房间里的电话铃声响了。老宅里接通了内线，方便老人打电话叫人，白洛川的房间里也装了一台。他接起来，果然传来白老的声音。老人慈爱地道："洛川啊，你来一下，我有事要跟你说。"

白洛川答应了，穿戴好后就过去了。

两边的小楼构造相仿，老人住的房间还是在一楼，他正在小客厅里跟那些人低声说话，手里拿着一份厚厚的文件。他瞧见白洛川到了，笑着让白洛川进来，屏退了周围的人，只留了其中一个四十来岁穿黑西装的男人。

白洛川坐在斜对面，白老瞧他一眼，又招手让他坐过来一点儿，笑道："来，爷爷有份东西要给你。"

白洛川起身去了白老身边，老人让了自己旁边的位子给他，拍了拍他的手对他道："洛川啊，你今年十六了，考上了大学，很有出息。爷爷思来想去，正好今天律师在，还是把这些提前交给你的好。"

白洛川的眉头皱起来，刚要开口，白老就又拍了拍他的手臂。老人的神情倒是一贯平和的，拿了那些文件给他看：“这是家里传下的东西，都列了单子。我也说不清有多少，回头让律师跟你说一下。你奶奶还在的时候，就念叨着要留给儿子、孙子娶媳妇儿。你爸这么多年过得挺好，我瞧着他不需要这些，就都给你吧。”

老人一直偏爱孙儿，从小到大对他都是宠着的，现在看着他目光里也满是慈爱。

白洛川的喉结滚动了两下，道：“我还小。”

白老笑着道：“你爷爷我像你这么大的时候，已经扛枪上战场几回了！过来把名字签了。”

白洛川不肯，皱眉道：“爷爷，你现在分这么清楚干什么？我不要，你收回去，自己搁着。”

白老依旧让律师把笔递给他，对他道：“我就你这么一个孙子，不给你给谁？快收着，小心你爸回头来跟你抢啊！”

白洛川的手里被老人塞了笔，却无法落下一个字。他喉头堵得厉害，心里更是带着一阵恼火，“啪”的一声把笔扣在桌上道：“您不是还好好的吗？弄这个干什么？！”

白老催他：“我乐意，你管我呢，你就只管签字。”

白洛川心里不安，不肯签。

白老有些急了，咳嗽了两声。律师立刻站起身来小心照顾着，白洛川也伸手想给老人顺一下后背，却被老人推开了。

白老的脾气也大，虽然没有早年前的雷霆之怒，但神情凝重的时候也压得人心里沉甸甸的。他看了看白洛川，又说了一遍：“东西我搁在这儿了，律师也要留几天，我再给你一点时间，想清楚了就过来。你要是还不肯签，就别来瞧我了。”

白洛川张了张嘴，喊他：“爷爷……”

白老有些累了，对他道：“你出去吧，我歇一会儿。真是要被你气死，换作是别人抢着要，就你这倔脾气，给都不要。”

白洛川被赶出了小楼，在外面站了好一会儿也没见白老有松口让他进去的意思，只能回了自己的房间。

白洛川的手机搁在桌上，上面有两通未接来电，还有一条短信，是符旗生发来的，说之前让他打听的事有眉目了。

白洛川打了电话过去，那边很快就接起来。

“白少，之前问的事有消息了，给老爷子开车的那个司机之前车子坏了，去我一个表舅家的汽修厂修理，就后保险杠那儿碰了一下。司机说是之前在省城的时候弄坏的，一个学生骑车擦碰了一下，白老心善，让那个学生走了，所以才回来修。”符旗生道，“那条路叫黄山路，我表舅刚好去黄山旅游过，所以记得特别清楚，时间我也问了，是 4 月 15 号。”

白洛川听见这个日期，眉头收敛了一下。那是前几天下雷雨的日子，也是乌乐闹着非要进房间守着老人的那一天。马对走过一遍的路记得清楚，对人的气味也分辨得出，它认准了月中的时候去闹，去守着，是怕老人会在那一天离开老宅。

白洛川问他：“加油站那边问到时间了吗？他们是不是每个月中都出去一趟？这样多长时间了？”

符旗生道：“问了，是月中，已经有半年多了。”

白洛川哑声道：“我知道了。”

他带着最后一点希望，挂断电话后，又上网查了一下省城黄山路附近的情况。

黄山路附近只有一家医院，那里最有名的是治疗肿瘤。

白洛川闭了闭眼睛，过了好一会儿才睁开。他给骆江璟打了一个电话：“妈，我有事要跟您说……”

他把老宅里的事和他查到的情况都告诉骆江璟之后，一向果断的骆江璟也有了片刻的沉默。她道：“你在家里陪着你爷爷，哪里都别去，妈妈很快就到。”

白洛川点点头，道：“好。”

骆江璟连安慰儿子的时间都没有，迅速去准备各项事宜了。

米阳晚上睡觉的时候，听到窗户那儿有细微的声响，像是有人在敲窗户。

他起初以为自己听错了，过了一会儿又听见两声，就起身过去看了一下。

他住在二楼，白洛川攀着他们家院子里的那棵老榆树正好够到他的窗边，伸着手又敲了两下窗户。

米阳连忙打开窗户让他进来，奇怪地道：“你怎么突然过来了？给我打电话我就下去开门，爬树多危险啊！”

房间里没开灯，就一点儿清辉照进来。白洛川从外面跳进来后就一言不发地坐在那儿，皱眉想着心事。

米阳觉得有些不对劲，轻轻推了他一下，问道：“白洛川，你怎么了？”

白洛川把下巴抵在他的肩上，过了一会儿才开口道：“爷爷把老宅和手里积攒的那些东西都给我了。”

米阳愣了一下，没有料到会有这样的事。上次去老爷子还好端端的，只是瘦了一些，看不出什么异样。

米阳和白洛川一起长大，这个时候知道白洛川心里难过，尤其见白洛川露出这样难得脆弱的一面，他也难受起来。米阳拍了拍白洛川的肩膀，安抚道：“没事的，或许白爷爷就是想把遗产留给你呢。他一直都疼你，你先别想那么多，现在不是还没去大医院检查吗？我们一起去劝劝他，去京城找大医院检查一下，总有法子的。”

白洛川哑声道：“好。”

米阳又对他道：“白爷爷如果去京城治疗，我们读书的时候就能去陪他。我看了学校去年的课表，我的课程少，可以经常过去陪白爷爷。大学寒暑假时间长，白爷爷想回来，我们到时候就多回来陪他。”

米阳又笑了一下，轻声道：“你要是没空，我就回来陪着他。咱们换班啊，好不好？”

白洛川哽咽道：“好，我明天要出去一趟。”

米阳立刻道：“那我去陪白爷爷，我的感冒已经好了，再戴个口罩吧，保险一些。”

白洛川勉强笑了一下，对他道：“爷爷今天把我赶出来了，他要是赶你走，你可别难过。他年纪大了，又生了病……”

米阳笑着点点头：“你放心，我是客人啊，白爷爷是不会赶我走的。”

第二天一早，白洛川临走的时候还是不太放心，又绕到后面去看了一下白老。

米阳已经到了，正坐在小客厅里和白老下棋，一老一少看起来非常和睦，白老还笑了好几次，瞧着心情不错。白洛川在窗外小心地看了一会儿，确定没事了，才放心地离开。

一直到晚上，他才回到白家老宅。

白老虽然和他分开住，但依旧让厨师照料他的三餐，晚上还给他留了饭。

白洛川吃不下，几次拿起勺子手都抖得厉害。他搁下餐具，淡漠地道："我在外面吃过了，回楼上睡了。"

他这几天都在外面跑，留下照顾他的人不觉得有什么，收起东西回去跟白老说了一声。

白老听到后略微皱眉，挥挥手道："算了，随他去吧，他可能在外面吃过了。"

医生在一旁给他拿了药来，听见后笑道："您这么担心他，干脆让他过来吧，何苦分开两边住呢？"

白老冷哼道："他不听话，这倔脾气，也不知道像谁。"

医生又倒了一杯热水给他："您以前可不是这么说的，您以前说他倔得有种，特像您年轻的时候。"

白老爷子听见后笑了一声，接过药吃了，看着外面叹了一口气，没再说什么。

骆江璟很快就回了山海镇。

她这次不但自己过来，还带了两位专家，就差把救护车开到白家老宅门口了。

白老早料到会出现这种情况，把她叫进去单独谈话。骆江璟出来的时候眼圈都红了，却不敢再开口提这些，只让白洛川去说。

她对白洛川道："你爷爷平时最喜欢你，你去跟他说说吧，或许他会听你的。"

白洛川点点头，又问她："我爸呢？"

骆江璟道："在路上了。他也着急，今天晚上就能到。"

白洛川这才走了进去。

这是白老把他赶出来后，他第一次被批准进入小楼。

白老依旧坐在小客厅里，穿戴整齐。

白洛川在他的对面坐下，对他道："爷爷，那家医院我去了，医生说不能告诉我，我又去问了院长。"

白老抬头看向他。

白洛川缓声道："院长就是那天跟律师一起来的那位爷爷，我一眼就认出来了。他跟我说，他和您是老朋友，您瞒着家里已经治疗半年多了，每个月的 15 号都要去一趟，是……胃癌，对吗？"

白老的神色有些异常，过了好一会儿才点了点头道："对。"

白洛川的眼圈红了，问："您为什么不告诉我？"

白老叹道："我自己的身体自己知道，老话不是说了嘛，'七十三八十四，阎王不叫自己去'，我都这把年纪了，没想到会活这么久，已经知足了。你奶奶生病那会儿，我硬逼着她去医院，什么仪器都用了，药也是大把大把地吃，胸口切开那么大一道口子。她临到最后的时候求我，说不想输氧了，让我把氧气管给她拿掉。"

白老看着窗外，夏日午后的阳光透过窗户照进来。他一半身子在阳光下，另一半身子在阴影里，神情落寞。

"我那个时候舍不得她呀，不肯听。我知道，她一直怨我呢。

"我就想，活着有什么不好？多看看这个世界，好不容易国泰民安了，都能吃饱饭了，活着有什么不好啊？！

"我能看的和该看的，都看够啦，去年开始做治疗那会儿我就想，我怎么也要撑到我孙子考上大学，以后见到老伴也好跟她吹吹牛，让她别再那么怨我，起码我把你照顾得还不错呀。

"现在你考上大学了，我觉得特别知足，不想治疗下去了。半年掉了二十多斤呢，再治我这把老骨头也撑不住啦。等那个时候太难看了，我怕吓着你们。"

老人一双粗糙的手放在白洛川的脸上，给他胡乱地擦了两下，毫不客气地嗤笑道："几岁了，还哭？还要不要点体面了？"

白洛川点点头，紧跟着又摇头。

白老都被他气乐了，对他道：“你听话啊，爷爷的这些东西都留给你。回头你要是过得不如意了，或是你爸妈看你不顺眼，你就走，甭受他们的气。”

白洛川抬头看着老人。

白老爷子的神情和往常一样慈爱，眼睛有些混浊，却像大地一样带给人力量。

白洛川对他道：“爷爷，您……您想不想看我成家立业？”白老还未回话，白洛川就抓住他的手，看着他道，“您想看吧？我保证，我三年……不，两年就行，您给我两年时间，我能提前完成学业。然后我自己打拼出一份事业，您要是给我的时间再多几年，我保证让您抱上曾孙！”

白老爷子吹胡子瞪眼，看着他没吭声。

白洛川道：“对了，您留给我这么多钱，就不怕我大手大脚地花了？尤其是那些古董，我手笨，万一不小心一天砸一个，那可怎么办？”

白老：“你敢！”

白洛川又道：“而且我最近喜欢上跑车了，您不看着我，我就乱买东西，一个月买四五辆跑车，全搁在家里落灰。”

白老抬头看着他，气得现在就想吃药。

白洛川蹲在他身边，把脑袋搁在他的膝盖上，小声道：“您给我再多的钱也没用，您得看着我。”

白老抬了抬手，把掌心放在他的脑袋上，顺着头发抚摸了几下，叹了一口气：“知道了。”

白洛川趴在那儿不起来。

白老笑着拿拐棍轻轻地打他一下，对他道：“去，趁着你爸还没回来，把那份合同签了，他来了又要叽叽歪歪讲一堆大道理，懒得听他说话。”

白洛川试探道：“我签了您就跟我去京城治疗？”

白老又拿拐棍给了他一下，道：“去、去！真是上辈子欠了你的，我跟你去成了吧？”

白洛川这才高兴起来，三步并作两步走过去，在那份文件上签了自己的名字。

白敬荣回来的时候已经半夜了，他没敢去打扰老人，只把跟在老人身边的医生请到书房认真询问了一些情况。从书房出来的时候，他也红了眼眶。生老病死由不得人，但身为家人，猛地听到这样的事，还是有些难以接受。

医生道："洛川白天已经劝过了，我听老爷子的意思是要松口，明天你们再劝劝。我半年前就开始劝，老人不听，也不让我告诉你们，我也是没有办法……"

白敬荣点头道："不怪您，您照顾父亲多年，我应当说声谢谢。"

医生摆摆手，他跟了白老多年，感情很深了。

白敬荣一夜未眠，根本没有睡意，骆江璟劝慰他到天色泛白。她白天也坐了很久的飞机，又转车请了专家医生，疲惫得厉害，慢慢地睡了过去。白敬荣躺在那儿心里烦乱，干脆起身出去，在老宅里转了一下。

他原本想转上两圈，等天色大亮就喊上儿子去问问父亲对治疗的意见，但他刚走到庭院那儿，就看到白洛川从外面翻墙进来。

白敬荣皱眉道："你去哪儿了？一晚上没回来吗？"

白洛川看他一眼，脸上挂着的一丝笑也收敛了，一声不吭就往院里走。

白敬荣呵斥道："你给我站住，还有点儿规矩没有？！大人跟你说话听不到吗？"他原本就因为父亲的病情心里着急，之前还想等儿子起床后去喊他。但现在瞧见老人病重，儿子依旧半夜出去玩乐，一时间怒火涌了上来："白洛川，现在是什么时候，你就出去一晚上不回家？！你在学校里考试，考的那些分数都是给谁看的？成绩好就可以乱来是不是？"

白洛川抬头看着父亲，眼底还有一些青黑，但他没有父亲那么焦急。他抿了抿唇道："您觉得我去哪儿了，我就去哪儿了。"

白敬荣道："你这是什么态度？"

白洛川扭头就走，白敬荣跟在他身后，父子俩推搡了两下。白洛川个子已经和他差不多高，即便不如他壮实、不还手，也不是白敬荣可以随意拽动的了。

白洛川站在那儿并不听他的，绷着脸不肯多说一个字。

白敬荣对他这态度又急又怒："你爷爷以前最疼你，他病了，你还……"

白洛川站在那儿，看着他忽然笑了一下，问道："那您呢？我一直都在这儿，您昨天晚上才回来，有什么理由来怪我？”

他们这边动静大，很快就引来了其他人。

白老起得早，没想到这么早就要帮着断官司。他让人把他们都叫进来，才听了两句就用拐棍打了儿子几下，瞪大眼睛道：“胡闹，怎么给人当爹呢，也不问问清楚！”

白敬荣：“……”

他挨了两下打，站在那儿没回话。

骆江璟也起来了，披着一件薄衫站在那儿，有些心疼，小声地劝道：“爸，敬荣就是跟他吵了两句，没动手。”

白老看向她：“你这是说我动手不对了？”

骆江璟小声地道：“没有，我就是想，要不我们都坐下来好好谈谈。”

白老拿拐棍点了点白敬荣，道：“你老子我当兵这么多年，从来没在家里冲你吆五喝六，你少把‘服从命令’那一套带到家里来。你做对了我就奖，做错了我就罚，我自认没亏待你半点儿，你自己心里不痛快少拿我孙子出气！洛川哪儿做得不好，还有我呢，在我这儿你都敢动手了，反了你了。”

白敬荣道：“爸，我不是那个意思，我就是着急……”

白老又给了他一下，瞪眼道：“着急也急不到小辈身上去。你冲他发顿火，我就能好了？你自己说可笑不可笑！”

白敬荣抿了抿唇，站在那儿没再说话，只点了点头。

老人的身体不好，他不愿意再让老爷子动怒。

白老爷子有些头疼，他这个儿子什么都好，就是为人刚正古板。他偏爱孙子，也喜欢孙子身上那股灵动狡黠的劲儿，一样米养百样人，强求不得。

骆江璟在一旁无奈地看着，白家父子俩都是吃软不吃硬的。白敬荣对白老服软，但对着儿子自然不肯低头。白洛川的脾气其实跟父亲、祖父的脾气相似，硬碰硬，撞在一起的时候半点也不退让。

白老爷子又招手让白洛川过来，亲手给他整了整衣领，语气缓和了问他：“怎么回事，一大早这是去哪儿了？”

白洛川道：“没去哪儿，我去找米阳了。”

旁边的白敬荣皱起眉头看他一眼。

白洛川也站在那儿看着他，绷着脸不肯再说。

骆江璟揉了两下眉心，她家这位少爷从小在其他长辈面前乖顺得很，唯独与父亲白敬荣总是会有些摩擦。大概是血缘天性，两个人都想亲近，但大的想教小的，小的又不服管教，不对盘是正常的。

过了没一会儿，米阳也来了。

他敲门进来的时候没想到白老这边有这么多人，长辈小辈都站在那儿。白老身后的医生冲他使了个眼色，又对白家父子俩眨眨眼。

米阳明白过来，他们又起冲突了。

白老爷子好面子，当着小朋友的面不想纠缠下去，挥挥手把白敬荣赶了出去："今天这件事就这么算了，两个人都有错，一个不好好说，一个不认真听，下次再这样就都回去。我年纪大了，就想过两天安生日子，你们都出去吧。"

白敬荣夫妻俩出去了，但白洛川仗着受宠留在那儿没走。

米阳带来两个盒子。他把一个大盒子放在桌上，把另一个小盒子拿在手里道："我炒了一下，你和爷爷一起吃吧，还多了一些我去拿给骆姨。"

白老产生了点兴趣，问道："什么东西？好香啊！"

白洛川道："山核桃，您尝尝。"

他和白老坐在那儿小声说话，米阳拿了另一个盒子去找了骆江璟。

骆江璟正坐在一楼客厅里喝咖啡，瞧见米阳过来，温和地道："让你看笑话了。他们爷儿俩真是，见了就要斗个半天，两个人都是硬脾气。"

米阳笑着摇摇头，把那个小盒子给她："骆姨，你尝尝这个。"

骆江璟打开盒子后闻到扑鼻的香气，刚炒过的山核桃还热着，咬在嘴里有点奶油的细腻的味道，又有坚果的香甜，特别酥脆可口。

骆江璟用它配着咖啡喝，很快就吃了一小把，眼睛都亮了："这是你做的？我以前就知道你妈会做牛肉干，没想你还会做这些，很好吃呀。"

米阳笑道："不是我做的，是我和白洛川一起做的。"

骆江璟忍不住又吃了一块，一边吃一边等他说下去。

米阳道："他昨天晚上来找我，说白爷爷答应去京城治疗了，我们都特别高兴，都睡不着，干脆起来偷着在我家小厨房砸了一晚上核桃。白爷爷上次吃了一些核桃，说好吃，白洛川就想或许能吃一些核桃。”米阳还是笑眯眯的，“我早上又借了我姥姥家那边的炉灶，把核桃炒熟了拿过来。我挑了好久呢，刚开始控制不住力气，砸坏了好些，我们都吃了，留的这些都是大点的。”

骆江璟听见后笑道：“你们可真是，也不怕吵醒你姥姥？”

米阳道：“不怕，我姥姥睡得沉，小厨房在外面院子里，离得远。我们垫了报纸，喏，您看，我手指还是黑的……”

他对着骆江璟“卖惨”，但换来的只是被轻轻地拍了拍脑袋。骆江璟的眼里带着笑意，米阳知道她一向偏爱自己，弯着眼睛冲她乐了一阵：“白洛川的手指比我的手指还黑，我让他戴手套，他还不肯，回头您也笑话他去。”

他们正聊着，就看到白敬荣从楼上走了下来。

米阳坐正了身体，看着他客气地道：“白叔叔好。”

白敬荣点点头，米阳对他还是有些拘谨的，没多说什么，把东西送了就走了。

白敬荣看着他走出门去，又扭头问妻子：“阳阳跟你说什么了，怎么我一来他就走了？”

骆江璟道：“还能说什么？这孩子心细，来跟我解释呢！你的宝贝儿子没出去玩，给老爷子砸核桃去了，砸了整整一晚上。”

白敬荣愣道：“砸核桃？”

骆江璟给他整理了衣服，把衬衫扣子全部扣好：“可不是，老爷子这段时间一直不爱吃东西，就那天多吃了一点儿核桃，这俩孩子就记在心里了。”

白敬荣觉得领口有点紧，想伸手解开，被骆江璟拦住。骆江璟笑了一声，道：“你不是爱规矩吗？这才合规矩啊！都扣着吧，一颗也别解开。”

她拍了拍他的领口，转身就走了。

白敬荣：“……”

米阳回了白老住的小楼那边，刚进去没走两步，就听到白洛川坐在小客厅里跟白老低声告状。

“爷爷您看，您还在这儿，他就老找我麻烦。您要是不在了，他肯定要抢我的钱。”这是白老让白洛川签字的时候说的话，现在白洛川原封不动地还了回来。

白老气得也敲了他一拐棍，笑着骂道：“胡说八道！当老子的会抢儿子的钱？”

白洛川躲都不躲，就站在那儿道：“怎么不会？法制新闻，您打开电视瞧瞧，隔三岔五就有这样的官司。”

白老爷子气得都不想跟他说话了，招手让米阳过来：“阳阳你过来，咱爷儿俩下棋去，不理他们。”

带着米阳进了小楼，把白洛川赶出去。

中午的时候白老爷子只让骆江璟和米阳陪着他一起吃饭，把白家父子都晾在了外面。

白老爷子答应去京城治疗，不管怎么说，这都是一件好事，白敬荣和骆江璟积极安排。在生病这件大事面前，白敬荣听说了那份财产合同，只微微皱了一下眉头，很快就松开，叹了口气道：“我知道了。”

骆江璟道：“那可是你的亲儿子，咱爸疼他，你怎么还不高兴？”

白敬荣摇摇头，道：“我没不高兴，这件事爸以前就说过，老人的东西想怎么处理都可以，我尊重他的意见。只是洛川年纪还小，我怕他走上歪路，可能这两年见反面例子见得多了，总有些担心。”

骆江璟嗔道：“那是外面的孩子，我看你呀，应该多回家瞧瞧自己的孩子。在洛川的教育上，你是不信我还是不信咱爸？洛川虽然一直跟着我，但每年但凡有假期他都会过来。不是我要送他来，是他自己要来。他孝顺着呢，老爷子心里跟明镜似的，不算白疼他。”

白敬荣的眼神里带了点儿愧疚，握着她的手道：“你受累了。”

骆江璟冲他笑笑，这是她的家人，亦是她的爱人，即便他们偶尔争执，感情依旧不会淡。

白敬荣请了假，专门陪白老去了京城治疗，骆江璟也陪同照顾。反倒是白老觉得不自在，在病房住下后就要赶他们走：“我这边有看护，也有医生，这么多人照顾着，不缺你们两个。你们都回去忙自己的工作，整天在医院看着我干什么？你们又不是主治医生，我的病你们看着就能好啦？”

白敬荣还要说话，被一旁的骆江璟拽了一下衣袖。骆江璟笑道：“爸，您看，要不趁医生还在诊断，咱们这两天出去走走？洛川也来了，他说他们学校离这儿不远，咱们一起去看看？”

白老爷子听到后果然又高兴起来，点头道：“好，洛川自己去看过没有？没有的话，咱们就一起去。”

骆江璟道：“没呢，他说等您一起去。”

医生还在会诊，白老这边办了住院手续只吃着药，身体还好。骆江璟给他请了两天的假，带着他一起去了学校。

暑假期间，很多人来京城旅游。京师大学前身是皇家园林的一部分，有灵气，这会儿不少家长特意带着孩子来瞧一瞧，鼓励孩子考到最好的学府来。

白老平时对这些地方不怎么在意，但这次不同，这是他孙子将来读书的地方，他走起路来带着一丝得意。旁边的白洛川捧着一份手绘地图，爷孙俩一边走，一边小声地为了路口方向争辩。白洛川让了他两次，也不干了，小声地道：“您自己看啊，正南正北多好认啊，就应该往这边走。”

白老不听，坚持带路。

果然，他带着队伍走错了方向，到了一处没有校舍的地方。虽然面前的湖水风景不错，但和经院离得有一段距离。

白洛川看着他。

白老又带着大家坐上校车绕回去，多绕了一段路。身边的大人都不敢说话，只有白洛川跟他嘀咕了两句：“错了还不让说。”

白老拿拐棍给了他一下，红着脸道：“怎么，不让说了？”

白洛川道：“那您道歉吗？”

白老虽然脸红，也认错，但拒不道歉。他含糊地道：“多走几步路对身体好！越大越偷懒，你爸像你这么大的时候，每天早上跑五公里训练呢！”

旁边的骆江璟笑得不行，她看看白老，又看看自己身边的丈夫和在后排坐着的儿子，觉得这三个人不愧都姓白，脾气都是一样的。

白老身体不好，没多走动，只大概看了一下就回去了。

大概是活动了的关系，晚上吃饭的时候白老多吃了那么一点。白敬荣的眼神里都是暖色，抬头看看儿子，等他照顾完老人，低声对他道：“你跟我来一下。”

父子俩去走廊外面谈话了，白老等了一会儿，有些按捺不住，又对骆江璟道：“你去看看，他是不是又说洛川啦？洛川白天都跟我玩呢，快别让他教训孩子了。一天天的，洛川都被他说得没有半点活泼劲儿了。”

骆江璟笑道：“好，您别急，我这就去看看。”

她出去没费劲找，白家父子俩就站在走廊拐角处低声说着什么，她只模糊地听到“医生”“化疗”之类的词。他们谈论的时候面色凝重认真，从侧面看过去，两个人眉眼间的锋利相似。

骆江璟只听了两句就回来复命了，说他们在谈学业。

白老听到父子俩没吵架就放心了，他有些累，躺在病床上很快便睡着了。

骆江璟看着旁边的医护人员照顾他，视线又落在他苍老消瘦的脸上。即使他穿着病号服，只能露出脸和手来，她也能看出他很虚弱。

她叹了口气，眼眶有些泛红，很快拿了包小心地退了出去，不再留下打扰他。

第二十三章
都是笑着的

白家出了这样的大事，米阳有些不放心，跟程青商量后决定也提前去学校。

程青倒是挺能理解的，支持地道："去吧，洛川一个人肯定不好受。当初你姥爷病重的时候你那几个姨还小，你三姨哭得呀，眼睛肿了半个月都没消下去。她那会儿跟你们现在一般大，生老病死的，哪里受得住呢？"

她给米阳收拾了行李，又叮嘱他道："你先带一点儿过去，有什么需要再给家里打电话，等快开学了我给你送去。"

米阳有点儿惊讶地道："妈，你也要来京城吗？"

程青笑道："去呀，怎么不去？我儿子上大学了，全家都去送你，好不好？"

米阳轻装出行，临走的时候给白洛川打了一个电话，问了医院的地址。但刚下飞机，他还是瞧见了等在那儿的白洛川。

白洛川看着精神还不错，除了眼底略微有些熬夜的疲惫之色，倒是比他预想中的好得多。

"走吧，我先带你去住的地方。"白洛川上前接过他的包，习惯性地背在自己肩上。

米阳一边跟着他走，一边问道："爷爷身体怎么样了？这里的医生怎么说？"

白洛川道："跟之前的诊断结果差不多，晚期，积极治疗吧。"

米阳看着他，白洛川也瘦了一些，随意地穿着一套休闲的衣服，说话的时候半垂着眼睑，看不出有什么情绪。过了一会儿，白洛川小声对他道："去年发现的时候就是晚期了，爷爷一直没说。”

米阳沉默下来。

胃癌晚期常伴随剧烈疼痛，进食困难，但他们暑假回去的时候白老一直都是笑呵呵的，努力撑着，不让他们看出分毫。

白洛川带着米阳上车后，跟他说了一下住的地址，然后又沉默下来。

米阳看着他，想了好一会儿也不知道该说些什么安抚的话。他还没开口，白洛川看着窗外一栋栋闪过的房子，忽然笑了一下，低声道：“我原本打算在这里给爷爷买栋房子，方便他住下治疗。都挑得差不多了，爷爷死活不肯答应，一提就生气。我知道，他还是想回家去，怕在这儿住下治疗就不让走了。他昨天还跟我说他想山海镇了，不知道池塘里的荷花开全了没有，乌乐有没有不听话……”

米阳伸手把他按在自己的肩上，用手捂着他的眼睛，白洛川的嘴角勾起来的那点笑就一点点收拢，唇抿成一条直线，不再说话。

米阳掌心里带出一点儿湿润，他叹了口气，轻轻地拍了拍白洛川肩膀，给了白洛川一个拥抱。

司机一路把车开到楼下。

此时白洛川的心情平复下来，带着米阳去了住处。

这套房子是几年前骆江璟买的，当时房价降了不少，骆江璟又住惯了宽敞的房子，就把这一层的三套都买下来，打通了一起住。

整层大概三百平方米，装修好之后宽敞明亮，家具、家电都齐全。

就这样骆江璟还嫌小，这一层全加起来也就和白老那边的一楼差不多大。白老不肯再买一栋房子，他们也不舍得让白老一直住在医院里，只能想了一个折中的法子，跟白老说好了，让白老出院以后也住在这里。

白洛川跟米阳说了一下，又道：“我问过学校，大一可以出来住，只是手续办起来有些麻烦，我打算提前搬出来照顾爷爷。”他抬头看着米阳，打算听听他的意思。

米阳觉得他这个动作让人心里踏实，教导了这么多年，白少爷总算学会了民主。

米阳想了一下，道："我想大一住校，如果白爷爷来的话，我就请假出来看他。"

米阳跟着白洛川去医院探望白老，白老看到他挺高兴的，让他常来："阳阳啊，你要是有时间就多过来陪我下下棋，洛川这个臭小子，棋下得太差了。"

白洛川正在一旁给他削苹果，听见后不服地道："那我也没偷棋子啊！"

白老恼羞成怒："我都生病了，你还气我！"

白洛川张张嘴，看了一眼他身上的病号服，又低头削苹果。

米阳看得直乐，拿了棋盘来跟老人下棋，让白洛川当后勤，照顾他们吃水果。白老一只手在输液，另一只手忙着拿棋子，没空吃，白洛川就把切得很小块的果肉喂到老人的嘴边，哄他多少吃一点。

米阳下棋的技术没有白洛川高，但下棋能看出性格，至少米阳让棋的技术比白少爷高得多，一退一进，白老都没察觉。三局两胜，老人赢了两盘，美滋滋地还要再来。

白洛川啃着剩下的半个苹果，站在一旁学习。

白老对他道："怎么样，知道什么叫棋逢对手了吧？这才叫高手过招呢，好好学着点！"

白洛川看着收拾棋子重新布局的米阳，笑道："知道了，学着呢。"

有米阳留在医院里陪伴白老，白洛川放心了不少，他有时候出去忙自己的，也会带一些新鲜的零嘴来。他尽量挑温和滋补的，哄着白老吃一点，多吃一口他都十分高兴。

米阳跟他轮班似的来陪床，医院里专门请了看护，病房也是最好的，他们过来也就是陪着白老说话解闷。换作是别人白老不乐意见，但这俩是他看着长大的孩子，跟亲手养大的没什么区别，非要凑过来，他只能睁只眼闭只眼。

米阳观察了两天后，自己做一点老人想吃的家乡口味饭菜带过去。白老开始治疗，少食多餐，医院里的饭再好吃也吃不出滋味。米阳瞧出白老吃得少，便自己下了功夫做饭。

白老不能随便吃东西，询问过医生后，米阳炖了鸡汤之类的汤带去。

有些汤要炖很久，白洛川晚上回来看到他在厨房忙活，过了一会儿才明白过来，对他道："是我疏忽了，明天就把家里的厨师接过来。"

米阳把火关小："接过来也好，我会的不多，爷爷吃惯了家里的菜，可能吃到熟悉的就会多吃点了。"

白洛川应了一声，看着米阳，觉得这个人真是太好了。

米阳侧过头去问他："怎么了？"

白洛川看了他煮的汤，小声地道："有我的吗？我也饿了。"

米阳笑道："有啊！"

白少爷的饭是单独做的，米阳用煮好的鸡汤给他做了一碗面。面条是手工做的，煮熟捞出来后又撕了细细的鸡丝在上面，撒上青翠的葱花，汤汁浇上后顿时香气扑鼻。

米阳给他拿了两碟小菜过来，手托着下巴坐在桌边看着他吃。

白洛川在外面跑了一天，真的有些饿了，吃到溏心蛋的时候他才恍然道："今天我生日？"

米阳笑着点点头道："对，我就想看看你什么时候能想起来，冰箱里还藏着一个蛋糕，想起来就给你吃，想不起来就明天早上给你吃。"

白洛川也笑了。

他吃了面，又和米阳一起分着吃了那个小蛋糕。巴掌大的一个，甜度刚刚好，略微还有缝隙的胃都被占满了，又暖又舒坦。

白洛川白天去给白老送饭，米阳做得多，他就拿了空碗过来想跟白老一起吃，希望自己陪着白老能吃得多些。

白老却不肯，笑着打他的手道："这是病号饭，不许你偷吃。"

白洛川被打了两下手，不再坚持。他看了一下房间里，又道："爷爷，我去给你洗点草莓吧。"

白老点头道："去吧。"

白老特别小心，吃的东西不跟他们掺在一起。医生提醒过幽门杆菌的问题，他非常注意。

门口有轻轻的敲门声，白老只当是孙子回来了，应了一声后，看到进来的是一个身材高挑的年轻人，长相英俊，二十来岁的模样，手里还提着一个果篮和一束鲜花。他站在那儿跟白老问好，声音有磁性，和他的人一样，都让人记忆深刻："三爷爷好，我是白斌。"

白老眨了眨眼睛，立刻笑道："哦哦，我知道了，是你啊，你爷爷还好不好？上次我见到你的时候，你才几岁，一眨眼都长这么大啦。"

白斌笑了一下，走过去把花插在空瓶里，放下果篮，坐在白老身边陪他说话："托您的福，家里一切都好，我爷爷也常念叨您。您生病的事洛川一直都不肯说，还是那天在医院偶然碰到他，我问起来才知道的。"

白老叹道："年纪大了，总会有这么一天的。"

白洛川不爱用房间里的水，去楼下买了矿泉水冲洗草莓。正好碰到米阳过来，两个人就一起进来了。

白斌正要起身，看到他后微微点头。

白老笑呵呵地道："洛川，你来得正好，去送送你堂哥。"

白洛川放下草莓，跟着白斌一路出去。堂兄弟俩都长得出挑，一个高大英俊，一个看起来年纪略小，却也生得十分俊美。

米阳看着白斌的身影有些好奇，白老对他道："这是洛川的一个远房堂哥，我同宗大哥家的孙子。"

米阳一直听白洛川提起这位堂哥，今天只匆匆见了一面，却对他印象深刻。家中长辈但凡要提及谁作表率，第一个闪过脑海中的绝对就是白斌这样的，高大英俊又温和有礼，正处在最好的年华，让人如沐春风，但在他跟前不敢造次。

白老爷子夸了白斌几句，不忘也夸一下自己孙子："洛川也不错，两个孩子都是有孝心的。我那个大哥家里儿女多些，孙辈里白斌最大。他跟洛川不一样，打小就被严格要求，我觉得那种日子太苦，我就这么一个孙子，可舍不得他受那些累，儿孙自有儿孙福嘛。现在洛川也挺好啊，什么都没落下不说，还考了个第一！"

米阳点点头，去给他倒水。

白老坐在那儿又念叨了一句："长得还好看。不过，我瞧着洛川长得更好。"

米阳给他端水过来，笑道："好看，都能去参加选美了。改天咱们给他报个名。"

白老笑了一声，接过水喝了一口："就他那脾气，去了被人摆弄两下都能给人掀翻桌子。要是没评上名次，那就只有一个原因，绝对是他打裁判了！"

米阳想了一下那个画面，白洛川那脾气还真干得出来，米阳摇摇头也笑了。

白老留在京城医院动了手术。

做手术那天，家里人都来了，白洛川的那位堂哥也坐在外面等待。

白洛川以往见了他都很客气，但这次他心里烦乱，一丝一毫的精神也抽不出来。他坐在那儿，身边人来人往，偶尔有护士快跑两步来喊家属的名字，他都会下意识地跟着站起来，听了两遍才听清楚叫的并不是自己，他又慢慢坐回去。身后那排座椅上的家属起身匆匆跟着护士走了，发出一阵轻微的响动。

米阳拍了拍他的手臂，低声安抚了他两句，见他神情恍惚听不进去，便对他道："没事的，一定会好起来的。"

这次手术过后，老人的身体应该会恢复得更好。

大概是米阳说得肯定，白洛川像是得到了一丝力量，点点头，哑声道："好。"

白老当天的手术很成功，米阳跟着白洛川去了病房。只听到医生说了一句"病人的求生意志很顽强"，他就放心了大半。

他们快要开学的时候，白老在医院休养了月余，恢复了一些，闹着要出院回家了。

白洛川看到他这样，知道他是觉得身体舒服了一些，但故意板着脸道："不行，您再多住一个月，医生说的，要不我让医生来跟您说说？"

白老没办法，只能道："那就再住一个月，乌乐还在家等着，不知道要闹成什么样。"

白洛川挑眉道："它重要还是您的身体重要？我看您就是自己想回去，非要扯上乌乐。"

白老爷子被拆穿，脸红了一阵，恼怒道："你怎么还不回学校？快走、快走！考不好就让你妈给你找辅导班，放学也补课！"

白洛川道："您还不知道吧？大学是不用补课的。"

白老："……"

白洛川不着急回去，但堂哥喊他回去他还是要回去的。

白洛川和这位堂哥关系不错，白斌比他大几岁，在京城Z大读书，对他很是照拂。白斌这次是提前过来的，在京城有些私事要办。白洛川因为生意的事跟白斌在一起的时间长，有些时候因为公事，白斌会带上白洛川。

他们虽然近两年才联系得多一些，但毕竟是表兄弟，白斌待白洛川比待外人要亲近。

白老的身体恢复得比预想的要好，连医生也改了口，之前说理想状态只有八个月，现在不再多提，只让家里人照顾好饮食，陪伴老人，等待复查。白洛川像吃了一颗定心丸，一边往白老这边跑，一边撒开了忙自己的事。有些事白斌试探之后觉得不好办的，他也不怕，多难啃的骨头都能硬拿下来。

离开沪市，没有骆江璟的庇护，白洛川从最基础做起，人也踏实了许多，能稳住了。

白斌玩这个只是玩票性质，想积累一些人脉。白洛川却不同，他的目的明确，他是一个商人，他要的是钱。

米阳在白洛川那边住了一段时间，临近开学收拾了行李，打算走了。

白洛川回来得晚，瞧见门口放着旅行箱的时候愣了一下。他走进卧室，果然看到米阳在收拾平时穿的衣服。米阳来的时候带了一个背包，这会儿衣服洗过一件件叠好重新放进包里。

白洛川皱着眉道："不是后天才开学吗？怎么去那么早？"

米阳把衣服叠好，对他道："明天我妈他们过来，我带他们去学校看看。"

白洛川点点头，又对他道："那我明天让司机跟着你，你陪程姨好好玩一下。"

米阳道："不用，我们自己玩更舒坦，不去别的地方，就在学校里转一下，他们已经订好酒店了。"

白洛川也不为难他："那行吧，有事给我打电话。"

米阳笑着应了。

第二天，两个人起得都很早，白洛川要去医院，米阳也要出发去学校。

米阳坐在出租车上看着外面，恍惚间想起几年前"非典"的时候打车去找白洛川，也是留在那家酒店隔离了几日。白洛川一直照顾他，非常紧张。

最近一个月来白洛川也是这样，尤其是白老手术前后的几日，他晚上一直做噩梦，很难睡一个好觉。

米阳刚离开不到十分钟，就开始担心了。

米阳家人住的酒店离学校近。这次米阳他家全家出动，米泽海手里拿着一台像模像样的长焦数码相机，颇有专业摄影师的风采，旁边的米雪把自己的校服穿来了，白色衬衫、小西装外套和裙子，配套的棕色小皮鞋擦得十分干净。她背着书包站在门口，瞧见米阳来了，眼睛立刻亮了，挥手喊道："哥哥，这里！哥哥！"

米阳走过去抱起她，掂了掂重量，笑道："重了一点点，长高了对吧？"

小姑娘咯咯笑道："对呀！"

米阳把她放到自己的行李箱上，拖着过去。见了程青，他笑道："妈，怎么给小雪穿校服过来了？"

程青道："哎呀，我也劝了，但小雪听见要去学校参观，非穿校服不可。"

米泽海心疼女儿，在一旁努力帮腔："上回小雪他们去学校参观的时候，老师让他们穿过，孩子就记住了。这不也挺好的，多正式！"他看着扎了两条麻花辫的小姑娘，得意地道，"我闺女穿什么都好看，真漂亮！"

程青看不下去，把行李箱给了米泽海，让他们爷儿俩推着走，自己挽着米阳的胳膊走在前面，笑道："咱们走。你是不知道你爸一路都在拍照，见什么都拍，光校门口就拍了十几张，可丢死人啦。"

米泽海小声抗议："我拍我儿子的学校怎么了？"

小姑娘脆声道："爸爸，小雪以后考军校，让你拍我们学校的大门！"她已经把梦想合并了，从给哥哥治病的医生梦，到帮爸爸实现绿军装梦，小丫头现在的梦想是要当一名军医。

米泽海十分感动，克制了一下还是没有告诉小姑娘军校是不能拍照的，连拍大门都不行。

学校的报到时间有好几天，米阳来得早，一边陪家人参观学校，一边办理手续。

宿舍是学校按院系随机分配的，档次相差不是很大。米阳分到贵一些的宿舍，比普通的四人间大一些，盥洗室的条件也好一些，家具什么的已经配备齐全，还是老几样——柜子、书桌和上下床铺。

米阳把行李放下，没急着收拾，只在一张上铺的床位上贴了带自己名字的标签，算是预留。

程青想要找抹布来给他擦擦，米阳拦住她道："妈，不用，我自己收拾就行。"

程青道："那怎么行？你晚上可怎么睡？"

米阳这几天并不打算住在宿舍，一来想多陪陪家里人，二来想回去再看看白洛川。可他没告诉程青，笑着逗她道："妈，您现在只要小雪陪，就不要我这个儿子了？我不住这儿，多陪陪你们好不好？"

程青想了一下，也笑了："怪我，还有两天时间呢，咱们不急着住在学校。走，你带妈妈出去看看，咱们拍点照片，中午让你爸请客，咱们去吃烤鸭！"

在学校转了一圈，程青一行人主要去看了米阳他们学院。

考古文博学院以前是专门存放书籍和资料的一处院子，黛瓦白墙朱红门，古色古香的。走进去里面还有一方水池，教学楼也是飞檐翘角的小楼，老教授们骑着自行车来上班，楼下随意停了几辆自行车。

程青十分高兴地和米阳在这里合照了几张，米雪也跃跃欲试。米泽海给他们拍完，想留一张全家人的合影。可这边人少，基本没人特意跑来这里拍照。正好有一个老人路过，米泽海赶忙过去问道："老爷子，麻烦您一下，能给我们拍张合影吗？"

老人笑呵呵地接过相机，问他："行呀，你想怎么拍？"

那边的米阳瞧见了，走过来跟老人问好："章教授好，您今天也上班吗？"

章教授笑道："带着你的几个师兄忙活一个暑假啦，大家都受累，我也心疼呀，这不，让白微去给他们买了点吃的，一会儿给送过去。"

米泽海这才知道给自己拍照的人是米阳的老师，连忙问了好。

章教授道："你们把孩子教育得很好呀，上次在西部的时候他帮了我不少忙呢。我们最近研究的这个新课题，也是米阳上次发现的。这孩子心细，性子也沉静，在布片颜色相仿的情况下还能一点一点辨别。哎哟，你们可是不知道，我们回来用飞纳扫描电镜重新观察了一下布片组织结构，平纹组织经纬线密度……"老人说起自己的专业就忍不住侃侃而谈，忽然停下来又笑道，"不好意思，你看我，先拍照吧，我一说起这些就停不下来，呵呵。"

米泽海他们也笑了，他们不懂这些，知道米阳喜欢这个专业，教授又夸他做得好，他们就放心了。

章教授给他们拍了两张照片的工夫，陈白微也来了。

他手里提着一大袋吃的，看到米阳也挺高兴："小师弟来了？我还跟老爷子说呢，明后天你要是到了，我就去接新生，顺便把你带回来。咱们院一年总共就这么几个新生，不用搞得那么麻烦，我直接带你去宿舍就成。"

米阳道："谢谢师哥，我的宿舍已经安顿好了。"

章教授伸手要自己提东西上去，让陈白微带他们逛逛。陈白微不肯，又对米阳道："你和叔叔阿姨在这儿等等我，我送老爷子上去，马上就下来。"

他说完就扶着章教授去小楼了，章教授带着几个研究生暑假一直忙碌也没休息，陈白微跟老爷子亲近，自然是跟着伺候的。

不一会儿，陈白微下来了，带米阳他们看了一圈。他人长得帅气，嘴皮子又利索，说什么都很有趣，逗得一行人一路笑个不停。

程青挺高兴的，她觉得有这么个学长在，米阳会被照料得好一些。

陈白微提了米雪的小背包拎着，丝毫不嫌弃小丫头的小背包是粉色的，笑道："阿姨，我可不是白帮忙的，之前就听说您做的牛肉干特别好吃，下回您再来的时候可一定给我们带些呀。"

程青笑道："不用等下回，这次就带了不少呢，多给你分一些！"

陈白微惊喜地道："哎哟，那我今天来可是赚到了。谢谢阿姨！"

程青还没被人这么恭维过，这个年轻人长得帅气嘴巴又甜，很会来事，几句话就哄得程青和米雪都咯咯地笑起来。米阳看着，不知道怎么担心起妹妹长大后的交友情况。万一她遇到这样一个男朋友，他可能要至少监督半年吧！

陈白微看他一眼，冲他眨眨眼笑了，还小声地跟他邀功："哎，怎么样，我把阿姨和妹妹照顾得不错吧？"

米阳："……"

中午的时候，一家人要去吃饭，程青热情地邀请陈白微一起。陈白微却摇摇头笑着拒绝了："不了，我家老爷子还等着我回去呢。您是不知道，人年纪大了就跟小孩一样，忙起研究来就忘了吃饭。其他人都不敢催他，也就我能把他哄到食堂去。”

程青听他这么说，不多留他，瞧着他走远了还夸：“真是个好小伙子，阳阳要是女孩，我还真想要这样一个女婿呢。小雪也喜欢吧？”

米雪刚点了点头，米泽海便立刻道：“小雪不喜欢，小雪以后找个高高壮壮，跟爸爸一样厉害的！”

米雪道：“那个哥哥也高，还帅，像电影明星呀！”

米泽海道：“明星有什么好的？都是小白脸，靠不住！你听爸爸的，找个黑的，胳膊至少得和爸爸的一样粗，这样才能保护人。”

小姑娘看了亲爹努力露出来的粗胳膊，满意地道：“那我找个好看的，和爸爸一起保护我们！”

露着胳膊显摆的米泽海：“……”

程青和米阳在一旁乐得不行。

一家人中午去全聚德吃了烤鸭，米雪最喜欢吃烤得酥脆的鸭皮，选了鸭胸脯上的那一处片上十来片，蘸上白糖，甜丝丝地在舌尖化开，一点渣子都不留，唇齿留香。

程青他们用荷叶饼包了烤鸭肉，和葱丝、甜面酱、黄瓜丝一起卷起来，吃了好几个才停手，热乎乎的烤鸭吃着特别香。米泽海是北方汉子，单吃这个吃不饱，又要了他们店里的几道招牌菜。菜单上还有点心，他就给孩子们要了一些点心，最后让店里用鸭架煮了一道奶白的汤端来。

米雪年纪小，第一次来京城，见什么都新奇，小吃上来的时候她都看不过来了，芸豆糕、豌豆黄、驴打滚、艾窝窝、山药卷……得亏上的是点心拼盘，每样只有小小的两三个，不然小姑娘都吃不过来了。

米雪对京城的印象好极了，又因为哥哥以后要在这里读好几年书，她也对这里喜爱起来。

米泽海的时间有限，就留了一天，参观完学校后匆匆回了沪市。程青相对自由一些，和米雪多留了两天。

米阳带着她们一起去听了一场相声，那边跟老茶馆一样，可以点茶水和点心，米阳就点了两碟点心。

小姑娘喜欢甜的，有些贪吃，程青拦着不让：“再吃要胖啦！”

米阳给了她一块，摸摸小姑娘的脑袋，笑道："没事，吃吧，能吃是福。"

程青听后愣了一下，不再拦着小姑娘了。米雪不懂大人们的事，喜滋滋地拿了一块糕，一边听相声一边啃。

程青叹了口气，小声地问道："白老那边，怎么样了？"

米阳摇了摇头，道："晚期了。"

程青道："听说养得好能活很多年，这病就这样，没准过几年就有药了，再撑着吧！"

米阳点点头，但他知道未来十几年都没有能治愈癌症的药。

或许将来会有吧。

他抬头看着台上，出将、入相的门帘起落，台上说相声的换了新人，穿着蓝袍大褂，卷起来一截衣袖笑着重新跟大家问好。台下的人也捧场，大声鼓掌叫好。台下的有常年来听的老顾客，也有旅游路过的年轻人，还有米雪这样的小丫头。

人来人往，嬉笑怒骂。

人生百态，尽在这间茶馆里。

第二天，程青跟米阳一起去医院探望了白老。

白老挺高兴的，爱屋及乌，对米雪这个小姑娘很是喜爱。他这里，果篮和鲜花，每天都有人送来。说话间又有人送来一束还没打开的鲜花礼盒，白老就转送给了米雪，让她拿去玩。

米雪抱着那个绒布的鲜花礼盒，抬头看着哥哥。

米阳摸摸她的脑袋，点头笑道："白爷爷给的，拿着吧。"

小姑娘这才收下。

程青怕打扰老人休息，坐了一会儿就起身离开了。白洛川去楼下送他们，回来的时候只身一人。

白老身体恢复得很好，准备出院了。

剩下的就是疗养，在医院和在家都一样。他家中也有医护人员，更自在，他打算这几日就出院回去。

开学典礼过后，米阳和白洛川趁着还没开始军训，又一起来了一趟医院。

白老要动身回山海镇了，他舍不得那片山水，总是惦记着。

中午的时候，白洛川把白老“偷”出了医院，他们三个一起去拍了照片。

白洛川把自己的校徽给爷爷戴上，和米阳穿着入学的正装，在校门口同白老一起拍了两张照片。两个人分别站在两旁，白老拄着拐棍站在中间，三人都是笑着的。